"Записки безумной оптимистки"

«Прочитав огромное количество печатных изданий, я, Дарья Донцова, узнала о себе много интересного. Например, что я была замужем десять раз, что у меня искусственная нога... Но более всего меня возмутило сообщение, будто меня и в природе-то нет, просто несколько предприимчивых людей пишут иронические детективы под именем «Дарья Донцова».

Так вот, дорогие мои читатели, чаша моего терпения лопнула, и я решила написать о себе сама».

Дарья Донцова открывает свои секреты!

Дарья Донцова

Но-шпа на троих

Москва

ЭКСМО

2003

ИРОНИЧЕСКИЙ ДЕТЕКТИВ

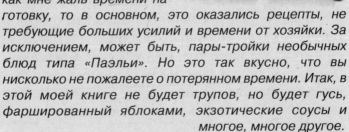

Глава 1

Самое ужасное в домашней работе то, что все сделанное вами за день моментально пачкается, мнется или съедается. И еще, на ниве хозяйства вы убивались в то время, когда остальные члены семьи были на службе. Никто не видел, как жена и мать носилась по квартире с пылесосом, гладила, готовила, стирала... Около шести вечера вы, переворочав гору дел и устав, как раб на плантации, решаете вознаградить себя чашечкой чая, со стоном опускаетесь в кресло, щелкаете пультом, протягиваете руку к кружке и... слышите, как в замочной скважине поворачивается ключ. На пороге возникает усталый, злой муж, которого только что возил мордой о стол начальник, за ним появляется ребенок, получивший на дом слишком много заданий. Папа с дочкой встретились в подъезде и успели поругаться.

— Ага, — хмурится супруг, — сидишь у телика, чайком наслаждаешься... Ну-ну, хорошо время проводишь. Давай обед вместе с ужином, у меня в отличие от тебя ни секундочки свободной не выдалось.

И попробуйте объяснить ему, что вы тоже за весь день не присели ни на минуту. Через полчаса зеркало в ванной забрызгано, в тазу валяется грязная рубашка, которую непременно следует постирать прямо сейчас, на столе и в мойке громоздится посуда, в углу скулит собака, которой приспичило именно в этот момент и ни секундой позже. Муж уже лежит на диване, он не чувствует никаких угрызений совести — как же, трудился весь день, а жена, лентяйка, пила чай у телика. На вашу просьбу: «Помоги мне помыть посуду, хочу сериал посмотреть», — дочь-одиннадцатиклассница кричит:

— Ма! Ты что за весь день в ящик не насмотрелась? Между прочим, мне еще уроки делать!

Поняв, что помощи ждать неоткуда, вы оглядываете бардак, в который превратилась совсем недавно вылизанная до блеска квартира, подходите к мойке, берете губку... и, о радость! Здравствуйте, дорогая мама! В гости без всякого предупреждения заявилась свекровь! Обведя взглядом пейзаж, она морщится:

— Господи, Галя, какой у тебя беспорядок, страх смотреть! Ведь сидишь дома, неужели совсем не стыдно? И как только я все успевала? И на работу бегала, и детей воспитывала, и мужу угождала, и дом идеально держала.

— Таких, как ты, мамуся, больше нет, — подает голос муж с дивана.

— Буся, — начинает подлизываться к бабушке дочь, — испеки нам пирожок. Мама-то нас не балует, макароны да картошка, салат из гастронома!

Свекровь фальшиво закатывает глаза:
— О боже!

Потом она делает шаг назад и совершенно искренне взвизгивает:

— Ой, во что это я вляпалась?

И вы понимаете, что мерзкая собака, которую не успели вывести во двор, выбрала самый подходящий момент, чтобы напрудить лужу. Дальше семейный уют расцветает махровым цветом, и вас обвиняют во всех смертных грехах...

Выпалив все это на одном дыхании, моя подруга Галка схватила бутылку минеральной воды и стала пить прямо из горлышка.

— Ты, по-моему, сгустила краски, — робко сказала я.

— Нет, — рявкнула Галка, — все так и есть! Моя жизнь беспросветна.

И на головы присутствующих полилась новая порция жалоб. Наконец Вовка Костин, спокойно вкушавший кофе, не вынес и попытался остановить Галку:

— Послушай, если кажется, что тебя никто не любит, все на тебе воду возят, почему бы не изменить ситуацию?

— И каким же образом? — завопила Галка. — Ни мой муж, ни дочь, ни свекровь никогда не изменятся...

— Изменять или воспитывать других абсолютно бесперспективное занятие, — покачала головой Катя.

— Вот видите! — торжествующе воскликнула Галя. — Вы сами поняли тяжесть моего положения.

— Но ты можешь измениться сама, — сказала Катюша, — и тогда мир вокруг тебя станет иным!

— Это как? — разинула рот Галка.

— Ну, — бойко вступила я в разговор, — хватит хныкать о тяжелой доле домохозяйки. Кто бы спорил, это очень утомительный, неблагодарный труд. Найди себе работу. С женщиной, которая приносит хорошие деньги, вынуждены считаться все члены семьи.

— Так я ничего не умею! — залилась слезами Галка. — Учиться поздно...

— Не расстраивайся, — принялась утешать плаксу Лиза. — Вон наша соседка, Лена Романина, тоже не пришей кобыле хвост была, а потом пошла на курсы, научилась маникюр делать, теперь сидит в салоне, гелиевые ногти наращивает, классно зарабатывает...

— Ты предлагаешь мне полировать ногти клиенткам? — оскорбилась Галка.

— А что, — пожала плечами Лиза, — хорошее дело! Работаешь в красивом месте, музыка играет, вокруг баночки, пузыречки. У Кати-то работа намного хуже, у операционного стола с ножиком!

— Вот еще, — скривилась Галя, — была охота ломаться. Нет уж, если женщина вышла замуж, ее обязан содержать супруг. И потом, мне никак нельзя на службу.

— Почему? — удивился Вовка.

— Здоровье не позволяет, — вздохнула Галка, — болею я.

— Чем? — хором спросили мы с Катей.

— Надеюсь, не атипичной пневмонией, — пробормотала Лизавета, на всякий случай подальше отодвигаясь от Галки, — нам потом придется всю посуду выбрасывать и квартиру дезинфицировать!

Молчавший до сих пор Кирюша встрепенулся:

— Эй, Муля, Ада, Рамик, Рейчел, пошли отсюда!

Мопсы, стаффордшириха и двортерьер послушно потрусили из кухни в коридор. На их мордах было написано откровенное удивление, собаки не понимали, отчего их вытурили из комнаты, где на столе так много всего замечательно вкусного.

— И какая же зараза к тебе прицепилась? — осведомился Вовка, спокойно прихлебывая кофе.

— Очень неприятная, смертельная штука, — с самым серьезным видом выдала Галка, — вегетососудистая дистония.

Мы разинули рты. Катюша хихикнула. Галка как ни в чем не бывало неслась дальше:

— Вот, хожу к экстрасенсу, пытаюсь лечиться...

Поныв еще с час, Галя вспомнила, что у нее дома нет ужина, и ушла. Лиза, закрыв за ней дверь, с подростковой безапелляционностью заявила:

— По-моему, она зануда!

Я не одобряю максималистских высказываний тинейджеров, но в данном случае была целиком и полностью согласна с девочкой.

— А еще она лентяйка, — сердито продолжила Лизавета.

Во мне проснулась моя мама.

— Не следует осуждать людей за их спиной!

— Ага, — вскинулась Лиза, — скажи я Гале правду в лицо, ты бы обозвала меня грубиянкой! Как же выразить свое мнение, а? За спиной — невоспитанно, прямо в морду — по-хамски!

— Ты его при себе держи, — посоветовал Кирюша, — за умную сойдешь!

— Дурак, — взвизгнула Лиза.

— Сама обезьяна, — не остался в долгу Кирюша.

Костин схватил со стола газету, свернул ее трубочкой и быстро стукнул спорщиков по затылкам.

— Хватит, поели и идите делом займитесь, нечего тут драки устраивать.

— А, — заныл Кирюшка, — она первая обзываться начала.

— Нет, ты первый мне гадость сказал.

Володя нахмурился:

— Если хотите ругаться, никто вам не помешает. Ступайте в спальню к Кирюхе, там и убивайте друг друга.

— Почему ко мне? — возмутился мальчик.

— Там ковра нет, легче будет кровь вытирать, — не растерялся Костин.

Лиза фыркнула и ушла, Кирюша полетел за ней, через минуту из глубины квартиры раздались грохот, звон и визг.

— Когда они перестанут драться? — вздохнула я.

Катя улыбнулась:

— Сложный вопрос. Боюсь, не скоро.

— А что, вегетососудистая дистония такая страшная болезнь? — внезапно поинтересовался Костин. — Смертельная?

Катя хмыкнула:

— Ага, именно смертельная. Между нами говоря, все болезни рано или поздно заканчиваются летальным исходом, даже плоскостопие и косоглазие. Живешь себе с ними, тянешь лет до ста, а потом, бац, и все! Вегетососудистая дистония есть почти у каждого жителя мегаполиса.

Приходит человек к врачу и начинает жаловаться на утомляемость, головную боль, слабость, скачки давления. Ну обследуют его, ничего не находят и ставят диагноз: дистония. Занимайтесь спортом, пейте витамины, спите по восемь часов, не нервничайте, ведите здоровый образ жизни.

— А почему Галя тогда у экстрасенса лечится? — недоумевал Вовка.

— По-моему, ей просто нечем заняться, — фыркнула Катюша, — вот она дурью и мается.

Честно говоря, я была с ней солидарна. Галка вполне может найти себе работу, раньше она оправдывала свое безделие просто: «Я воспитываю дочь».

Но Алисе недавно исполнилось семнадцать, провожать в школу и таскать в спортивную секцию девочку больше не надо, тем более кормить из бутылочки и менять ей пеленки, самое время выйти на службу, но теперь, как выясняется, работать ей мешает вегетососудистая дистония.

На следующий день, около полудня, Галка позвонила мне и плаксивым голосом завела:

— Слышь, Лампа, ты что делаешь?

— На рынок собираюсь, — сообщила я чистую правду, — картошки надо купить, моркови, лука, а то суп сварить не из чего.

— Отвези меня к врачу, — простонала Галка.

— Я?

— Ты.

Мне страшно не хотелось встречаться с Галкой, поэтому я весьма невежливо заявила:

— У вас же своя машина есть.

— Ага, Ленька на ней уехал, работа у него!

— Так сегодня суббота! — отбивалась я изо всех сил.

— Ну и что? — бубнила Галка. — У него какой-то аврал! Укатил в семь утра, а бедная больная жена топай к доктору на своих двоих!

— На метро можно добраться.

— Мне от подземки дурно.

Кто бы спорил, мне там тоже не нравится, но я езжу под землей без писка, когда многострадальный «жигуленок» в очередной раз ломается.

— Такси возьми, — в порыве вдохновения посоветовала я.

— Там всегда воняет бензином, — взвизгнула Галка, — вот ты какая! Больная, умирающая подруга просит помочь, и что в результате? Ладно, спасибо, я, конечно, сегодня к доктору не попаду, курс лечения прервется, мне станет хуже, но ничего, в моей жизни было много испытаний, вынесу и это...

— Ладно, — сдалась я, — приезжай, отвезу тебя.

— Лампа, — укоризненно воскликнула Галка, — ведь я объяснила, что не могу пользоваться общественным транспортом, тебе придется приехать за мной!

Начав делать доброе дело, невозможно остановиться. Покорившись судьбе, я завела «шестерку» и покатила к Галке. В душе медленно закипала злость. Уж не так далеко мы живем друг от друга, Сорокина могла и пешком дойти.

Галка стояла у подъезда. Она выглядела замечательно: бежевые брючки и светлая маечка, выгодно подчеркивающая розовый цвет лица, на ногах элегантные туфельки с маленькими золотыми пряжками. Я невольно глянула в зеркальце, прикрепленное к крылу «шестерки», и, отметив, что цвет моей кожи напоминает кожуру перезрелого кабачка, вздохнула.

— Отлично смотришься!

— Да что ты, — замахала руками Галка, — одной ногой в могиле стою, но ведь нельзя же расслабляться, вот, сбегала вчера к косметологу на массажик. На другие более действенные процедуры времени совершенно нет, я же несчастная домашняя хозяйка!

Вымолвив эти слова, Галка вытащила кружевной платочек, украшенный буквами «ГС», поднесла его к лицу, чихнула раз, другой и заныла:

— Аллергия меня просто доконала, умираю!

Под ее неумолчные стоны я покатила вперед и, доехав до конца улицы, поинтересовалась:

— Рулить-то куда?

— На проспект Рукавишникова, — спокойно заявила нахалка.

Я выпустила руль.

— Куда?

— У тебя уши болят? — обозлилась Сорокина. — Я только же сказала! На Рукавишникова!

— Но нам придется ехать через Садовое кольцо, можем в пробку попасть! Может, тебе лучше на метро?

— Ничего, — мотнула головой Галка, — Ленька на работе, бабка с Алисой на дачу укатили, я совершенно свободна.

И как следовало отреагировать на подобное заявление? Вытолкать наглую Сорокину из машины и отправиться заниматься собственными делами? Ей-богу, Галку следовало проучить! Но, к сожалению, у меня окаянства не хватило, и я, сцепив зубы, продолжала ехать вперед.

Тихое попискивание мобильного нарушило молчание.

— Алло, — недовольно произнесла Галя. — Ну, какой адрес дали, по такому и еду! Разве я дура? Ладно, проспект Рукавишникова, дом...

Потом она бросила трубку в сумку и сердито протянула:

— Уроды!

— Кто?

— Да эти! Сообщили адрес, дом переврали, квартиру тоже!

— Мы не туда едем?

— Кати на Рукавишникова, — буркнула Галка. — Хорошо хоть название проспекта не спутали. Во народ! А если бы у меня не было мобильного!

— Но он же есть, — я решила прекратить стоны.

— Ага, а кабы нет?

Суббота пошла прахом. Несмотря на выходной день, в городе было полно пробок, на место я, не слишком лихой водитель, добралась, лишь когда стрелки приблизились к цифре 2. Галка упорхнула в девятиэтажную башню, а я осталась сидеть в машине. Время тянулось, словно жвачка. Сначала я просто слушала радио, потом сбегала в ларек, купила идиотский журнал, рассчитанный на безголовых куриц, и стала изучать статьи на животрепещущие темы... «Он изменил. Стоит ли гнать мужа вон», «Как довести мужчину до загса», «Возможно ли достичь гармонии в браке», «Фаршированная курица за десять минут», «Раки под майонезом — лучшая закуска».

Перелистав тяжелые глянцевые страницы, я вконец обозлилась: люди, выпускающие это издание, считают, что основной целью любой особи женского пола является замужество. Получив же заветный штамп в паспорте, молодой супруге следует на всю жизнь приковаться к плите и отходить от нее только для того, чтобы прыгнуть в постель. В журнале содержалось много советов на сексуальную тематику.

Промаявшись в машине около двух часов, я принялась названивать Галке на мобильный. «Абонент недоступен или находится вне зоны действия сети», — заталдычил механически-равнодушный голос. Я вышла из машины и села на скамеечку возле подъезда, лениво разглядывая двор. Май в этом году выдался необычно теплым, даже жарким. В песочнице с криком возились малыши, их мамаши упоенно вязали, сидя на скамеечках. Стайка подростков пыталась привести в рабочее состояние мотоцикл, сделанный еще при царе Горохе. Некоторое время я сидела на лавочке одна, потом около меня остановилась толстая баба с давно не мытой головой, она держала за руку крохотную девчушку лет пяти.

— Иди, Лидка, поиграй с ребятами, — буркнула мамаша и плюхнулась на сиденье.

Скамеечка жалобно заскрипела, до моего носа долетел крепкий запах пота. Девчоночка, весело подпрыгивая, побежала по дорожке.

— Хоть дух переведу, задолбалась совсем, дома сидючи, — громко, с некоторым вызовом, заявила баба.

Она явно рассчитывала, что я вступлю в разговор, но мне совершенно не хотелось болтать с «родной сестрицей» Галки, поэтому я просто отвернулась.

Бабенка поерзала, добыла из сумки книжку и

погрузилась в чтение. Я скосила глаза и выхватила кусок текста. «Амалия, одетая в белое платье, сгорала от стыда. Граф уверенным шагом подошел к молодой женщине и рывком разорвал свадебный наряд. Амалия попыталась прикрыть бесстыдно обнаженную грудь...» Мне стало смешно. Ну как можно с серьезным видом глотать такую ерунду? Хотя толстуха с сальными волосами, наверное, представляет себя на месте Амалии. Это на ней, а не на главной героине граф сейчас рвет в клочья гипюровые тряпки.

Тут прискакала назад дочка книголюбки и завела:

— Мам, когда ты мне купишь хомяка?

Бабища молча смотрела в книгу.

— Мам, хочу хомячка!

Туша спокойно наслаждалась романом.

— Мам, — не успокаивалась девочка, — ты что, не слышишь?

— Слышу, — эхом отозвалась тетка, — чего надо?

— Хомячка купи! Хочу хомячка!!!

Мать с глубоким вздохом захлопнула растрепанный томик в бумажной обложке и ответила:

— То тебе, Лида, хомячка, то братика подавай! Ты уж определись, кого больше желаешь!

— Хомячка, — всхлипнула девочка.

— А вчера хотела братика, — рявкнула гора сала, — ну куплю я тебе грызуна, и чего? Станешь потом ныть: «Отдавай мыша, хочу мальчика». И ваще нам домой пора!

— Может, и братика, и хомячка завести, — задумчиво протянула Лида, — чем же они друг другу помешают?

— С ума сойти, — обозлилась мать, — двигай давай!

Дверь подъезда распахнулась, и во двор выбралась троица. Два мужика в спортивных брюках и мятых футболках волокли совершенно пьяную тетку. Голова ее моталась на мягкой, расслабленной шее, лица не видно, длинные каштановые волосы свисали неаккуратными прядями. Видно, женщина приняла на грудь немало, раз ее голова не подчинялась хозяйке, причем как в прямом, так и в переносном смысле. Ноги алкоголички волочились по асфальту, руки висели как переваренные макароны. Одета она была в ситцевый халат, грязный, мятый, слишком широкий и длинный для ее худого короткого тела.

Не говоря ни слова, парни дотащили ее до стоящих у подъезда ржавых, битых «Жигулей», сложили пьянчужку буквально пополам и стали запихивать на заднее сиденье. Это удалось им не сразу, мужики сами были крепко навеселе. Наконец большая часть дамы оказалась внутри. Ребята почесали в затылке и принялись укладывать в машину не желавшие повиноваться хозяйке нижние конечности. Я от скуки следила за ними. На щиколотке левой ноги бабы виднелась золотая цепочка, украшенная буквой S, а может, это был знак доллара? Наконец процесс посадки завершился. Дребезжа всеми частями разболтанного организма, натужно чихая и кашляя, «Жигули» поплюхали прочь.

— Во, — восхитилась наблюдавшая вместе со мной за этой сценой толстуха, — у соседей-то суббота зря не прошла, славно отдохнули! И как только не боятся под газом за руль лезть!

— Мам, купи хомячка, — ожила Лида.

— Ну, блин, достала, — гаркнула ласковая мамаша, — чапай домой, жрать пора, да и телик посмотреть охота, расслабиться! Весь день как черт в ступе крутилась.

Девочка, хныча, поплелась в подъезд, мать потопала за ней, а я, возмутившись до глубины души, села в машину и уехала прочь. Таких нахалок, как Галка Сорокина, нужно воспитывать. Она что, считает меня своим личным водителем, готовым день и ночь пахать на хозяйку? Нет уж, пусть возвращается домой на метро. Тысячи людей ежедневно пользуются подземкой, и ничего, живехоньки остаются. Интересно, сколько пассажиров метрополитена страдает вегетососудистой дистонией?

Глава 2

Воскресенье пролетело в домашних хлопотах, а понедельник принес сюрприз. В восемь утра позвонил Борис Крюков, мой бывший однокурсник, и с места в карьер спросил:

— Слышь, Романова, ты сейчас работаешь или как?

Я вздохнула. Ну не говорить же ему правду, что я начальник оперативно-розыскного отдела тихо умирающего от отсутствия клиентов частного детективного агентства «Шерлок». Принадлежит оно моей подруге Федоре, и в нем мы обе начальницы, подчиненных у нас нет, зарплаты тоже, зато есть лицензия и красивые красные кожаные «корочки», подтверждающие, что Евлампия Романова может на абсолютно законных основаниях проводить расследования. Одна беда, никто не собирается меня нанимать.

— Эй, Романова, ты скончалась? — загудел Крюков. — Так что, есть у тебя работа, или как?

— Или как, — грустно ответила я.

— Отлично!

— Чего же тут хорошего?

— Есть изумительное место, как раз для тебя, — зачастил Борька, — зарплата — супер!

— Спасибо, — перебила я его, — только я сто лет за арфой не сидела, руки железными стали, меня из любого оркестра мигом попрут.

— А кто говорит про струнные инструменты? — изумился Крюков. — Значит, так, в девять жду тебя в кофейне «Макс», успеешь?

Я глянула на часы.

— Должна.

— Не опаздывай, рохля, — завершил разговор Борька.

Я быстро оделась, старательно накрасилась, потом, поглядев на себя в зеркало, осталась недовольна, смыла косметику, повторила процесс и вновь схватилась за молочко для снятия макияжа.

— Ты, Лампудель, не старайся, — хихикнул опаздывающий в школу Кирюшка, — лучше все равно не станешь. Тебя красить, как Мулю, полный бесполезняк! Ну прикинь, Мульяна с голубыми тенями и розовой помадой.

Я уставилась на складчатую физиономию довольно ухмыляющейся мопсихи и с тревогой поинтересовалась:

— Что, все так запущено? Надеюсь, морщин у меня в три раза меньше.

— И нос другой, рожа не черная, и усы пока не растут, — успокоил меня Кирюшка, — просто косметика тебе идет, как корове бейсболка! Лучше выкинь мазилки или Лизке отдай. Та все равно такая уродина, что хуже ей уже не стать!

— Кто уродина? — заорала услышавшая наш разговор Лиза. — Ну погоди, гад!

Через секунду вспыхнула драка. Муля и Ада принялись истошно лаять. Я аккуратно обошла мутузящих друг друга детей. Наверное, Кирюшка прав, мне следует появиться перед Крюковым в натуральном виде, в конце концов, я не собираюсь выходить за него замуж.

К кофейне я подрулила вовремя, вошла внутрь и стала искать глазами Борьку. Никого похожего на кудрявого блондина Крюкова в помещении не было. Я обозрела довольно большой зал еще раз. Посетителей тут оказалось совсем немного. У окошка наслаждалась горой взбитых сливок весьма полная девушка, а в противоположном углу сидел толстый, лысый мужик, похожий на грустного кабана.

Я молча устроилась за столиком. Ну Борька! Велел мне не опаздывать, а сам...

— Романова, — раздался знакомый голос.

Я вздрогнула и обернулась. Кабан, сверкая идеально сделанными искусственными зубами, уставился на меня.

— Романова, ты чего там села?

Не веря своим глазам, я встала, подошла к толстяку и воззрилась на него. Господи, это же Крюков! Но что с ним сталось? Где кудрявые волосы, светлым облачком украшавшие его макушку? Да и сизого носа, заплывших глаз, огромного живота и красного цвета лица у Борьки никогда не было.

— Романова, — загудел Крюков, странно дергая плечом, — сколько лет, сколько зим! А ты постарела, мать моя, вон уж и морщины полезли. Сколько лет мы с тобой не виделись?

— Десять точно будет.

— Да, — элегически вздохнул Борька, — повозила тебя жизнь по колдобинам, побила мордой об асфальт, сразу видно, живешь плохо. Вот я с Алкой Козловой вчера встречался, так она просто персик, совсем не изменилась, а ты...

Решив прервать поток «комплиментов», я быстро спросила:

— Ты по-прежнему во Втором симфоническом первой скрипкой сидишь?

— Не, — скривился Крюков, — я ушел.

— Чего так? Вроде хорошее место. С дирижером поругался?

У первых скрипок иногда сносит крышу. Тем, кто не знает, поясню. Первая скрипка занимает в симфоническом коллективе особое место. Если выстраивать всех работников оркестра по ранжиру, то возглавит колонну, естественно, дирижер, за ним идет первая скрипка, а уж потом все остальные со смычками, струнами, барабанами и тарелками. Только первой скрипке на сцене после концерта руководитель пожимает руку. Лишь она может себе позволить слегка поморщиться, заметив промах маэстро. Вернее, перешептываться-то будут все, но сохраняя на лицах полнейшую невозмутимость, а первая скрипка не постесняется открыто ухмыльнуться. И неизбежно наступает момент, когда у скрипача возникает стойкая уверенность, что его недооценивают, ломают, прогибают под пюпитр, а на самом-то деле дирижер тупой кретин, перед каждым концертом читающий записку, где написано: «Струнные справа, ударные слева», настоящий же гений один, это он, первая скрипка. Я не утверждаю, что подобное случается всегда, но все же довольно часто.

Борька снова дернул плечом:

— Нет, Моцарт меня задолбал. Прикинь, Романова, я ненавижу музыку, всякую!

Я кивнула. Понимаю, у людей, которых, не спрашивая об их желании, приковали к инструменту в четыре года, иногда открывается стойкая аллергия на слова «бемоль» и «бекар».

— Ты лучше скажи, — прищурился Борька, — хочешь иметь зарплату в пятьсот баксов?

— Конечно! — воскликнула я. — Но кто ж мне ее даст?

Крюков довольно засмеялся:

— Получишь без проблем.

— Где?

— На радиостанции «Бум».

— Где?!

— Есть такое радио, называется «Бум», им нужна ведущая музыкальной программы, час в эфире, вечером, работать через день.

Я затрясла головой:

— Нет, я не сумею. Никогда не сидела у микрофона, не имею специального образования.

— Романова, — сердито оборвал меня Борька, — им не нужен журналист. Как правило, те, кто имеет диплом, дающий право выходить в эфир, полагают, что скрипичный ключ — это инструмент, при помощи которого чинят скрипку. На «Буме» хотят иметь музыканта, ничего сложного в этой работе нет, передача делится на две части. Сначала к тебе приходит гость, и вы ведете милую беседу, ну типа: ваши творческие планы, предстоящие гастроли, полученные премии... Кстати, в основном к тебе попрет попса, народ любит всяких певцов и певичек. Два притопа, три прихлопа, группа «Веселые мальчики», коллектив «Воющие девочки». Сплошная ерунда. Затем будет викторина. Задаешь вопросы, а слушатели несутся к телефону и дозваниваются в эфир. Кто правильно ответил, тот и получает подарок. Проще только чай пить.

— Ой, — испугалась я.

— Что еще? — рассердился Борька, еще больше краснея. — Какая новая проблема? У тебя вставная челюсть, которая имеет обыкновение вываливаться при длительном разговоре?

— А вдруг я сама не сумею правильно ответить на вопрос?

Крюков закатил глаза:

— Романова, ты поражаешь громадьем ума! Ответы будут лежать перед тобой! Пятьсот баксов! За несколько часов работы в неделю! Да узнай народ про такую службу, мигом бы толпа разнесла офис «Бума», а ты еще кривляешься! Может, тебе просто лень?

Я сразу вспомнила Галку Сорокину и быстро сказала:

— А когда приступать?

Лицо Борьки просветлело, он выхватил из кармана мобильник и радостно заорал в трубку:

— Викуля? Все, есть ведущая!

Потом, положив сотовый на стол, мой бывший однокашник шумно вздохнул и принялся объяснять, куда я должна явиться завтра к семи часам вечера.

— Эфир начинается в девять, — заботливо говорил он, — но приходить следует заранее, пока подготовишься, пока то, пока се...

Я кивала. Понятно, так бывает всегда. Сначала, нанимая вас на службу, начальство обещает, что рабочих часов будет всего ничего, потом, когда вы даете принципиальное согласие, выясняется: пахать придется в три раза больше, а затем, получив первую зарплату, вы понимаете, что и оклад существенно меньше заявленного...

— Все просекла? — теребил меня Крюков. — Смотри не опоздай!

— Хорошо, — тихо ответила я, — а какое ты имеешь отношение к этому «Буму» и почему выбрал меня?

Борька вытащил платок, вытер им лысину и туманно сказал:

— Ну, так получилось. Просто руководство «Бума» попросило меня им помочь, я и постарался, двух зайцев убил: и тебе помог и радийщикам.

Увидав меня на пороге, Кирюшка попросил:

— Давай съездим на проспект, купим торт, такой замороженный, со взбитыми сливками и ягодами! У меня сегодня всего три урока было!

Я согласилась, и мы пошли к машине. Всю дорогу до супермаркета Кирюшка ерзал по сиденью. В конце концов я не выдержала:

— Можно подумать, что из кресла торчит гвоздь!

— Не, — ухмыльнулся мальчик, — но что-то мешает.

Он засунул руку под тоненькую накидку и выудил небольшую железную коробочку. Внутри оказалась телефонная книжка.

— Гляди, — ткнул мне ее под нос Кирилл, — Галкина штучка.

— Отчего ты так решил?

— Так тут на первой странице написано: «Сорокина» — и телефон дан. Небось она который день ее ищет. Во раззява.

Мы купили торт, привезли его домой, съели, я помыла посуду и вздохнула. Очень не хочется, но надо позвонить Гале и сообщить о находке. Сорокина небось злится на меня, сейчас наслушаюсь! Хотя, может, перевалить дело на Лизу?

Девочка, поныв для порядка: «Почему всегда я должна делать неприятные вещи», набрала номер и вежливо сказала:

— Здравствуйте, Леонид Максимович, это Лиза, можно Галину Семеновну? Она...

Очевидно, Леня прервал ее, потому что Лизавета замолчала, затем ее глаза расширились, а на лице появилось выражение искреннего недоумения.

— Ну ни фига себе! — воскликнула девочка, отсоединяясь.

— Что он тебе сказал?

Лиза трясла головой:

— Боюсь, если повторю, ты меня не одобришь, ну, как бы это объяснить, один глагол, одно притяжательное местоимение и одно существительное. Правда, две последние части речи сказать вслух можно, неприличными они делаются лишь в сочетании с той, что обозначает движение.

— Леня ругался при тебе матом? — изумилась я. — Он пьян?

— Трезвее некуда, — заверила меня Лиза, — сообщил, что Галя б..., и он с ней больше не живет!

Я схватила трубку. Скорей всего, Ленька от удушающей жары сошел с ума!

— Да, — рявкнул приятель, — кто там? То есть, чего надо?

— Это Лампа.

— Ну!

— Позови Галю.

— Твоя подруга, — завопил Ленька с такой силой, что у меня заложило уши, — твоя подруженька!..

Разрешите мне не приводить тут его высказывание целиком. Поверьте, ни одного печатного слова Леонид Максимович не произнес. Прооравшись, он бросил трубку, а я, схватив ключи, понеслась к Сорокиным. С моей подругой явно случилась какая-то неприятность.

Дверь мне открыла Ирина Глебовна, мать Лени. Ее лицо было хмурым. Увидав меня, она сжала губы в нитку, потом сурово заявила:

— Вам незачем более сюда являться, Галина Семеновна тут не живет!

Вымолвив это, она хотела уже захлопнуть дверь, но я быстро сунула ногу в щель между косяком и створкой.

— Послушайте, ведь я не сделала вам ничего плохого. Может, объясните, в чем дело?

Ирина Глебовна молча попыталась выпихнуть мою ступню из проема, но я цепко держалась пяткой за порог. За спиной старухи замаячил Ленька.

— Явилась не запылилась, — прошипел он, — ну входи, послушай про свою подруженьку, узнай ее истинное лицо!

Он втащил меня в прихожую и прямо у вешалки, забыв предложить пройти в комнату, рассказал совершенно невероятную историю.

В субботу Леня вернулся домой очень поздно, за полночь. Настроение у него было на нуле. Да и кто бы почувствовал себя хорошо, работая в свой законный выходной день? Открыв квартиру, Леня удивился: никого. Ирина Глебовна с Алисой должны были вернуться с дачи, и куда подевалась Галка? Обычно в это время жена либо спит, либо лежит в ванне. Но и постель, и джакузи оказались пусты. Супруга испарилась. Недоумевающий Ленька прошел на кухню и нашел там Ирину Глебовну, сидевшую над кучкой обрывков. С трудом подбирая слова, мать объяснила сыну, что... жена его бросила. Старуха приехала с дачи и нашла на столе письмо, прочитав которое, разорвала, ну не смогла справиться с собственными эмоциями. Леня потряс головой. Ирина Глебовна человек серьезный, так шутить она никогда не станет.

— И что там было? — ошарашенно спросил Сорокин, разглядывая обрывки.

— Сейчас попробую максимально точно воспроизвести, — прошептала мать, — кажется, так.

«Леонид! Наша совместная жизнь более невозможна. Ты меня не ценишь, не уважаешь и не любишь. Твоя мать вечно во все вмешивается, а дочь просто хамка. Я терпела вас, мучилась, но сколько веревочке ни виться, а кончик придет. Я ухожу, надоели вы мне до икоты. Искать меня не следует. В моей жизни появился новый мужчина, с ним я начну другую, счастливую жизнь. Ничего из вещей я не взяла специально, ушла в чем есть. Драгоценности на месте. Не хочу слышать упреков в том, что ограбила бывшего супруга. Кстати, мой новый, горячо любимый муж богат, у нас родятся дети, милые, хорошие, не такие, как Алиска. А вы живите без меня, вы заслужили это. Прощайте навеки, бывшая жена, мать и невестка Галина».

Я опустилась на пуфик. Леня продолжал орать, но я словно оглохла. Галка бросила семью? Просто бред!

— Говоришь, это произошло в субботу? — перебила его я.

— Да! — взвизгнул Леня.

Я окончательно растерялась. Очень хорошо помню, что в тот день повезла Сорокину к экстрасенсу. Встретились мы где-то в начале первого, в семь я, злая, как рой ос, улетела домой. Галка болтлива до крайности, у нее язык без костей. Если бы Сорокина замыслила улепетнуть от семьи, она бы непременно поставила нас в известность. Да, конечно, Галя ныла, жаловалась на тяжелую жизнь, но никаких новых мужских имен мы от нее не слышали. И потом, я хорошо знаю Сорокину! Поверьте, она не тот человек, который убежит от постылого супруга голой. Нет уж, Галка соберет абсолютно все, выломает встроенную мебель и сдерет ковровое покрытие. Один раз, пару лет назад, Сорокины крупно поругались и Галя съехала к матери. Вы не поверите, но за пару часов, пока дома не было свекрови, она ухитрилась сложить весь хабар и перетащить к своей мамочке. А тут оставила все, даже брюлики. Ох, что-то в этой истории не так.

— Дай мне почитать ее письмо, — попросила я.

— Ты глухая, — вызверился Ленька, — его давно порвали и вышвырнули!

— Это зря!

— Почему же?

— В милиции захотят взглянуть на него.

— Где? — влезла в беседу Ирина Глебовна.

— В милиции, — повторила я.

— Какое дело правоохранительным органам до наших семейных дел, — проскрипела старуха.

— Разве вы не отнесли заявление?

— Зачем? — фыркнул Ленька.

— Ну, когда человек исчезает, родственники обычно...

— Она не исчезла, — заголосил Леня, — прошмандовка, сука, б...! Никто ее искать не собирается! Ушла, и все! Ясно???

Я кивнула:

— Алису она оставила?

— Ребенок ей ни к чему, — скривилась Ирина Глебовна, — малышка помешает этой, с позволения сказать, матери, гулять в полную силу.

Я подавила усмешку. Называть Алису малышкой как-то слишком. Девица вымахала до метра семидесяти пяти сантиметров и весит килограммов восемьдесят. Этакий крупный младенец, очень сильно избалованный, капризный и патологически грубый! И вот вам еще одна странность! О Гале можно сказать разное. Она ленива, совершенно не желает работать, терпеть не может Ирину Глебовну и не считается с Ленькой, но Алиску-то она обожает! Я и предположить не могла, что Сорокина бросит дочь!

Глава 3

Выйдя на улицу, я обдумала услышанное. Интересно, когда Галя ушла, я имею в виду время? Ну, предположим, не успела я отъехать, как она выскочила от этого экстрасенса и потопала к метро. Под землей до цели добираться быстрей, чем на автомобиле, значит, Сорокина могла прибыть в квартиру около половины десятого. В полночь, или чуть позже, заявился Ленька. Что же произошло за эти часы? Отчего Галка решилась на безумный поступок? Или она задумала побег давно? Съездила к экстрасенсу и прямо от него подалась в новую, счастливую жизнь? Неожиданно в моей душе поднялась тревога. Я попыталась задавить ее, но не смогла. Помаявшись несколько минут, я вынула мобильный и пропищала:

— Алиску позовите!

— Ща, — буркнул не узнавший меня Ленька.

— Аллоу, — пропела девица.

— Алис, спустись вниз, — я старательно прикинулась ребенком.

— Зачем? И ваще ты кто?

Я противно захихикала:

— Дед Пихто. Мой брат тебе записочку передать велел, сам подойти в школе стесняется.

— Ладно, — мигом смилостивилась девчонка, — иду.

Я прождала ее минут десять, а когда Алиса наконец выскочила во двор, поняла причину задержки. Решив, что ее вызывают на свидание, школьница «нарисовала» лицо и тщательно взбила волосы. Я помахала ей рукой из окна.

— Алиса!

Одиннадцатиклассница приблизилась.

— Здравствуй, Лампа, — вежливо кивнула она.

— Как дела?

— Нормально, извини, меня тут ждут.

— Это я.

— Что?

— Я тебе звонила. Письма нет, влюбленного брата тоже.

Алиса захлопала глазами:

— Да? Между прочим, сегодня не первое апреля!

— Мне нужно с тобой поговорить тет-а-тет, без свидетелей, залезай в машину.

Алиска недовольно пожала плечами, но просьбу выполнила. От нее сильно пахло дорогими духами, очевидно, она вылила на себя ведро французского парфюма.

— Ты имеешь представление, куда подалась мама? — с места в карьер спросила я.

— Не знаю и знать не хочу! Она меня бросила!

— Ты никогда не слышала, чтобы Галя звонила мужчине?

— Чужие разговоры я не подслушиваю.

Я вздохнула. Оно, может, и так. Только у детей уши, как локаторы, улавливают все беседы, особенно те, которые вы предпочитаете вести тайно, даже в диапазоне ультразвука.

— Может, припомнишь, как утро субботы прошло?

— Обычно.

— А именно?

— Мы с бабушкой в восемь встали и на дачу отправились, а *эта* спала. Знаете, что меня взбесило?

— Говори.

— *Эта* у меня из шкафа розовую футболку взяла!

— С какой стати Гале брать твои вещи? — удивилась я. — У нее от своих шкаф ломится!

— У нас в семье все не по-людски, — повторила явно чужие слова Алиса, — обычно дочка к маме в гардероб лезет! Только *эта* вечно мои вещи брала. Своего полно, а ей нужны мои! Она эту футболку постоянно цапала. Натянет и щурится: «Ах, как мне розовый цвет к лицу!» Ведь знала же, что нас бросает, и в моем утопала! Ну не гадко ли? Такой маечки в Москве не купить, ее папа из Лондона привез. Разве это красиво? И цепочку стащила.

— Какую?

— Золотую, на ногу, — простонала Алиса, — на ней буква S болталась, русского С в лавке не нашлось. Папа опять же привез, а *эта* возмутилась и заорала: «Почему только одну купил, я тоже такую хочу». Дикий скандал получился. Бабушка *этой* сказала: «Украшения подобного рода носит молодежь». Что тут началось! *Эта* все время у меня цепочку хватала, ваще в свою превратила. Мне, между прочим, тоже хотелось ее поносить. Вот какая мерзость! Бросила меня и удрала в моих вещах, в футболочке... Цепочку такую тоже никогда не купить, папа ее в Тунисе нарыл.

— Тебе совсем не жаль маму? — удивилась я.

— *Эта* мне не мать, — с вызовом заявила Алиса, — нормальная женщина никогда не бросит дочь, тем более если той предстоят экзамены. И не о чем нам тут толковать!

Хлопнув дверцей, Алиска выскочила на тротуар и была такова.

Я еще раз прокрутила в голове ее рассказ, запоздало удивилась черствости девочки и включила зажигание. Странная история! Убежать из дому в одежде и украшениях дочери? Нацепить розовую футболочку, цепочку с буквой S... Уму непостижимо! Цепочка!

Внезапно в моем мозгу вихрем пронеслось воспоминание. Двое полупьяных парней запихивают в ржавую колымагу абсолютно невменяемую бабу в халате, на ноге у нее болтается золотая безделушечка с буквой S. Не чуя под собой земли, я понеслась в квартиру к Сорокиным. На этот раз дверь открыл Ленька.

— Забыла чего? — хамски осведомился он. — Или дорогу домой не нашла?

Я вцепилась ему в плечо.

— Галка...

— Слышать не желаю это имя!

— Но...

— Уходи!

— Погоди.

— Пошла прочь!

— С Галкой явно случилась беда.

— Убирайся.

— Послушай...

И тут Ленька что есть силы ударил меня в грудь. Я, словно крошка хлеба, скинутая со стола, пролетела пару метров, стукнулась спиной о стену и, не удержавшись на ногах, упала на пол. Ленька молча захлопнул дверь. Я попыталась встать, ощутила резкую боль в спине и испугалась: неужели сломала позвоночник! Но через мгновение палка, воткнувшаяся в поясницу, исчезла, и я сумела подняться, ноги тряслись, виски ломило. Никогда до этого меня не били мужчины, впрочем, женщины тоже. До сих пор все конфликты разрешались путем переговоров.

Дыша, словно больная собака, я доползла до «Жигулей» и попыталась прийти в себя. Скорей всего, кто-то из родственников пьянчуги тоже летал в Тунис и привез ей в качестве презента ножной браслет. Вероятно, спившуюся бабу зовут Соня или Света, а может, у нее фамилия Смирнова, или эта S никак вообще не связана с паспортными данными. Да и одета она была не в красивые брючки и розовую футболочку, а в застиранный байковый халат.

Внезапно в голову пришли другие мысли. Опустившаяся, пьющая баба не станет носить на щиколотке золото, она его мигом сменяет на бутылку. Может, женщина напилась впервые в жизни?

Тревога грызла меня, словно голодная собака кость. Избавиться от мучений можно было лишь одним способом. Стараясь не прислоняться ноющей спиной к спинке сиденья, я порулила на проспект Рукавишникова. Возле девятиэтажной башни кипела жизнь.

Радуясь хорошей погоде, все неработающие жильцы выползли на улицу. Я оглядела присутствующих. И каким образом я узнаю имена парней, которые волокли бабу в халате? Спросить, что ли, у аборигенов: «Простите, кто у вас ходит в спортивных штанах, водит ржавую раздолбайку и любит покушать водочку?»

Боюсь, таким образом я ничего не выясню. Сейчас во дворе маячит штук шесть мужиков, и все как один в брюках с надписью: «Адидас». А еще вдоль тротуара выстроилась цепь старых, ободранных «шестерок» и «пятерок», да и водку здесь небось пьет каждый первый.

— Мама, — раздался за спиной знакомый голосок, — ну когда же мы купим хомячка?

Я обернулась. Толстая тетка, одетая сегодня в чудовищный едко-зеленый сарафан с синими цветами, уселась на скамейку.

— Иди, Лидка, поиграй, — велела она, добывая из сумки любовный роман.

Девочка понеслась к песочнице, я села около горы сала и вздохнула:

— Жарко-то как!

— И не говорите, — охотно вступила в разговор жиртрестка, — чисто Африка, ваще погода обезумела.

— В квартире дышать нечем!

— У нас тоже духотища.

— Сейчас на даче хорошо, только у меня ее нет, — покривила я душой, вспоминая наш просторный дом в Алябьеве.

— У нас есть шесть соток, — гордо заявила собеседница, — но далеко, под Шатурой, не наездишься.

Мы еще поболтали о всякой ерунде, потом бабища сказала:

— Я вас вроде на этой лавочке на днях видела!

— Точно, я сидела тут в субботу.

— Вы не из нашего дома, — отметила баба, — я всех здесь знаю.

— Прямо-таки всех, — ухмыльнулась я.

— Не верите?

— Здесь, наверное, квартир пятьдесят, разве можно со всеми соседями познакомиться!

Толстуха улыбнулась:

— Нас всех из одного общежития сюда переселили. Во повезло!

— В чем?

— Так жили мы в жутком бараке, — обрадованно стала объяснять фанатка любовных романов, — и никогда бы нам квартиры не видать, только Лужков, дай ему бог здоровья и счастья, надумал третье кольцо строить, а дорогу аккурат на месте нашей развалюхи запланировали. И вот радость! Бараков-то три! Два как стояли, так и остались, а наш сломали и всем квартиры тут понадавали. Ну скажи, бешеное везение!

Я кивнула:

— Не со всяким такое случится!

— Да ваще ни с кем!

Решив, что настал удобный момент, я спросила:

— Помните, в субботу, ну вы еще около меня на скамеечку сели, два парня пьяных тетку из подъезда выволокли.

— Неа, — разочарованно протянула собеседница, — а зачем? Чего в них интересного? Тут почти все мужики каждый день выпивши, это в будни, а в выходной ханку принять — святое дело, никто даже ругаться не станет. Должен же хозяин отдохнуть!

— Вот-вот, — я постаралась освежить ее память, — вы так тогда и сказали: «Соседи отдыхают». Они еще бабенку до «Жигулей» доволокли и внутрь запихнули.

— Точно, — хлопнула себя толстуха по тому месту, где у женщин бывает талия, — Витька Каретников с приятелем! Знаешь, чего он делает?

— Нет.

— Райка, жена его, сменами работает, — зачастила баба, — сутки через двое, в метро она пашет, уборщицей, а Витек на лесопилке, доски режет, тут недалеко, на нашей улице заводик стоит. Когда Райка дома, Витька прям шелковый, помойку выносит, за картошкой ходит, ковер трясет. Стоит ей на смену уйти, все, мигом нажрется. Целый день водяру трескает, ночь отсыпается, утром огурцом Райку встречает. Вот повезло бабе!

— Вы так считаете?

— Конечно, — грустно ответила гора сала, — мой-то никого не боится и целыми сутками квасит. Нажрется и лупит нас с Лидкой.

— В какой квартире этот Витя живет?

— В двадцать девятой, мы с ним на одной площадке.

— А его приятель?

— Не из наших он.

Забыв проститься с говорливой сплетницей, я понеслась в подъезд и, не притормаживая, долетела до нужного этажа. Палец нажал на кнопку звонка. Не успела я услышать слабое треньканье, как дверь распахнулась. На пороге стояла женщина, напоминавшая персонаж анекдота о счастливой семейной жизни: рыхлое тело облачено в застиранный халат, на ногах резиновые шлепки, голова топорщится от бигуди. В поднятой правой руке нимфа держала скалку.

— Явился, — завела было она, но потом осеклась и уставилась на меня маленькими карими глазками, торчащими из щек, словно изюминки из калорийной булочки.

— Здравствуйте, — улыбнулась я.

— Здрассти, — весьма приветливо ответила баба, — небось напугала вас, уж извините. Муж у меня загулял — Витька. С субботы носа не кажет, думала, он заявился. Вот, поучить хотела.

— Виктор Каретников ваш супруг?

— Ну да, Витька, — кивнула тетка, опуская скалку, — алкоголик чертов! Впрочем, все мужики такие, мой еще не самый плохой, вон у Натки...

— Вы Раиса?

— Точно.

— Виктора с субботы дома нет?

— Ага.

— А с кем он запил?

— Кто ж его знает, — вздохнула Рая, — я смену отработала, прихожу — никого. Вот приползет — спрошу, только лучше б ему домой не заявляться.

— Почему? — удивилась я.

Раиса положила скалку на полочку у зеркала, сунула руку в карман и вытащила белый носовой платочек. Один угол его украшала изящная монограмма «ГС». Мигом в моей голове ожило воспоминание. Вот Галка влезает в мою машину, жалуется на жизнь, потом вынимает из сумочки кружевной платочек и чихает.

— Ты бы как поступила? — потрясла передо мной куском батиста Рая. — Я пришла домой уставшая, как сковородка, на столе пустая бутыл-

ка, все котлеты сожраны, а под кроватью эта
дрянь валяется! Убью на фиг, лучше ему сюда не
возвращаться, без греха тогда буду. А увижу — не
сдержусь. Погоди, ты кто?

Ее маленькие глазки потеряли приветливость, а лицо стало жестким.

— Витя пил вместе с моим мужем, — быстро
соврала я, — того тоже с выходного дома нет, вот
я его искать отправилась. Добрые люди подска-
зали: с Каретниковым мой гулял.

Складка на лбу Раисы разгладилась.

— А... а, я ничем тебе не помогу, уж извини.
Да ты не убивайся, сам придет! Очмоняется и заявится, жрать захочет — прибежит!

Я притворно вздохнула:

— У вас же машина есть?

— Имеется «шестерка», — гордо ответила Рая.

— Номер не подскажете?

— 337 МОМ, а что?

— Да нет, просто так!

Раиса хмыкнула и захлопнула дверь, я не
стала вызывать лифт и пошла пешком вниз по
лестнице. Однако странно. Толстая любительница любовных страстей только что рассказала мне
о том, как Витька боится своей гневливой жены.
Впрочем, понять парня можно. Если стокило-
граммовая Раечка каждый раз колотит ослушни-
ка скалкой, его следует пожалеть. Но не в этом
суть. Витя гуляет в отсутствие супруги, и к ее
возвращению со службы уже вполне трезв. А тут
исчез на несколько дней. Вошел в штопор? Загудел с приятелями и теперь боится идти домой,
справедливо полагая, что возмездие за веселые
минуты будет ужасным? И потом, платочек! Он
же принадлежит Галке. Она что, не пошла к
экстрасенсу? Платок! Ну не дура ли я!

Ноги понесли меня назад. Дверь двадцать девятой квартиры опять распахнулась, и передо мной вновь предстала Рая с деревяшкой на изготовку.

— Это ты! — раздраженно произнесла она.

— Раечка, отдайте мне платочек!

— Какой?

— Ну тот, носовой, который у себя в комнате нашли.

— Это еще зачем?

— Понимаете, — начала лихо врать я, — кажется, я знаю, чей он.

Брови Раи взлетели вверх.

— Да?

— Точно. У меня есть соседка, молоденькая, совершенно без стоп-сигнала, — лихо фантазировала я, — на мужиков без разбору вешается...

— Сука, — процедила Рая, — давить таких надо.

— Точно! Вчера стою на балконе, а она на своей лоджии белье развешивает. Сдается мне, там штук шесть похожих платочков висело. Вы мне дайте его, я пойду сравню.

— На, — протянула Раиса измятый комочек, — ежели он ей принадлежит, уж не поленись мне рассказать, вместе сволочару отходим.

Я кивнула и вызвала лифт.

— Эй, — позвала Рая, — тебя звать-то как?

— Лампа.

— Во имечко чудное! Держи, тут мой телефон записан, только позвони, мухой прилечу и об спину дряни скалку изломаю. Неповадно будет в другой раз с чужими мужьями перепихиваться!

Глава 4

Ленька распахнул дверь и взвизгнул:

— Какого... ты приперлась? Сказано было, не смей сюда больше шляться!

Я ткнула ему под нос платок:

— Это Галкин?

Неожиданно Ленька вполне мирно ответил:

— Да. Я привез ей двенадцать штук из Белоруссии.

— С твоей женой случилась неприятность, она...

Ленька шумно вздохнул:

— Вот что, Лампа, против тебя я ничего не имею, ты человек хороший, беззлобный и глупый. А Галина хитрая стервятина, сделай милость, уходи спокойно. Я тебя уже один раз пнул. Извини, конечно, некрасиво вышло, но ты сама виновата, зачем лезешь? Давай по-приятельски разойдемся.

— Галю похитили, — попыталась я втолковать Лене, — двое парней, пьяных, засунули ее в «Жигули» и увезли в неизвестном направлении, платок она потеряла, это единственная улика.

Ленька засопел:

— Лампа, просил же! Галина, конечно, поняла, что совершила ошибку. Мужа на любовника не меняют, да только поздно, я ее назад ни под каким видом не пущу, умирать на коврике станет, дверь не открою, кое-что жене не прощают. Извини, мне супруга секонд-хенд не нужна. Я очень хорошо знаю, что она задумала. Решила спектакль разыграть. Вот и сунула тебе платок.

— Нет, ее...

Леня побагровел:

— Просил же по-хорошему, но тебе хоть кол на голове теши! Уходи, не доводи до греха!

— Галю убьют!

— Туда ей и дорога! — заорал Леня и с такой силой шваркнул дверью, что со стены упал кусок штукатурки.

Чуть не задохнувшись от возмущения, я пошла к машине. Ну, Леонид, погоди. С Галкой случилась беда, ей нужна помощь. Сорокина никогда бы не стала заводить шашни с Витей Каретниковым. Я не очень высокого мнения о моральных качествах Галки, думается, попадись ей на жизненном пути обеспеченный, способный удовлетворить ее желания кадр, Сорокина могла и вильнуть налево. Но закрутить любовь с нищим алкоголиком?! Сие не для нее. Галочка слишком себя любит. Следовательно, ее похитили. Кто? Зачем? Хотят выкуп? Ленька вполне обеспеченный мужчина, но его доходы не столь и велики. Ездит Сорокин на недорогой «Нексии», дачу построил щитовую, на расстоянии пятидесяти километров от Москвы. Еще Лenька частенько повторяет фразу: «Работаю, как цирковая обезьяна, а все на унитаз уходит!»

Зачем красть у него супругу? Огромный выкуп он за нее не заплатит. Может, Галка узнала чужую тайну? И теперь ее убрали, чтобы она не молола чересчур длинным языком? Одни вопросы без ответов. Ясно одно: моя знакомая в беде. Да, я не очень люблю Галку, мне категорически не нравятся ее лень, эгоизм и вечное нытье. Но это ведь не повод, чтобы оставить ее в тяжелой ситуации одну. Ленька зол на жену и заявления в милицию о ее пропаже не понесет, да и не считает он супругу пропавшей. Ирина Глебовна тоже пальцем не пошевелит, чтобы помочь невестке, а Алиска жалеет лишь о футболке и цепочке! Пойти самой в милицию?

Может, кто другой и поступил бы столь наивно, но я-то имею в ближайших друзьях майора Костина и очень хорошо знаю: в районном отделении крайне неохотно принимают заявления о пропаже людей даже у ближайших родственников. Никто не хочет портить процент «раскрываемости» и получить себе на голову очередной «висяк» вкупе с выговором от начальника. Первое, что слышат встревоженные люди в милиции, это фразу: «Подождите три дня, небось загулял, скоро явится».

А со мной там вообще не станут разговаривать. Ну, предположим, каким-то чудом удастся уговорить ментов, и они, находясь в состоянии умопомешательства, возьмут заявление. И что дальше? Первый, к кому отправятся служивые, будет Ленька. На этом весь процесс расследования закончится, жены, убежавшие от постылых супругов к страстным любовникам, ментов ни с какой стороны не волнуют. И как поступить? Попросить Вовку помочь? Ага, я хорошо знаю, что он ответит: «Лампудель, не лезь не в свое дело! Милые бранятся только тешатся. Леня и Галя помирятся, а с тобой больше никаких дел иметь не захотят!»

Отчасти Вовка будет прав, никогда не следует вмешиваться в чужой супружеский скандал и активно принимать в нем чью-то сторону. Муж и жена, скорей всего, помирятся, а вам откажут от дома. Но здесь-то иная ситуация. Что ж, придется самой разбираться в этой истории, чует мое сердце, с Галкой приключилась настоящая беда!

Оказавшись в центре, я позвонила Вовке, услыхала резкое: «Костин слушает», и спросила:

— Как делишки?

— Чтоб я тебя больше не видел, — заорал Вовка, — пропади с глаз!

— Что я сделала-то? — испугалась я, припоминая все свои грехи.

Ну сожгла вчера брюки майора утюгом и, чтобы он не очень злился на меня, затырила портки на самое дно бачка для грязного белья. Как только он узнал про это? Ведь никогда не роется в бачке, просто швыряет туда рубашки! Хотя, может, Вовка разведал про то, кто долбанул в зад его «восьмерку»? Ей-богу, я не хотела, парковалась в темноте и совершенно случайно задела его колымагу. Честно говоря, у майора не авто, а ржавое корыто, лишняя вмятина на нем погоды не делает. Но Вовка так возмущался и топал ногами, что у меня духу не хватило честно признаться в содеянном.

— Извини, — другим тоном сказал Вовка, — это я не тебе.

— Что случилось?

— Пожар в обезьяннике, — сердито бросил Костин, — все визжат и прыгают из окон. Вадька — кретин...

— Не хочешь кофе попить?

— Можно.

— А я как раз около тебя.

— Ладно, — вздохнул Вовка, — спускаюсь.

Набрав себе бутербродов, Костин принялся мрачно их разглядывать.

— Колбаса как-то странно выглядит, — сказал он. — А ну, понюхай!

— Почему я? Сам и обнюхивай! — возмутилась я.

— У меня нос нежный, — не дрогнул майор, — если вонь учую, мигом стошнит.

— Ага, а я, значит, с детства живу на помойке и адаптировалась к вони.

— Ну как? — Вовка ткнул мне в лицо сандвич.

— Нормально.

— А выглядит ужасно! И сыр сохлый!

Я изучила кусок свежайшего сыра.

— У тебя просто плохое настроение!

— А с чего ему быть хорошим? — разозлился Костин, отхлебывая капучино. — Фу, здесь кофе и не пахнет! Одна пена! Кругом идиоты и воры!

— Да что случилось?

Вовка с грохотом поставил чашку на блюдечко, светло-коричневая жидкость выплеснулась на стол.

— Вадька Пивоваров кретин!

Я молча пила вполне пристойный капучино. Если задавать майору вопросы, он из вредности не ответит ни на один, лучше посидеть с закрытым ртом, тогда он сам расскажет, в чем дело.

Вовка покачал головой, слопал обруганные бутерброды, вытащил сигареты и буркнул:

— Ты в курсе, конечно, что мужья от жен заначки делают?

Я кивнула:

— Естественно.

— Так вот, — слегка успокоившись, продолжал Вовка, — классическим местом для утаивания от супруги денег у ментов считается ствол пистолета. В него запросто входит пара аккуратно свернутых трубочкой купюр.

Я хихикнула. Здорово! Редкая женщина не боится огнестрельного оружия. Одна беда — много денег туда не положить. И потом, к счастью, нечасто, но все же бывают ситуации, когда нужно воспользоваться пистолетом.

Сотрудник Вовкиного отдела, Вадим Пивоваров, решил копить на новую машину. Задуманному мешала его супруга Ленка, ухитрявшаяся тратить все семейные деньги на ерунду. Хотя, положа руку на сердце, Вадькина зарплата не слишком велика. Пивоваров почесал в затылке и пристроился в свободное время подрабатывать. От Ленки он этот факт скрыл. Просто врал ей, что в городе объявлено особое положение и ему нужно дневать и ночевать на службе. Но, зная особый нюх супружницы на деньги, Вадька решил обезопаситься. Живут они с Ленкой в крохотной однушке, укромных уголков в ней наперечет, и Вадик рассудил просто: если нельзя отучить жену искать бабки, то следует раз и навсегда отбить у нее охоту брать захованные купюры. Задумано — сделано. Ох, не зря говорят, что самое страшное для России — это солдатская смекалка.

В милицейском обиходе имеется штука под названием «химловушка». Используют ее в разных ситуациях. В частности, ее можно замаскировать под пачку денег. Вот наш рационализатор так и поступил. Оставил заряженную ловушку в прихожей, в ботиночнице.

Представьте состояние Вовки, когда в его кабинет ввалилось инфернальное существо, смахивающее на коренного жителя Марса, и принялось страстно ругаться, размахивая окрашенными в пурпурный цвет руками. С трудом узнав во взбешенной посетительнице Ленку, Вовка мигом въехал в ситуацию. Не успел Вадька поставить «капкан» и убежать на работу, как Ленка, обнаружив «заначку», схватила ее. Механизм сработал мгновенно, «химловушка» безотказная вещь. Произошел небольшой взрыв и выброс вещества, имеющего бурую окраску и практически несмывающегося. Ловушка-то задумывалась для того, чтобы преступник потом длительное время ходил меченый. Вид ярко-красного лица и рук привлечет внимание сотрудников ГУВД. И еще при помощи этого нехитрого приспособления очень легко вычисляются в трудовых коллективах воры.

Плачущая Ленка потребовала наказать Вадима.

— Я на вас комиссию натравлю, — орала она на Вовку, — вот как вы государственные средства разбазариваете! В личных целях используете!

Костин попытался утешить взбешенную бабу, но в какой-то момент, глянув в ее лицо, напоминавшее физиономию индейского воина перед смертельной схваткой, не удержался, захохотал и брякнул:

— А ты, Ленка, не лазай по щелям, не тырь мужнины денежки!

Ленка завизжала и понеслась к вышестоящему руководству. Поняв, что сглупил, Вовка прикусил язык, да поздно. Слово, оно, как известно, не воробей, вылетит — не поймаешь. Машина репрессий завертелась, и всем мало не показалось.

— Бедненький, — пряча предательскую улыбку, завела я, — каждый день у тебя фигня случается!

— Чего тебе от меня надо? — прищурился Костин.

— Что за ерунда пришла тебе в голову!

— Знаю ваше высочество как облупленное. Прикатила ко мне на службу...

— Я просто ехала мимо.

— Не ври, говори коротко, ясно изложи суть проблемы.

— «Жигули»-337 МОМ, можешь узнать по своим каналам, не случилось ли чего с автомобилем и кто находился в салоне?

— Зачем?

— Понимаешь, в наше агентство обратилась Раиса Каретникова. Муж у нее пропал, уехал в субботу из дома, и до сих пор его нет. Она-то предполагает, что он сбежал к любовнице, мы сейчас будем отрабатывать эту версию, но хочется полностью исключить всякие ДТП.

— Сотрудники ГИБДД обязаны оповещать родственников.

— Знаю, но он сел за руль подшофе и, скорей всего, без всяких документов.

Костин начал барабанить пальцами по столу.

Я сморщилась и принялась усиленно шмыгать носом.

— Нам так редко достаются хорошие заказы, Раиса заплатила крупную сумму.

— Ладно, — сдался Вовка, — езжай домой. Как узнаю — сообщу.

— Ты мой котик! — воскликнула я, пытаясь обнять майора.

Костин шарахнулся в сторону:

— Только без поцелуев, ты надушилась какой-то невероятной гадостью!

— Интересное дело! — возмутилась я. — Сам же подарил мне на Восьмое марта эти духи!

— Да? Вот уж не предполагал, что они столь вонючи, — отбрил Вовка.

Решив побаловать своих, я зарулила на рынок и купила кусок телятины. Это только кажется, что мясо трудно готовить. На самом деле вы потратите на это считаные минуты. Берете кусок, тщательно моете, солите, сверху кладете на него пару долек чеснока, нарезанных на мелкие кусочки, потом аккуратно заворачиваете будущий ужин в несколько слоев фольги — и в духовочку. Тут главное — соблюсти несколько простых правил. Ни в коем случае не покупайте для запекания говядину. Вам подойдут телятина, свинина и баранина. А фольги должно быть столько, чтобы мясо тщательно спряталось, если наружу высунется даже малюсенький кусочек, блюдо будет безвозвратно испорчено. И не берите дорогущую вырезку, дешевая лопатка, почечная часть или окорок получаются не хуже.

Напевая, я уложила блестящий пакет на противень и глянула на часы. Так, телятины полтора килограмма, за два часа она превратится в неземное лакомство. Теперь быстренько наведем ревизию в холодильнике и позволим себе чашечку чая. Я распахнула дверцу. Вот здорово! За продуктами пока можно не ходить, йогуртов полно, молоко, кефир, масло... А это что? Баночка с чуть засохшими остатками плавленого сыра.

— Эй, Мульяна, поди сюда!

Мопсиха, спавшая на диване, даже не пошевелилась.

— Муля, кому говорят, бегом к маме.

Но собачка не испытывала ни малейшего желания стаскивать тучное тельце с мягкой, уютной лежанки и топать через всю комнату на кривых лапках. Она даже не приоткрыла глаз.

— Ада, — позвала я.

Раздалось бодрое цоканье, из коридора на крейсерской скорости принеслась Ада и стала шумно вздыхать, преданно глядя мне в лицо. Я поставила перед ней коробочку с остатками «Виолы». Адюня, повизгивая от восторга, принялась вылизывать «ванночку». Муля, услыхав звуки, издаваемые подругой, навострила уши, потом, сопя, стекла с оттоманки и приплюхала на кухню. Ее толстый, скрученный тугим бубликом хвост, медленно ходил из стороны в сторону, на складчатой морде была написана явная обида. Умей Мульяна говорить, она бы произнесла: «Интересное дело! А где моя порция? Так нечестно».

— Я тебя звала, но ваше высочество не соизволило даже глянуть в сторону хозяйки, — объяснила я ей, — знаешь, все вкусное и хорошее достается ласковому теленку! Вот Адюша прилетела мигом, теперь уплетает незапланированный полдник.

Мульяна горестно вздохнула и поплелась к

дивану. Ее спинка сгорбилась, хвостик повис. Я не вынесла страданий мопсихи и велела:

— Давай назад!

Муля развернулась и воссела у холодильника, я вытащила кусок сыра. Откуда ни возьмись, словно грибы после дождя, на пищеблоке материализовались Рейчел и Рамик. Я отрезала им по ломтику. Чавк, чавк, сыра как не бывало. Четыре пары карих глаз преданно смотрели на меня, четыре хвоста работали изо всех сил.

— Хватит, — решительно заявила я, — хорошего понемножку, в больших дозах счастье вредно!

Внезапно Мульяна повернулась, замерла, а потом кинулась к двери. Для меня остается загадкой, каким образом мопсиха чует, что через мгновение кто-то начнет звонить в дверь? Вот и сейчас не успела Мулечка подлететь к двери, как полилось треньканье. Забыв глянуть в «глазок», я распахнула дверь и попятилась. На лестничной клетке стоял мужчина самого безумного вида.

На большой круглой, похоже, налысо бритой голове, сидела крохотная полотняная кепочка. Когда-то такую носил мой отец. Худощавый, даже тощий торс облегала рубашка в красно-черную клетку, еще на нем были сильно измятые серые брюки и ярко-желтые ботинки, покрытые слоем городской пыли. На полу стоял потрепанный саквояж, а в правой руке мужик сжимал елку. Вернее, сухой ствол с торчащими в разные стороны колючими ветками.

Я заморгала. Учитывая жаркий май, хвойное дерево — самая необходимая вещь в хозяйстве. Надеюсь, он не хочет мне его продать? Сейчас по квартирам постоянно бродят странные личности, торгующие непонятными вещами. Намедни заявилась тетка, пытавшаяся всучить мне электрическую чайную ложку. Честно говоря, я была удивлена до крайности, увидав сей предмет.

— Страшно полезная вещь, — затараторила коробейница, — садитесь чаевничать, втыкаете приборчик в сеть, опускаете ложечку в воду — и пошло-поехало. Никаких лишних усилий, просто держите эту фиговину, а она сама всё за вас сделает.

Я покосилась на пластмассовую поварешку размером с батон «Докторской» колбасы и решительно сказала:

— Нет! Я вполне способна размешать сахар дедовским способом.

Но настойчивая коробейница не собиралась уходить. Она стала усиленно размахивать руками, требовать, чтобы я немедленно заварила чай и произвела испытание суперстолового прибора. Слава богу, домой явился Сережка и вытолкал бабу. А сегодня, пожалуйста, новое лицо, на этот раз с елкой.

— Здрасти, — заулыбался дядечка.

— Добрый день, — осторожно ответила я.

— Жарко как, спасу нет.

— Май в нынешнем году слишком теплый, — поддержала я светскую беседу.

Мужчина кашлянул:

— Простите, а Екатерина Романова тут живет?

Я похолодела. Это не коробейник, а намного хуже. Это какой-то провинциал, желающий использовать нашу квартиру в качестве гостиницы. Катастрофа!

Глава 5

Вы не осудите меня, если узнаете, что первым моим желанием было заявить: «Вы ошиблись, уважаемый. Очевидно, неправильно записали адрес. Никакой Екатерины Романовой тут и в помине нет».

Но потом я устыдилась, навесила на лицо любезную улыбочку и ответила:

— Катя сейчас на работе. Если хотите ее срочно увидеть, могу дать адрес больницы.

— Нет, нет, — замотал головой дядечка, — я Юра. Катя обо мне небось вам рассказывала.

— Юра? — воскликнула я.

— Ага, Юра Волков, неужто не знаете?

— Ах Юра! Волков!!! Заходите, сделайте одолжение, — изобразила я полнейший восторг, — как же, как же, я хорошо вас знаю, правда, заочно. Юра Волков!

— Вот и здорово, — обрадовался дядька, втискиваясь в нашу не слишком широкую прихожую, — а то я прям струхнул. Вдруг вы меня не пустите, куда мне тогда податься? В Москве я никого не знаю, денег на гостиницу у меня нет. Где елочку прислонить?

У меня чуть не вырвался адекватный ответ на

вопрос: «Сделайте милость, оставьте ее во дворе у мусорного бачка».

Но тут во мне некстати проснулось хорошее воспитание, данное мамой, и я, мило улыбаясь, прощебетала:

— А вот тут, в уголочке.

Юрий с сомнением крякнул:

— Уж извините, но лучше на кухне, в тепле, а то, боюсь, короеды помрут, они, говорят, плохо переносят сквозняк, впрочем, я не знаю, может, и врут люди, но лучше перебдеть.

— Кто умрет? — поинтересовалась я, на всякий случай отодвигаясь подальше от явно психически ненормального дядьки.

— Жучки, — охотно объяснил Юра, — никак нельзя, чтобы они погибли.

— Ах жуки-и, — протянула я, улыбаясь, словно японка, увидевшая начальство мужа, — понятненько! Если жуки, тогда да. Конечно, никаких проблем.

Придется соглашаться с ним во всем, я очень хорошо знаю, что с психами спорить никак нельзя. Сумасшедший может выйти из себя и начать кидаться предметами. Как назло дома нет никого!

Юра приволок елку на кухню и поставил в угол.

— Сейчас объясню суть дела, — начал он, но тут вдруг послышался веселый голос Кати.

— Дома есть кто?

— Мы тут! — завопила я, чувствуя невероятное облегчение.

Катюша влетела в кухню, грохнула на стол большой пакет, набитый снедью, и с чувством произнесла:

— Фу! Сил нет!

— Это Юра, — сказала я, показывая на гостя.

— Очень приятно, — улыбнулась Катя, — ой, а почему тут елка стоит?

— Она Юрина, — быстро ответила я, — на ней жуки живут, им страшен сквозняк.

— Жуки так жуки, — легко согласилась Катя и стала наливать себе чай.

— Вы надолго к нам? — бесцеремонно поинтересовалась я.

— Сейчас объясню, — завел Юра, и тут я увидела, как наглая Ада меланхолично пристроилась около корявого ствола, совершенно не по-дамски задрала лапу и с элегическим выражением на морде начала писать на елку. Слава богу, Юра сидел спиной к хвойному дереву и не увидел этого безобразия.

Глупо хихикая, я протиснулась к елке и от души шлепнула мопсиху полотенцем. Адюся хрюкнула, но процесс не прервала, она простояла у ствола почти пять минут. Катя, тоже заметившая Адюшины упражнения, начала громко рассказывать о том, как у нее прошел день. Наконец Ада ушла, я перевела дух, и тут в кухню влетела Лизавета.

— Вау, елка! Вы ее зачем с помойки притащили?

— Это Юрина, — хором ответили мы с Катей, тыча пальцами в мужика, вливавшего в себя третью кружку чая.

— А зачем она вам? — с детской бесцеремонностью поинтересовалась Лизавета. — Икебаной увлекаетесь? У моей подружки Нюси мать тоже сумасшедшая, всю квартиру сухими палками заставила, у них в гостиной на люстре шишки висят и верхушка от ананаса!

— Да ну? — удивилась я.

— Ага, — фыркнула Лиза, — композиция называется «Нирвана», призвана успокаивать, расслаблять и вводить в состояние благостного расположения духа. Так зачем елка-то! Фу, от нее плохо пахнет!

Я покачала головой. Однако странных людей вокруг намного больше, чем кажется на первый взгляд. Надо же, шишки и объедки ананаса! Неужели кто-то способен получить кайф, наблюдая такую красотищу? У меня бы постоянно чесались руки от желания ее сдернуть, а потом мухи небось так и липнут к сладкой верхушке!

— Сейчас объясню вам суть, — завелся Юра, и снова безуспешно.

С воплем: «Дадут мне есть?» — к нам ворвался Сережка.

Он окинул взглядом пейзаж и воскликнул:

— Ну, Лампудель, у тебя от жары разум помутился? Новый год давно прошел. Впрочем, ты непоследовательна, раз уж водрузила тут мумию елки, то должна бы сидеть под ней в бороде из ваты!

— Я никакого отношения не имею к этому дереву! — возмутилась я.

— Да ну, — хмыкнул Сережка, хватая кусок колбасы, — в нашем доме многие способны на экстравагантные поступки, но наряжать в мае сухие ветки, согласись, это все же в твоем духе!

— Сейчас объясню суть дела, — терпеливо повторил Юра.

— Вау! — заорал влетевший Кирюшка. — Есть чего на ужин?

Следом за мальчиком из коридора вынырнула Юля.

— Господи, чем у нас тут воняет? Елка! Лампа! Ты совсем того, да?

Я обозлилась до крайности. На кухне собралась вся семья, однако Юля почему-то посчитала именно меня «автором» затеи.

— Сейчас объясню суть дела, — зудел Юра.

— Сделай милость, — рявкнула я, — хватит собираться с духом, немедленно излагай, какого черта ты таскаешься с этой палкой!

Юра, подавившись чаем, откашлялся и монотонно забубнил. Через пару минут все стало на свои места.

Юра живет далеко, местечко, где находится его родной дом, носит поэтическое название «Гнилая гора». Это небольшой поселок из пяти домов, окруженный со всех сторон лесом. Жители ведут почти первобытно-общинный образ жизни. Телевизор, телефон и компьютер у них отсутствуют. Зато в каждой избе имеется радиоприемник на батарейках, электричества тоже нет, как, впрочем, горячей воды и канализации, а газ привозят в баллонах. До ближайшего населенного пункта, места цивилизованного, с магазином, почтой, аптекой и больницей — семь километров. Сами понимаете, никаких рейсовых автобусов тут не предусмотрено. Летом туда можно легко добраться на велосипеде или на мотоцикле, зимой — только на лыжах. Хуже всего приходится весной и осенью, вот тогда Гнилая гора превращается в изолированное место, топкая грязь не позволяет высунуться за околицу.

Все жители деревни работают лесниками. Лес для них живое существо. Юра знает на своем участке каждое дерево и здоровается со всеми зайцами. Никакого желания перебраться в большой город он не испытывает — чего хорошего в пыльной, загазованной Москве? В Гнилой горе изумительный воздух, на огороде вовсю прут овощи, а в речке ловятся на голый крючок метровые рыбины. Грибы, ягоды... А зимой Юра лежит на печке и читает книги. Аборигены Гнилой горы люди непьющие и совсем не тупые. Они сообща выписывают по каталогу всякие новинки, делают заказы в мае, в конце августа на почту прибывают посылки, их перетаскивают в деревню, и, как только начинают сеять дожди, гнилогорцы открывают читальный сезон. Жить бы им не тужить, да приключилось несчастье.

Невесть по какой причине лес начал погибать. Со многими елками стряслась одинаковая беда. Хвоя стала осыпаться, и вскоре достаточно большой участок тайги напоминал место падения Тунгусского метеорита. Обеспокоенные гнилогорцы попытались понять, что за напасть приключилась с посадками. Вскоре они сделали вывод: на деревьях поселились какие-то букашки, ловко сжиравшие хвою. Гнилогорцы окрестили паразитов короедами и решили расправиться с ними. Главный лесничий, то есть Юра, насобирал паразитов, принес их в свою избу и вознамерился попробовать на них имеющиеся в наличии ядохимикаты. И тут выяснилась интересная вещь. Мерзкие создания, снятые с елки, умирали почти мгновенно, во всяком случае, до дома Юра ни разу их живыми не донес. Зато на елке исчадия ада могли существовать годами, причем чем суше и обглоданней выглядела она, тем лучше чувствовали себя «клопы». И еще — ни одно из средств, имевшихся в распоряжении Юры, на них не действовало. Наоборот, опыленные ядом жучки словно молодели и активизировались. Учитывая тот факт, что вне дерева эти дряни моментально гибли, Юра мигом придумал способ борьбы с непрошеными гостями. Ели следует обтрясти — и дело с концом. Но потом он понял, что ему в голову взбрела глупость — вы попробуйте подергайте в разные стороны двухметровую зеленую красавицу, да и не свалятся все короеды, кто-нибудь останется.

Погоревали гнилогорцы и решили все же не сдаваться. Собрали денег и отправили Юру в Москву, в Тимирязевскую академию, там сидят люди ученые, все сплошь кандидаты и доктора наук, изучат напасть и выдадут эффективное средство борьбы с бедой. Но как довезти жучков живыми, если они дохнут моментально, лишенные пищи? Пришлось тащить с собой елку.

По мере повествования, Сережка и Лизавета, сидевшие в непосредственной близости от дерева, начали отодвигаться от него, и в тот момент, когда Юра замолчал, оказались в разных углах стола.

— И чего? — ожила Лиза. — Больно они кусаются?

— Нет, — успокоил ее Юра. — Людей они вообще не трогают.

— Ты уверен? — с сомнением покосился на гостя Сережка. — А то расползутся по всей квартире!

— Нет, — принялся увещать его Юра. — Они смирные, не бойтесь.

— Никто и не боится, — обозлился Сережка, — давайте лучше ее на лоджию выставим.

— Ой, не надо, — испугался Юра, — у вас экология плохая, еще передохнут.

— Вот и хорошо, — не сдался Сережка, — заодно и узнаешь, что жуки городской смог не переносят.

Юра вздохнул:

— Мне же надо яд с собой привезти, хоть немного, пока зараза по всему лесу не расползлась. Я за этих короедов, как за детей малых волнуюсь, как бы они не умерли невзначай до академии! От сквозняков их берег! Эх, рассказать бы вам, как я в поезде ехал, да боюсь, не поверите. А в Москве у вас люди-то злые! В метро меня не пустили, в автобус тоже!

— А как же ты добрался? — заинтересовался Сережа.

— Так пешком.

— С вокзала? — ужаснулся Кирюшка.

— Ага.

— Ужасно! — воскликнула Катя. — Через весь город на своих двоих!

— Привычный я, — успокоил Юра, — каждый день по лесу не меньше пятнадцати километров наматываю. Вот только воздуха у вас нет.

Юля встала и велела гостю:

— Вы ступайте в ванную, я сейчас полотенце чистое принесу.

— Оно и правда побаниться неплохо, — кивнул Юра, — в поезде не помыться было, а уж грязи! Не один день-то ехал.

— Надо было самолетом лететь, — влез Кирюшка, — вжик — и в Москве.

— Денег у меня только на плацкарт хватило, — пояснил Юра и пошел за Юлей.

Сережка сердито глянул на меня:

— Ну и где ты нашла это чудовище?

— Сам притопал!

— Адрес откуда взял?

— Он спрашивал Екатерину Романову, — быстро сдала я подругу.

— Мать, — сурово сказал Сережка, — когда ты прекратишь всем раздавать наши координаты? Ты вообще где с ним познакомилась?

Катюша с сомнением забубнила:

— Гнилая гора, Гнилая гора... Я в прошлом году, осенью, ездила в командировку, может, в Омске, в клинике?

— Ты не помнишь? — подскочил Сережка.

— Нет, — честно призналась Катюша, — я думала, он к Лампе заявился!

— Офигеть можно, — заявила Лизавета, — ты его что, не узнала?

— Нет, — покачала головой Катя.

— Безобразие, — завел было Сережка, но тут в кухню вошел Костин, устало сел на табуретку и мрачно сказал:

— Знаешь, Лампа, шутка с елкой, притащенной с помойки, одна из самых неудачных за последнее время. Даже устроенное тобой короткое замыкание кажется ерундой!

Я встала и ушла в свою комнату. Короткое замыкание! Ну случился такой факт, совершенно ненарочно, моей вины в нем нет, просто отчего-то утюг, включенный в сеть, решил испортить проводку. Я же не виновата, что кто-то пролил на вилку чай, просто всунула ее в розетку, хорошо хоть меня не убило!

Минут через десять Вовка заглянул ко мне.

— Слышь, Лампецкий, не дуйся, ну ошибся я.

— Ага-а, — обиженно протянула я, — сразу на меня накинулся.

— Я узнал тебе про машину, — залебезил Вовка.

— Правда? — обрадовалась я. — И что?

— ДТП со смертельным исходом, — вздохнул Костин, — водитель и пассажир на месте скончались. В субботу погибли, вечером.

— Да ну! — пробормотала я.

— Обычное дело, сели пьяными в машину, вот и результат. Хорошо, что никого с собой на тот свет не прихватили! — сердито закончил Вовка. — Дураков полно! Сам разбился и еще невинных людей погубил! Эти хоть одни пострадали. Я считаю, что нужен закон: у пьяного водителя навсегда отнимают права и запрещают ему в дальнейшем приобретать машину. Может, тогда бы кое-кто и поостерегся!

Я медленно переваривала информацию. Одурманенный градусом или наркотиками шофер — подлинное несчастье. Не так давно я ехала по Ново-Рижскому шоссе и была немало удивлена, увидав, что шедшая передо мной «пятерка», цвета баклажан, внезапно, без всякого предупреждающего сигнала метнулась из правого ряда в левый. Не успела я, чудом избежав столкновения, прийти в себя, как «баклажан» совершил обратный маневр, метнулся слева направо, потом он оказался посередине, затем вновь улетел вбок. Я поравнялась с «пятеркой» и увидела лицо водителя, красное, с остановившимся взором. На какие-то секунды шофер падал головой на руль, «Жигули» сносило в сторону, потом дядька встряхивался и начинал выкручивать баранку.

— Почему же ГАИ не сообщила Каретниковой о несчастье? — удивилась я.

— Трупы были без документов, — пояснил Вовка, — ни прав, ни паспортов.

— У машины имеется номер, по нему легко установить адрес владельца!

— Правильно мыслишь, — кивнул Костин, — именно так мы и поступили, только хозяин авто, некий Николай Логинов, жив, здоров и невредим. Колымагу свою он продал по доверенности, понимаешь? Сейчас разберутся и обязательно сообщат, сразу такие дела не расследуются.

Я вздохнула. Так часто поступают, чтобы избежать переоформления в ГАИ. Бывший владелец просто выдает новому генеральную доверенность — и дело в шляпе.

— Адрес этого Логинова у тебя есть?

Вовка вытащил из кармана бумажку.

— На, знай мою нечеловеческую доброту!

Я подождала, пока он ушел, и посмотрела на адрес. Улица Валерьевский тупик, дом девять. Надо же, это в двух шагах от нас. Я очень хорошо знаю эту магистраль, там находится сервис, где я чиню свою многострадальную «шестерку». Не могу сказать, что мастерская самая хорошая в столице, меня в ней устраивают две вещи: во-первых, за реанимацию берут сущие копейки, во-вторых, оставив кабриолет на яме, можно спокойно, за пару минут, неспешным шагом доползти до дома.

Я бросила взгляд на часы, день сегодня просто бесконечный, я успею добежать до Логинова и порасспрашивать его, если он дома. Небось он хорошо знал Каретникова и, вполне вероятно, не раз видел приятелей пьянчуги.

Глава 6

Николай жил в красивой новой кирпичной башне. Лифт вознес меня на пятнадцатый этаж, я увидела три абсолютно одинаковые двери, три идентичных коврика и кадку с искусственным фикусом у стены. Интересно, у них на всех лестничных клетках такой дизайн или только у жильцов этого этажа?

Логинов оказался щуплым мужичонкой в бермудах и цветастой майке.

— А какое вам дело до моей бывшей раздолбайки? — поинтересовался он.

Я вытащила удостоверение.

— «Начальник оперативно-розыскного отдела», — чуть ли не по складам прочитал Логинов и восхитился: — Во, блин! Баба-мент! А от меня че те надо?

— Можно войти?

Николай с сомнением осмотрел меня, потом шагнул на лестницу, притворил дверь и заявил:

— Лучше я сам к вам выйду!

Я подавила усмешку. Хозяин явно не хочет никому показывать нутро своих хором, наверное, это правильно! Мало ли кто заявится нежданным гостем. Как бы нам с Катюшей научиться вести себя так же. Вспомнив про елку с жуками, я вздохнула и довольно резко спросила:

— Отвечайте, кому вы продали принадлежащую вам машину номерной знак 337 МОМ?

Очевидно, мой тон подействовал на Логинова магически, потому что он бодро отрапортовал:

— А фиг его знает!

— Как это? — растерялась я.

— По доверенности ее отдал.

— Вы мне тут идиота из себя не стройте, — я усиленно корчила из себя сотрудника правоохранительных органов, — у нас ДТП со смертельным исходом, а вы, гражданин, ваньку валяете!

Николай откашлялся. Я, сурово сдвинув брови, смотрела на него. Давно поняла, что люди, бросающие взгляд в мое удостоверение, видят только слова «начальник оперативно-розыскного отдела», строчку, где написано «частного детективного агентства «Шерлок», не замечает никто, Логинов не стал исключением.

— А че тут такого? — забубнил он. — «Жигуленок» ваще убитый, чистый металлолом, я на нем девять лет отъездил. Себе новую купил, а развалюху куда? Вот и отволок на рынок. За семьсот баксов поставил, за шестьсот отдал.

— Кому же такие руины понадобились? — недоуменно воскликнула я. — По мне, так лучше подкопить и новую приобрести!

Николай хмыкнул:

— Ну... Не мое это дело! Я продавал, он купил. Могу имя назвать, у меня его данные записаны.

— Ступайте, — приказала я.

Логинов шмыгнул за дверь, я прислонилась к стене, побежали минуты. Николай отсутствовал полчаса, я вся извелась, топчась на площадке, садиться на ступеньки не хотелось. Наконец хозяин вышел.

— Вы еще тут?

— Странно, правда? — сердито спросила я. — Ну кто бы мог подумать! Надеюсь, вы не забыли, зачем уходили домой?

Николай хрюкнул:

— Нет. «Жигуль» я продал Каретникову Виктору Павловичу, домашний адрес...

— Спасибо, — устало остановила его я.

Круг замкнулся.

— Адрес не давать?

— Не надо.

— Зачем тогда искали?

— Для тренировки, — ляпнула я.

— Ну как хотите, — пожал плечами Логинов, на его лицо наползло обиженно-недоуменное выражение.

Такое поселяется на морде у Ады, когда она понимает, что еда в миске подошла к концу.

— Коли не надо, так не надо, — бубнил Николай, — а чего, он сбил кого?

— Нет, похоже, сам погиб, — пояснила я, — если, конечно, это он за рулем сидел, а не кто-нибудь из его приятелей. Вы, конечно, друзей Каретникова не знаете?

— Я с ним самим-то не особо знаком, — огрызнулся Николай, — всего один раз и видел.

Я медленно побрела домой. Нет, надо сейчас же позвонить этой Раисе, вдруг Витя вернулся в родные пенаты. Скорей всего, глава семейства просто «загудел» и, потеряв способность возвратиться к грозной супруге, предпочел убежать, дабы не быть битым скалкой, а машину дал кому-нибудь, ну попросили его помочь! Придется снова ехать к Каретниковой, по телефону трудно выяснить адреса всяких знакомых ее мужа, и потом... Если все же Виктор погиб, не сообщать же ей об этом в трубку! Так нельзя!

На этот раз Рая встретила меня без скалки, халат на ней, правда, красовался прежний.

— Привет, — довольно радушно проронила она, — ну что, он там?

— Где? Кто? — не поняла я.

— Витек мой, — прищурилась Раиса, — у твоей соседки? Ну, у той, что платок посеяла!

— А Каретников не вернулся?

— Неа, — вздохнула Рая, — у меня прямо злость пропала, теперь думаю, может, стряслось чего? Витька, он вообще только по водке. С бабами у него не того... плохо получается, через два раза на третий подымается. Да ты заходь, чего на ступеньках болтать.

Я вошла в душную квартиру.

— В комнату иди, — велела Раиса, — не, там кухня, налево ступай.

Я послушно переместилась в помещение, служащее в доме гостиной. Наверное, комнатой пользовались редко, в ней царил какой-то нежилой порядок. Большой диван был покрыт красно-черным ковром, такие же накидушки украшали и два кресла. Посередине громоздился стол, накрытый белой клеенкой, прикидывающейся скатертью. На нем стояла хрустальная ваза, из которой торчали пластмассовые ромашки. Легкий ветерок шевелил темно-зеленые занавески. Стены украшали картины, очевидно, купленные у метро, два пейзажа и натюрморт. На буфете в рамке стояла фотография. Молодая, хоро-

шенькая Раиса нежно склонила голову на плечо
парня, больше смахивающего на мокрого воробья, чем на отца семейства.

— Это Виктор? — ткнула я пальцем в снимок.

Рая кивнула:

— Ага, перед свадьбой фотографировались.

— Ваш муж такой худой!

— Чистый Кащей, — подтвердила Рая, — все
жрет и не толстеет, я же клюю, как птичка, а гляди, как меня разнесло! А чего ты про Витькин
размер интересуешься?

— Вы только не волнуйтесь, — тихо проговорила я.

Раиса захлопала глазами:

— Случилось чего, а?

— Ну...

— Говори скорей!

— Понимаете, «Жигули» под номером 337
МОМ попали в аварию.

— Мама! — взвизгнула Раиса. — Он убился!
Сто раз ему твердила, не лезь выпимши за руль!
Вот теперь по больницам намотаюсь, денег потрачу! Беда прям! Откуда время взять! Ну козел!
И чего, сильно покалечился? Ходить-то сможет
потом? Только не хватало за параличным ухаживать!

— Вы особо не волнуйтесь, — тупо повторила я, — может, это еще и не он. Вдруг кому ключи от машины дал, всякое случается.

— Ты о чем толкуешь? — прошептала Раиса,
хватаясь за подушкообразную грудь. — Не пойму. Знаешь адрес больницы, так скажи!

— Шофер и пассажир не в клинике.

— А где?

Я уставилась на Раису. И как сказать ей правду? Внезапно Каретникова стекла на диван.

— Он чего? Помер?

— В автомобиле нашли два трупа, мужских, — пролепетала я, — без документов, но, может, ваш муж и не в морге, вдруг...

И тут Раиса удивила меня. Побелев, словно бумага, она молча встала, открыла ящик буфета, порылась в нем и достала бордовую книжечку вкупе с пластмассовой карточкой.

— Дома он все оставил, — тихо сказала она. — Где Витька лежит, знаешь?

Я вытащила бумажку.

— Вы только успокойтесь. Сейчас позвоним в отделение дежурному и все выясним.

Раиса молча наблюдала, как я веду переговоры с милицией.

— Слышь, — попросила она, когда я повесила трубку, — ты со мной съезди, а? Страшно одной.

— Конечно, одевайся.

Раиса побежала в коридор, а я осталась тупо сидеть на диване. Внезапно из другого конца квартиры раздались грохот и вскрик. Ноги понесли меня на звук. У Каретниковых было две комнаты. Вторая служила спальней. Я ворвалась в нее и увидела Раису, лежавшую на полу.

— Господи, что случилось?

Хозяйка застонала и села.

— Поскользнулась. Дорожка подо мной поехала. Сколько раз хотела убрать ее, да руки не доходили. Хорошо хоть ничего не поломала.

— Встать можешь?

— Ща, — проскрипела Раиса, — попытаюсь.

Кряхтя и охая, хозяйка сгребла ноги в кучу, я

попыталась помочь ей, наклонилась и увидела возле тумбочки что-то непонятное, квадратное, ярко желтевшее на полу. Я схватила предмет и положила на ночной столик.

— Что нашла? — спросила Рая.

— Не знаю, — я машинально поглядела.

— Пряжка, — резюмировала Раиса, — только от чего? Для ремня маловата будет.

Я взяла крохотный кусочек металла и повертела его в руках. Действительно, маленькая, почти кукольная пряжка. Точь-в-точь такая украшала туфли Галки, когда я везла ее к экстрасенсу.

До морга мы добрались быстро, все-таки вечер, машин меньше. Раиса вела себя спокойно, даже попросила:

— Радио включи, а? С музыкой веселей.

Неожиданно в моей душе поселилась жалость к незнакомому Виктору. Похоже, жена совсем не расстроена его смертью, небось испытывает облегчение, узнав, что больше не надо будет заботиться об алкоголике. Грустно это, прожив много лет с человеком, не проявлять никаких эмоций, узнав о его кончине. Честно говоря, я боялась, что нас сейчас заведут в зал, уставленный каталками, сдернут с одной простыню... Хорошо бы не упасть в обморок. Вид тела, которое покинула душа, пугает.

Но молодой человек в нежно-зеленом халате, абсолютно трезвый и безукоризненно воспитанный, включил компьютер и прочитал нам описание особых примет.

— Коренные зубы отсутствуют, на левом предплечье шрам от ожога.

— Это его шампуром сосед на даче приложил, — напряженным голосом пробормотала

Раиса, — еще на щиколотке отметина имеется, круглая, а на правой ступне порез длинный. Витька на днях на осколок наступил.

— Точно! — воскликнул юноша. — Фото глядеть станете?

Раиса кивнула. На экране возник снимок, я зажмурилась, не хочу видеть труп.

— Витя, — прошептала Рая, — Витя.

— Водички хотите? — заботливо поинтересовался парнишка. — А второго знаете? Гляньте!

— Нет, — вдруг слишком громко ответила Рая, — впервые вижу!

— Все, все, — воскликнул парень, — убрал!

Я открыла глаза, на мониторе мирно светилась заставка — черное небо, усеянное звездами.

— Документы принесли? — деловито осведомился парень.

Раиса кивнула.

— Давайте.

Каретникова протянула служащему паспорт, я сидела, стараясь не шевелиться. Юноша кивнул и ушел. Мы остались вдвоем.

— Ты меня назад отвезешь? — неожиданно спокойно поинтересовалась Раиса.

— Конечно, — зачастила я, — не волнуйся. Хочешь, я останусь с тобой, пока кто-нибудь из родственников не подъедет?

Раиса пожала плечами:

— Мои все поумирали, а у Витьки только сестра осталась, горькая пьяница, я ей даже и звонить не стану, позор, а не баба, перед людьми стыдно станет. Лучше подруг позову.

Послышались бодрые шаги, и в комнату вошел служащий морга. Началось оформление документов, процедура заняла примерно час, потом парень деловито осведомился:

— Вещи возьмете?

— Какие? — испуганно спросила Раиса. — Они же горели.

Медбрат вытащил бумагу:

— Нательный крестик белого металла, кроссовки. А также сумка поясная из кожзама черного цвета.

— Ботинки можно тут оставить? — слабым голосом осведомилась Каретникова.

— Тогда акт подпишите, — парень равнодушно-спокойным жестом пододвинул к Раисе листок. — Вот здесь внизу и в углу, число поставьте. Сумочку нести?

— Да, — кивнула Рая, — там ключи его.

Медбрат снова ушел.

— Вот придумали, — пробормотала Раиса, — одежду отдавать! Кому она нужна!

Я пожала плечами:

— Наверное, правила таковы, санитар обязан спросить, люди-то разные, вдруг кто скандалить начнет.

Скрипнули плохо смазанные петли, медбрат положил перед нами небольшую обгоревшую сумочку, прикрепленную к ремню:

— Проверьте содержимое по описи.

Раиса снова побледнела и умоляюще посмотрела на меня:

— Слышь, глянь ты!

Мне тоже отчего-то стало не по себе, но делать нечего, пришлось открыть «молнию». Внутри не было ничего необычного: два ключа на железном колечке, портмоне и початая пачка сильно мятой жвачки.

— Деньги пересчитайте, — велел юноша.

Я раскрыла кошелек и стала перебирать купюры. Раиса сидела, отвернувшись к окну.

— Пятьсот долларов, — сообщила я.

— Что?! Тут кошелек? — вскрикнула Рая, повернувшись ко мне. — Сколько?!

Я показала ей зеленые бумажки и повторила:

— Полтыщи американских рублей.

— Откуда?

— Понятия не имею, — растерялась я, — они там лежали, внутри.

— С ума сойти, — взвизгнула Рая, — у Витьки отродясь больше пятидесяти рублей не имелось. Где он такую прорву баксов взял?

Медбрат хмыкнул:

— Уж точно не я ему подложил!

Раиса выхватила у меня портмоне и принялась судорожно рыться во всех отделениях.

— Больше ничего, — слегка разочарованно сообщила Рая, отшвыривая кошелек.

Медбрат взял его, раскрыл и сказал:

— Тут еще потайное отделение есть.

— Дай! — рявкнула Рая и вырвала у него кошелек. — Ну-ка, это что?

Она выудила небольшой кусочек бумаги, пару секунд смотрела на него, потом с чувством сказала:

— Сволочь! — и бросила находку на столешницу.

Я глянула на то, что лежало передо мной. Фотография, по размеру похожая на паспортную, но цветная и неровно обрезанная. Крик застрял у меня в горле. Со снимка смотрела улыбающаяся Галка Сорокина.

Еле-еле справившись с собой, я осторожно

взяла фото и сразу поняла, что оно было раньше частью большой карточки. За спиной Гали виднелся вход в гостиницу или в магазин, была заметна стеклянная дверь, а на ней две буквы — Т.С. Кто-то вырезал лицо из большой фотографии. Я машинально перевернула квадратик. Сзади карандашом было написано: «Топильская, 8».

— Ах он гад, — прошипела Раиса, — бабу завел! Ну погоди, только его увижу, мало не покажется!

Сказав последнюю фразу, она осеклась, пару секунд поморгала, а потом вдруг разрыдалась, уронив голову на стол. Я принялась гладить ее по спутанным волосам, приговаривая:

— Ну, ну, не надо.

Санитар, очевидно, привычный к виду чужого горя, открыл шкафчик, добыл оттуда пол-литровую бутылку, налил в мензурку остро пахнущую темно-коричневую жидкость и деловито сказал:

— Выпейте.

Внезапно Рая перестала плакать и покорно влила в себя содержимое стаканчика. Честно говоря, меня удивляет привычка некоторых медиков предлагать людям в качестве успокоительного настойку валерьянового корня. Ведь это лекарство не является скоропомощным. Для того чтобы валерьянка вас успокоила, ее необходимо пить довольно длительный срок, она должна накопиться в организме, и лишь тогда начинает оказывать на вас благотворное влияние.

Но, очевидно, стаканчик с сильно пахнущим раствором обладал психологическим воздействием. Раиса утерла глаза кулаком и, не забыв положить в свою сумочку кошелек с долларами, сухо сказала:

— Поехали.

Потом, не дожидаясь моего ответа, она встала и пошла к двери.

— Фотку возьмите, — напомнил медбрат.

— На... она мне сдалась? — вполне мирно спросила Рая. — Может, прикажешь в рамку вставить и на стену повесить. Так на всех б... багета не хватит!

— Вы не ругайтесь, — сурово ответил юноша.

— Пошел ты! — заорала Раиса и вылетела в коридор.

— Вы уж извините ее, — вздохнула я.

— Ничего, — отмахнулся парень, — тут на всякое насмотришься.

— Можно мне эту фотографию взять?

— Да, конечно, — улыбнулся санитар, — все равно выбрасывать.

Я вышла во двор и увидела Раису, прислонившуюся к «шестерке».

— Вот гад, — заявила она, стукнув кулаком по капоту, — сволочь! Значит, таскался по другим бабам, фотки их в кошельке носил, а я его хорони? Ну уж нет! Пусть они его и зарывают!

Я втолкнула взбешенную Раю в машину и повезла ее домой. Беднягу словно прорвало, она принялась рассказывать мне про свою семейную жизнь. В двух словах счастье выглядело так: гулял и пил. Именно в такой последовательности. В молодости Витя был ходок, но потом постепенно алкоголь отнял у него все мужские силы, и Каретников превратился почти в импотента.

— Вот оно как, — злилась Раиса, — значит, со мной не получалось, а со всякими прошмандовками запросто! Нет, ты только подумай! Фотку при себе таскал! Мою, между прочим, никогда не носил!

— Хочешь, заедем в кафе, выпьем кофе? — предложила я.

Раиса вздохнула:

— Ну, денег-то у меня на гулянки нет.

— Я приглашаю, смотри, вон там, справа, похоже, милое местечко. Поздно, правда, но оно открыто.

— Давай, — согласилась Раиса, — сто лет в ресторан не заглядывала.

Глава 7

Назвать рестораном небольшой зальчик с пятью столиками было как-то слишком. Но Раиса по-детски радостно разглядывала меню.

— Мне мясо с грибами, — наконец решилась она, — жареной картошечки побольше, потом торт, шоколадный, и чаю с сахаром.

Когда официантка ушла, Рая вздохнула:

— Вот всегда со мной так, поем, и легче делается! Чем больше испереживаюсь, тем сильней аппетит.

Еду подали быстро, и она оказалась неожиданно вкусной.

Рая довольно быстро расправилась с вырезкой и, запуская ложку в торт, заявила:

— Знаешь, хорошо, что я эту фотку увидела.

— Почему?

— А похороню и забуду Витьку. Другая жизнь пойдет, без пьяницы. Ведь я и не старая совсем, пятидесяти нет, — разоткровенничалась Раиса, — может, еще встречу мужика нормального.

Я поколебалась, потом спросила:

— А ты никогда не видела эту женщину, ну, чей снимок у Вити обнаружился?

Раиса пожала полными плечами:

— С первого раза она мне незнакомой показалась.

Я вытащила фотографию.

— А со второго?

Каретникова выхватила из моих пальцев глянцевое фото.

— Ну и уродина! Морда мерзкая! Нет, мы никогда не встречались. Вот сволочь!

— Знаешь, что мне кажется?

— Ну?

— С Виктором же еще один мужчина погиб.

— И чего? — не дала мне договорить Рая. — Я видела его фотку в морге, незнакомый он мне. Витька-то легко с людьми снюхивался, сядет водку пить на скамеечку — и готово, скорешился со всей улицей. И потом, какое мне дело до чужого мужика?

— Думается, в морге просто перепутали вещи, — спокойно закончила я, — кошелек не Витьки, а второго парня. Это фотография его любовницы, ты на мужа зла не держи.

Раиса поперхнулась:

— Вона чего! Значит, и пятьсот баксов не мои? Ну уж нет! Это Витюхин кошель, я сама его ему покупала. Не выйдет номер! Деньги никому не отдам.

Я довезла ее до дома, посидела на кухне с полчаса, дождалась, пока в квартире появилась слегка запыхавшаяся, полная крашеная блондинка, назвавшаяся Аней, и ушла. В душе боролись сомнения: рассказать Раисе про то, что я знаю, чье лицо изображено на фото, или нет? То, что Галка никогда бы не стала иметь дела с нищим алкоголиком, испытывающим сексуальные затруднения, мне было ясно. Сорокина —

она такая расчетливая, злая и очень жадная. Думать о том, что Галя могла влюбиться в Виктора и потерять голову, просто смешно. Больше всего на свете Галка любит ассигнации, а какое богатство у Каретникова?

Дома почему-то было пусто. Собаки, спавшие гуртом на диване, страшно обрадовались при виде хозяйки и начали ходить за мной по пятам.

— Нечего даже надеяться на внеплановую кормежку, — сообщила я им, — получите ожирение сердца и печени. Не следующий день я, проводив всех, снова легла в кровать и выспалась, потом занялась хозяйством, убрала квартиру и, лишь поставив пылесос в кладовку, вынула из ящика стола лупу и принялась тщательно изучать фотографию. Так, похоже, она была сделана на отдыхе. На Галкиных обнаженных плечах обозначились лямки то ли от сарафана, то ли от купальника. Сбоку виднеется что-то ярко-красное, вроде буйно цветущего южного дерева. Изображение явно вырезано из большого снимка, от Галки остались лишь голова, шея и плечи, от растения лишь кусок...

Внезапно у меня в голове всплыло одно воспоминание, и я ринулась к нашим альбомам. Где же это, а? Я перелистывала страницы. Вот! Точно! Надо же, я не ошиблась.

Передо мной оказалась цветная фотография. В прошлом году, летом, Ленька праздновал день рождения, он у него двадцать восьмого июля, в самую жару. Поэтому все присутствующие облачились в легкие, почти невесомые одежды. Учитывая зной, Леня решил гулять за городом, нашел совершенно чудесное место со смешным названием «Тонкий слон». Гостей было не очень много: Карен Амбарцумов с женой Мэри и дочерью Наной, вся наша семья в полном составе, исключая собак, Тина Рокотова с любовником Женей, ну и Сорокины. Ленька не только заказал шикарный стол и живую музыку, он еще нанял фотографа.

Перед началом празднества дядька с «Кодаком» выстроил нас всех у входа, где в кадке «росло» искусственное дерево с ярко-красными цветами, и защелкал камерой. В течение вечера он, словно торнадо, носился по залу, а на выходе каждой семье дали пакет с готовыми снимками. Для меня осталось загадкой, каким образом фотограф успел проявить и отпечатать пленку.

Я закрыла альбом. Так, интересная история получается. Галка якобы уезжает к таинственному любовнику, ее цепочка, или очень похожее на нее украшение, болтается на ноге у тетки, которую Витя вместе с приятелем запихивают в «Жигули». В спальне Каретниковых обнаруживается сначала носовой платок Галки, а потом пряжка с ее туфли. Ладно, пусть цепочка и пряжка не принадлежали Сорокиной. В конце концов, многие женщины могли купить себе такие украшения и обувь. Но платочек! Он точно выпал из кармана Галки! Далее Каретников погибает. Впрочем, тут ничего странного нет, он сел пьяным за руль и не справился с управлением. Но потом начинаются просто чудеса! В портмоне плохообеспеченного алкоголика обнаруживаются пятьсот долларов и фото Галки. Снимков сделано было не так уж и много, всего несколько. Значит, мне нужно под благовидным предлогом навестить Карена, Тину и постараться заглянуть в их семейный архив. Тот, у кого не обнаружится фото, скорей всего, будет замешан в загадочной истории. Итак, с кого начать?

Решив не медлить, я рванулась к телефону. Но тут в прихожей тихо запел звонок. Я распахнула дверь.

— Жара египетская, — слабым голосом простонал Юра, втаскивая елку, — я чуть не умер. Зато сегодня меня в метро пустили, заставили, правда, заплатить за нее, как за багаж. Я было спорить начал, денег-то жаль, у меня их совсем нет, а дежурная как разорется. Пришлось отстегивать. Ну что у вас за люди в Москве, а?

Внезапно мне стало обидно. Приехал в чужой город и без конца хает коренное население. По-моему, такое поведение просто неприлично. Я согласна, москвичи торопливы, суетны, не всегда готовы прийти на помощь, но, во-первых, их сделал такими бешеный ритм мегаполиса, во-вторых, добрых людей в Москве намного больше, чем злых, и, в-третьих, существуют правила проезда на метрополитене.

— Словно собаки, — бубнил Юра, стаскивая ботинки. — Вот послушай, как денек прошел!

Утром Юра, поругавшись с дежурной и расставшись с большой, на его взгляд, суммой, спустился на платформу. По деревенской привычке он вылез из кровати рано утром. Сельские жители привыкли продирать глаза ни свет ни заря. Когда-то у моих родителей служила домработница Нина. Ее сын загремел в армию и регулярно писал матери корявые письма. Нина практически не умела читать, поэтому я, про себя ужасаясь жутким орфографическим ошибкам, озвучивала для нее текст. Очень хорошо помню одно послание, которое содержало гениальный абзац: «Мамочка, в армии очень здорово. Просыпаюсь я как дома, в пять, и собираюсь вставать, чтобы доить Зорьку, но потом вспоминаю, что нахожусь на службе, и остаюсь под одеялом. Представляешь, тут разрешают валяться в кровати до шести утра!»

Плохо знакомый с городскими обычаями Юра попал в самый час пик. Люди, ехавшие на работу, набились в вагоны плотной массой, нечего было и думать о том, чтобы влезть в поезд с елкой. Да еще стоило Юре приблизиться к дверям, как окружающие принимались орать:

— Сбрендил ваще! Офигел, да? Куда прешь с колючками.

Пришлось мужику маяться целый час, пока поток пассажиров не поредел. Но на этом Юрины мучения не закончились. Когда он, доехав до нужной станции, вышел на улицу, его остановили два милиционера, которые, увидев, что у задержанного нет московской прописки, мигом утянули бедного, робеющего перед грозными представителями власти парня в отделение. Там ему не разрешили войти в кабинет дознавателя с елкой. Юра перепугался, что в его отсутствие дерево, посчитав за мусор, выбросят, и вцепился в ствол. К счастью, ему попался нормальный лейтенант, который, быстро разобравшись в деле, отпустил мужика с миром. Юра поплутал по улицам, не нашел Тимирязевскую академию и пошел назад, в метро он больше не совался. Очень уж дорого обойдется ему провоз елочки.

Я выслушала растерянно моргающего Юру, потом вынула из ящика купюру:

— На.

— Зачем?

— На проезд.

— Нет, — замахал руками Юра, — ни за что не возьму. Мне бы помыться, вспотел весь.

— Ванная свободна, — улыбнулась я, — ступай под душ. Отволоку твою елку на кухню сама.

Юра с благодарностью глянул на меня и исчез в санузле. Я оттащила колючего монстра и устроила его в уютном уголке. Сегодня елка меня уже не раздражала. К тому же на нее очень удобно было вешать всякие мелочи типа мокрой тряпки.

Встав к мойке, я начала чистить картошку, услышала внезапно бодрое журчание и, схватив посудное полотенце, повернулась. Так и есть! Возле ствола елки пристроился Рамик.

— Ах ты, гадкий пес, — зашипела я, размахивая бело-красным полотном, — ну сейчас тебе мало не покажется.

Ощутив шлепок, Рамик возмущенно фыркнул и медленно отошел от елки. На его морде застыло недоуменно-обиженное выражение. «Интересное дело, — наверное, думал он, — поставили в кухне черте что. Всем же известно: деревья существуют для задирания задней лапы».

Чертыхаясь, я вытерла лужу. Надеюсь, Юра, трепетно переживающий за сохранность жуков, никогда не узнает, чем занимаются около елки наши собаки.

День прошел как всегда, сначала домой сбежались все члены «стаи», потом сели ужинать, затем гуляли с собаками. Я устроила небольшую постирушку, Катя листала свои записи, завтра ей предстояло делать не совсем обычную операцию. Около полуночи началась битва под названием «Уложи детей в кровать». И Кирюша, и Лиза не собирались отрываться от компьютеров. Нам пришлось купить две одинаковые «умные» машины. Пока в доме имелась одна, стоявшая в гостиной, между подростками разыгрывались такие бои, что Катя решительно заявила:

— Покупаем второй комплект, никаких сил нет терпеть их вопли.

Потом пришлось отстегнуть еще немалую сумму, чтобы провести выделенную линию Интернета сразу в две комнаты, иначе мы не могли воспользоваться домашним телефоном. Зато сейчас у нас тишь да гладь. Лизавета с Кирюшкой спорят и ругаются за столом, в коридоре, ванной, гостиной, на лестничной клетке, по дороге в школу и из нее, во время прогулки собак и в течение всех телепрограмм. Но стоит им включить мониторы, как дома устанавливается восхитительная тишина, прерываемая изредка странными звуками типа «ку-ку». Это работает программа «Ай-си-кью», в просторечии «Ася».

Основная часть народа сидит в сети по ночам, поэтому дети изо всех сил цепляются вечером за клавиатуру. Очень обидно ложиться спать, когда в чат только что заявились друзья.

Вот и сегодня я попеременно заглядывала в спальни, словно вредный попугай талдыча одну фразу:

— Спать пора.

В конце концов Катюша не вытерпела:

— Оставь их в покое!

— Но они завтра не встанут, прогуляют первый урок, получат двойки.

— Ну и что? — усмехнулась подруга. — Это их проблема!

— Ужасно! — возмутилась я. — Детям следует ложиться в десять!

— Кто это сказал?

— Ну, — замялась я, — так принято.

— Кем? — спросила Катя. — Кто сие правило установил?

— Ну... не знаю! Так надо! Детей нужно воспитывать!

— Зачем? — улыбнулась Катя.

— Как это? Надо!

— Почему?

— Ты издеваешься, да? — воскликнула я.

— Вовсе нет, — покачала головой Катя. — Они уже взрослые, все правильные, нужные слова мы им сказали в детстве. Теперь пусть сами собой руководят, отпусти поводок, это их жизнь.

— Но они получат двойки!

— Когда принесут плохие отметки, тогда и поговорим. Вот тебя лично без конца воспитывали до тридцати лет. Ну и что, ты была счастлива?

— Нет, — пробормотала я. — Всегда хотела вырваться на свободу.

— Так не повторяй ошибок своих родителей, — закончила Катя и снова уткнулась в записи.

Я хотела было заглянуть к Лизе и приказать ей гасить свет, но тут перед моим взором возникла мамочка, укоризненно говорящая:

— Котеночек мой! Уже девять! Все.

Память услужливо утащила меня в прошлое.

Подойдя решительным шагом к кровати дочери, мама выдергивает из моих рук книгу, дверь хлопает, наступает тишина. Я натягиваю одеяло на голову и тихо плачу. Ну почему жизнь так несправедлива? Спать мне совершенно не хочется, сказку отобрали на самом интересном месте, теперь мне предстоит долго ворочаться в жаркой постели...

Лиза высунулась в коридор:

— Эй, Лампа, ты чего?

Я потрясла головой, прогоняя воспоминания:

— Задумалась.

— Я сейчас лягу.

— Не надо, — вздохнула я, — сиди в компьютере.

Лиза разинула рот:

— Лампудель, ты заболела?

— Нет.

— Разрешаешь мне бродить в Инете? Между прочим, уже полночь, — возмутилась Лиза.

— Поступай как хочешь!

— Ты обиделась?

— Вовсе нет. Просто пересмотрела свои позиции. В конце концов, зачем заставлять взрослого человека ложиться спать?

Лизавета ошарашенно поморгала, потом ткнула в меня пальцем, украшенным зеленым ногтем.

— Вот! Я всегда знала, что ты меня не любишь! Значит, бедный ребенок будет сидеть ночью в сети, портить себе глаза, завтра не пойдет в школу, а Лампе плевать на него?

— Ну... ты же уже выросла, сама решишь свои проблемы.

— Полное безобразие, — возмутилась Лиза. — Нет уж, прямо сейчас назло тебе я отправлюсь в кровать.

Сердито фыркнув, она исчезла в комнате. Я удивилась, однако странные люди подростки, ей-богу, иногда их трудно понять!

Утром, дождавшись, пока все уйдут, я позвонила Карену.

— Слушаю, — пропищала его дочка Нана.

— Это Лампа.

— Ой, здрассти.

— Родители дома?

— Нет, конечно, на работе.

— А ты почему не в школе?

— Воды холодной попила и бронхит подцепила, — демонстративно закашлялась Нана.

— По-моему, у тебя воспаление хитрости.

— Есть немного, — захихикала девочка. — У нас сегодня годовая контрольная по математике, лучше ее пропустить!

— Скажи, ты знаешь, где у вас лежат фотографии?

— Конечно.

— Если я сейчас подъеду, дашь посмотреть?

— Пожалуйста, только зачем?

— Понимаешь, я хочу сделать твоему папе подарок к дню рождения, заказать футболку с его снимком.

— Классно, — одобрила Нана, — весь день дома просижу!

Я пошла в ванную, умылась, причесалась, а потом, решив немного накрасить лицо, стала искать косметичку. Но голубенького мешочка с пудрой и губной помадой нигде не было. Я сначала порылась в сумочке, затем пошарила в ящиках комода, потом не поленилась сбегать к «Жигулям» и заглянуть в «бардачок». Но тщетно, мазилки словно сквозь землю провалились. Я сначала расстроилась, но потом сказала себе:

— Спокойствие, Лампа, только спокойствие. Ну-ка припомни, когда ты в последний раз держала в руках помаду.

В голове мелькнула молния озарения. Так у Раисы. Я увидела, что к Каретниковой прибыла подруга Аня, пошла в ванную, слегка оживила макияж и уехала, а голубенький мешочек забыла на стиральной машине. Надо позвонить Рае. Я пошла было к телефону, но потом остановилась. Нет, сейчас неприлично беспокоить вдову. Ей предстоят похороны, поминки, а тут я с идиотским разговором про губную помаду. Дня через три, когда скорбные процедуры закончатся, съезжу за потерей, надеюсь, Раиса не вышвырнет косметичку, а я пока воспользуюсь Катиными запасами.

Нана радостно встретила меня на пороге:

— Лампа, смотри, что мне купили!

— Очень красивая морская свинка, — одобрила я.

— Его зовут Хрюндель, — сообщила Нана. — Хрюндель, знакомься, это Лампа. Лампа, знакомься — это Хрюндель.

— Давай фото, болтушка, — велела я, проходя на кухню.

Нана притащила целую стопку разноцветных переплетов. Я стала рассматривать снимки. Нужный нашелся в третьем по счету альбоме. Он был совершенно целый.

— Все? — удивилась Нана, увидав, что я отодвигаю альбомы. — Уже нашла?

Я спохватилась, вытащила первый попавшийся под руку снимок Карена и сказала:

— Подойдет для майки?

— Классно, — одобрила Нана. — Никому не скажу, не переживай, не испорчу сюрприз.

— Ну спасибо тебе, — улыбнулась я и ушла, унося с собой совершенно не нужное изображение Амбарцумова.

Значит, Тина... Или ее любовник Женя. Впрочем, предположение легко проверить. К Тине можно заявиться без звонка. Она сломала ногу и уже целый месяц безвылазно сидит дома.

Глава 8

Увидав меня, Тина обрадовалась:

— Лампуша? Какими судьбами?

— Да вот, просто ехала мимо и решила заглянуть, не помешаю?

— Господи, — воскликнула Тина, — я тут совсем от тоски загнулась! От телика одурела. Лежу, читаю книги и офигеваю потихоньку. А ну пошли чай пить.

И она бодро двинулась по коридору, стуча костылями.

— Нога болит? — с сочувствием спросила я.

— Чтоб ей сгореть, — выкрикнула Тина, — просто сил больше нет!

— Так плохо? Ты обезболивающее прими.

— Она даже не ноет, — пояснила Тина, — зато чешется до умопомрачения. А как под гипс залезть?

— Спицу возьми, — посоветовала я, — длинную.

Тина на секунду замерла, а потом воскликнула:

— Лампуша, ты гений! И как только додумалась! Лично я пыталась зубочисткой орудовать, но она-то короткая.

Поболтав о том о сем и напившись чаю, я решила наконец приступить к делу:

— Слышь, Тин, нет ли у тебя фотографии Леньки Сорокина?

Тинка удивленно заморгала:

— Можно поискать, а тебе зачем?

— Секрет.

— Ну скажи, — заныла Тина.

— У него же день рождения в июле.

— И что?

— Я задумала ему подарок сделать, очень оригинальная идея в голову пришла, но нужен снимок.

— Кружку, что ли, с фоткой?

— Нет.

— Майку?

— Лучше поройся у себя в альбоме. Помнишь, на его прошлые именины нас снимали всех вместе. Мой снимок испорчен, я на него какао горячее пролила, а твой жив?

Тина схватила костыль, я налила себе еще чаю и положила варенье. Сейчас такой огромный выбор джемов, каких только нет, от клубничного до ананасового, но ничто не может сравниться с домашними заготовками.

Раздался мерный стук, Тина притопала назад, держа довольно толстый том в ярко-красном переплете.

— В самом конце, — деловито сообщила она, перелистывая толстые страницы, — во, нашлись.

Я принялась внимательно изучать карточки. Правильно, все они имеют отношение к Ленькиному празднику. Вот он получает из рук Тины коробку, вот изображение огромного, «трехэтажного» торта, а это я, как всегда, взлохмаченная, с бокалом шампанского в правой руке и куском соленого огурца в другой. Большой, общей фотографии, сделанной перед входом в ресторан, не нашлось.

— Слушай, а тебе разве не дали снимок, где все вместе маячат на крыльце? — тихо спросила я.

— Был такой, — кивнула Тина, — дальше смотри.

Я перевернула лист. Глаза наткнулись на пустое место, потом переместились чуть ниже. Тинка в красном купальнике стоит на большом камне, вокруг плещется море. Серия «Веселый день рождения» закончилась.

— Где же фотка? — поинтересовалась я.

Тинка недоуменно пожала плечами:

— Так здесь была.

— Нету.

— Ага.

— А куда она подевалась?

— Фиг ее знает. Возьми другую, ту, где Ленька со мной сняты.

— Не пойдет.

— Почему?

— Он там в профиль. Кто же мог взять снимок?

— Понятия не имею.

— Ну подумай, может, сама кому дала?

— Да зачем бы? — справедливо заметила Тина. — Кому он, кроме нас, интересен?

— Вспомни, с кем ты альбом смотрела в последний раз?

— С тобой.

— Это сейчас, а раньше?

Тина призадумалась:

— А ни с кем. Женька туда фотки с нашего

отдыха доложил, мы на Гоа отдыхали, в Индии, с тех пор никто альбом не трогал. Ой, на Гоа так классно! Прикинь, песок белый-белый, мелкий, словно пыль, вода тридцать пять градусов...

С горящими глазами Тина принялась живописать красоты индийского штата, живущего за счет туристов. Я слушала ее вполуха, старательно изображая на лице интерес, но в голове крутились совершенно посторонние мысли, поверьте, они не имели никакого отношения к Индии.

— Ой! — вдруг остановилась Тина. — Женька то фото с Ленькиного праздника взял! Точно! Ему там интерьер понравился. Он где интересную мебель или антураж видит — тут же хватает...

Значит, Женя. И зачем это ему понадобилось, а? К чему было вырезать лицо Галки?

— Скажи, — весьма невежливо перебила я Тинку, — твой муж по-прежнему работает дизайнером?

Тина прищурилась:

— Ценю твою деликатность, но Женька никогда не был моим законным супругом, и мы, кстати, разбежались! Ты забыла?

— А мне никто не говорил про ваш разрыв! — удивилась я.

Тина ухмыльнулась:

— Встречаемся-то раз в год, все некогда поговорить по-человечески. Мы, кстати, остались друзьями, делить нечего было. Женька милый, но мне не подошел.

— Так он дизайнер или нет? — повторила я вопрос.

— Пашет в большой фирме, — кивнула Тина. — «Стройкварт» называется, а что?

— Дай мне его телефон, одна наша подруга хочет дизайн-проект заказать.

— Ладно, — кивнула Тина. — Женька на проценте сидит, чем больше клиентов, тем выше заработок. Тебе благодарен будет. Где же его визитки? А, вот, держи.

Поболтав для приличия еще полчасика, я вышла во двор, села в машину и принялась разглядывать небольшой глянцевый снимок. Да простят меня люди, профессионально занимающиеся оформлением квартир, но определенная часть этих специалистов сумасшедшие. Нет, нет, вы меня поймите правильно, гвозди они не едят, голыми по улицам не бегают и по большей части выглядят мило и интеллигентно. Просто у них совершенно особый взгляд на мир, иной, чем у нас, простых смертных, и подчас это доставляет некоторые неприятности. В прошлом году мы, собравшись с духом, сделали ремонт. О том, что пришлось пережить, вспоминать сейчас категорически не хочу. Может, когда-нибудь и расскажу вам эту историю. Но не о тягостных отношениях с ближнезарубежными гастарбайтерами идет сейчас речь. Катюша решила украсить квартиру как можно лучше и позвала дизайнера. Нам всем хотелось иметь функциональный шкаф в прихожей, но там из-за несущей стены образовалась странная ниша, поэтому ничего из готовой мебели нам не подошло, отсюда и желание сделать гардероб на заказ. Пришедший к нам парень назвался Сашей и коротко спросил:

— Что хотите?

Мы, перебивая друг друга, принялись излагать требования. Дизайнер кивал головой, через полчаса он заявил:

— Мне все ясно.

Мне понравилось, что специалист неразговорчив, еще лучшее впечатление Саша произвел на нас, когда принес эскиз. Все пришли в полнейший восторг, и Юля потребовала:

— А еще нужны экраны на батареи, деревянные.

— Хорошо, — снова коротко ответил юноша.

Спустя оговоренный срок, день в день к нам явились мастера, восхитительно трезвые и замечательно скромные. Они не просили чая, кофе, обеда, ужина, не делали перерывов на перекур, быстро завершив работу, замели за собой всю грязь. Мы с замиранием сердца осмотрели шкаф, показавшийся нам красивым, как античный храм. Потом Сережка решил открыть дверцу и не сумел уцепить ручку. Следом за ним неудачные попытки предприняли Катюша и Юлечка.

— Идиотство, — вспылила последняя, — эти ручечки тоньше спички, их только гномик с крохотными пальчиками удержит.

— И экраны не открываются, — подхватила я, — на них вообще нет никаких ручек.

Вновь был вызван Саша.

— Что-то не так? — хмуро спросил он.

— Все чудесно, — заверили мы его хором, — только ручки замените.

Саша покачал головой.

— Вы же подписали дизайн-проект! Я его показывал.

— Никаких претензий, — заверил его Сережа, — мы готовы доплатить, просто не разобрались сразу, прибейте другие.

— Нельзя, — лаконично сообщил Саша.

— Почему? — удивились мы.

— Дизайн шкафа разрабатывался вкупе с деталями, любое новшество нарушит целостность картины!

— Наплевать, — вскипел Сережка, — гардеробом невозможно пользоваться.

— Нет, испортится эстетика, — стоял на своем Саша.

Сережка открыл было рот, чтобы заорать, но я вклинилась в разговор:

— И экраны невозможно снять.

— Зачем их убирать? — искренне недоумевал Саша. — Пусть висят себе.

— А батареи как мыть? — резонно поинтересовалась я.

— Зачем? — вскинул брови дизайнер.

— А пыль?

Саша скривился:

— Ну... ручки сюда никак не подходят по концепции, внешний вид должен быть выдержан...

— Ерунда! — взревел Сережка, — немедленно переделывай.

На лице Саши появилось выражение невероятной муки, но он кивнул, и через неделю у шкафа появились непонятного вида крючкообразные конструкции. С грехом пополам гардероб начал открываться. Батареям повезло меньше, экраны украсили круглые, скользкие бомбошки. Одну Саша привернул в верхнем правом углу, другую — в нижнем левом, длина «гармошки» составляла больше метра. Для того чтобы получить доступ к чугунным секциям, следовало присесть, растопырить руки, скрючиться и потом со всей силы рвануть на себя тяжеленную деревянную поделку. Ни я, ни Катя, ни Юля, ни Сережа не сумели при этом маневре удержаться на корточках. Мы все падали, а экран хлопался сверху, придавив очередного отчаянно верещащего «испытателя».

После этого случая слово «дизайнер» в нашем доме лучше не произносить вслух.

Я добралась до офиса «Стройкварт» и пошла бродить по коридорам. Вокруг носились люди с бумагами в руках, большая часть присутствующих орала в мобильные телефоны непонятные фразы:

— Два на восемь без гидроизоляции!

— Крыша пакетом!

— Бери кошку, кот тебе всю мебель изгадит!

Услыхав последнее заявление, я вздрогнула и посмотрела на говорившую. Молодая женщина, с виду чуть старше Юли, спокойно продолжала:

— Черепицу возьмем нашу, она дешевле, а на цоколь пойдет камень. Кошка лучше, кот ваще никуда.

Любопытство схватило меня за горло. Дождавшись, когда девушка отсоединится, я робко ее спросила:

— Простите, а кошку куда при строительстве кладут?

— Кошку?

— Ну да, вот вы только что про нее говорили.

Девушка рассмеялась:

— Про нормальную кошку речь шла, хвостатую, подруга кота решила завести, а я ее отговариваю.

Я рассмеялась. Самые сложные вопросы чаще всего имеют простые ответы. Хихикая, девушка пошла по коридору, я дернула дверь и сразу увидела взлохмаченного Женьку, глядевшего в монитор.

— Привет! — окликнула я его.

Женя, не поворачивая головы, помахал рукой.

— Кофе не хочешь? — поинтересовалась я.

По-прежнему уткнувшись в экран, Женька выдвинул ящик и ткнул пальцем в банку растворимого напитка:

— Бери.

— Спасибо, конечно, но, может, лучше сходим в кофейню?

Женя повернулся:

— Лампа? Какими судьбами?

— Вот, ехала мимо, дай, думаю, зайду, спрошу кое о чем. Ты с меня сколько за устную консультацию возьмешь?

Женя выключил компьютер.

— В фирме договор оформляла?

— Нет.

— Тогда бесплатно все объясню, — улыбнулся Женька. — Никак квартиру покупать собралась?

— Точно, только не я.

— Пошли в буфет, — предложил Женя.

Мы спустились в подвал, отыскали свободный столик и завели беседу. Сначала я соврала про приятельницу, которой интересно, сколько стоят услуги дизайнера, потом спросила:

— Жень, а можно из фотографии панно сделать?

— В каком смысле?

— Ну увеличить ее до огромного размера, допустим, метр на два.

— Зачем? — удивился Женька. — Странные тебе, однако, идеи в голову приходят.

— Это не мне, а Леньке Сорокину, — ухмыльнулась я. — Хочет таким образом гостиную на даче украсить.

— Бред!

— Ну мечта у парня такая.

Женька проглотил кофе.

— Если мечта, тогда конечно. Существует определенная технология, позволяющая сделать из фотоснимка гигантский плакат.

— Ой, как здорово! — фальшиво обрадовалась я. — Послушай, ты только дай мне на время снимок.

Женя уставился на меня недоумевающим взглядом.

— Какой?

— Ну помнишь, в прошлом году мы все ходили к Леньке на день рождения.

— Неа.

— Неважно. Нас там снял фотограф, у входа в ресторан, и потом каждой семье дал по снимку. Теперь у тебя в памяти просветлело?

— Нет, — сообщил Женька. — Никак не пойму, о чем речь!

— Я хочу сделать подарок Лене на именины, — зачастила я. — Он давно мечтает о гигантской фотке, такой, чтобы всю стену в гостиной закрыла. Хочу заказать ему такую, соображаешь?

— Жуткая глупость, — поморщился Женя. — А я тут при чем?

— Ты брал из альбома снимок, тот самый, где мы все вместе у ресторана. У меня был такой же, да я его испортила.

— Ну и что?

— Дай на некоторое время свой.

— Какой?

Я глубоко вздохнула. Господи, вот непонятливый, придется объяснять сначала:

— Ты взял снимок.

— Кого?

— Лени!

— Откуда?

— Из альбома!!!

— Которого?

— Тинкиного!

— Я?

— Нет, я!!!

— Ты?

Было отчего обозлиться.

— Нет, ты!

— А говоришь — ты!

— Хватит дурака валять, — зашипела я, — отдай фотку.

— Так я не брал ничего.

— Но ее нет на месте.

— А я тут при чем?

— Тина сказала, будто ты последним лазил в альбом.

— Ну да, — спокойно согласился Женя, — карточки вставлял, мы на Гоа много нащелкали. Но мы же с Тинкой разбежались.

— Значит, ты только засовывал снимки?

— Ну да.

— И ничего не брал?

— Да зачем бы мне фото вынимать? — совершенно индифферентно спросил Женька. — Я вспомнил сейчас, лежат там карточки с Лениной попойки. Только они совершенно идиотские. Фотограф попался натуральный кретин, кто же...

И Женя завел нудную лекцию о фотоделе. Я старательно попыталась скрыть разочарование. Похоже, Женька и впрямь не трогал фотографию. Мои расспросы его совершенно не смутили и не испугали.

— Слушай! — выпалил Женька. — Я вспомнил! Погибла фотка.

— Где?

— Ну мы с Тинкой-то разошлись...

— Знаю!

— И мне понадобились кое-какие снимки с Гоа.

— Зачем?

— Ну там были интересные интерьеры.

— И что?

— Я позвонил Тинке...

— Короче!

— И она мне отдала снимок, один! Остальные, ну те, что с интерьерами, а не с пляжа, погибли. Тинка на альбом чашку с кофе пролила. И та фотка накрылась. Мне жаль было, помнится, там интересное дерево имелось.

Я вздохнула, да уж! Я сама перепортила кучу снимков, на один, как сейчас помню, выплеснула кетчуп, когда смотрела альбом, потом уронила пакет с другими в лужу. Все ясно! Надо идти дальше.

— Коли у тебя обе руки левые, — бухтел Женя, прихлебывая кофе, — то, учитывая...

Я встала:

— Извини, мне пора.

Женька кивнул:

— Покеда. Стой!

— Что случилось?

— Твоя клиентка когда придет?

— Она позвонит.

— Ладно, — согласился Женя и, схватив со стола забытый кем-то журнал, вперился в него взглядом.

Я пошла на выход и около двери машинально посмотрела на себя в зеркало. Да уж, видок не из лучших: чересчур бледная кожа, серые губы и глаза почти без ресниц. Надо срочно покупать себе косметику. Хотя, если признаться честно, жаба душит отдавать большие денежки зря. Ведь все мазилки у меня есть, надо просто заехать к Раисе и взять забытую у нее косметичку.

Резкий звонок мобильного заставил вздрогнуть. Я поднесла трубку к уху и услышала недовольный голос Борьки Крюкова.

— Романова, ты где?

— Ну... в районе Таганки.

— Молодец, — уже более веселым тоном сказал Боря, — я испугался, что ты забыла!

— О чем? — осторожно поинтересовалась я.

— Шутница ты, Романова, — захихикал Крюков, — катишь себе на передачу, а сейчас надо мной издеваешься. Впрочем, молодец, от Таганки три минуты езды до нас, а эфир только через час.

Я едва не шагнула мимо ступеньки. Радио! Господи, совершенно вылетело из головы! Какое счастье, что «Стройкварт» расположен в двух шагах от станции, носящей мелодично-интеллигентное название «Бум».

Глава 9

Борька встретил меня у охранника.

— Эй, Романова, двигай сюда.

Я не успела опомниться, как он втянул меня в лифт, довез до второго этажа, протащил по длинному коридору и втолкнул в небольшую комнату, заставленную кожаными диванами, произведенными в тридцатых годах прошлого столетия. Если вы когда-либо смотрели кинофильмы о застенках НКВД, то сразу представите, о чем речь. Отчего-то наши кинематографисты любят запечатлевать чекистов, сидящих на таких черных, мрачных, чуть проваленных диванах.

— Устраивайся, — велел Борька.

Я плюхнулась на скользкие подушки.

— Значит, так, — зачастил Крюков, — у тебя сегодня гость, певец Луис.

— Кто?

— Дед Пихто, — мигом обозлился Борька. — Слушай внимательно!

— Извини, я не поняла, какой певец? Он тенор, баритон или бас?

Крюков замер с раскрытым ртом.

— Луис? Фанерщик.

Я растерялась:

— Столяр?

Борька заморгал, потом спросил:

— Ты издеваешься?

— Нет, конечно, ты же сам только что заявил: Луис — фанерщик.

— Романова! — взвыл Борька. — Умереть не встать! Луис поет под фанеру, усекла?

Я с трудом пыталась сориентироваться.

— Под фанеру? В каком смысле? На ней играют? А как?

Крюков закатил глаза:

— Романова, ты что, пролежала всю жизнь в нафталине? Не знать про фанеру! С ума сойти. Фанера — это запись. Луис только бегает по сцене, приплясывает и разевает рот. Честно говоря, он полный ноль. Все его хиты сделаны звукорежиссером в студии. Неужто ты не слыхала про такое?

Я кивнула:

— Уж не настолько я отстала от жизни, просто не знала, что данное явление называется «фанера». Откровенно говоря, я не слежу за популярной музыкой.

— Ладно, — успокоился Борис, — едем дальше. Луис завалит к тебе на полчаса, задашь ему пару «оригинальных» вопросов, типа: ваши творческие планы или: о чем вы думали, когда сочиняли песню «Очи синие», и дело с концом. Луис треплив, любого диджея переговорит. На всякий случай возьми.

— Это что? — спросила я, беря листок.

— Информация о Луисе, — скривился Борька, — ну там, родился, женился, развелся, женился, развелся, в общем, всякая лабуда.

— Зачем она мне?

— Вдруг пригодится. Потом Луис уйдет, затем будет перерыв на новости и викторина. Плевое дело! Задаешь вопросы, режиссер выведет в эфир ответы зрителей, давай пошли.

Борька вскочил и резво впихнул меня в крохотную комнатенку, все свободное пространство которой занимал стол, над ним висело два микрофона, рядом стояли стулья. Я села слева, увидела большое окно и женщину, сидевшую по ту сторону стекла перед большим пультом. Она помахала мне рукой и сделала такое движение, словно надевала шапку. Я поняла ее правильно и натянула на голову лежащие на столе наушники.

— Влетаем в четыре двенадцать, — раздался в моих ушах мелодичный голос, — сначала колокольчики, затем блямки, и понеслось. Вылететь тебе надо в двадцать сорок, позже никак, унесет.

— Извините, я первый раз в студии, — робко сказала я.

— Ничего, — успокоила меня режиссер, — все когда-то случается впервые. Видишь красную кнопку?

— Да.

— Скажу «начинай», смело ткни в нее и говори, все понесется в эфир. Закончишь, выключишь. Ничего хитрого. За минуту до конца я дам музыку в «ушки», и все. Не бойся. Ну, ни пуха тебе.

Я затряслась мелкой дрожью. Господи, ну зачем я согласилась на эту авантюру? Ведь сейчас опозорюсь на всю страну. И потом, где гость?

— Начинай!

Я беспомощно посмотрела по сторонам. Делать-то чего? Сижу одна!

— Начинай!

В состоянии грогги, я нажала на выступающую из стола кнопочку. Вмиг над окном вспыхнула красная лампочка.

— Давайте же, — потребовала режиссер, —
эфир не терпит пустоты.

Я проглотила слюну и пролепетала:

— Добрый вечер...

— Громче!

— Здравствуйте, товарищи, то есть, господа,
дамы и кавалеры...

— С ума сойти! — восхитилась режиссер.

Я покрылась потом. Дальше-то что делать?

— Добрый вечер...

— Хорош здороваться! — рявкнула режиссер.

Я растерялась окончательно, но тут по моим
ногам пробежал легкий сквозняк, и в соседнее
кресло опустился молодой парень в сильно по-
тертом джинсовом костюме. Поверьте, никогда в
жизни я так не радовалась гостю, как в этот момент.

В моем голосе появились твердые нотки.

— Добрый вечер всем, кто с той стороны радиоприемника.

— Я офигеваю, — ожила режиссер, — ты,
между прочим, не у «Спидолы» сидишь, чукча!

Но я решила не обращать внимания на вечно
недовольную тетку.

— У нас в студии гость, певец Луис. Здравствуйте!

— Приветик, — прогундосил паренек, рас-
пространяя запах мятной жвачки.

— Расскажите о ваших творческих планах, —
бодро оттарабанила я.

Луис поерзал на стуле, кашлянул и сказал:

— Ну... типа... того... этого, ясно?

— Нет, — совершенно честно ответила я и, решив, что он плохо расслышал вопрос, задала его снова.

— Уважаемый Луис, расскажите, пожалуйста, нашим слушателям о своих творческих планах.

Внезапно певец повернулся ко мне и с выражением неземного удивления в голосе воскликнул:

— Втыкалово не работает.

— Вы о чем? — не поняла я.

— Ну я не втыкаюсь!

— Во что? — изумилась я, судорожно ища глазами розетку.

Бог их разберет, этих певцов новой эстрады. Вдруг ему нужно, чтобы почетче выражаться, подключиться к электросети.

— Мы на какой говорильне сидим? — не успокаивался Луис.

— Э... э...

— На «Буме»? — продолжал Луис. — Может, я попутал чего и на «Маяк» пришкандыбал? К Дубовцевой явился, а? Ну, ежкин пень, Дубовцева шибко умная, я прямо взопрел от Люды, когда у ей сидел!

— Это «Бум»? — спросила я у режиссера.

Та повертела указательным пальцем у виска и кивнула.

— Это «Бум», — подтвердила я.

— Ваще я в непонятках.

— Да в чем дело?

Луис пододвинулся поближе к микрофону.

— Хули вам, козлы. Ваще в дуболом не вломился. Сижу около чувырлы, а она капает речи шнурковские. Нас че, тут больше нет? Эй, кося-

ки, отставьте бормоталово и катите сюда, ну са-
авсем я не туда заехал!

Я уставилась на него во все глаза. Однако
интересно, о чем он тут говорил.

— У нас звонок, — прозвучал в голове голос
режиссера.

— У нас звонок, — послушно повторила я.

— Надя! — рявкнула тетка с той стороны
стекла.

— Что, Надя? — переспросила я.

Но ответа не услышала, потому что в студии
зачастил высокий девичий голосок:

— Ой, ну ваще, в отрубах сижу! Луис! Я та-
щусь. Ты пилишь?

— Погонялово скажи, — поинтересовался
мой сосед по студии.

— Надюха.

— Пилю, Надька, весь заколебался уже.

— А Свин?

— Свина ваще бортанули.

— Вау! Он ширялся?

— Не, бухал.

— Классняк, Луис, ты супер.

— А ты селедка, — не остался в долгу певец.

Мне показалось, что сравнение с сельдью
должно обидеть Надежду. Но она счастливо засмеялась.

— Продолжаем разговор, — приказала режиссер.

Я, встревоженная тем, что не понимаю практически ни слова из речей гостя, решила все же
взять вожжи в свои руки:

— Дорогие слушатели, мне хочется сейчас
сказать пару слов о Луисе. Он родился шестого
мая в городе Леснорядске, оттуда, не закончив

средней школы, уехал в Москву, где незамедли-
тельно стал солистом группы «Чудовищная ко-
ровка».

— Вау! — ожил Луис.

Но я решила, что больше не дам сбить себя и
перекричала молодого нахала:

— Луис женился на Маше Ветровой, потом
на Кате Листуновой, затем на Ольге Репневой,
следом на Олесе Загузовой, сейчас он состоит в
браке с Машей Ветровой...

Листок выпал у меня из рук.

— Вы второй раз женились на своей первой
жене? — неожиданно вырвался у меня вопрос.

— Ваще прикинь, — заржал Луис, — вторые
грабли подкачали, сам опупел, как сообразилка
заметалась. Они обои Машки, так и не фига бы!
Ан нет, и закликухи у них — Ветровы! Соображаешь карусель?

Я осторожно кивнула:

— То есть вы хотите сказать, что ваши первая
жена и последняя носят одинаковые имя и фамилию? Действительно, редкое совпадение!

Луис прищурился:

— Ну насчет «последней» ты схамила, я еще
не умер вроде.

Я почувствовала себя гениальной ведущей.
Однако стала понимать Луиса! Приободрившись,
я собралась продолжить захватывающее чтение,
но тут в ушах зазвучала тихая музыка. Чайков-
ский. «Времена года». Боже, волшебные звуки!

— Спонсор прогноза погоды фирма «Кряк»! —
заорал противный голос.

Я вздрогнула.

— Завтра на всей территории России...

— Кнопку нажми! — рявкнула режиссер.

Я нажала пупочку, красная лампочка потухла.

— Ну ты, блин, чудо в лохмотьях, — покачал нечесаной головой Луис и ушел.

Я осталась в кресле, плохо понимая происходящее.

— Чего насупилась? — хмыкнула режиссер. — За временем кто следить будет? Пушкин? Вот и вынесло на погоде! Повторяю для тупых, за минуту до вылета я даю в «ушки» музыку, как услышишь, мигом сворачивайся, о'кей?

— Хорошо, — бодро ответила я.

— Сейчас викторина, вопросы есть?

— Да, здесь лежат!

— Отлично, не забудь сказать номер телефона, прямо с него начинай!

— Я его не знаю.

— Глаза раскрой, — рассвирепела режиссер, — бумажка у микрофона прикреплена.

Я пошарила глазами и увидела на столе табличку с телефоном.

— Поехали, начинай!

Чувствуя себя опытным радийным волком, я бодро выполнила приказ и застрекотала:

— Еще раз добрый вечер.

— Твоя привычка без конца здороваться способна довести до энуреза, — не преминула заметить режиссер.

— У нас викторина, — отмахнулась я от нее, — в студии включен телефон: девять семь девять семь пять... то есть семь девять девять пять семь, нет, семь девять семь...

— Полная жопа! — в негодовании взлетела над стулом режиссер. — Там всего семь цифр! Семь! Возьми себя в руки, коза!

— Сама такая, — не вынесла я оскорбления.

— Идиотка, ты в эфире! Читай номер!

Чувствуя, как по спине ползает стадо ежей, я вперилась в бумажку и, призвав на помощь все небесные силы, ухитрилась-таки озвучить правильно номер телефона.

— Молодец, — одобрила режиссер, — теперь вопрос.

Я послушно начала читать набранные крупным шрифтом строки.

— Этот композитор написал много балетов. Один из них посвящен птицам, превращающимся возле волшебного озера в девушек. Назовите произведение и фамилию композитора.

Не успел закончиться текст, как я возмутилась. Разве можно давать такие простые задания. Всем понятно, что речь идет о «Лебедином озере» Петра Ильича Чайковского! Сейчас телефон раскалится! Но режиссер молчала, я озвучила текст еще раз.

— Есть звонок, вывожу, Катя!

— Але, — запищал тонкий голосок, — типа, я в курсах об чем речь, говорить?

— Конечно, мой ангел, кстати, за правильный ответ вам вручат билеты на концерт Луиса в количестве двух штук. То есть, конечно, не Луисов будет два, а контрамарок.

— Вау! Суперски! Классняк, — обрадовалась Катя.

— Итак, ваш ответ.

— Это Филя Киркоров, «Зайка моя».

Режиссер упала грудью на пульт. Я попыталась сохранить серьезность.

— Нет, неверно. Вы плохо слушали вопрос, речь идет о птичках, а не о длинноухих, и Кир-

коров, безусловно, крайне талантливый и яркий
певец, но тут совсем ни при чем.

— Следующий звонок, Миша!

— Ну ваще-то, — загудел невидимый юноша, — сложняки у вас постоянно! Всем билетик
на Луиса охота!

— Луис не трамвай, — не утерпела я, — на
него билеты не продают, речь о концерте, если
знаете, о каких птичках балет, то прошу!

— Так воробьи!

— Нет!!! — заорала я. — Слушайте подсказку:
они белые и черные.

— Пингвины, штоль? — озабоченно спросил
Миша.

Вы мне не поверите, но никто из дозвонив-
шихся до эфира людей не мог правильно ответить. Я наслушалась различных вариаций на
тему. Слушатели припомнили всех: попугаев, ор-
лов, колибри, ворон, сорок, голубей. Один парнишка даже сказал:

— Птица-секретарь.

Когда до конца эфира осталось чуть больше
шестидесяти секунд, я наконец услышала дол-
гожданное:

— Лебеди!

— Ура, — вырвалось из моей груди, — абсолютно, стопроцентно верно! «Лебединое озеро».
А теперь имя композитора?

— Ну, — осторожно протянуло милое сопрано, — кажется, Маяковский!

— Нет, он был поэт.

— На «ский» тоже заканчивается.

— Верно, — ободрила я девушку. — Ну-ка,
что вы любите пить по вечерам, а?

— Водковский! — заорала девица. — Ну точно! Водковский!

Я лишилась дара речи, но тут очень кстати сначала зазвучала тихая музыка, а потом бодрый голос речитативом завел:

— Новости спорта.

Мне снова не удалось вовремя «вылететь» из эфира. Без всякого напоминания я выключила кнопку, повернулась и локтем сшибла оставленную кем-то открытую бутылку «Святого источника». Вода потекла по джинсам. Дверь в студию распахнулась, влетел парень, он схватил «уши» и брякнул:

— Чего сидишь, топай давай, ща мой эфир. Ну ты даешь! Воды налила, хорошо не коротнуло, ну раззява!

Я выползла в холл. Из другой двери высунулась режиссер:

— Молодец!

— Ужасно!

— Меня Ликой зовут, — прищурилась тетка, — ты шикарно держалась! Прямо здорово! В другой раз только имей в виду, у нас аудитория молодежная, с ней надо разговаривать попроще. Ну типа, как Луис!

Я горестно вздохнула:

— Попытаюсь, хотя сей сленг мне не слишком знаком.

— На, — протянула Лика конверт.

— Это что?

— Деньги за эфир, ты же внештатница, поэтому каждый раз станешь получать.

Я заглянула внутрь и ахнула:

— Ой, да тут целая куча денег!

— Сто двадцать пять долларов в рублевом эквиваленте! Это за неделю!

Я пришла в полный восторг. Отличная цена всего за пару часов мучений. Надо, пожалуй, найти учителя речи тинейджеров.

— Ты в другой раз памперсы в эфир надевай, — хихикнула Лика.

— Я просто воду пролила, — пояснила я, ощущая, как мокрые джинсы противно липнут к ногам.

Лика фыркнула и попрощалась со мной. Я побежала вниз. Сейчас накуплю всем подарков!

Войдя в квартиру, я наткнулась на Лизу и протянула ей диск:

— На.

— Это что?

— Игрушка.

— Спасибо, — кивнула девочка. — Ты разбогатела?

Решив слегка попрактиковаться в разговорной речи, я кивнула:

— Набашляла хрустов.

Лиза вытаращила глаза:

— Эй, Лампа, ты чего?

— Набашляла хрустов. Так говорили у нас в консерватории студенты, которые, несмотря на строжайший запрет ректора, лабухали по кабакам. Вы теперь по-другому выражевываетесь?

Лиза скорчила гримасу:

— Лампудель! Это отвратительно! Так в нашей школе никто не разговаривает.

— Да? — с сомнением спросила я. — А как надо? Научи, пожалуйста! То-то я Луиса не поняла! Увы, я безнадежно отстала от жизни!

— Ты слушала Луиса?!

— Ну, в общем и целом как бы сказать...

— Жуть! Никому не рассказывай!

— Что, так стыдно?

— Отвратно. Имей в виду, от Луиса балдеют только те уроды, которые наслаждаются радио «Бум»!

Я заморгала, но все же выдавила из себя:

— Оно такое плохое?

— Отстой для безголовых чурбаков, — пояснила Лиза. — А уж ведущие у них! Ну прямо тушите свечи. Если девушка признается, что она наслаждается «Бумом», ни один приличный человек с ней не станет иметь дело.

— А если она там работает диджеем? — решила уточнить я. — Пару раз в неделю, внештатно? Тогда как?

Лиза скривилась:

— Знаешь, в этом случае ей остается только застрелиться! Нормальный человек на «Бум» не пойдет! Ты деньги-то где раздобыла?

Понимая, что правду нельзя говорить ни в коем случае, я промямлила:

— Ну, нам с Федорой клиент попался.

— Поздравляю, — обрадовалась Лиза. — А чего, опять пропавшую болонку искать надо?

Я посмотрела в ее большие, наивно распахнутые глаза. Нет, похоже, Лизавета не издевается, она просто вспомнила, как в сентябре прошлого года к нам обратилась бабуся, потерявшая собачку.

— Нет, — мирно ответила я. — На этот раз речь идет о женщине, убежавшей от мужа к любовнику.

Глава 10

Утром мне совершенно не хотелось вставать, неожиданно резко похолодало, пошел дождь. Я натянула на себя одеяло, зевнула, повернулась и увидела прямо перед носом наглую Мульяну. Без всякого стеснения мопсиха устроилась передней частью тела на моей подушке, для хозяйки остался лишь один уголок.

Я села.

— Послушай, Муля, это полнейшее безобразие, а ну уходи отсюда!

Мульяна сделала вид, что абсолютно не слышит гневных речей, и продолжала сладко посапывать. Ей было на редкость комфортно. Объемистая задняя часть покоится под уютным пуховым одеялом, передняя лежит на мягкой подушке. Эх, если бы сюда еще и колбаски принесли!

Люди, незнакомые хорошо с животными, отчего-то полагают, что все собаки и кошки одинаковы. Позвольте разуверить вас, это далеко не так. И Полкан, и Мурка, и хомячок, и жаба, и рыбка, и черепашка, и даже тараканы со змеями — личности. Все, кто заводит домашнего любимца, моментально понимают это. Многоногие, хвостатые, лохматые, они обижаются, радуются, расстраиваются, тоскуют, любят, боятся смерти... Никогда не забуду, как белая крыса Фима, прожив шесть лет, то есть, по самым скромным подсчетам, две жизни грызуна, пришла к хозяйке умирать. Фима вползла мне на грудь и глянула в глаза, на ее морде был написан ужас, она словно молила:

— Помоги!

Я прижала к себе крысу и нежно зашептала:

— Фимочка, все хорошо, я с тобой, сейчас ты заснешь, а потом проснешься здоровой, лапки перестанут болеть и ушки, ты окажешься в такой стране, где много, много сыра и изюма...

В глазах Фимы появился покой, она перестала дрожать и мирно заснула, чтобы больше не проснуться. Вы можете смеяться над Лампой, считая ее дурой, но мне было важно знать, что Фима умерла счастливой, без страха и боли.

Наши четыре собаки все разные. Рейчел никогда не станет нагличать, она ляжет спать в гостиной на диване. Рамик, памятуя о голодном младенчестве, проведенном на улице, устроится на кухне, поближе к еде. Ада залезет в кресло или прыгнет на кровать, где осторожно зароется в одеяло. А вот Муля! Та ничтоже сумняшеся совьет гнездо из вашей подушки, стащит с вас перинку, оттолкнет лапами, и в результате хозяйка окажется на полу, а мопсиха со всеми удобствами на ортопедическом матрасе. И никакая сила не сгонит ее оттуда.

Тяжело вздыхая, я пошла умываться, поглядела на себя в зеркало, обозлилась и схватила телефон. В конце концов, маловероятно, что Раиса сама сейчас подойдет к трубке. Наверное, в ее квартире полно приятельниц, вот я и попрошу посмотреть, не лежит ли на стиральной машине моя косметичка.

— Алло, — прошелестел голос.

— Простите, э... э... Рая...

— Я Лариса, — тихо поправила меня женщина.

Вот и прекрасно, чуть было не вырвалось у меня, но вслух я произнесла другое:

— Извините, что беспокою.

— Ничего.

— На днях я была у Раи и, кажется, оставила у нее в ванной сумочку с тушью и помадой. Не глянете, а? Очень жалко новую косметику покупать.

— Зачем же зря тратиться, — согласилась незнакомка, — погодите минуточку.

Несколько мгновений я вслушивалась в тишину, потом раздалось:

— Такой мешочек, на завязочках?

— Точно!

— Он тут.

— Когда можно подъехать?

— Да хоть прямо сейчас.

— Удобно ли? — усомнилась я.

— Чего уж там, — вздохнула Лариса, — теперь все равно.

Быстренько умывшись, я отправилась по знакомому адресу. В конце концов, без туши и губной помады я похожа на кролика, подцепившего насморк. Раисе надоедать не стану, просто схвачу косметичку, и привет.

Дверь мне открыла страшно худая, если не сказать тощая, тетка.

— Я только что звонила вам.

Она кивнула и показала на столик у зеркала:

— Ваше?

Я увидела мешочек и радостно воскликнула:

— Спасибо!

— Не за что, берите.

Было неудобно просто повернуться и уйти, еще неприличней показалось мне проверить содержимое косметички. Поколебавшись секунду, я спросила:

— Как Рая себя чувствует? Отошла уже?

Тетка отшатнулась:

— Вы не знаете?

Я испугалась:

— Что случилось?

Баба попятилась:

— Рая того, умерла!

Я машинально села на стул в прихожей:

— Боже, когда?

— Врач сказал в ночь с понедельника на вторник.

— Не может быть! Я привезла ее домой совершенно здоровой, в нормальном расположении духа... Вы ничего не путаете? Вы кто вообще?

— Лариса, — тихо представилась женщина, — подруга Раи, мы вместе работаем в одной бригаде. У нее муж погиб, в автокатастрофе, знаете?

— Да.

— Вот она и покончила с собой.

Я вскочила со стула.

— Что? Как?

— Отравилась, — мрачно пояснила Лариса, — таблетками снотворными, развела их чаем и выпила, совсем немного, штук десять. Лучше бы сотню слопала!

— Почему? — от неожиданности спросила я.

— Так врач сказал, — пробормотала Лариса, — оказывается, если человек не весь пузырек опустошил, шансов нет, а коли штук пятьдесят капсул в себя запихал, его тошнить начинает. Многие так живы остались.

Я растерянно теребила край куртки, висевшей на вешалке.

— Но Раиса вовсе не собиралась умирать!

Лариса развела руками:

— Анька тоже так посчитала, поэтому ее оставила, теперь убивается, ревмя ревет. Не позавидуешь ей, бросила Райку одну, а та вон чего учудила!

— Кто такая Аня?

— Соседка ее, выше живет, в такой же квартире.

Прижимая к себе косметичку, я побежала вверх по лестнице, совсем забыв про лифт, и сразу узнала женщину, распахнувшую дверь. Толстая блондинка, которая пришла мне на смену в квартиру Раи. Аня тоже вспомнила меня.

— Добрый день, — мрачно сказала она, — если пришла орать, то лучше не начинай! Я ни в чем не виновата!

— У меня и в мыслях нет вас обвинять, просто объясните, что случилось.

Аня вытащила сигареты, вышла на лестницу, села на ступеньку и с чувством произнесла:

— Ну, дела! Не знаю, с чего и начать!

— Ты по порядку.

— Ну мы дружили много лет, по-соседски! Знаешь, чай одолжить, сахар, рублишек до получки перехватить, иногда по вечерам на мужиков друг другу жаловались, они у нас квасят в темную голову.

Я терпеливо ждала, пока она доберется до сути дела. Услыхав просьбу Раи прийти, Аня поспешила на зов не сразу. Она не предполагала, что у соседки случилось нечто экстраординарное, подумала, что Раисе охота чаю попить в компании, поэтому сначала дожарила котлеты, днем-то времени нет готовить, на работу ходить надо.

Известие о смерти Виктора Аню не обрадовало, но и не удивило. Чего-то подобного она ожидала, видела не раз, как Каретников, покачиваясь, лезет за руль. Аня принялась было утешать Раису, но уже через короткое время поняла: соседка не слишком печалится. Рая откровенно заявила Ане:

— Конечно, Витьку жалко, только у меня камень с шеи свалился. Они мне с Павлом хуже горькой редьки надоели. Все, теперь стану жить спокойно, может, даже ремонт затею. Витька-то, ирод, все пропивал!

Поняв, что соседка не собирается биться в истерике, Аня решила идти домой. Она пообещала ей помочь готовить на поминках и убежала.

Утром Аня, решив уточнить день похорон Виктора, принялась звонить Раисе, но трубку никто не снимал. Ничего странного в этом не было, Раиса вполне могла отправиться на работу или в магазин, но в душе Ани отчего-то появилось неприятное чувство тревоги, и она спустилась вниз.

Дверь квартиры Раисы украшал лист бумаги с косо нацарапанными словами «Входите, открыто». Разволновавшись еще больше, Аня влетела внутрь и нашла Раису в спальне. Сначала ей показалось, что соседка мирно спит, но потом она увидела открытые глаза, заострившийся нос, отвисшую челюсть и завизжала так, что мигом сбежались все обитатели этой лестничной площадки.

Раиса тщательно подготовилась к отходу на тот свет, на тумбочке у кровати она положила документы и записку.

— И что в ней было? — воскликнула я.

— Ну... типа, в моей смерти прошу никого не винить, не могу жить без Виктора, как-то так...

— Как странно, — пробормотала я, — Раиса-то не слишком переживала, узнав о смерти супруга.

— Мне тоже так показалось, — подтвердила Аня, — поэтому я и ушла спокойно, неужто бы кинула ее одну?

— Вы сказали милиционерам о своих мыслях?

Аня кивнула.

— А они как отреагировали?

Женщина пожала плечами:

— Врач при них был, правда, без халата, такой, с чемоданчиком и в резиновых перчатках, он тело осматривал, сначала про таблетки сказал, а потом заявил: «Человеческая психика дело тонкое, с виду женщина казалась спокойной, а внутри все кипело. Дождалась, пока рядом никого не стало, и решилась на суицид. Что ж вы ее одну бросили, а еще подруга!» Выходит, я самая виноватая получаюсь!

И Анечка тихо зашмыгала носом.

— Глупости, — попыталась я утешить ее, — коли человек всерьез задумал покончить с собой, его ничто не остановит, стереги его денно и ночно, глаз не спускай, только он обязательно изыщет возможность. Отойдете в туалет или заснете, а он к окну. Отговорить от суицида очень тяжело, просто, к счастью, большинство из тех, кто кричит: «Все, лезу в петлю», на самом деле и не собираются этого делать. Это либо шантаж, либо просто одноразовый всплеск чувств. Вы ни в чем не виноваты, Рая сама приняла такое решение.

Аня кивнула:

— Да, только все равно странно!

— Чужая душа потемки, — старательно утешала я женщину.

Аня глубоко вздохнула:

— Ну кто бы мог подумать, что она так переживает! Неужели столь искусно притворялась, когда Витьку и Павлика костерила?

Услыхав второй раз незнакомое имя, я насторожилась:

— Кто такой Павел?

Аня отмахнулась:

— Горе-злосчастье! Витькин двоюродный брат. Не поверите, он писатель!

— Да? — удивилась я. — Здорово!

— Ужасно, — возразила Аня, — спился совершенно, а ведь был приличным человеком, книгу написал, не помню как называется, сильно умную, читать тяжело, я не осилила, мне Витька подарил, еще давно, хотите покажу?

— С удовольствием посмотрю, — кивнула я из чистой вежливости.

— Что же мы на лестнице стоим? — спохватилась Аня. — Идите на кухню.

Очевидно, книг у Ани в семье имелось не много, потому что она сразу притащила светло-серый томик, украшенный изображениями геометрических фигур.

— Вот!

Я повертела книжонку в руках. «Путь к себе.

Павел Каретников», издательство «Марко», тираж две тысячи экземпляров.

— За что Раиса не любила своего родственника?

Аня всплеснула руками:

— Вы бы его видели! Жуть! Хочешь про ихнюю семью расскажу? Чаек будешь?

Я глянула в окно, за стеклом висела мелкая, противная сетка нудного дождя. В такую погоду только чаи гонять. Оно, конечно, детальные сведения о жизни совершенно незнакомого Павла мне не нужны, но на улице поднялась настоящая буря, ветер гнет деревья, сильно потемнело, сейчас моросящий дождик сменится стеной ливня. А на кухне у Ани очень уютно.

— С удовольствием выпью, — кивнула я.

Аня засуетилась вокруг стола. Несмотря на полное, рыхлое тело, двигалась она ловко и бесшумно, походя ведя рассказ.

Жили-были два брата Каретниковых. Один, интеллигентный человек, профессор, всю жизнь преподававший в вузе историю, другой, пьянь неприкаянная, работал куда возьмут, дольше трех месяцев нигде не задерживаясь. У первого брата родился сын Павлик, у второго Витя. Мальчиков разделяла всего неделя, и в школе их часто принимали за близнецов, до того похожими были дети. Павлик отлично учился, его сочинения регулярно занимали первые места на конкурсах, Витька ехал на слабых тройках, больше интересовался футболом и автоделом, чем литературой, химией, физикой, географией...

После восьмого класса пути братьев разошлись кардинально. Павлик окончил десятилетку и поступил на филфак, Витька ушел в автомеханический техникум, с грехом пополам получил аттестат и стал работать шофером, он уже тогда начал прикладываться к бутылке.

Павлик завершил образование, пошел служить редактором в крупное издательство, Витька возил хозяина и таскал за ним сумки. Женились парни тоже почти одновременно. Естественно, Павлик нашел себе ровню, юную поэтессу Ксюшу, а Вите досталась полуграмотная Раиса, за всю жизнь не прочитавшая ни одной книги.

Во время семейных праздников все нахваливали Павлика с Ксюшей, на Витю и Раю бросали косые взгляды. Да еще Витька, потерявший всякий стоп-сигнал, сразу оживлялся при виде водки, вливал в себя дозу и, слегка поскандалив, укладывался спать прямо на полу.

— Наказал господь родственничками, — шипела мать Павлика, — перед людьми стыдно. Вы, Раиса, сделайте одолжение, закатите своего супруга в кладовку, у нас все-таки праздник, гости вокруг. Вот беда-то! Алкоголики в роду! Мой Павлик, слава богу, ни капли в рот не берет!

Сами понимаете, как Раиса любила двоюродного брата мужа, ненависть, перемешанная с завистью и бессилием, дает почву для удивительных цветов.

Но потом положение вещей внезапно переменилось. После смерти родителей Павлик принялся пить и в короткий период превратился в грязное, опустившееся существо. Он вынес из дома мало-мальски приличные вещи, спустил колечки Ксюши и просто не просыхал. На его фоне Витька теперь выглядел почти образцом, он хоть и выпивоха, да трудится на заводе, а Павлик почти бомж.

Самой большой радостью для Раисы был теперь звонок Ксюши.

— Прости, пожалуйста, — робко спрашивала та, — Павлик не у вас? Пятый день не ночует!

Душу Раисы заполняло неизъяснимое блаженство.

— К нам не заходил, — фальшиво-сочувственно отвечала она, — да и некогда нам гостей принимать, на службе пластаемся, копеечку зарабатываем. Сама знаешь, нам с Витьком никто наследства не оставил, пахать нужно. Муж вот шубу мне купить собрался.

Последняя фраза была откровенной ложью. На доху Рая собирала самостоятельно, откладывая крохи из копеечной зарплаты, но Ксюша, наивно верившая всему услышанному, тихо всхлипывала и вешала трубку. Собственно говоря, против Ксении Рая ничего не имела, она просто ненавидела Павла и от души желала тому всего плохого.

Одновременно с алкоголизмом Павлик приобрел привычку приходить к Виктору и клянчить деньги на горячительное. Каретников всегда поступал одинаково: покупал бутылку и распивал ее вместе с братом. Боясь Раису, Витя, словно шпион, соблюдал конспирацию, но грозная супруга, вернувшись с ночной смены, окидывала взглядом старательно вымытую кухню и закатывала скандал с постоянным припевом:

— Опять эта пьянь рваная тут гуляла! Сколько раз говорить! Он нам не пара.

Витька никак не мог понять, каким образом Раиса чуяла дух Павлика, и пытался оправдать брата:

— Он переживает, мучается, хочет еще одну книгу написать, а не может!

— Пусть работать идет, мешки таскать, — злилась Рая, — нечего за чужой счет ханку жрать! Писатель, блин!

Аня замолчала, я вздохнула. Увы, случается, что члены одной семьи не переваривают друг друга!

— Она радовалась, когда он умер, — тихо добавила Аня, — я даже замечание ей сделала: ну нельзя же быть настолько злой!

— Павлик скончался? — для порядка поинтересовалась я.

Аня кивнула:

— Да. Они же с Витькой вместе в одной машине разбились!

Я уронила на пол чайную ложечку. Вот это новость!

Глава 11

Аня нагнулась, чтобы поднять ложку.

— Ты ничего не перепутала? — ошарашенно поинтересовалась я.

— Нет.

— Понимаешь, я ездила с Раисой в морг, ей там сначала показали фото Вити, а потом снимок другого мужчины, погибшего в аварии, так она его не опознала. На вопрос служащего она твердо заявила: «Нет, в первый раз вижу».

Аня горько охнула:

— Признала она его великолепно, сама мне об этом сообщила.

Я удивилась еще больше:

— Но отчего же там промолчала? Согласись, это странно!

Аня принялась вертеть поднятую с пола ложечку.

— Конечно, о мертвых плохо не говорят, но... жадная Раиса была до крайности, снега у нее зимой не выпросишь. Хотя и осуждать ее за такое поведение никак нельзя, она одна деньги в дом приносила, Витька свои пропивал. Все дело в монете.

— Ты о чем?

Аня наклонилась ко мне:

— Кошелек ей показали, в нем пять сотен лежало, «зеленью». Вот Раиса и рассудила: откуда у Витьки такие огромадные деньги?

— Может, заработал, — предположила я.

— Где бы это? — скорчилась Аня. — Как ни крути, неоткуда их ему взять! На заводе копейки платят. Витька, правда, на дороге бомбил, но подумай: кто ж столько отвалит? Нет, не его это бабки.

— А чьи?

— Павлухины.

— Ну ты и сказала, — засмеялась я, — только что объяснила, в какое отребье превратился парень! У такого точно в кармане полтыщи долларов на мелкие расходы не могло быть.

— Павлик воровал, — нехотя выдавила из себя Аня, — Витька хоть пил, да чужого никогда не брал. А Павел машины на стоянке у метро вскрывал и тырил все, что плохо лежит, ну, магнитолу или зонтик, перчатки... Мало ли кто чего на сиденье оставит. Потом прямо на улице за копейки отдавал и за пузырем летел. Один раз его поймали и в милицию отволокли. Только не посадили, Ксюша в ногах у всех валялась, у ментов и потерпевшего, последние сережки из ушей вытащила. Вот ее они и пожалели, отпустили Павла, только, думается, он своего занятия не бросил, отсюда и пять сотен.

— Но они лежали в кошельке у Вити.

— Нет, Павлика портмоне было.

— Но Рая сказала...

— Обманула. Витька свои бабки по карманам рассовывал, а Павлуха по старой привычке кошелек имел, он его, наверное, брату отдал, или, когда в аварию попали, ихние вещи перемешались. Вот Раиса и не сказала, кто второй потерпевший. Я ее укорила, а она обозлилась: «Мне бабки нужны на похороны, а еще Павлик нам задолжал. Приходил сюда каждый день, ел, пил, ничего не приносил. Мои баксы!»

Я покачала головой:

— Недостойное поведение.

— Угу, — кивнула Аня, — правда, она потом сама сообразила, что так уж нельзя, больно некрасиво. Я ее уговорила Ксюше позвонить, еле уломала. Ну не хочешь деньги отдавать, ладно, смолчи, хоть и гадко, но разве ж можно допустить, чтоб Павлика как собаку зарыли? Не помянуть, не отпеть...

— И она признала твою правоту?

Аня кивнула:

— Да, звякнула Ксюше и нелюбезно так буркнула: «Твой урод подбил моего мужа пьяным за руль сесть, теперь оба в морге, а все из-за Павла». Во как она его терпеть не могла! Страшное дело!

— У тебя есть телефон Ксюши?

— Откуда? А зачем он тебе?

— Ну... надо.

— Тогда ступай к Райке в квартиру, там Лариска на поминки готовит, надо же Каретниковых проводить. На столике у телефона книжка лежит, черная такая, растрепанная.

Я побежала назад и, не встретив никакого сопротивления со стороны Ларисы, обнаружила распадающийся блокнот. На первой странице неустоявшимся почерком человека, редко берущего в руки стило, было написано: «Павлуха». Рядом виднелись кособокие цифры.

Слава богу, к моменту, когда я оказалась на улице, дождь внезапно прекратился. Сев в «Жигули», я вытащила телефон, и тут мобильник внезапно зазвенел. Я глянула на определитель. Ни у кого из моих знакомых нет такого номера, но ответить все равно надо, хотя это явная ошибка.

— Евлампия Андреевна? — спросил безукоризненно вежливый голос.

— Да, слушаю.

— У вас есть родственник по имени Юрий Волков?

— Нет.

— Спасибо, — ответил мужчина и отсоединился.

Я покрутила в руках телефон. Совершенно непонятный звонок! Есть ли у меня близкий человек Юра Волков! Кто и почему интересовался этим вопросом?

Отжав сцепление, я тихонько тронулась с места и тут же нажала на тормоз. Господи, Юра Волков! Это ведь наш гость с сухой елкой! Неужели с ним что-то случилось?

Я нажала повтор номера.

— Психиатрическая клиника. Слушаю.

Я, не сказав ни слова, отсоединилась. Беда с этими телефонами, электроника, сама набирая номер, ошиблась. Ладно, человек аккуратнее автомата, ну-ка...

— Психиатрическая клиника. Слушаю.

— Э... простите, наверное, я не туда попала.

— Ничего, — вежливо ответила, похоже, пожилая женщина.

— Ваш телефон девять четыре девять... — для порядка поинтересовалась я.

— Да, — неожиданно ответили на том конце провода.

— Понимаете, кто-то сейчас мне звонил, — объяснила я.

— У нас местная подстанция, — выслушав меня, ответила женщина, — шесть корпусов, из любого кабинета могли набрать ваш телефон, все равно определится номер общей АТС.

— И что же мне делать? Похоже, у Юры Волкова неприятности.

— Минуту, Волков... Волков... Да, есть такой, доставлен из приемной Академии имени Топильского, предположительно реактивный психоз. Вам следует обратиться во второе отделение к доктору Василькову Андрею Олеговичу. Наш адрес...

В состоянии крайней возбужденности я полетела на улицу Кравцова. Интересно, какая неприятность ожидает меня в клинике?

Мою «шестерку» тормознули у огромных вычурно ажурных ворот. В разные стороны от них тянулся высокий гладкий кирпичный забор, поверху бежала колючая проволока.

— Вы куда? — проявил бдительность секьюрити у шлагбаума.

— К доктору Василькову, во второе отделение.

— На территории нахождение постороннего транспорта запрещено.

Спорить было бессмысленно. Бросив «Жигули» у забора, среди толпы «железных коней», я побежала по дорожкам необъятного парка. Тучи разошлись, лужи непостижимым образом высохли, и на прогулку выползли тихие люди, одетые кто в застиранные серо-синие байковые халаты, а кто в красивые спортивные костюмы.

Второй корпус по непонятной причине оказался последним, он располагался в самом углу необъятного лесного массива. Не успела я подняться на крыльцо, как дверь, довольно сильно стукнув меня, распахнулась и из нее выскочил мужчина лет шестидесяти с коробкой в руках. Увидав, что я схватилась за плечо, он стал извиняться:

— Простите, я не хотел!

— Я сама виновата.

— Ей-богу, мне неудобно.

— Ничего, до свадьбы заживет.

— Может, вас куда подвезти?

— Спасибо, я только пришла, да и сама за рулем.

— Не держите на меня зла, — не успокаивался дядька, — ну, мастера, ежик, блин! Ваще!

На всякий случай я прижалась к стене. Незнакомец был одет в нормальный костюм, не в спортивный, и не в халат. Значит, он пришел навещать родственников. Между прочим, безумие — семейная напасть, ну при чем тут ежики?

Очевидно, на моем лице отразились все эти мысли, потому что чрезмерно вежливый мужик поднял у коробки крышку:

— Гляди!

— Ой, ежик! Живой!

— Все из-за него!

— Что? — удивилась я.

Мужчина закрыл коробку.

— Шофер я, на «Скорой» работаю. Недавно был вызов на одну дачу, у них сразу две бабки вроде как заболели. Ну мы с доктором прибыли,

Василий Петрович сразу диагноз поставил: шизофрения. У обеих, две сестры они. Надо было спецперевозку вызвать, да родственники уж очень просили, и старухи тихие, не буянят, не орут, просто ночью по дому шастают и на спящих родственников воду льют, пожар им везде чудится.

Пока доктор беседовал с нормальными членами семьи, водитель отправился побродить по участку, нашел ежика и обрадовался. У него есть пятилетняя внучка, то-то она в восторг придет.

Колючий клубок закатили в коробку, старушек посадили в «Скорую», до больницы домчались мгновенно, радуясь приятной сумме, врученной им благодарными родственниками безумных.

Пока врач вел переговоры в приемном отделении, шофер открыл капот, порылся в моторе, а затем решил посмотреть, как там ежик, и не нашел в салоне коробку. Тихо ругаясь, водитель пошел в корпус, очевидно, одна из старух по непонятной причине прихватила коробочку. Хотя чего ждать от психов.

Контейнер для ежа шофер увидел сразу, он стоял на полу, в углу, пустой. Ни врача, ни медсестры в помещении не было, и шофер, встав на колени, начал заглядывать под кушетку, прикрытую не слишком чистой простыней. Вот за этим занятием его и застала необъятных размеров бабища.

— Ты чего тута делаешь? — с подозрением поинтересовалась она.

— Ежика ищу, — совершенно честно ответил не ожидавший ничего плохого водитель.

— Каво? — напряглась баба.

— Ну ежа, колючего такого, удрал он от меня.

— Ага, ну, ну, — кивнула санитарка и быстро выскочила за дверь.

Шофер спокойно продолжил поиски. И тут ворвались два огромных парня, мигом скрутили несчастного и сунули в какое-то помещение без окон и дверей, размером чуть побольше спичечного коробка. Обалдевший от такого поворота событий водитель начал кидаться на дверь, колотить в нее, но безрезультатно. Выпустили его лишь через час, благодаря доктору, который, увидав, что «кучера» нет, начал усиленно искать его.

— Прикинь, — пыхтел шофер, — они меня за психа приняли, а я ежа потом под столом нашел! Ну не идиоты ли, а?

— Ты идешь, наконец? — донеслось из стоящей неподалеку «Скорой». — Кучу времени из-за тебя потеряли! Ну с каждым треплешься!

Мужчина покачал головой и двинулся к машине, видно было, что он очень недоволен. Я потянула на себя тяжелую дверь и очутилась в просторной комнате с зарешеченными окнами.

— Посещение больных только по выходным, — не поднимая головы, — буркнула женщина в белом халате, писавшая что-то в толстой тетрадке, — вход с противоположной стороны корпуса, бахилы у охраны.

— Мне нужен доктор Васильков Андрей Олегович.

— По коридору третий кабинет, — не отрываясь от писанины, заявила докторица.

Я пошла в указанном направлении и за дверью с табличкой 3 обнаружила парня лет двадцати пяти, который ради солидности отрастил себе жидкую бороденку. Честно говоря, он добился противоположного эффекта. Отчего-то чахлая растительность на щеках сделала его еще моложе.

— Вы ко мне? — сурово сдвинув брови, осведомился вчерашний студент. — Подождите минуту, я сейчас занят!

С самым серьезным видом он встал и начал перебирать стоящие на полках папки. Я молча ждала, пока недавний ребенок перестанет изображать профессора. Катюша со смехом рассказывала мне, что почти все выпускники медицинских вузов проходят стадию, которую можно назвать «комплекс молодого врача». Оказавшись в больнице и понимая, что ничего не знает, свежеиспеченный доктор начинает усиленно изображать из себя доку. Опытный терапевт никогда не постесняется сообщить больному:

— Что-то мне пока неясен ваш диагноз, давайте проконсультируемся у хирурга, или гастроэнтеролога, невропатолога, пульмонолога...

Только что вылетевший из ординатуры птенец скорей умрет, чем произнесет подобную фразу.

— Сама была такой, — веселилась Катя, — нацепила очки с простыми стеклами, хотела старше казаться.

Андрей Олегович попереставлял папки и наконец вымолвил:

— Слушаю.

— Я по поводу Юры Волкова...

Психиатр кивнул:

— Да, есть такой, поступил недавно...

Без конца пощипывая клочкастую бороденку, он принялся засыпать меня терминами, из которых я поняла лишь один — «состояние стойкого бреда».

— Как он к вам попал? — перебила я эскулапа.

Андрей Олегович взял тоненькую тетрадочку.

— Поступил вызов из Академии имени Топильского, они объяснили, что к ним пришел явно ненормальный человек с елкой! В мае! Естественно, сотрудники испугались! Он ходил по кабинетам, тыкал всем в глаза ветками и просил какое-то лекарство, дабы «вылечить елочку». Когда у него попытались отнять высохшее дерево, Волков начал кричать:

— Не трогайте, жуки простудятся!

Волкова доставили к нам. В приемном покое он был неадекватен, елку не отдал, потребовал позвонить его родственникам, но по указанному им номеру...

— Это я.

— Кто? — осекся доктор.

— Вы звонили Евлампии Андреевне?

— Да.

— Это я.

Доктор прищурился:

— Правда? Почему же тогда вы сказали, что не знаете Волкова?

— Извините, я забыла про него.

Врач нехорошим взглядом посмотрел на меня.

— Простите, — пролепетала я, — а где елка?

Андрей Олегович еще сильнее нахмурился:

— Волков находился в стадии возбуждения, я посчитал возможным разрешить ему взять дерево в палату.

— Слава богу, — вырвалось у меня, — жуки целы!

Андрей Олегович сделал вид, будто тянется к календарю, лежащему на столе, но я увидела рядом с длинным органайзером кнопку и быстро воскликнула:

— Стойте! Мы оба, и я, и Юра, совершенно нормальные. На елке живут короеды, которых следует убить, но до этого они должны быть совершенно здоровы, главное, не простудить их.

Брови доктора подскочили вверх. Я поняла, что не сумела правильно обрисовать ситуацию, и предприняла еще одну попытку.

— Елку привезли специально из Гнилых гор в Академию Тимирязева. На ней сидят паразиты, их надо извести. Но вот беда, если они упадут с дерева, то умрут. А как тогда их отравить? Вот и пришлось Юре елочку сюда тащить. Честно говоря, мне его жаль, жучкам явно плохо, да еще Ада с Рамиком на них пописали, небось все давно перемерли. Выходит, Юра зря хвойное дерево через столько километров тащил, бедняга! Хорошо хоть Муля ветки не сжевала. Впрочем, может, какое насекомое и выжило, в чем я лично сомневаюсь, экология в Москве никуда, бедным жучкам не по зубам. Теперь вам понятно, в чем дело?

Васильков медленно кивнул.

— Слава богу, — обрадовалась я, — недоразумение исчерпано, выпустите Юру, мы домой поедем, и елочку верните, Волков просто расплачется, если ее лишится.

Андрей Олегович засиял улыбкой:

— Конечно, конечно, только, вы сами понимаете, надо оформить необходимые бумаги. У вас паспорт с собой?

— Нет.

— Ах, какая жалость! Ну разве можно в наше время по Москве без документов разгуливать.

Я поколебалась секунду и сообщила чистую правду.

— У меня его нет.

— Все люди, достигшие четырнадцати лет, имеют паспорт.

— Да, да, правильно, но мой съела Муля.

Андрей Олегович принялся усиленно моргать:

— Кто?

— Муля. Недавно я легла в кровать попить чаю, поставила варенье, полную розетку, и опрокинула ее прямо на паспорт. Пока я за тряпкой ходила, дочурка моя весь джем слизала и бордовую книжечку схомячила. Муля такая, если крошку на полу найдет, мигом в рот засунет, у нее отвратительная привычка сжирать все, что плохо лежит. Варенье — это ерунда! Она в три месяца ножки у стола сгрызла, и он упал, хорошо хоть ребенка не задавил, мы ее за это тряпкой отдубасили, но не помогло! Все жует, не поверите, у нас телефонные провода аджикой до сих пор намазаны, а то иначе мы регулярно без связи оставались, прикиньте, как это неудобно.

— Сколько лет вашей дочери? — ожил Андрей Олегович.

— Э... кажется, три, нет два, впрочем, четыре, да, точно, я вспомнила, четыре. Она родилась, когда меня еще не было у Кати. Кажется, Мульяне исполнилось полгода, когда я появилась в доме. Впрочем, это неважно! Какую роль тут играет возраст? Вон Рейчел уже семь, а она ни одной тапки не съела!

Андрей Олегович засиял, словно колокол на Пасху.

— Хорошо, я сейчас выпишу Волкова, но кто может подтвердить вашу личность?

Я призадумалась:

— Катя сейчас кого-нибудь режет, она не может остановиться, пока человека не унесут. Сережка летит на воздушном шаре, Юля отправилась на Марс... э... Костин Владимир, майор, ответственный человек, работает в уголовном розыске.

— Хорошо, — кивнул Васильков, — давайте телефоны.

Я продиктовала все номера, включая мобильный.

— Теперь пойдемте, — встал врач, — отведу вас в приемную, подождете там Волкова.

Мы прошли по коридору, Андрей Олегович открыл дверь и любезно сказал:

— Прошу.

Я шагнула за порог, ощутила легкий тычок в спину и услышала, как защелкивается замок.

— Эй, откройте!

В ответ тишина. Глаза обежали крохотное пространство. Стены обиты чем-то мягким, потолок и пол тоже. Мебели никакой, в двери, похожей на матрац, отсутствуют ручки и какой-либо намек на замочную скважину. Так, Васильков, молодой, самонадеянный идиот, принял меня за сумасшедшую. Интересно, что заставило его прийти к такому мнению? Может, моя последняя фраза о домашних? Но ведь я сообщила чистую правду. Катя оперирует, Сережка сидит в корзине воздушного шара, его агентство проводит рекламную акцию по продвижению на рынок новой авиакомпании, а Юлечка на самом деле гуляет по Марсу. Она в числе других журналистов находится на открытии фитнес-клуба «Планета Марс»...

Да уж, представляю, сколько времени потеряют все, разыскивая меня. Небось в психиатрические клиники начнут звонить в последнюю очередь. Или я ошибаюсь? Кстати, у меня в кармане лежит мобильный! Но телефон бездействовал. На экране виднелась перечеркнутая трубка, сеть недоступна. Очевидно, «мягкая» комната блокировала сигнал.

Глава 12

Я села на пол и привалилась к стене. Было достаточно удобно. Не жарко и не холодно, единственная беда — скучно. Телевизора нет, радио тоже... Хоть бы журнальчик какой сюда бросили! Даже если считаешь человека ненормальным, не лишай его возможности насладиться печатным словом. Понимая, что делать нечего, я легла на полу, свернулась калачиком и неожиданно уснула.

Огромный мужчина, обутый в болотные сапоги, неожиданно ворвался в комнату. Меня охватил испуг. Я очень хорошо знаю, что многие психиатры, вследствие частого общения с неадекватными людьми, сами делаются ненормальными, перестают трезво оценивать действительность. Похоже, господин Васильков из этой когорты, он подсадил сюда буйнопомешанного.

— Лампа, — густым баритоном заявил дядька, — Топильского помнишь?

— Н-нет.

— А ну, соображай, где его видела? Кто такой Топильский?

— Э... э... это имя носит академия, из которой доставили Юру!

— Дура, смотри на фото.

— Простите, я не понимаю, но вы не волнуйтесь, садитесь, пожалуйста, как вас зовут?

— Лампа!

— Ой! Меня тоже!

— Лампа!!

— Что?

— Лампа!

Продолжая мерно выкрикивать мое имя, безумный вытащил из кармана огромную пилу. Я смотрела на нежданного соседа во все глаза. Господи, ну каким образом огромная пила уместилась у него в пиджаке? Через секунду блестящий металл с зубьями начал приближаться к моему лицу. Я кинулась на дверь.

— Убивают, спасите, помогите, режут, пилят...

Твердые руки схватили меня за плечи и сильно встряхнули, глаза мои распахнулись, я рывком села. Костин, стоявший надо мной, хмуро произнес:

— С добрым утром!

— Убивают! — машинально повторила я и через долю секунды с облегчением поняла: никакого психа с пилой нет, мне приснился очередной кошмар.

— Вы уверены, что она дееспособна? — озабоченно поинтересовался Васильков.

Костин кивнул:

— И она, и он просто дураки.

— Сам такой, — обиделась я.

— Точно, — лениво согласился Вовка, — поэтому и примчался по первому свисту, другой бы, умный, до вечера подождал.

Нас с Юрой достаточно быстро отпустили на свободу. Значительно дольше мы пытались засунуть в машину Костина елку. Удалось нам сие простое действие не сразу. Логичнее всего было бы примотать ее на багажник, установленный на крыше, но мое разумное предложение встретило бурю возражений.

— Еще чего! — заорал Костин. — Чтобы я, как идиот, волок в мае месяце умершую елку? Да в меня вся улица пальцем тыкать станет!

— Жуки погибнут, — завел свою песню Юра, — ой, не надо сверху везти.

— Поступайте как знаете, — сдалась я.

— Пешком пойду, — заявил Волков.

— Всем молчать, — рявкнул Костин, — заткнуться и отвернуться.

Я отошла в сторону, пусть разбираются без меня, но, если не везти сухую палку на крыше, то придется устраивать ее в салоне, разложив переднее сиденье. И вообще, это не моя проблема, отправлюсь сейчас по своим делам, мне необходимо поговорить с Ксюшей. Сев в машину, я вытащила телефон. На том конце трубку сняли сразу:

— Алло.

— Можно Ксению?

— Слушаю вас.

— Извините, конечно, но у меня есть кое-какая информация, важная, о вашем муже.

— Слушаю вас, — монотонно повторила Ксюша.

— Лучше сообщить ее лично.

— Приезжайте, — равнодушно обронила Ксения.

— Адрес подскажите.

— Мелковская, шесть.

Я вытащила атлас. Однако Ксюша патологи-

чески нелюбопытный человек, другая бы на ее
месте принялась задавать вопросы: кто, зачем,
что за информация... А эта моментально сообщила адрес, не проявив никакого интереса к зво-
нившей. Продолжая недоумевать, я завела мо-
тор, путь предстоял неблизкий, через весь город,
в противоположный конец, по пробкам. Хотя,
может, добраться по МКАД?

Дом, где жила Ксюша, оказался деревенской
избой, простой, полупокосившейся, с крышей,
покрытой толем. Вид у жилища был самый убо-
гий, если не сказать нищий, я даже не предполагала, что в столице имеются такие места, как
Мелковская улица: узкий, короткий аппендикс,
утыканный «скворечниками». Хотя, наверное,
это уже область, ведь МКАД осталась позади.

Ну и пейзаж тут! В двух шагах расположи-
лась свалка. Осторожно обходя осколки битых
бутылок, куски ржавых труб и доски с угрожаю-
ще торчащими гвоздями, я добралась до хлипкой
двери и, не найдя звонка, заколотила в нее кулаком. Послышался скрип, дверь приоткрылась, я
увидела кухню, маленькую, тесную, неуютную.
Двухконфорочная газовая плита с поцарапанной
эмалью, ржавая раковина, стол, две табуретки и
пластмассовая люстра-«тарелка», свисающая с
потолка. Очень бедно, но относительно чисто,
подоконник застелен газетой, край которой был
ажурно вырезан фестончиками. У меня внезапно
защемило сердце. Бедная Ксюша! Ей, наверное,
очень хочется красоты и уюта, а денег совсем
нет, вот она и решила сделать из газеты «круже-
во». Иногда бросишь взгляд на вещь и моментально понимаешь все про ее владельца. Я сразу
сообразила: Ксюша, очевидно, хрупкая, малень-

кая, плохо одетая... Она романтична, наивна, сохранила, несмотря на возраст и жизненные обстоятельства, детскую душу... И мне теперь предстоит сначала рассказать этой женщине-ребенку про смерть мужа, а потом еще постараться выяснить, откуда в его кошельке взялась карточка Галки Сорокиной.

— Вы ко мне? — очень тихо спросила вынырнувшая из глубины избы тень. — Добрый день!

Ксюша выглядела именно так, как я и предполагала. Весила она небось килограммов сорок, не больше. Маленькое треугольное личико с неожиданно огромными голубыми глазами, руки — веточки, «рюмочная» талия и бедра тринадцатилетнего мальчика. Обтягивающие, сильно вытертые джинсы и коротенькая футболочка подчеркивали болезненную изможденность хозяйки.

— Вы Ксюша?

— Да, садитесь.

Я опустилась на колченогую, качающуюся табуретку. Бог мой, она, наверное, голодает!

— Слушаю, — прошептала Ксения.

— Видите ли, ваш муж...

— Если Павлик взял в долг, — неожиданно перебила меня Ксюша, — или украл чего, я помочь не смогу.

— Но...

— Он умер, попал в автокатастрофу.

— Вы знаете?

— Да.

— Извините, пожалуйста, я хотела вам сообщить эту неприятную новость.

Ксюша подперла бледную щеку тоненькой ручонкой.

— А вы откуда про кончину Павлика узнали?

— Раису Каретникову в морг сопровождала, она, правда, сначала сказала, будто его не опознала...

Ксюша неожиданно улыбнулась:

— Рая меня всю жизнь ненавидит. Это из-за свекрови, Марии Семеновны. Та всегда Виктора ругала, пьянью обзывала, Раисе стул в коридоре ставила, когда гостей собирала. У нее Павлик свет в окошке был, а Рая отчего-то решила, что я тут самая плохая, до смешного доходило. Один раз Витя, он тогда еще дальнобойщиком работал, привез из поездки пять ведер клубники. Ягода нежная, быстро портится. Вот он и велел Раисе нам половину отдать, на варенье. Так она не послушалась, клубника пропала, скисла. Вот она какая! Лучше выбросить, чем Павлика угостить. Знаете, как она мне о его смерти сообщила? Снимаю трубку и слышу голос такой радостный: «Езжай в морг, пиши адрес. Твой-то, слава богу, разбился насмерть, умерла докука!»

— Ужасно, — возмутилась я.

Ксюша кивнула:

— Да, но другого я от нее не ждала. И если уж совсем честно, кое в чем она права. Павлик из меня все соки выпил, видите, как я живу? Думаете, всегда так было?

— Ну...

— От родителей Павлика нам досталось большое наследство, — вздохнула Ксюша, — квартира хорошая, дачка небольшая. Только Павлик пить начал и все спустил. Вам даже представить трудно, как он себя вел, уму непостижимо, в результате в прошлом году мы оказались здесь.

— И вы не пытались остановить мужа?

— Я не боец, сказала ему один раз что-то

вроде: «Если ты сейчас все продашь, где мы жить будем?», а Павлик мигом меня отбрил: «Отвянь, своим распоряжаюсь, ты, если не нравится, к себе уезжай».

Ну я и отправилась сюда. Эта хибара когда-то принадлежала моей бабушке, деревня тут стояла, теперь Москва обступает, наверное, скоро снесут, может, комнату где дадут?

— Погодите, вы с мужем развелись?

— Нет, — грустно ответила Ксюша, — ушла я просто, устала с фантомом человека жить. Павлик душу пропил, ничегошеньки не осталось, совсем ничего, просто другим человеком стал! Он же книги писал! А потом даже читать перестал, только о водке думал, воровать начал. Среди ваших родственников есть алкоголики?

— Нет, господь миловал.

— Редкое везение, — безнадежно продолжала Ксюша, — вам меня не понять. Лежишь ночью в кровати и вслушиваешься в тишину, чуть в двери ключ поворачиваться начнет, сразу ужас охватывает: какой он сегодня явился? Совсем плохой или на ногах держится? Быстро Павлик деньги от продажи квартиры и дачи спустил да сюда приехал.

— И вы его пустили? — возмутилась я.

Ксюша скрестила тонкие руки на груди.

— Куда же деваться? Ведь у нас любовь была.

— Похоже, Павел ее недостоин.

— Дело не в нем, а во мне, — пояснила Ксюша, — я сама его себе в мужья выбрала, никто силой под венец не волок. Значит, трезвый хорош, а пьяный плох? Но я вроде клятву давала: в беде, радости, несчастье и болезни быть вместе. Павлик заболел, непорядочно было его оставлять!

Глава 13

Я попыталась справиться с накатившей злостью. Вот поэтому в нашей стране такое количество алкоголиков и несчастных женщин. Тянут бедные бабы безропотно лямку, патологическая порядочность сильно осложняет им жизнь. Может, когда наши представительницы так называемого слабого пола начнут решительно уходить от пьяниц, водкозависимых станет меньше? И потом, ну-ка объясните мне доходчиво, почему безудержное вливание в себя «огненной воды» считается болезнью? Может, я просто чего-то не понимаю?

Ну грипп, ангина, воспаление легких, гепатит, рак, не дай бог. Здесь-то человек ни в чем не виноват! Ну кашлянули на него, или попал под дождь, съел немытый фрукт, получил сильный стресс и включился механизм патологического деления клеток! Тут ничего, кроме жалости и желания помочь, не испытаешь. Но водка! Павлика что, привязывали к стулу, вставляли в рот воронку, связывали по рукам и ногам, а потом вливали в отчаянно сопротивлявшегося парня горячительное? Или страсть к неумеренным «возлияниям» передается воздушно-капельным путем? Ехал себе несчастный Павлик на работу, а тут в вагон метро вошел потерявший человеческий облик алкоголик, кашлянул на него, и готово, бедолага заразился! Нет ведь, по-другому дело обстояло, он сам начал глушить сорокаградусную. И почему теперь считают его больным? Ладно, хочешь лично себя убивать, семь футов тебе под килем! Но ведь алкоголики, как правило, живут в семье. Чем же тут виноваты дети? Вот жена, другой вопрос. Ее ведь не прибили к мужу гвоздями, не пришили намертво, у нее не общее сердце с запойным пьяницей. И если она не уходит от невменяемого урода, который тащит из дома вещи и вместо ласковых слов «угощает» супругу колотушками, то, чтобы она ни говорила о невозможности разъезда, какие бы аргументы ни выдвигала: не хочу лишать детей отца, некуда уходить, стыдно оставаться одной — все неправда! На самом деле всегда можно найти выход. Одна моя подруга, Анюта Есина, так и сделала. Когда ее муж Славка в очередной раз исчез на три дня, а потом грязный и вонючий явился домой, его встретила дверь, украшенная новым замком, на ручке болталась записка: «Вещи у соседки». Когда пьяница начал колошматить в дверь ногами, она распахнулась, и перед ним предстал огромный бугай, размах плеч которого совпадал с ростом. Великан ухватил алкоголика за грудь и густым басом объяснил ситуацию: здесь теперь в качестве любимого человека живет он, а бывшему «хозяину» предлагается покинуть помещение, иначе будут приняты другие, отнюдь не вербальные меры. Славка понял, что беседовать с этим типом совершенно бесполезно, и ушел. Потом он, правда, пару раз пытался встретиться с Анютой, но нигде не мог ее отыскать. Я была полностью в курсе событий, потому что Анюта временно переехала к нам, а роль любовника согласился сыграть муж нашей общей подруги Ольги Гусевой.

Где сейчас Славка, Анюта не знает, но она теперь больше не ходит украшенная синяками, а ее дочка перестала плакать по ночам. Анюта поняла, что жизнь с алкоголиком бесперспективна, и решила проблему. Поэтому, уж извините меня за резкость, каждая жена достойна своего мужа, и если он над вами издевается, то вам это нравится. Многие женщины любят жаловаться на жизнь, но не делают ничего для того, чтобы изменить свою судьбу, а под лежачий камень, как известно, вода не течет. И потом, дорогие мои, вы что, хотите, чтобы дети повторили вашу судьбу? Статистика жестокая вещь, специалисты-психологи хорошо знают: семьдесят процентов девочек, видевших в детстве пьяного отца, выходят потом замуж за людей, у которых вместо сердца бутылка, а столько же мальчиков тянутся к водке уже в подростковом возрасте!

Словно подслушав эти мысли, Ксюша горестно вздохнула:

— Хорошо, хоть детей у нас нет. А то самой мучиться и ребенка на плечах тащить!

Я решила промолчать, убеждать Ксюшу в чем-либо бесполезно, да и поздно уже, Павлика-то нет!

— Теперь мне его хоронить надо, — тянула вяло Ксюша, водя пальцем по столу, — вот, не знаю только, что делать с поминками.

— В каком смысле?

— А в прямом. Устраивать или нет?

— Надо же человека проводить, — рискнула я высказать свое мнение, — совсем необязательно закатывать пир на весь мир. Позовите друзей, курочку пожарьте, салатик сделайте, не так уж и дорого выйдет!

— У нас никого нет, — слабо отозвалась Ксюша.

— Совсем? — удивилась я.

— Да, родители Павлика умерли, мои тоже, вся родня ушла, только я и осталась.

— Тогда друзей соберите.

— Павлик всех растерял, а тех, кто с ним водку хлебал, звать не стану! — неожиданно сердито воскликнула Ксюша.

Внезапно мне стало жаль этого Павлика, ну есть же христианские обычаи!

— Своих подружек позовите.

Ксения еще шире открыла глаза:

— У меня их нет!

— Коллег по работе.

— Я не работаю.

Я растерялась:

— Почему? Болеете?

— Не считаю нужным.

Было отчего удивляться.

— Но на что же вы живете?

Ксюша пожала плечами:

— Мне мало надо, практически ничего!

— Но все же! Хоть раз в два дня есть хочется, одеваться нужно, за квартиру платить.

Ксения презрительно сморщилась:

— Суета! Впрочем, одежду я беру на станции, тут недалеко, если через лесок пройти, платформа имеется, на ней магазин секонд-хенд стоит. Хозяин раз в полгода выбрасывает непроданное, выставляет за дверь мешок, берите просто так. С едой еще легче, на Теплой улице супермаркет есть, очень дорогой, туда только богатые ходят. Чуть у продуктов срок годности кончился, их в мусор отправляют, а харчи совсем свежие.

Я передернулась. Ужасно, одевается в кем-то сношенные вещи, питается с помойки. Но почему? Она выглядит вполне здоровой, только излишне худой.

— Чем же вы целыми днями занимаетесь? — вырвалось у меня.

Ксюша порозовела:

— Стихи пишу, я поэтесса, закончила педагогический вуз, имею диплом словесника.

— Господи, — всплеснула я руками, — в школе, где учатся наши дети, как раз не хватает преподавателя русского языка и литературы. Татьяна Андреевна, директриса, вас с распростертыми объятиями примет. Зарплата, конечно, невелика, да и ездить далековато, но заработок регулярный, со временем вы обрастете частными учениками, сейчас все педагоги репетиторствуют, вот жизнь и наладится...

Ксюша презрительно сморщилась:

— Ну уж нет! Я человек творческий, совершенно не способна прислуживать! И потом — дети! Это же катастрофа! Хотите, стихи свои вам почитаю?

Я захлопала глазами, но не успела ничего сказать, потому что Ксения подперла кулачком подбородок и тихо, монотонно завела:

В белом поле тихий ангел вдруг по небу пролетел,
Но души моей сомненья он развеять не сумел,
Грусть, тоску, печаль и горе ты с собою забери.
Мне ж... верни... верни,

— Ой, забыла! Погодите! Сейчас!

Ксюша вскочила и неожиданно быстро бросилась к подоконнику:

— Где она? О господи, неужели опять потеряла?

— Что вы ищете? — спросила я, глядя, как хозяйка судорожно расшвыривает в разные стороны всякую мелочь.

— Тетрадку, — чуть не со слезами ответила Ксюша, — я в нее стихи записываю. Привычка у меня такая, всегда с собой ручку носить и блокнотик, вдруг в голову рифма интересная придет? Потом в папочку складываю, но иногда теряю листочки. Может, здесь?

Она открыла допотопный буфет, порылась на полках и огорченно воскликнула:

— Нету!

— Посмотрите в шкафу, — посоветовала я.

— Туда я никогда не залезаю, — пояснила Ксюша, — там вещи Павлика.

— Все же поглядите в ящике, вон в том, верхнем.

— Да нет! Это исключено! Павел очень сердится, когда я в его комод залезаю. Потеряла!

Ее широко распахнутые глаза начали наполняться слезами. Не считайте меня хамкой, но я решительно встала и подошла к гибриду гардероба с комодом, невесть зачем стоящему на кухне. По своему опыту я хорошо знаю, нужные вещи, исчезнувшие с глаз, как правило, находятся в тех местах, где их просто не может быть. Руки резко дернули ящик, он оказался неожиданно тяжелым, очевидно, комодошкаф делался в добрые старые времена, когда мебель сколачивали не из прессованных опилок и пластмассовых пластин, а вырубали из цельного массива. Естественно, я не удержала каменно тяжелый ящик, в секунду он шлепнулся на пол и раскололся на части. Мне стало неудобно.

— Ой, извините! Какая неприятность! Ну надо же! Сейчас съезжу в хозяйственный магазин, куплю суперклей...

— Тетрадка! — закричала Ксюша, бросаясь к обломкам. — Ну как она только здесь оказалась!

Я присела около кучки вещей, вывалившихся на пол, и стала осторожно собирать всякую ерунду. Однако этот Павлик, похоже, был ребячлив. Он хранил перочинный ножик, какие-то непонятные, но явно нужные мужчине железки, стеклянный шарик, разломанную коллекционную машинку. Ксюша самозабвенно перелистывала вновь обретенный блокнот.

— Вот это очень хорошо получилось! Слушайте: «Черной луны серая тень, улетая, уводит в забвение день...»

Я, не слушая монотонные завывания, разглядывала руины ящика. Похоже, все не столь плохо, как мне показалось вначале. Он не раскололся на мелкие кусочки, а просто развалился на составные части, и починить инвалида плевое дело. Сейчас всуну дно вот в эти желобочки, прорезанные в боковушках, потом прилажу «фасадную» часть... ага... не получается!

— Птицей по небу несчастье летело, — как ни в чем не бывало талдычила Ксюша.

Похоже, ее просто переклинило на всем, что летает. Хотя, понятно, поэты люди странные, о земном не думают, основную часть времени проводят в небесах. Как же сложить ящичек? Похоже, нужно вот тут поднажать...

Ксюша, закатив глаза и раскачиваясь, бубнила свое:

> Пар валит из-под желтых конюшен,
> Опускается Мойка во тьму...

Я на секунду оторвалась от «конструктора». Минуточку, это же Анна Ахматова! Я очень хорошо знаю это стихотворение. Ксюша занимается плагиатом. Впрочем, иногда с поэтами происходит такой казус. В голове, словно ниоткуда, возникают строчки, и рифмоплету кажется, что он их только-только придумал. Но мне следует сложить ящичек, так, вот сюда, раз...

Дно разломилось, на пол посыпались зеленые купюры. Я от неожиданности вскрикнула:

— Ой!

Ксюша открыла затуманенные глаза, медленно вернулась из заоблачной дали и с удивлением воскликнула:

— Это что?

Несколько секунд мы рассматривали ассигнации, потом я пробормотала:

— Деньги, доллары!

— Откуда?

— Похоже, у ящика имелось второе дно, — предположила я, — оно, конечно, каким-то хитрым образом открывалось... Только я случайно сломала его, слишком резко нажала, иначе, думаю...

— Ну надо же! — неожиданно воскликнула Ксюша и быстро подхватила купюры. — Я совсем забыла про тайник!

Но тут, поняв, что говорит лишнее, она оселклась и попыталась увести разговор в другую сторону:

— Сколько же здесь?

Я окинула взглядом веер купюр в ее руке.

— Похоже, девятьсот... Впрочем, может, внутри еще сто долларов остались? Неровная какая-то сумма!

Прежде чем Ксюша возразила, я схватила дно ящика, потрясла... На пол плавно спланировал еще один «портрет» выдающегося американца и... фотография.

Я машинально схватила снимок и испытала еще одно потрясение. Передо мной была та самая карточка, запечатлевшая на пороге ресторана веселую компанию, отмечающую день рождения Леньки Сорокина. Вот Тина в обтягивающем розовом платье, сидящем на ней, словно перчатка, рядом Женька, который всегда и везде появляется в грязных джинсах, около него с застывшей улыбкой маячу я, терпеть не могу сниматься, потому что выхожу на редкость уродливой. Возле меня Галка, вернее, изображение ее тела, рук, шеи... а вот головы нет! Кто-то очень аккуратно вырезал на том месте, где она должна быть, дырку.

— Вот дрянь, — опять вырвалось у Ксюши.

— Кто? — быстро спросила я.

— Да... одна из женщин, подруга моя, — зачастила Ксения, — муж у нее тоже пьет, прямо не просыхает, а она на квартиру собирает, боится, что муж найдет и на бутылку сменяет, вот и попросила припрятать. Я, правда, не соглашалась, страшно дома чужие деньги держать, а вдруг пожар или вор залезет, потом всю жизнь не расплатиться. Только она Павлику деньги всунула, а тот, дурачок, согласился. Шкафчик-то раньше моей бабушке принадлежал, тайничок она оборудовала, да Павлик про него знал.

Я спокойно слушала ее быструю, слегка задыхающуюся речь. Что-то во всей этой истории не так. Только что Ксюша мне жаловалась на тотальное отсутствие подруг, а теперь вдруг выясняется: близкий человек все же у нее имеется. Другая странность: неужели таинственная знакомая не в курсе привычки Павлика напиваться до полного окостенения? Уж, наверное, не раз видели его под кайфом! Так почему она отдала деньги Павлу? Отчего не побоялась, что он пропьет чужую заначку? Откуда взялась фотография?

— Смотрите, — прикинулась я дурочкой, — снимок-то испорчен! Во, головы нет! Интересно, как эту женщину зовут?

— И почему это вас взволновало? — совершенно немотивированно разозлилась Ксюша, — Мне так совершенно все равно!

— Неприятное впечатление производит, — протянула я, — где-то я читала, якобы таким образом человека убивают. Приносят к колдунье фото, ведьма иголку в сердце втыкает, или вот как тут, например, голову отчикивает, а потом тот, чей снимок испорчен, тихо умирает! Знаете, мне кажется, следует предупредить эту несчастную о грозящей опасности. Позвоните ей, пусть поостережется.

— О боже! В какую глупость вы верите!

— Но все же, — настаивала я, — кто его знает? Вдруг нечто такое существует. Вот, например...

— Даже если верить всерьез в подобное идиотство, — заявила Ксюша, бодро подбирая купюры, — то я не сумею позвонить этой тетке.

— Почему?

— Так я не знаю ее!

— Да ну? А фото? Оно у вас откуда?

Ксюша с шумом втянула в себя воздух.

— Эта же принесла, подруга моя, Альмира Богачевская, вместе с купюрами спрятать просила. Вот Альмирка во всякую ерунду верит. Ей муж изменил, так она ухитрилась и добыла фото соперницы, оно только, видите, групповое. Кстати, вот эта женщина чем-то на вас смахивает.

Тоненький пальчик с аккуратным ноготком ткнул в мое изображение. Я невольно позавидовала Ксюше. Лично у меня с ногтями полная беда, они слоятся, ломаются, лак с них моментально слезает, и руки мои выглядят отвратительно. Решив исправить положение, я сбегала к врачу и узнала, что в моем организме не хватает кальция. Обрадовавшись, что проблема может легко разрешиться, я купила в аптеке витамины, содержащие кальций.

Пищевые добавки я тщательно пила месяц, но они не помогли. Потом где-то с полгода я по совету разных людей покупала себе всякие средства, обещавшие в результате их применения «кристально-алмазную крепость ногтя»: лак, масло, мазь. Затем услышала, как певица Марина Хлебникова советует каждый день совать ногти в разрезанный лимон, и вдохновилась этой идеей. Боясь показаться вам идиоткой, могу признаться, что люблю внимать советам, которые звучат с экранов телевизора. Вот Борис Моисеев, хитро улыбаясь, сообщил: «Для того чтобы щавелевый суп стал особенно вкусным, выжмите в кастрюлю лимон».

Я попробовала и теперь, готовя зеленые щи

всегда добрым словом поминаю Моисеева, он оказался стопроцентно прав.

А блюдо, которое меня научила делать Алла Борисовна Пугачева? Забыла только, как она его назвала, каким-то смешным словом: «ляляка», «тарараки», «шарлипупа», но не в названии суть. Певица в какой-то передаче сообщила, что берет все, оставшееся в холодильнике — ну там, кусочек колбаски, холодную картошку, помидор, макароны, рис... Короче, все, что выбросить жалко, оно свежее, но никого этим не накормишь, потому как риса одна чайная ложка, колбаски тридцать граммов, от помидора половинка... Так вот, по совету Аллы Борисовны я схватила сковородку, смазала ее маслом, порезала и смешала совершенно не монтирующиеся вместе харчи, засыпала их тертым сыром и сунула в духовку. Дорогие мои, из бросовых продуктов получилась вкуснятина, которую не стыдно подать гостям. Теперь я частенько делаю эту штуку, дома мы зовем ее «пугачевка».

Так вот, послушавшись Хлебникову, я старательно каждый вечер совала пальцы в цитрус и должна вам сказать, что с ногтями стало чуть-чуть получше, но все равно караул!

Поэтому сейчас, глядя на ровненькие ноготочки Ксюши, украшенные французским маникюром, я только вздыхала. Мне посоветовали сделать гелиевые ногти, но они стоят о-го-го сколько, и потом их требуется корректировать, что тоже не делают даром. Зато можно ходить как Ксюша: розовый, нежный лак, белые кончики ноготочков... Очень элегантно, красиво...

Я смотрела на руки Ксении, чувствуя, как в душе нарастает тревога. Маникюр! Что-то не так!

Глава 14

Ксюшин пальчик постучал по фото.

— На вас похожа.

— Да нет, — быстро сказала я, — хотя что-то общее имеется.

— Верно, — кивнула Ксения, — волосы другие, да и губы с бровями тоже, просто строение лица одно.

Я очень хорошо помню, как перед походом в ресторан решила украсить себя и сбегала в парикмахерскую, где мне сделали немыслимую укладку, а еще притащили стилиста, молоденькую девчонку с пирсингом, которая размалевала мое лицо самым жутким образом. Бежать домой умываться было некогда, снимать безумный макияж при стилистке мне показалось неприличным. Пришлось идти веселиться в образе индейской девушки, решившей поразить соплеменников сложностью орнамента на морде лица. Но, очевидно, нет худа без добра, Ксюша уловила некое сходство между мной и «моделью» на фото, но тут же поняла, что это не я. И очень хорошо!

— Альмирка дура, — закончила Ксюша, — побежала к какой-то старухе, та соперницу «отвернула», лицо со снимка вырезала, а Альмире велела фото всенепременно хранить, но в дом не вносить. Она его мне и приволокла вместе с баксами, вот я и спрятала! Чего для подружки не сделаешь!

— Вы же только-только сообщили, будто деньги хранил Павлик, — не удержалась я.

Ксюша осеклась, слегка порозовела и сердито нахмурилась.

— Что за любопытство! Право странно! Деньги Альмира, несмотря на мой категорический протест, отдала Павлу, я же согласилась придержать снимок. Тайник в доме один!

И она, засовывая в ящичек фото, не заметила денежки? Хотя, может, Павлик положил их туда позднее? Вначале в тайнике оказался снимок, а уж потом доллары... Что же мне не нравится в этой истории?

— Спасибо, что побеспокоились и привезли известие о Павлике, — вдруг снова тихим, плаксивым голосом завела Ксюша, — но у меня сильно голова заболела, прямо до невменяемости, ужасно, надо лечь, прямо сейчас... О-о-о, мигрень!

— Может, за лекарством сбегать?

— Нет, нет, ничего не поможет.

— Давайте чаю сделаю.

— Мне лучше остаться одной! Совсем!

— Но как же...

— Я привыкла, извините, прощайте!

Делать нечего, пришлось уходить. На улице я села в «Жигули» и моментально вспотела. Стоявшая на солнце машина сильно нагрелась, в салоне было как в духовке. Я быстро перепарковала автомобиль в тень, метрах в тридцати от избушки Ксюши росло широкое, раскидистое дерево.

Поставив «шестерку» под кроной дуба, я призадумалась: как вести себя дальше? Предположим, я приму рассказ Ксюши про Альмиру Богачевскую за правду, что тогда? Может, Галка Сорокина и впрямь отбила у дамы мужа? Значит, мне следует всенепременно поболтать с Альмирой, но вот где взять ее телефон или адрес? Почему Ксюша с такой скоростью выставила меня вон? Хорошо, я сломала ящик, поставила хозяйку в идиотское положение, но отчего она не вытолкала меня сразу, как только ассигнации вылетели на пол? По какой причине стала рассказывать про Альмиру? Вопрос на вопросе, а ответы есть только у Ксюши. Одно понятно: хозяйка искренне поразилась, увидав купюры, она не сумела сдержать удивленного вскрика:

— Это что?

Ясное дело, уезжать мне никак нельзя, следует вернуться в дом и попытаться, как говорит Костин, «расколоть» девушку. Главное, придумать сейчас предлог, под которым я стану снова набиваться в гости. Мне не хочется, чтобы Ксюша поняла: нежданная визитерша каким-то образом замешана в истории с фотографией.

Пытаясь придумать что-то замечательное, я стала рассматривать свои, как всегда облупившиеся ногти. Может, и правда сделать гелиевые накладки? И тут в голове ракетой взорвалась простая мысль. Маникюр! Ну скажите, откуда у женщины, которая, по ее словам, питается на помойке и одевается в обноски, средства на посещение салона? Ладно, пусть она нашла самую дешевую парикмахерскую, или ей сделали маникюр бесплатно, но лак-то купить надо? И зачем Ксюше такая красота?

Полная решимости встать и двинуться к Ксении, чтобы вытрясти из нее всю правду до дна, я уже хотела вылезать из машины, но тут из двери избушки Ксюши вышла дама, черноволосая, с короткой стрижкой, в элегантном, светло-бежевом, явно купленном в дорогом магазине, костюме. На плече у незнакомки болталась симпатичная летняя сумочка из разноцветных полосок, в тон ей оказались и туфельки на высоком, тонком каблуке. На носу сидели огромные темно-синие очки от солнца, рот пламенел ярко-алой помадой.

Женщина спокойно заперла дверь, оглянулась, присела, пошарила рукой под крылечком, потом брезгливо отряхнула пальцы и ушла в противоположную от меня сторону улицы. Магистраль изгибалась под разными углами, и дама быстро пропала из виду.

Я вновь погрузилась в пучину изумления. Это кто такая? Значит, у Ксюши сидела в доме подруга? Хотя, почему бы и нет? Хозяйка меня не пустила во все помещения, мы беседовали лишь в кухне. Вполне вероятно, что в доме имелись гости, не пожелавшие обнаружить своего присутствия.

Внезапно во мне проснулась решимость. Ну, Ксюша, погоди, подруг у нее нет, у несчастной! Ах, как жаль бедняжку! Ей даже некого позвать на поминки! Сейчас все из тебя вытрясу, вранья!

Я вылетела из машины, добежала до избенки, рванула дверь и обнаружила, что та заперта. Постучав минут пять без всякого результата, я вспомнила, что черноволосая дама, постояв у двери, зачем-то присела и засунула руку под крыльцо. Недолго думая, я повторила ее маневр. Пальцы нащупали железное колечко с ключами.

Злость моя была так велика, что, совершенно не подумав, как объясню Ксюше вторжение в ее дом, я мгновенно сунула ключи в скважину. Вот еще одна странность! Вход в покосившийся сарайчик стережет хлипкая преграда, выполненная, кажется, из картона, зато замок тут отменный, очень дорогой. Я хорошо знаю его цену. Мы после ремонта не поскупились и приобрели такой же, отдали двести долларов. Сумма не фантастическая для семьи, в которой три взрослых человека получают приличную зарплату, но для девушки, подбирающей еду в мусорном бачке у супермаркета, она запредельна.

Полная здорового негодования, я влетела сначала в кухню, потом переместилась в коридор и увидела штук пять дверей. Крохотная снаружи избушка оказалась внутри довольно просторной. Я принялась дергать за ручки. Самой первой шла, очевидно, спальня Павлика. Хотя можно ли назвать спальней место, где кроватью служит грязный матрас, брошенный на пол? Постельного белья тут не наблюдалось. Засаленная подушка и тонкое синее байковое одеяло неаппетитными комьями громоздились на простеганном матрасе. У окна стояла табуретка, деревянная, некогда крашенная темно-зеленой краской, в стену были вбиты гвозди, на них висело нечто, напоминающее мужской пиджак, и отвратительно грязная рубашка. Я вспомнила газету с фесточиками, украшавшую подоконник в кухне. Ксюша, очевидно, просто «обожала» Павлика, она оставила пьянице лишь самый необходимый минимум.

Никаких излишеств, вроде ажурных салфеточек из периодической печати, тут не наблюдалось.

Следующая комната оказалась пустой маленькой десятиметровкой с серым от пыли полом. Затем обнаружился туалет самого невероятного вида. Огромный унитаз покоился тут на деревянном постаменте, бачок парил под потолком, тут же висела раковина, ржавая от постоянно капающей из крана воды. Представляя себе антураж в помещении хозяйки, я, ожидая обнаружить Ксюшу на диване или в кресле, пнула последнюю створку, смело шагнула через порог, открыла было рот, чтобы воскликнуть: «Ксения, нам следует поговорить начистоту», — да так и осталась стоять, не в силах пошевелить нижней челюстью.

Красивые темно-зеленые драпировки тяжелыми фалдами падали на пол, который покрывал паркет цвета сливочного масла. Одна стена была превращена в шкаф, тоже светлый, нежно-бежевый. У другой стены громоздилась двуспальная кровать с резной деревянной спинкой, ее прикрывала накидка, сшитая в тон занавескам. Еще тут имелось трюмо, заставленное тюбиками, баночками, бутылочками, флаконами и керамическими фигурками. На полу был пушистый ковер, на тумбочке у кровати лежали книга, недоеденная шоколадка и стояла красивая лампа с изящным абажуром. Ксении здесь не было.

Справившись с изумлением, я вошла в спальню и невольно бросила взгляд на обложку книги. Галина Куликова! Однако, похоже, у нас с Ксенией в чем-то совпадают вкусы, мне тоже нравится эта писательница.

Между шкафом и трюмо обнаружилась небольшая дверь. Я толкнула ее и снова застыла с разинутым ртом. Перед глазами распростерлась ванная комната: блестящие краны, хромированные аксессуары, пушистые полотенца, штук пять халатов... Но самое сильное впечатление на меня произвели полочки, буквально ломившиеся от косметики, парфюмерии, шампуней, гелей, масок, кремов...

Постояв в полном обалдении, я вернулась в спальню, потом вышла в коридор и еще раз прошлась по избе. Ксюши нигде не было. Не понимая, куда она могла деться, я снова вошла в комнату, разительно отличавшуюся от остальных, зачем-то открыла гигантский шкаф и поняла, что это не гардероб, а примерно десятиметровое пространство, забитое вешалками и полками, на которых висела и лежала куча вещей. Чего тут только не было: свитера, пуловеры, кофты, нижнее белье, стопки нераспечатанных колготок. На специальных держалках покачивались юбки, брюки и джинсы, на подставочках красовалось штук шесть париков самых разных цветов и фасонов, в самом низу белели коробочки с обувью. Все шмотки были дорогими, фирменными, явно не подобранными у заднего входа в местный секонд-хенд. И лишь один ансамбль выбивался из общей массы — в правом углу на крючке болталось нечто невообразимое: жуткая кофта с вытянутыми петлями, грязные джинсы, мятый платок и футболка, покрытая омерзительными пятнами. Рядом стояли раздолбанные, некогда белые босоножки.

Я ощутила легкое головокружение. Майка, брюки и отвратительные, никогда, похоже, не мытые босоножки принадлежали Ксюше. Именно в них она была, когда открыла мне дверь.

Внезапно мне в голову пришло одно соображение, и я уставилась на парики. Так и есть! На одной из болванок висели спутанные, очень грязные, плохо постриженные серо-русые волосы. Непостижимым образом Ксения испарилась, не выходя из дома, оставив в избе, которая на самом деле наполовину дворец, свою одежду и волосы.

Мне понадобилось больше пяти минут, чтобы сообразить: ничего загадочного в ситуации нет. Та черноволосая дама, в элегантном, светло-бежевом костюме, оставившая ключ под крыльцом, и есть Ксения. Зачем ей понадобился этот спектакль? Почему она при виде нежданной гостьи прикинулась нищей? Зачем вывалила на меня целую кучу вранья?

Я вышла из избы, положила ключ на место, села в машину и поехала домой. Сдается мне, Ксюша что-то знает об этой истории. Значит, завтра, с раннего утра, я приеду сюда, найду эту фантазерку и великолепную актрису в одном флаконе, загоню ее в угол и заставлю честно ответить на все мои вопросы. Ксюше не стоит даже начинать лгать про некую таинственную Альмиру Богачевскую, решившую извести любовницу мужа. Больше хитрой нахалке меня не обмануть!

Домой я ворвалась около восьми часов и с облегчением увидела, что квартира пуста. Домашние еще не вернулись с работы, а в углу кухни не было елки. Юра опять предпринял попытку добраться до Академии Тимирязева. На этот раз она, надеюсь, окажется удачной. Вчера парню не повезло, он спутал название и, изучив справочник «Наша Москва», отправился в Академию Топильского, где его мигом приняли за сумасшедшего. Можно ли быть таким глупым? Ну что общего между Тимирязевым и Топильским? Только то, что обе фамилии начинаются на букву Т. Ладно, теперь нужно быстренько приготовить ужин, сейчас с топотом прибегут дети и взрослые, уставятся на пустые кастрюли со сковородками и начнут ругать бедную Лампу! Я распахнула холодильник и горестно вздохнула. Так и есть! Ничего!

Конечно, можно сбегать в супермаркет, но, во-первых, мне не успеть до возвращения своих, а, во-вторых, я очень хитрая. Итак, делюсь секретом! Дорогие мои, обязательно сделайте у себя «стратегический» запас, НЗ, о котором никто не знает. Пусть лежит на случай крайней нужды. Ну, например, к вам заявились гости, а подать на стол нечего, или вот как сегодня, вы забыли про продукты и рискуете получить головомойку от семьи. Главное, спрятать харчи подальше, чтобы никто их раньше времени не нашел и не слопал. И еще, продукты должны быть «долгоиграющими», быстропортящийся, «живой» йогурт — это не то, что нужно. Хорошо подойдет тушенка, упаковка сосисок. Мои запасы состоят из сгущенки, баночки джема и упаковки «Золотой Петушок». Два первых предмета засунуты в шкаф, за сковородки, третий хранится в морозильнике завернутым в черный непрозрачный пакет.

Итак, если в дверь скребутся незваные гости, вы сначала быстренько запихиваете в шкаф расшвыренные вещи, нечего их аккуратно развешивать, уйдут люди, и вы наведете порядок. Пока пришедшие снимают туфли, моют руки и гладят мопсов, вы несетесь на кухню, хватаете банку сгущенки, выливаете в миску, добавляете туда одно яйцо, вернее желток с белком, скорлупу класть не надо, вытряхиваете стакан муки, суете немного соды, погашенной лимоном или уксусом. Если ничего из вышеперечисленных ингредиентов в доме нет, кроме «стратегической» сгущенки, то хозяйку просто нужно пристрелить, мука, сода и яйца должны быть всегда. Впрочем, можно поклянчить их и у соседей.

Все составляющие перемешиваются вилкой и выливаются на противень. Печется корж от силы десять минут. Дальше вы должны его быстро намазать вареньем и скатать в рулет. Это самое сложное, тесто жжет пальцы, я приспособилась выполнять процедуру в варежках. Ждать, пока коржик остынет, нельзя, в холодном виде он ломается. Сверху рулет можно тоже помазать джемом. Грязную посуду, в которой делали тесто, спрячьте в духовку, потом отмоете. На все про все вам понадобится минут пятнадцать.

А вот если надо еще подать и мясное, тогда мне на помощь приходит «Золотой Петушок». Собственно говоря, это замороженные полуфабрикаты из курицы, коим сейчас несть числа. Но я люблю именно «Золотой Петушок» из нескольких соображений. Ну посудите сами, немецкий аналог стоит около ста пятидесяти рублей за килограмм, а наш родной «Золотой Петушок» всего шестьдесят девять. Почувствуйте разницу! И еще одно: при помощи «Золотого Петушка» я, каюсь, грешна, ловко обманываю своих домашних. Пожарю филе грудки, крылышки с приправами или бедрышки в панировке, выброшу яркий пакетик и говорю:

— Кушайте на здоровье, сама приготовила.

Мои едят и нахваливают хозяйственную Лампу, ни разу на вранье не поймали.

Включив четвертую скорость, я залетала по кухне, гремя посудой. Через полчаса, когда из прихожей раздался крик Сережки: «Эй, кто дома есть?» — стол был накрыт.

Я быстренько переложила готовое филе грудки на блюдо, посыпала сверху зеленью и крикнула в ответ:

— Мойте руки!

— Лампудель, — отозвался Кирюшка, — подойди-ка.

Я последний раз окинула взглядом готовый ужин и пошла на зов. У Кирюшки на куртке заедает «молния», и приходится стаскивать иногда верхнюю одежду через голову.

Глава 15

Высвободив Кирюшку из «курточного плена», я повесила одежду на вешалку. Лиза мигом прицепилась к мальчику:

— На дворе май, а ты в ветровку влез, полное идиотство!

— Предлагаешь носить ее в январе? — не остался в долгу Кирюшка.

— Фу, кретинство, — вспыхнула девочка, — я в одной футболке запарилась, а ты в куртке!

— Тебе и в январе жарко, — мигом отбрил ее Кирюша, — потому что ты очень толстая. Моржи вот на Севере в ледяной воде спокойно плавают, у них жира много. А ты зимой можешь в майке разгуливать!

Зрачки Лизы начали медленно расширяться, но издать вопль она не успела, потому что в прихожую втиснулся Юра. Он поставил елку и заявил:

— Кругом одни идиоты!

— Нашел академию? — поинтересовалась я.

— Нет, — грустно сообщил он, — я весь день вокруг фонтанов носился, и ничего, одни павильоны кругом. Зато шашлыка поел! Дорогой, зараза, но вкусный.

Сережка, стоявший у зеркала, удивленно воскликнул:

— Фонтаны? Где же ты был?

— Не знаю, — пожал плечами Юра, — посмотрел в справочнике «Сельскохозяйственная выставка» и двинул туда.

— Господи, — всплеснула руками Юля, — ты же на ВВЦ попал!

— Погоди, — остановил ее Сережка, — ВДНХ давно именуется Всероссийским выставочным центром, слова «сельскохозяйственная» в названии нет.

— Так у нас справочник еще с советских времен лежит, — устало вздохнула Катя. — Юра, завтра никуда не езди, я тебе сама адрес дам.

— Значит, я похожа на моржа? — абсолютно не в тему взвизгнула Лизавета и треснула Кирюшу по затылку.

Мальчик мгновенно пнул обидчицу ногой.

Я решила уйти, но тут услышала характерный звук и увидела, что Рейчел спокойно писает на елку. Хорошо, что Юра именно в этот момент повернулся к Сережке и недоуменно спросил:

— Так чего, там, где фонтаны, не Академия Тимирязева?

— Нет, — терпеливо объяснил парень, — это выставка!

— Но ведь было написано «сельскохозяйственная»! — возмущался Юра.

Юля закатила глаза:

— Ты всегда читаешь только первое слово в названии? Между прочим, в Москве полно учреждений, которые начинаются с прилагательного «сельскохозяйственный»!

— Только людей путают, — обиженно забубнил Юра, — я ходил от фонтана к фонтану, спрашивал, где тут деревья лечат, на меня народ, словно на обезьяну, глазел, пальцами тыкали, смеялись!

Я отпихнула от елки наглую Рейчел. Еще хорошо, что Юру снова не загребли в психушку. Как бы вы поступили, встретив жарким майским днем на ВВЦ вспотевшего дядьку в дурацкой полотняной кепке, с сухой елью в руках? Как минимум, принялись бы хихикать. А теперь представьте, что он приближается к вам и деловым голосом осведомляется:

— Простите, конечно, я человек не местный. Не сочтите за труд, подскажите, где тут елочки лечат? Видите, облетела вся!

Я бы мигом набрала 03.

Умостив елку на ее обычном месте и кинув на ветку влажное посудное полотенце для просушки, я стала наливать в чайник воду.

— А где еда? — завопил Кирюшка.

— На блюде, — не поворачиваясь, сказала я, — филе грудки в кляре! Очень вкусно.

— Тут ничего нет, — возмутился Сережка.

Я обернулась. Домашние с самым обиженным видом глядели на стол. Я подошла и уставилась на пустую емкость. Курица испарилась без следа. На блюде сиротливо лежала веточка укропа.

— Где курица? — растерянно спросила я.

— А она была? — рявкнул Сережка.

— Конечно, полным-полно! Ничего не понимаю.

— Есть хочу, — заныл Кирюша, — очень!

— Вот так всегда, — подхватила Лиза, — бедным детям ничего не досталось!

— Может, оно и к лучшему, — философски заметила Юля, — меньше съедим и похудеем.

— Передо мной не стоит стратегическая задача лишиться веса! — заорал Сережка. — Я обожаю жиры, углеводы и белки!

— Но куда все подевалось, если оно было? — вопрошал Юра.

— Ага-а, — протянул Сережка, — это у всех готовые грудки мирно на тарелочках кучкуются, а у нас вскакивают и убегают, виляя хвостом!

— Это как? — оторопел плохо соображающий Юра. — Извините, но у жареных грудок хвостов не бывает!

— Вот тут ты ошибаешься, — просвистел Сережка и заорал: — А ну, мопсы, колитесь, кто из вас здесь разбойничал? Кто лазил на стол и схомякал наш ужин, а?

Муля меланхолично зевнула, потянулась и снова засопела. Ада упала на живот, подогнув лапы. Потом, приподнявшись на полусогнутых конечностях, опустив голову и раскрутив всегда согнутый задорным бубликом хвост, Адюня, стараясь казаться незаметной, поползла в сторону двери. Обычно она издает громкие звуки, фырчит, сопит, кашляет, в запасе у мопсихи имеется целая гамма сигналов, при помощи которых она сообщает о своем настроении. Но сейчас Адюня передвигалась совершенно бесшумно, стараясь занимать в пространстве как можно меньше места.

Мне сразу стало ясно, в чей необъятный желудок складировались нежные кусочки куриной грудки.

— Ага! — завопил Сережка и ринулся за мопсихой, успев прихватить по дороге газету.

Из коридора долетели звуки шлепков, тихое поскуливание Ады и гневный возглас хозяина:

— Ну погоди!

Я молча включила чайник.

— Ну и что? — продолжал возмущаться Кирюша. — Голодным спать идти?

— Сейчас я за пиццей сгоняю, — вздохнула я и услышала позывной своего мобильного.

— Не хочу пиццу, — завела Лиза, — фу, дрянь!

— Другим нравится, — бросился в атаку Кирюшка, — не смей так говорить!

— Дурак!

— Кретинка!

— А-а-а!

— О-о-о!

— Не сломайте елку! — испугался Юра. — Жуков испугаете!

Воспользовавшись тем, что на кухне стихийно вспыхнули военные действия, я вышла в коридор.

— Алло!

— Евлампия Андреевна, милая! Выручайте! — загудел незнакомый бас. — Ей-богу, от смерти меня спасете, умоляю, ну что вам стоит!

— Простите, — осторожно осведомилась я, — а кто вы?

— Миша!

Воскликнуть: «Я вас не знаю» — мне казалось не слишком вежливо. С другой стороны, человек молит о помощи, похоже, у него стряслась неприятность...

— ...Э... э... Миша... Извините, конечно, я вас не узнала, вечно по телефону всех путаю... Миша???

— Кочетков.

Фамилия мне ни о чем не говорила.

— Мы с вами знакомы?

— Лично нет, но я премного наслышан о вашей отзывчивости, талантливости и добром сердце, помогите!

— Что делать-то? — недоумевала я.

— Господи, вы ангел! Вы согласны. Значит, так, у нас внезапно заболел Игорь Семенов, ведущий передачи «Звездные любимцы», и мы просим вас заменить его у микрофона.

— Так вы с радио «Бум»! — осенило меня.

— Да, — согласился Миша, — я главный редактор.

— Но я неопытный диджей. Можно сказать, вообще никакой!

— Совершеннейшая ерунда! Принцип передачи вам известен. В студию приходит гость со своим питомцем. И вы час с ним общаетесь!

— С животным? — испугалась я.

— Ха-ха-ха! Очень остроумно! С человеком, конечно.

— А зачем он с собой собаку или кошку тащит?

— Душенька, для антуража. Очень непосредственно получается! Хвостатые лают, мяукают... Слушатели корчатся в экстазе, — бодро пояснил Миша.

— Но...

— Начало в полночь!

— Но...

— Двести долларов в конверте, учитывая форсмажорность ситуации!

Последний аргумент оказался решающим, наверное, я слишком жадная, потому что мозг еще не успел оценить ситуацию, а язык уже ответил:

— Хорошо!

— Вы светлый ангел, — умилился редактор, — человек-солнышко. Высылаю за вами машину!

— Спасибо, не надо, я самостоятельно доберусь.

— Ни в коем случае! На дворе почти ночь! Если с вами что-то случится, я просто умру! Наша «Волга» уже выехала, пишите номер.

— Вообще говоря, я привыкла на собственном авто, — из последних сил сопротивлялась я.

— Евлампия Андреевна, душенька, тут еще одно крохотное дельце имеется, — забубнил Миша.

— Какое? — насторожилась я.

— У нас машина-то одна! А на эфир следует еще, кроме вас, доставить певицу Розали, конечно, вы знаете ее!

Забыв о том, что Миша не видит меня, я кивнула. Иногда я включаю канал МузTV. Правда, телевизор я смотрю редко и сначала, нажимая на пульт, бываю полна решимости углубиться в новости или в какой-нибудь фильм. Но уже через пару минут «перебегаю» на МузTV, мне просто делается страшно от потока негативной информации, льющейся с экрана: убили, взорвали, ограбили, заболели, умерли... Других глаголов ведущие просто не знают. Что же касается кино, то вид залитых кровью людей никогда не вызывал у меня интереса. Правда, иногда и на моей улице случается праздник: показ ленты про Эркуля Пуаро с Дэвидом Суше в главной роли или сериал, посвященный мисс Марпл. Но, увы, счастье длится недолго, и я вновь перебираюсь на МузТВ. Поэтому я достаточно хорошо знаю Розали. Такая полноватая блондиночка с огромной грудью и писклявым, слабеньким голоском. Мне, как бывшему музыканту, иногда режут слух ее «ляпы». Розали частенько попадает между нот, но, в конце концов, ей можно многое простить за внешний вид. Кстати, Розали явно знает, что она потрясающе красива, поэтому скачет по сцене в обтягивающих, парчовых мини-шортиках и туго зашнурованном корсете, откуда вываливаются аппетитные перси[1].

— Тогда тем более мне надо ехать на собственной машине, — обрадовалась я, — пусть ваша «Волга» катит за Розали!

— Душенька, есть одна проблемка!

— Какая?

— Розали помчится на своем «БМВ». Но эта, прости господи, певица требует, чтобы ее домашнее животное привезли отдельно, с сопровождающим. Понимаете, время позднее, никого нет, кроме режиссера, ведущего эфир...

Я вздохнула. Все понятно. Миша — человек-крокодил, протяни такому палец, он откусит всю руку. Но, снявши голову, по волосам не плачут.

— Хорошо, ясно, я привезу эту собаку!

— Розали приедет сама!

— Я имела в виду ее любимца.

— У нее свинка, — захихикал Миша, — как вы относитесь к свинкам?

— Очень хорошо, милые животные, у нас их жило целых четверо.

Миша закашлялся, потом переспросил:

---

[1] Перси — грудь. Слово почти ушло из русского языка, но в старину было повсеместно распространено.

— Четверо?

— Да, сначала мы приобрели двух Кирюше, Лиза, естественно, потребовала и себе таких, пришлось купить и для нее парочку.

— Ага-а, — протянул Миша, — право, странно. Но вы собирайтесь, думаю, машина уже внизу.

Я стала надевать туфли. Что же тут необычного? Морских свинок часто держат семьями. Эти животные много места не занимают, а вместе им веселей.

— Эй, Лампа, — высунулся из кухни Кирюшка, — за пиццей побежала? Купи с грибами.

Ничего не ответив, я выскочила на лестницу. После того как Лиза рассказала о своем отношении к радио «Бум», мне лучше помалкивать о том, куда я пристроилась на работу. Скорей всего, домочадцы отнесутся резко отрицательно к моему «диджейству». Но ведь деньги на дороге не валяются, никто не принесет мне их и не скажет:

— На, Лампа, трать сколько хочешь.

Нет, так не бывает, в большинстве случаев «пиастры» зарабатываются нелегким трудом, приходится делать неприятные вещи: вставать рано, носить дурацкий деловой костюм, прогибаться под начальника, слушать его идиотские замечания...

До дома Розали я доехала без особых приключений. Певица оказалась на редкость пунктуальной. Не успел шофер Костя притормозить, как дверь подъезда распахнулась и из нее выскочила женщина в простых синих джинсах и сильно потертой курточке.

— Вы с радио? — спросила она.

Я кивнула. Вблизи Розали оказалась маленькой, очень худой и совсем некрасивой.

— Иди забери Гектора, — тоном хозяйки приказала певичка, — квартира шестнадцать. — Высказавшись, она протянула руку с брелком, большой тонированный хищно-черный джип мигнул фарами. Певичка села за руль и, крикнув: «Не копайтесь, догоняйте», стартовала с места.

— Ишь, ведьма на помеле, — недовольно сказал шофер, — полетела!

— Почему бы ей самой морскую свинку не прихватить? — искренне удивилась я. — Такой джип огромный, просто автобус. Положила бы своего Гектора в коробочку, и готово. Зачем зря людей дергать, а?

— Это шоу-бизнес, — усмехнулся Костя, — растопыренные пальцы и прочее. Сама на «БМВ», а свинка сзади, на «Волге», это круто. Хорошо хоть для своей красавицы «Мерседес» не потребовала. Ладно, ступай за свинкой, а то еще опоздаем.

Я послушно вошла в подъезд, нашла квартиру и ткнула в звонок. Дверь моментально открылась. На пороге появилась полная тетка в фартуке. Я чихнула, из квартиры доносился странный запах, неприятный и въедливый.

— Что надо? — весьма невежливо осведомилась баба.

— Я за Гектором пришла, на радио везти, — ответила я, ожидая, что домработница сейчас даст мне пластмассовую коробочку с умильно поблескивающей черными глазенками морской свинкой.

— Держи, — ответила толстуха и сунула мне

в руки довольно широкий темно-красный поводок.

Я не успела удивиться странной причуде звезды эстрады, таскающей крохотное животное на удавке. Домработница посторонилась, мои волосы встали дыбом. В коридоре стоял здоровенный хряк черного цвета. Он нервно дернул пятачком и издал такой пронзительно визгливый крик, что у меня кровь застыла в жилах.

Глава 16

— Чего стоишь? — сердито поинтересовалась домработница. — Тащи его вниз.

— А где Гектор? — проблеяла я.

— Глаза раскрой! Перед тобой стоит!

— Так он не свинка?

Толстуха уперла кулаки в необъятные бока.

— Ваще офигела! Или слепая? Разве Гектор похож на лошадь! Самая натуральная свинка!

— Я думала, морская... — в полной растерянности протянула я, только сейчас поняв, почему Михаил, услышав про то, что у нас дома жили четыре свинки, закашлялся.

— Некогда мне тут тары-бары разводить, — обозлилась прислуга, — на море Гектора никто не возил, он воды боится, и ваще... Давай вытягивай его.

Я дернула за поводок. Свин неожиданно покорно двинулся за мной, очевидно, он любил гулять.

Когда Костя увидел нас, он уцепился за «Волгу» и чуть не проглотил дымящуюся сигарету.

— Это кто? — в полном изумлении спросил парень.

— Свинка. Гектор.

Костя затряс головой:

— Ну и ну, чем же она его кормит, если он таким вымахал, а? У меня у дочки свинка живет, такая махонькая, а эта...

— Это настоящая свинья, — пояснила я, — из которой ветчину делают, давай запихивать ее в машину.

Уж не знаю, обладал ли Гектор противным характером или его обидела фраза про ветчину, но хряк категорически отказывался лезть в «Волгу». Сначала он тихо повизгивал, потом стал возмущенно хрюкать и просто лег на асфальт.

— Ну, блин! — вздохнул Костя. — Я беру его за зад, ты за голову. Поднимаем!

Довольно легко водитель оторвал филейную часть Гектора от тротуара. Я попыталась проделать то же самое с мордой кабанчика и потерпела сокрушительную неудачу. Гектор был словно отлит из чугуна.

— Ну ё-моё, давай поменяемся, — предложил Костя.

Теперь мне достался зад. Я сумела кое-как отколупнуть его от земли, но поднять хряка мне оказалось не по силам.

— И что делать? — нервно вопрошал Костя.

— Давай еще раз попробуем, — предложила я, — авось получится!

Мы снова схватились за Гектора.

— На счет «три» отрываем его от тротуара, — скомандовал Костя, — раз... два... ой!

— Что случилось? — испугалась я.

— Желудок, — простонал шофер, — скрутило, не разогнуться.

— Погоди, погоди, — засуетилась я, — на, возьми.

— Это что? — с подозрением спросил Костя, глядя на маленькие желтые таблеточки.

— Но-шпа. Я ее от всего пью, классно помогает, ты попробуй. Сразу все спазмы пройдут.

Костя покорно отправил в рот лекарство и сморщился:

— Горькое.

— Зато хорошее, — вздохнула я и сунула себе в рот но-шпу.

Гектор тихо хрюкнул. Я посмотрела на хряка. Может, мы с Костей, пытаясь запихнуть несчастную свинку в машину, сделали ему больно? Еще раз оглядев Гектора, я запихнула ему в пасть сразу три таблетки но-шпы, нельзя же оставить животное без помощи.

Костя выпрямился.

— Помогло! — воскликнул он.

— Говорила же, волшебное средство.

Шофер хмыкнул:

— Водочку на троих пил, а вот но-шпу на троих принимаю в первый раз. Давай, становись к хвосту хряка и начнем сначала.

— Подожди, — попросила я, — давай по-другому попробуем.

Присев около свинки, я погладила ее по голове.

— Не волнуйся, это не больно, всего лишь радио, будь умницей, вставай.

Гектор ткнулся пятачком мне в колени.

— Хороший мальчик, умненький... — запела я.

— Ты психопатка, — заявил Костя, — ща двину его ногой в зад, живо вскочит!

— Ни в коем случае, он расстроится!

— Ваще дурдом, — взвыл Костя, — свинья в

расстроенных чувствах, да она дура безмозглая, ходячий бекон!

Но я была иного мнения. Оставив возмущенного Костю около апатично лежащего Гектора, я метнулась к ближайшей палатке.

— Дайте мне батончики «Марс».

— Сколько? — зевая, спросила девушка.

— Ну, не знаю, штук десять.

Продавщица не удивилась, меланхолично отпустила товар и захлопнула окошко. Разворачивая на ходу лакомство, я подбежала к Гектору.

— Хочешь?

Батончик мигом исчез в его пасти. Я взяла следующий и положила на сиденье. Гектор встал. Через пять минут хряк влез в «Волгу».

— Дедушка Дуров отдыхает! — восхитился Костя. — Ты с хряком рядом садись.

Всю дорогу до радио Гектор нежничал со мной, клал на колени голову и передние копыта, дышал смрадом в лицо и пытался целоваться. Водитель, поглядывая в зеркальце, умирал со смеху.

— Похоже, он в тебя влюбился!

Но я совсем не разделяла Костиного веселья. Во-первых, от свина нестерпимо воняло, во-вторых, он был тяжелым, в-третьих, ронял слюни на мои джинсы, превращая их в никуда не годную тряпку...

Когда мы наконец добрались до офиса радио «Бум», я была доведена до крайней точки кипения и впервые в жизни испытывала желание дать живому существу кулаком в лоб. Удерживала меня от этого в высшей степени некрасивого поступка крайняя ласковость Гектора. Согласитесь, невозможно бить создание, нежно заглядывающее вам в глаза. И потом, разве Гектор виноват, что испускает миазмы. В конце концов, это свинья, и не следует ждать, что он станет пахнуть розами или ванильными пирожными.

Подкармливая хряка «Марсом», я вполне благополучно довела его до студии и устроилась у микрофона. Эфир потек своим чередом. Моргая чересчур намазанными ресницами, Розали понесла благоглупости. Я, радуясь ее редкостной болтливости, сидела тихо, стараясь глубоко не дышать. От певицы одуряюще несло духами, скорей всего, французскими, очень дорогими. Но согласитесь, если вылить на себя литр даже самого лучшего парфюма, присутствующих, скорее всего, стошнит. Поэтому я поворачивала постоянно голову к Гектору. Он тоже вонял, но более естественно.

В какой-то момент я расслабилась, все шло прекрасно. Передача скоро закончится, я получу двести баксов. Ей-богу, эта работа начинает мне нравиться. Никаких особых хлопот, и такие отличные деньги. Есть мелкие издержки вроде поездки рядом с Гектором, но, положа руку на сердце, скажите честно, разве две сотни американских рублей плохая сумма за подобное приключение?

Стрелки студийных часов отщелкивали минуты, вот у меня в ушах начала звучать тихая музыка. Я вынырнула из нирваны и собралась произнести завершающие фразы. И тут Гектор громко икнул — раз, другой, третий... Потом издал совсем уж неприличный звук, разинул пасть...

— Какая сволочь накормила его шоколадом? — завизжала на всю страну Розали. — Теперь Гектора тошнит!

На короткий миг я потеряла контроль над ситуацией. Однако зря мне казалось, что у Розали беда с голосовыми связками, сейчас-то она вот как орет! Иерихонская труба просто отдыхает!

Музыка оборвалась.

«Спонсор прогноза погоды фирма «Кряк», — бодро зазвучало у меня в ушах. — В Москве сейчас небольшой дождь...»

Я ткнула пальцем в кнопку. Опять я не сумела правильно «вылететь» из эфира, госпожу Романову словно унесло «погодой».

— Кто накормил Гектора? — злилась певица. — Теперь его тошнит.

Я промолчала, хотя следовало сказать: «Гектор, скорей всего, нанюхался ваших духов».

Домой я вернулась поздно, искренне надеясь на то, что все уже спят. Конверт с двумястами долларами приятно грел карман.

Не успела я войти в прихожую, как туда влетел Кирюшка и обиженно затараторил:

— И чего? Где же пицца? Ваще классно вышло! Пошла в магазин за едой и пропала! Я чуть с голоду не умер! Тут все тебя ругали.

— Надо же! А я думала, вы будете волноваться, сообразив, что Лампа неизвестно куда пропала.

— Фу, — продолжил Кирюша, — чем от тебя воняет?

— Свиньей, — вздохнула я.

— Какой? — попятился мальчик.

— Обычной.

— Живой?

— Живее не бывает. Видишь, что он с моей одеждой сделал.

— Кто? — не понимал Кирюша.

— Гектор, — ответила я, сокрушенно разглядывая испорченные вконец брюки.

— Кто?!

— Хряк по имени Гектор. Он обнимался, пытался целоваться, клал ноги на мои колени. Или у свиней передние конечности не называются ногами?

Кирюша нахмурился и протянул:

— Значит, я понимаю ситуацию так: тебе встретилась на дороге свинья. Она подошла и представилась: «Гектор», а потом стала проявлять к тебе сексуальный интерес?

— Ну, не совсем так. Мы ехали вместе в машине, в «Волге», и никаких домогательств с его стороны и в помине не было. Просто Гектор испугался, и вот теперь мне придется выбрасывать совсем новые джинсы. Сильно сомневаюсь, что их сумеет избавить от пятен даже самый дорогой стиральный порошок.

— Лампа, — сурово заявил Кирюша, — ты редкостная врунья! И при этом еще считаешь меня идиотом! Ну, сказала бы честно: «Кирочка, я забыла про пиццу». Я же тебя прощу! Слова не скажу! Привык уже к твоей безответственности. Но такое наврать! Про поездку в машине со свиньей! Ей-богу, это уж слишком! Прямо противно!

— Но я говорю чистую правду!

— Про кабана по имени Гектор?

— Да!!

— Разъезжающего по Москве на «Волге»?

— Да!!! Вот смотри, мои джинсы в жутком виде!

Кирюша кивнул:

— Правильно, ты просто шлепнулась в лужу. Эх, Лампудель, не то обидно, что я без пиццы остался, а то, что меня за идиота держат. Впрочем, не хочешь говорить правду...

— Ей-богу, я не вру, мы ехали на радио «Бум».

— Зачем?

— Ладно, — сдалась я, — не хотела никому говорить, но тебе признаюсь. Только не выдавай меня.

— Ну?

— Я веду теперь программу на радио «Бум», а Гектор был гостем в студии, наш эфир...

Кирюша прищурился:

— Замолчи сейчас же! Совсем завралась.

— Но я говорю самую чистую правду!

Мальчик повернулся и пошел в свою комнату, я осталась стоять у входной двери. Пройдя пару шагов, Кирюшка обернулся и ехидно произнес:

— Знаешь, Лампудель, в то, что хряка Гектора посадили у микрофона и он хрюкал в диапазоне FM, я в принципе поверить могу, но что тебя позвали ведущей на «Бум»... Господи, твоя фантазия страшна!

С этими словами он исчез в спальне. Я поплелась к себе стаскивать безвозвратно потерянные джинсы. Интересное дело, если говоришь правду, тебе не верят, а стоит соврать, народ принимает все за чистую монету.

Утром, едва дождавшись, пока все разбредутся по делам, я села в машину и покатила к Ксюше. Надеюсь, гадкая врушка еще дома!

Избушка оказалась незапертой. Обрадовавшись, я влетела внутрь и крикнула:

— Ау, хозяйка!

Полная тишина послужила мне ответом. На

убого обставленной кухне было пусто. Все понятно, хозяйка небось принимает ванну, нежится в пене и не слышит никакого шума. Странно, конечно, что она не заперла замок, впрочем, ничего особенного, люди бывают беспечны и забывают об элементарной осторожности. Да и избенка-то с виду просто старая собачья конура. Сразу понятно, тут обитают нищие, у которых просто нечего взять!

Полная решимости, я прошла к «будуару» Ксюши, распахнула дверь, собралась выставить перед собой рабочее удостоверение и каменным голосом заявить: «Ксения, я начальник оперативно-розыскного отдела. Немедленно отвечайте на мои вопросы, иначе сейчас же отправитесь в сизо, в наручниках, без шнурков и брючного ремня!»

Но запланированная фраза так и не сотрясла воздух. Мне просто парализовало голосовые связки. Комната выглядела ужасно. Мебель отсутствовала полностью, со стен были содраны обои, ковер исчез, занавески и карнизы тоже, паркет испарился. Передо мной расстилалось пустое пространство, на полу валялись куски битых кирпичей и рваные тряпки. Вход в гардеробную больше не прикрывал фальшивый шкаф, вместо него зиял пустой проем. Словно в дурном сне, ничего не понимая, я шагнула вперед и обнаружила, что вещи, полки и перекладины с вешалками отсутствуют. То же самое было и в санузле. Исчезло все: ванна, унитаз, биде, раковина, шкафчики, тюбики, баночки, флакончики, уютные халаты и мягкие полотенца. Неужели вчера я видела на месте руин уютное гнездышко? Разум отказывался в это верить, но факт оставался фактом: вместо красивых вещей здесь теперь развалины.

Чувствуя головокружение, я толкнула дверь в спальню Павлика и постаралась не закричать. На грязном матраце, лицом к стене, лежала Ксюша, одетая в лохмотья. Голова ее с черными, коротко стриженными волосами казалась грязной. Одна рука покоилась на полу, вторая была неестественно вывернута. Дрожь пробежала по моему телу при взгляде на Ксюшу, ни одно живое существо не сможет пролежать в таком положении более минуты. Около матраца валялась пустая бутылка из-под водки, рядом стояла вторая, наполовину опорожненная. Я попыталась взять себя в руки.

Значит, кто-то очень постарался сделать так, чтобы смерть Ксюши выглядела совершенно естественной. В убогом месте стоит маленькая покосившаяся избушка. Внутри она выглядит еще хуже, чем снаружи. Всем ясно, что тут, в голых стенах, живет крепко пьющая баба, почти бомжиха. Она купила у метро в ларьке пару пузырей с самой дешевой выпивкой и отравилась некачественным алкоголем. Ситуация настолько стандартная, что милиция, когда обнаружит тело, даже не станет предпринимать никаких действий, Ксению просто похоронят за госсчет.

Не в силах больше оставаться внутри избы, я, спотыкаясь, выбралась наружу и увидела во дворе мужчину лет сорока, одетого в мятый дешевый спортивный костюм. Мне мгновенно стало жарко. Так, только не хватало сейчас оказаться в милиции в качестве подозреваемой в убийстве.

— Эй, — сказал мужчина, — ну-ка подскажи, где тут Слободская улица, прям замучился весь.

Я попробовала ответить, но язык мне не повиновался.

— Вот едрит вашу маму, — расстроился дядька, — ты чё, пьющая или обкурилась?

Я замотала головой.

— Так где Слободская? Ответить можешь?

На всякий случай я ткнула рукой влево. Дядька потопал в указанном направлении. Я хотела побежать к машине, но ноги словно налились свинцом и еле-еле отрывались от земли. Кое-как передвигая ступнями, я проволоклась по двору, миновала ржавую бочку, добралась до канавы, отделявшей дворик от дороги, и внезапно увидела на дне ее, среди хлама и грязи кусочек разноцветной кожи.

Оцепенение прошло. Я молнией метнулась в канаву и подняла элегантную, очень модную дамскую сумочку. Естественно, я сразу ее узнала, это она болталась у Ксюши на плече, когда та, превратившись из нищей поэтессы в богатую даму, ушла из дома.

Прижимая к груди находку, я села в машину, проехала пару улиц и остановилась возле небольшого кафе. Когда официантка принесла заказанный чай, я показала ей мобильный и попросила:

— Нельзя ли мне сделать от вас звонок? Я договорилась о встрече, а не смогу прийти. Очень неудобно перед людьми, станут ждать зря. Наверное, уже беспокоятся, звонят мне, только я забыла вчера заправить батарейку, теперь мой аппарат «умер».

— Конечно, — улыбнулась официантка и принесла мне трубку.

Я подождала, пока она удалится, набрала 02 и сказала, старательно изменив голос:

— Запишите адрес. Там, в незапертой избе, лежит труп женщины, Ксении Каретниковой. Ее, похоже, отравили, а потом инсценировали несчастный случай.

Дежурный принялся было задавать вопросы. Он хотел узнать мою фамилию, но я моментально отсоединилась, потом быстро расплатилась и, так и не выпив чай, ушла.

Решив, что береженого бог бережет, я отъехала подальше от кафе и принялась изучать сумочку. Внутри нашлись губная помада, пудреница и карандаш для бровей. Все великолепного качества, дорогой французской фирмы. Моя косметика намного проще, та, которой пользовалась Ксюша, не по карману сренестатистической российской женщине.

Внезапно мне, несмотря на то что вокруг стояла удушающая жара, сделалось холодно. Бедная Ксюша, уж не знаю, по какой причине она врала мне, но ее ведь убили! Это ясно как божий день! Почему же Ксюшу лишили жизни? Что она сделала? Может, знала чужой секрет? Ох, похоже, Ксения сунула нос в дела очень влиятельного человека, который имеет в своем распоряжении людей, способных за одну ночь проделать гигантскую работу.

Глава 17

Я продолжала рыться в сумочке. Упаковка бумажных платочков с запахом мяты, шариковая ручка, пачка жвачки... Еще в сумочке обнаружился маленький, узкий ежедневник, заполненный таинственными фразами: «Н и М завтра», «К вернуть $», «Н придет в 15». Ни одного имени или фамилии полностью тут не было записано, отсутствовали и телефоны. В общем, абсолютно бесполезная для меня вещь. Где-то в середине «склерозника» нашлась визитная карточка. «Альмира Богачевская. Коммерческий директор фирмы «Рондо»». Далее шел адрес.

Я аккуратно сложила мелочи в сумочку. Ксюша назвала Альмиру своей хорошей знакомой, настолько хорошей, что согласилась припрятать у себя фото с вырезанной головой Галки Сорокиной. Только Ксюша явно нафантазировала. Сообщила, что Альмира несчастная жена алкоголика, а судя по карточке, Богачевская вполне успешна в бизнесе. Хотя одно другое не исключает.

Ладно, поеду по указанному адресу, отыщу госпожу директора, задам ей пару вопросов и сообщу о смерти Ксюши.

Фирма «Рондо» производила самое благоприятное впечатление. Едва открыв тяжелую, вычурную, богатую дверь, вы попадали в тщательно отделанный холл, а затем в приемную. Кожаные диваны, картина, стеклянные столики, хайтековские бра и секретарша — претендентка на «Мисс мира». Одна беда — чем занималась фирма, оставалось непонятным, поэтому на вопрос секретарши: «Вы к кому?» — я ответила весьма загадочно:

— У меня срочное дело к вашему коммерческому директору.

Она улыбнулась и стала еще красивее:

— Олега Юрьевича сейчас нет, он уехал по делам.

— Разве у вас на этой должности не Альмира Богачевская работает? — удивилась я.

Девушка тяжело вздохнула:

— Альмира Вениаминовна в больнице.

— Она заболела?

Секретарша кивнула:

— Да, причем очень серьезно, до сих пор диагноз не могут поставить. Говорят о какой-то страшной патологии иммунной системы...

— СПИД?

— Нет, что вы! Честно говоря, я не слишком разбираюсь, в чем дело. Вы Альмиру Вениаминовну хорошо знаете?

Я осторожно кивнула:

— Мы сотрудничали несколько лет.

— Тогда представьте себе, что сейчас она весит меньше шестьдесяти килограммов, — понизив голос, сообщила девушка.

Я не знала, много это или мало, но на всякий случай воскликнула:

— Ой-ой-ой!

— Да, — покачала головой девица, — просто невероятно! Кожа и кости! Конечно, Альмира Вениаминовна очень хотела похудеть, но ведь не таким же путем! Я ее от фирмы навещать ездила, так чуть не расплакалась, когда увидела!

— Мне бы тоже хотелось к ней съездить, конфет или фруктов привезти.

— А вы туда не пройдете.

— Почему?

— В клинике строго пропускная система.

— Все же подскажите мне адрес.

Секретарша спокойно подвигала мышкой, потом написала на бумажке пару слов и протянула листочек мне. «Метро «Молодежная», далее автобусом до остановки «Новая клиническая больница», корпус шесть, палата четыре».

Я рассыпалась в благодарностях, а потом поспешила к машине. Строго пропускная система, конечно, очень хорошо, но у меня-то есть постоянный пропуск, такой зеленый, хрустящий, в виде небольшой бумажки с портретом человека, которым гордится Америка. Десять долларов, они и в Африке десять долларов. Ладно, если охранник уж совсем зверь, я готова поднять сумму до двадцати заокеанских рублей. Мне очень надо поговорить с Альмирой.

Но на проходной меня ожидало горькое разочарование. Увидев купюры, секьюрити спокойно сказал:

— Уберите и покажите пропуск.

— Так вот он, — заговорщицки подмигнула я ему, протягивая ассигнацию. — Неужели не нравится?

— Нет, — коротко ответил парень в черной форме.

— Хорошо, — кивнула я, — согласна. Этот не слишком убедителен, а как насчет другого?

— Хоть миллион вытащи, не поможет, — резко отбрил меня охранник.

Я ухмыльнулась. Ну насчет миллиона он зря высказывается. Интересно, дай я ему сейчас эту сумму, с какой скоростью страж кинется отпирать ворота? Но миллиона у меня нет, а если бы был, я потратила бы его совсем на другие цели. На что? Ну, к примеру, выстроила бы огромный дом в Подмосковье, этажа в три, не меньше, купила бы всем хорошие машины, заплатила за учебу в институте за Кирюшу и Лизавету, приобрела бы для Сережи рекламное агентство...

— Отойдите, — велел мне охранник, — мешаете проходу.

Пришлось выметаться из будки. Решив не отчаиваться, я пошла вдоль забора. Сейчас тут обязательно найдется дырка, причем размер ее не играет роли, мои сорок восемь килограммов способны просочиться сквозь любую щель.

Но ограда оказалась не из железных прутьев, а из оштукатуренного кирпича. Очевидно, ее только что отремонтировали, потому что нигде не было видно даже тоненькой трещинки. Поверху шла колючая проволока, через каждые пятьдесят метров торчали видеокамеры, нечего было и думать о том, чтобы незамеченной проникнуть на территорию, простиравшуюся за забором. Можно подумать, что там зона для особо опасных преступников, а не больница, где содержатся немощные люди.

Но не в моих принципах сдаваться. Я вытащила мобильный и позвонила Катюше.

— Что случилось? — насторожилась подруга.

— Ничего.

— Так зачем звонишь?

— Скажи, у тебя есть знакомые в новой клинической больнице?

— Да, — мгновенно ответила Катюня.

Я мысленно зааплодировала себе. Молодец, Лампа! У Кати, закончившей московский медицинский вуз и всю жизнь работающей врачом, в каждом учреждении, где лечат больных, обязательно отроется либо бывший однокурсник, либо коллега, с которым она повышала квалификацию на курсах и встречалась на конференциях, либо просто добрый приятель.

— Нина Мастыркина, — сказала Катюша, — в хирургии работает, а что?

— Можешь попросить ее заказать мне пропуск?

— Зачем?

— Надо.

Большинство женщин, впрочем, и мужчин тоже, мигом бы стали задавать дурацкие вопросы, пытаясь выяснить суть дела, но Катюня спокойно ответила:

— Хорошо, если только она на работе.

Сунув телефон в карман, я пошла через дорогу к дому, на котором реяла вывеска: «Супермаркет. 24 часа». Пока Катя разыскивает эту Нину, я куплю себе бутылочку воды. В Москве после пары относительно прохладных дней воцарилась удушающая, совершенно не характерная для мая жара.

В торговом зале оказалось приятно прохладно. Мысленно поблагодарив специалиста, придумавшего кондиционер, я пошла бродить по помещению, заставленному стеллажами и витринами.

Первым на глаза мне попался огромный холодильник, набитый под завязку различными коробочками и упаковками.

Я вытащила из рефрижератора плотно запечатанный лоточек: «Тесто сдобное, дрожжевое, домашнее». Далее шел способ приготовления: вскрыть упаковку и оставить продукт для оттаивания на три-четыре часа. Поднявшееся тесто обмять, раскатать и использовать для выпекания пирогов, булочек и кулебяк.

Не дочитав бумажку с мелким шрифтом, я сунула лоточек в проволочную корзину. Вот это я возьму прямо сейчас. Пока поговорю с Альмирой, тесто и разморозится, останется лишь положить в него начинку и сунуть в духовку. Ну согласитесь, труд домашней хозяйки делается день ото дня все легче. Кстати, вот и замечательный сливовый джем. Значит, к ужину будет отличный пирог.

Я вышла на улицу, залпом выпила бутылочку минеральной воды, бросила упаковку с тестом на заднее сиденье и услышала бодрую трель мобильного.

— Нина заказала тебе пропуск, — коротко сообщила Катюша.

— Ну спасибо! — закричала я и ринулась к проходной.

Секьюрити сделал вид, что не узнал меня, спокойно бросил взгляд на пропуск и открыл турникет. Ощутив себя пантерой, выпущенной на свободу, я понеслась вперед, в глубь парка, туда, где желтели кирпичные корпуса.

Никаких сложностей по дороге я больше не

встретила. У входа в здание тоже сидела охрана, но она не обратила на меня никакого внимания. Лишь один из парней весьма лениво заметил:

— Бахилки наденьте, вон там, в бачке лежат.

Я вытащила нежно-голубой хрустящий комок.

— Сколько с меня?

— Бесплатно, — со вкусом зевнул секьюрити и потерял ко мне всякий интерес.

Натянув на ноги нечто, больше всего напоминающее целлофановые пакеты на резинках, я мгновенно нашла нужную палату и поскреблась туда:

— Войдите, — донесся тихий голос.

Меньше всего представившееся моим глазам помещение напоминало больничную палату. Скорей уж номер в пятизвездочном отеле. Большая двуспальная кровать с красивым бельем. Когда я, отравившись несвежей сосиской, попала в Боткинскую больницу, мне выдали рваный пододеяльник в ржаво-бурых, неотстиранных пятнах и наволочку с узором из зеленых ромбов. Приглядевшись, я поняла, что рисунок складывается из мелкой, много раз повторяемой надписи «Мосгорздрав». А у Альмиры постельное белье было из красивого шелка с вышитыми цветами. Перед кроватью на полу лежал белый, пушистый, изумительно мягкий коврик. На деревянной резной тумбочке высилась стопка книг, стол, придвинутый к окну, ломился от фруктов, еще тут было три кресла, холодильник, телевизор, радио, видеомагнитофон и компьютер. Одним словом, почти все для отдыха и работы.

— Вы ко мне? — слабым голосом поинтересовалась женщина, сидевшая у окна.

Несмотря на жарищу, больная куталась в большой шерстяной ярко-красный плед, который подчеркивал синюшную бледность ее лица.

— Здравствуйте, Альмира, — бодро сказала я, — разрешите войти.

— Конечно, — приветливо улыбнулась больная, — садитесь. На улице жарко? Хотите воды? В холодильнике полно всякой. Но уж, извините, возьмите сами, меня что-то совсем силы оставили, на привидение стала похожа. Вчера вечером взвесилась, так чуть не скончалась! Пятьдесят пять.

— Вы прекрасно выглядите, — решила я приободрить Альмиру, — многие женщины умерли бы от зависти, узнав ваш вес.

Альмира закуталась в плед:

— Да уж! Я сама год назад мечтала избавиться от жира, весила сто двадцать кило.

— Сколько? — не поверила я.

— Больше центнера, — подтвердила собеседница, — последние десять лет я просто отчаянно боролась с килограммами, а они прямо прилипали к бокам. Наверное, я все диеты знаю: белковую, очковую, безуглеводную, французскую... Даже голодала две недели, а результат? Сначала да, потеряла двадцать пять кило, только они ко мне моментом вернулись, как только нормально питаться начала!

Я кивнула, правильно. Полное голодание неоднозначная вещь, во-первых, оно наносит непоправимый вред здоровью, а во-вторых, прекратив сидеть над пустой тарелкой, вы стремительно начнете получать потерянное назад. Не зря же говорят: сбросить вес легко, трудно удержаться на завоеванном пространстве. Диета, как это ни печально признавать, не разовая акция, а стиль жизни. Приходится говорить себе: «Никогда не ем жирное, мучное, сладкое», — короче, все вкусное и замечательное.

В общем, если вы видите продукт, вызывающий обильное слюноотделение, ни в коем случае не пробуйте его. Один миг в зубах, всю жизнь на бедрах. Есть нужно то, что совершенно, на мой взгляд, отвратительно: шпинат, капусту, салат, только не «Оливье» с майонезом, а зеленые листики без всякой заправки, кабачки, лук, свеклу... Пожалуй, это все. Да, чуть не забыла, еще можно чай и кофе, но не вздумайте положить в них рафинад. О фруктах придется забыть, в них слишком много сахара. О заменителях сахара тоже, они дико калорийны. Упаси вас бог притронуться к бананам и картошке. Колбаса — яд, пирожное — убийца, кусок хлеба — первый враг. Сливочное масло, взбитые сливки, жареная свинина с картошечкой фри, гамбургеры, мороженое, кока-кола, компот, сыр... Список строго-настрого запрещенных продуктов может растянуться на десятки страниц. А еще потребуется заниматься спортом, спать меньше восьми часов и не сидеть днями у телевизора. Может, ну ее, эту фигуру?

Впрочем, если вы выдержите, не сойдете с дистанции, тогда через год станете тонкой, звонкой, изящной. Влезете в сорок второй размер на зависть подружкам. И еще, из вашей головы унесет все игривые мысли. Сил на походы в кино, театр или дискотеки не останется. Скоро крайнее недовольство начнет проявлять живущий с вами мужчина. Впрочем, мужа или любовника понять можно. Ну кому понравится очень стройная баба, приплетающаяся домой без сил? Вечером вы станете падать камнем в кровать и засыпать, прежде чем партнер успеет скинуть халат. А еще начнутся проблемы с кожей, волосами, зубами, ногтями. И в результате после длительных мучений вы превратитесь в безумно тощее страшилище, от которого сбежал любимый человек. Стоит ли избавляться от объемов такой ценой? Оно вам надо? У женщин, носящих пятидесятый размер, и характер спокойней, и цвет лица лучше, и жизнь приятней, потому что ничто так не примиряет с действительностью, как шоколадка, съеденная на ночь.

— Сначала я радовалась, — печально продолжала Альмира, — встаю на весы: каждый день полкило долой, а затем пошли проблемы, и вот видите результат! Голова кружится, руки-ноги дрожат, откуда ни возьмись мерцательная аритмия прицепилась. Сейчас говорят о каких-то гормональных сдвигах, до этого чего только не подозревали: онкологию, СПИД, инфекцию, лихорадку... Короче говоря, лечат, лечат, а толку ноль. Вес падает...

— И просто так? — удивилась я. — На ровном месте? Никаких таблеток для его снижения вы не принимали?

Альмира слегка замялась, а потом фальшиво бодро ответила:

— Что я, идиотка? Всем же известно, как они здоровье гробят.

Но я не поверила ей. Все понятно. Решив избавиться от жира, она купилась на рекламу и приобрела некие чудо-пилюли. Да сейчас на каждом углу расклеены объявления примерно такого содержания: «Можно есть и худеть. Стопроцентная гарантия, дорого и эффективно».

Мой вам совет, даже не пробуйте все эти суперсжигатели жира, тайские таблетки, системы шесть и иже с ними. Они не помогут. Невероятно похудевшие актрисы, рекламирующие сей сомнительный товар, скорее всего, сделали себе липосакцию. Нельзя похудеть, пожирая горы продуктов. Существует лишь один способ избавления от запасов сала: ешьте меньше, это должно помочь.

— Простите, — вдруг сказала Альмира, — я понимаю, что мы знакомы, но не могу припомнить вашего имени. Наверное, вы из санкт-петербургского филиала? Но как вы попали сюда без пропуска?

Я улыбнулась:

— Привет вам от Ксюши Каретниковой.

— От кого?

— Ксюши Каретниковой.

— Простите, я не знаю такую.

— Как же? Забыли, наверное, это жена Павлика, вы еще дали ему тысячу долларов на сохранение, боялись, что муж-алкоголик пропьет.

— Чей муж? — с недоумением воскликнула Альмира.

— Ваш.

— Мой? Алкоголик?

— Ну да, простите, конечно.

— Я не замужем, — ответила собеседница.

Глава 18

— Совсем? — решила уточнить я.

— Разве можно быть чуть-чуть замужем? — съехидничала Альмира.

Я улыбнулась:

— Ну, случается всякое... Предположим, штамп есть, а супруга нет. Или он приходит к вам раз в неделю погостить.

Альмира хмыкнула:

— Нет, я совсем без спутника. Живу со взрослым сыном. Был и муж когда-то, но потом...

Внезапно Богачевская закашлялась, на лбу у нее заблестели капельки пота, я бросилась к столу, налила в стакан минералки и подала больной. Та залпом осушила емкость и прошептала:

— Спасибо, плохо мне совсем. Тут еще такая скука, поболтать не с кем. Палаты одиночные, в сад мне не спуститься. Сын приходит только по субботам, больше не может, работа у него, а подруг у меня нет. Вообще моя история очень поучительна, хотите, расскажу о себе?

Честно говоря, судьба Альмиры меня совсем не волновала, я собиралась задать ей парочку конкретных вопросов, но в глазах больной была такая тоска, что я кивнула:

— С огромным удовольствием, кстати, меня зовут Евлампия, можно просто Лампа.

Альмира слегка приподняла плед:

— Наверное, вы в детстве так же, как и я, мучились из-за необычного имени.

Я вздохнула. Да уж! Хотя до недавнего времени меня звали Ефросиньей[1], мне почему-то от этого совсем не легче. По-моему, родители, собирающиеся дать ребенку необычное имя, должны крепко подумать, прежде чем вписывать в метрику какого-нибудь Онуфрия или Епифана.

— Отец у меня был большой оригинал, — зашелестела Альмира, — его в свое время воспитали очень строго. Почитание родителей в их семье было доведено до абсурда. Всю свою жизнь потом папа пытался вылезти из-под родительского гнета, но у него это плохо получалось. Дед Мирон, правда, рано умер, зато бабушка Александра прожила долгую жизнь, успела справить столетний юбилей и как могла портила сыну существование. Она развела его со всеми женами, не разрешила невесткам родить детей и царствовала в семье до смерти.

Только мать Альмиры, абсолютно безропотная, боящаяся сказать вслух слово, татарочка Сульфия пришлась ей по вкусу. Александра Михайловна благосклонно приняла девушку и взвалила ей на плечи все хозяйство. Сульфия готовила, убирала, гладила, бегала за продуктами, стирала и старательно угождала мужу и свекрови. В доме с ней не считались, на семейной иерар-

---

[1] Историю о том, как Ефросинья превратилась в Евлампию, читайте в книге Д. Донцовой «Маникюр для покойника». Изд-во «Эксмо».

хической лестнице она занимала самую нижнюю ступеньку, даже кошка Лавра стояла выше.

Положение ничуть не изменилось с появлением дочери. Просто к заботам по дому прибавился еще уход за младенцем. Как назвать девочку, Вениамин придумал сам. Он взял два первых слога от имен своих родителей «Ал» и «Мир», сложил вместе и получил «Алмиру», мягкий знак вставили для удобства произношения. Альмира рано поняла, что ее мать находится в доме на положении прислуги. Став взрослой девушкой, она попыталась защитить маму, пару раз поругалась с Александрой. Альмира оказалась единственным человеком в семье, который был способен дать отпор старухе.

Сульфия, услыхав, как дочь кричит на бабку, испугалась почти до отключки сознания.

— Радость моя, — стала она умолять Альмиру, — не надо!

— Уйди от них, — сердилась дочь.

— Так некуда, — разводила руками Сульфия, — кому я нужна? Профессии нет, я завишу от мужа, он меня кормит!

После того памятного разговора Альмира очень хорошо поняла: нужно получить образование и добиться успеха. Жить надо так, чтобы никто не мог попрекнуть тебя куском хлеба. Альмире страшно не хотелось повторить судьбу своей несчастной мамы.

Всю жизнь Альмира выстроила по этому принципу. Она основала фирму, разбогатела, вот только личного счастья не было. От нее убегали все мужья. Общее число их достигло четырех. От второго она родила сына Олега, другие браки оказались бездетными. Впрочем, если бы Альмира захотела, она произвела бы на свет кучу ребятишек. Но дети отвлекают от бизнеса, а Альмира никак не могла бросить дело. Она крепко стояла на ногах, была богата, резко высказывала собственное мнение, проявляла крайнюю нетерпимость к окружающим, совершенно не собиралась заниматься домашним хозяйством и больше всего ценила в людях умение работать. Походы в театр, кино, на концерт бизнесвумен считала пустой, отвлекающей от дела затеей, в отпуск она не ездила. Теперь вам ясно, отчего все супруги убегали от такой жены?

В какой-то момент Альмира поняла, что семейная жизнь не ее удел, и решила жить одна. Никакого дискомфорта она при этом не испытывала, потому что, даже имея статус замужней дамы, внутренне всегда была одинока. Наверное, это вообще удел сильных, самодостаточных людей. За все следует расплачиваться, всему цена — одиночество. Так что, лишившись очередного мужа, Альмира не стала плакать, а рьяно принялась вытеснять с рынка конкурентов.

Кстати, с последним муженьком связана смешная, на взгляд Альмиры, история.

Как-то раз супруг позвонил ей на работу и спросил:

— Ты нашла ключи?

— Сколько раз тебе говорить, — взъелась Альмира, — не трезвонь без дела в кабинет! Дома побалакаем.

Муж, который обычно в такие моменты покорно вешал трубку, на этот раз отчего-то обозлился:

— И когда же мне с тобой беседовать, а? Приходишь за полночь, уходишь в семь! В общем, ключи на тумбочке, у входа, а письмо в кабинете в столе, что-то мне подсказывает: ты его не видела.

— Какое письмо? — удивилась жена.

— Мое, — пояснил супруг, — сделай милость, прочти.

Но Альмира закрутилась, как раз в эти дни открывался санкт-петербургский филиал, и хозяйка была похожа на белку, бегающую в безумно вертящемся колесе.

В воскресенье вечером она вдруг поняла, что давно не сталкивается в необъятном загородном доме с супругом.

— Наташа, — спросила бизнесвумен у домработницы, — где Владимир Иванович?

— Он ушел, — тихо ответила та, — еще в начале месяца, дней пятнадцать тому назад.

— Куда? — изумилась хозяйка. — Зачем?

Наташа молча пожала плечами. Альмира пошла в спальню мужа, обнаружила, что его вещи исчезли, вспомнила телефонный разговор с ним, нашла письмо и все поняла. Владимир Иванович теперь живет с другой.

Произошедшее развеселило ее до глубины души. Надо же было так заработаться, чтобы не заметить бегства супруга. Прожить почти месяц брошенной женщиной и только сейчас сообразить, что муж ушел к другой.

Сами понимаете, что никаких моральных переживаний Альмира не испытала. Подросшего сына она сначала пристроила в университет, а потом взяла к себе на работу. Сейчас Олег ее заместитель, он великолепно справляется со своими обязанностями, но безоговорочно признает главенство мамы. Олег не спорит с матушкойначальницей, но иногда высказывает интересные, яркие идеи, которые Альмира благосклонно принимает. Жизнь ее давно течет по проложенному руслу, и, не напади на нее внезапная, непонятная болезнь, Богачевская сейчас бы ощущала себя счастливой. Все получено, всем все доказано, все отдыхают — Альмира богата до неприличия и крайне успешна в делах. На могиле матери, забитой, робкой Сульфии, стоит вычурный памятник: огромная мраморная скульптура, привезенная из Италии. Но господь любит равновесие. Давая вам одно, он обязательно отнимает другое. Поэтому поосторожней с просьбами, как знать, чего вы лишитесь, получив богатство и славу.

Болезнь подкралась к Альмире незаметно, тихим шагом, лишила ее работоспособности. Бизнес вертелся без хозяйки, у руля успешной фирмы стоял Олег. Альмира давно лежит в больнице. Впервые за долгие годы у нее образовались пустыни свободного времени, и в голову полезли всякие, прямо скажем, невеселые мысли. Правильно ли она до сих пор жила? Приносит ли богатство счастье? Так ли уж горька была судьба Сульфии, окруженной домочадцами и подругами? Неожиданно в голову к Альмире забрело совсем уж невероятное предположение: а вдруг она ошибалась, считая маму забитой женщиной? Около Сульфии суетилось много подруг, а Альмира, оказавшись в больнице, ощутила полнейшее одиночество. Вот парадокс: ее телефонная книжка и органайзер просто распухли от записей, а человека, которому можно поплакаться, — нету. Ощутив впервые в жизни желание стать слабой, Альмира попыталась пожаловаться Олегу. Тот вскинул брови:

— Мать, мне некогда.

— Мне очень плохо, — предприняла еще одну попытку Альмира, — у меня ноги дрожат, руки не слушаются, посиди со мной немного.

— Не могу, совещание в полдень, — спокойно ответил сын, — времени нет. Фрукты на столе, вот тебе меню, закажи что хочешь, привезут из ресторана.

— Давай попьем вместе чай, посмотрим телик.

— Все, я убегаю!

Неожиданно для нее самой, глаза Альмиры наполнились слезами:

— Я так несчастна!

Олег притормозил на пороге:

— С такими деньгами? Мать, не смеши меня, ты же все купить можешь.

С этими словами сын убежал, а Альмира осталась сидеть в кресле. В голову ей пришла банальная мысль. Да, она способна купить все, но где найти магазин, в котором отпускают счастье и любовь?

Я посмотрела на Альмиру. Конечно, ее денег у меня никогда не было и не будет, но дома меня ждут Кирюшка, Лизавета, Сережка, Юля, Катюша, Вовка, Муля, Ада, Рейчел, Рамик... И пусть первые вечно дерутся, вторые постоянно выясняют отношения, а Катерина с Костиным подкалывают всех, ничего, что Муля тырит продукты со стола, а Адюша писается при каждом шорохе, ей-богу, это такая ерунда. Главное, они со мной. Случись, не дай господи, болезнь, я не буду сидеть одна. Да, скорей всего, килограммовой банки черной икры в палате не окажется. Но я, если честно сказать, не очень и нуждаюсь в «рыбьих яйцах», и ботиночки неизвестного производства, купленные мною на распродаже, очень удобны, и джинсы за небольшие деньги мне впору. Я не готова променять свою семью на богатство. И, если вдруг передо мной встанет подобный выбор, я скорее предпочту остаться с крикливыми детьми и безобразничающими животными, чем со многомиллионным счетом в банке. Может, я дура? Только, дорогие мои, не завидуйте тем, кто разъезжает в дорогих иномарках и живет в загородных особняках. Скорей всего, вы, обитающая в крохотной квартирке и собирающая деньги на «шестерку», намного счастливее мадам, обсыпанной брюликами. Вот, например, я и Альмира. Ну и помогли последней ее сокровища? К гробу багажник не присобачишь, любовь и здоровье не купишь.

— Значит, мужа-алкоголика у вас не было? — вынырнула я из своих мыслей.

Альмира улыбнулась:

— Нет, конечно. Я не из тех женщин, которых может заинтересовать невменяемое бревно, по недоразумению именующееся мужчиной.

— И Павла Каретникова вы не знали? — Я продолжала упорно цепляться за паутинку надежды.

— Каретников, Каретников, — забормотала Альмира. — Да в чем, в конце концов, дело?

Глаза больной расширились, стали жесткими. Она буквально уставилась на меня.

— Немедленно объясните вашу проблему, — голосом, не терпящим возражений, заявила Богачевская.

Я поежилась, да уж, ее подчиненным не позавидуешь. Даже сейчас, будучи очень слабой и больной, Альмира способна напугать кого угодно. Представляю, какое впечатление производила на своих служащих здоровая хозяйка.

— Я жду! — неожиданно гаркнула Альмира.

И я помимо воли все ей выложила. Всю сознательную жизнь я борюсь с одной особенностью: стоит собеседнику прикрикнуть, как я, сложив на груди лапки, мгновенно ему подчиняюсь. Меня воспитывала очень строгая мама, с ранних лет вложившая дочери в голову: главное — послушание. С тех пор прошло много лет, я давно выросла, а мамочка умерла, но детский страх перед более сильным, старшим, умным остался со мной навсегда. Честно говоря, он очень мне мешает, но изжить его я не могу. Причем возраст кричащего на меня человека, его социальный статус не имеют никакого значения. Я робею перед учителями в школе у Кирюшки, до дрожи боюсь англичанку Лизаветы, предпочитаю не связываться с десятилетней хамкой Машей Доскиной, живущей с нами в одном доме, и при виде любого инспектора ГАИ ощущаю дрожь в коленках. Я согласна, ребенок, беспрекословно слушающийся родителей, очень удобен. Более того, мама внушила мне почтение к людям, желая дочери добра. Она полагала, что девочка, подчиняющаяся старшим, никогда не попадет в беду. Но мне не так давно попалась книга по психологии, из нее я с глубочайшим изумлением узнала интересные сведения. Как вы думаете, какие дети чаще всего становятся жертвами насильника-педофила? Маленькие беспризорные крошки, брошенные родителями? Наглые девочки, шляющиеся поздно вечером по улицам? Малолетние любительницы выпивки? Ан нет! Чаще всего страдают девочки и мальчики из благополучных семей, приученные к вежливости и покорности. Такие не умеют сопротивляться. Развратник берет их за руку и просто уводит, а дети привычно подчиняются взрослому. И это понятно, с младых ногтей им вбили в голову один постулат: не смей спорить со старшими. Они плохого не посоветуют. Вот и неправда! Не всегда следует слушаться тех, кто старше тебя. И потом, ум не зависит от возраста. Жизненный опыт, да, а вот разум, нет. Знавала я восьмилеток, которые были намного умнее своих родителей. И вот результат: бродяжка отобьется, нахалка пошлет насильника куда подальше, а воспитанная девочка окажется в ужасной ситуации. Если ваш ребенок без конца спорит с пеной у рта, отстаивая собственное мнение, нужно не расстраиваться, а радоваться. Такой сумеет правильно разобраться в ситуации. Но я-то другая!

Богачевская спокойно выслушала меня, потом, перейдя на «ты», потребовала:

— Давай документы.

Повертев в руках книжечку, Альмира более мягко спросила:

— Ты уверена, что я как-то связана с пропажей этой Гали Сорокиной?

— Понимаете, я держу в руках тонюсенькую ниточку, которая привела меня сюда, — вздохнула я.

Богачевская покачала головой:

— Увы, хоть ты мне по непонятной причине и очень симпатична, я тебе помочь не могу. Павла Каретникова я не знала. Денег ему на хранение не давала. Капиталы мои лежат в банке, причем не в России. К тому же сумма в тысячу долларов для меня не представляет интереса.

— А Ксюша Каретникова? — тихо поинтересовалась я. — Может, вы с ней встречались?

— Круг моего общения огромен, — дернула плечами Альмира, — но это рабочие контакты. Впрочем...

Она вытащила из-под одеяла мобильный, потыкала в кнопки и сказала:

— Регина, посмотри на моем столе ежедневник. Нет ли в нем фамилии Каретникова? Ксения Каретникова, или Павел, соответственно, Каретников. Что? Вы уверены? Хорошо, я разберусь.

Лицо ее приобрело странное выражение, мобильник шлепнулся в кресло.

— Что случилось? — насторожилась я.

— Олег переехал из своего кабинета в мой, — напряженным голосом ответила Альмира, — сын велел собрать из комнаты все мои вещи и выбросить. Сказал Регине: «Альмира больше не вернется». Он что, знает какую-то новость о моем состоянии здоровья? Я так больна, что скоро умру?

Глава 19

Желая побыстрей отвлечь Альмиру от ненужных мыслей, я быстро спросила:

— А колдунья? Вы ходили к ней?

— Да зачем бы? И потом, я совершенно не верю в магию — ни в белую, ни в черную!

— И фотографию не приносили?

— Нет, конечно! Никогда не видела такого снимка.

Я заморгала:

— Но у Ксюши имелась ваша визитная карточка!

— Какая?

— В смысле?

— Визитка с тобой? Покажи.

Недоумевая, зачем Богачевской понадобилось разглядывать собственную карточку, я вытащила ее из кошелька:

— Вот.

Альмира повертела в руках бумажонку:

— Ах эта! Ну такая может быть у кого угодно. У меня несколько видов визиток. Ту, что ты показала, раздают всем клиентам, журналистам и прочим людям без всяких ограничений. Видишь, здесь мое имя, фамилия и телефон фирмы. Есть

другой вариант карточки: на ней мой мобильный
номер, и в очень ограниченном количестве сделаны те, где есть все координаты: сотовый, домашний, адрес особняка, личный е-майл. Понимаешь? Карточка, которую я держу в руках сейчас, не говорит об особых взаимоотношениях с
ее владелицей. Вот принеси ты ту, с конфиденциальной информацией, тогда есть над чем призадуматься.

Я чуть не заплакала. Все, дело окончательно
зашло в тупик. Альмира молча положила визитку
на стол.

— Что же касается ведьм и колдунов... Извини, я слишком рациональна и не верю в ерунду.
Сушеные жабьи лапы, вяленые мыши и заунывные причитания не по мне. Каждый сам кузнец
своего счастья. Смешно бегать по людям со
зряшной надеждой на помощь потусторонних
сил. Мы вполне способны самостоятельно переломить судьбе хребет. Что бы там ни сказал Олегу врач, как бы ни пугал моей скорой кончиной,
я обязательно встану! Сын еще получит за то, что
посмел въехать без спроса в мой кабинет. Ишь,
начал распоряжаться! Бизнесмен! Захочу, и его в
помине не будет!

Я смотрела на нее во все глаза. Больная, немощная, бледная от слабости женщина превратилась в прежнюю Альмиру, резкую, сильную,
никогда не пасующую перед обстоятельствами.

— И потом, — добавила Богачевская, — я
давно живу одна. Но даже если представить, что
мой супруг завел себе любовницу, я никогда не
стану рыдать в подушку и делать привороты. Вот
уж глупость так глупость! Просто вышвырну му-

жика пинком под зад. Не хочет жить со мной, и не надо! Эка печаль!

Я ощутила каменно-тяжелую усталость. Да, действительно, Богачевская не из тех баб, которые цепляются изо всех сил за супруга. Похоже, ей мужчина совсем не нужен. Зарабатывает она сама, в «сильной руке» не нуждается, а если захочет сексуальных утех, Альмира просто купит какого-нибудь мальчика.

— Я только к экстрасенсу ходила, — вдруг нехотя призналась Альмира.

Я насторожилась. Галка Сорокина, нагло заставившая меня везти ее на край Москвы, в тот день сказала: «Мне надо к экстрасенсу».

— Вы верите в альтернативную медицину? — удивилась я. — Учитывая ваше резко отрицательное отношение к колдунам и ведьмам, это странно.

— Ничего непонятного, — отбрила Альмира, — как раз все ясно. Гомеопатия же великолепно помогает в некоторых случаях. Думаю, что и кое-какие экстрасенсы способны облегчить состояние больных. Понимаешь, я всю жизнь борюсь с весом и терплю сокрушительное поражение. Вот Рита и посоветовала мне сходить к Топильской, та, как многие утверждают, способна творить чудеса.

Альмира взяла со стола бутылочку минералки, сделала глоток и пробормотала:

— Сам заболеешь, во все поверишь, мне вроде эта штука помогает.

В моей голове завертелась фамилия... Топильская, Топильская... Ох, не в первый раз она мне встречается и не зря кажется знакомой. Юра Волков был доставлен в психушку из Академии

Топильского. Услышав тогда название учреждения, я тоже насторожилась. Откуда оно мне известно? Топильская, Топильская... Нет, не могу вспомнить.

— Рита ходила на сеансы десять раз, — продолжала Альмира, — и удивительно изменилась. Она свои фотографии показывала, просто небо и земля.

У меня на секунду отключился слух. Фотография! «Топильская, 8». Эта надпись была накорябана на обороте снимка Галки Сорокиной.

— Рита потеряла небось килограммов двадцать, — не замечая моей реакции, вещала Альмира, — меня результат впечатлил и...

— Кто такая Топильская? — перебила я Богачевскую.

Та нахмурилась:

— Говорила же только что! Экстрасенс, знаменитая, очень дорогая, талантливая...

— А Рита?

— Любовница Олега. Милая девушка, без особых закидонов. Вполне может стать хорошей женой, нацелена на дом, семью, рождение детей.

— Вы долго посещали Топильскую?

— Ну... двадцать сеансов.

— И как?

— Удивительный результат! Сразу началось снижение веса.

— Она вокруг вас только руками размахивала?

— Нет, еще следовало пить воду, простую, заряженную Инной.

— Это кто?

— Топильская, ее зовут Инна Семеновна.

Я вытащила из сумочки фото Галки.

— Не помните эту женщину?

— Нет, а мы встречались?

— Вполне вероятно.

— И где же?

— В приемной у Топильской, похоже, она тоже посещала эту Инну Семеновну. Вы могли вместе сидеть в очереди.

Альмира улыбнулась:

— Нет.

— Почему?

— У Инны нет очередей. Вы приходите в назначенное время и никого не видите.

— Дайте мне адрес Топильской, если, конечно, вам не жалко.

— Никакого секрета нет, — спокойно ответила Альмира, — к ней пол-Москвы бегает! Только предварительно записаться надо. А ты сама хочешь лечиться?

— Ну да, — бойко соврала я, — что-то желудок схватывает и голова иногда того, кружится, она дорого берет?

Альмира слабо улыбнулась:

— У нее прогрессирующая ставка.

— Это как? — не поняла я.

— Первая консультация бесплатная, потом она называет цену, плата колеблется в зависимости от количества посещений, в общем, она объяснит. Есть только одно «но».

— Какое?

— Инна занята по горло. У нее, правда, целый центр, там куча специалистов работает, только дело иметь надо лишь с ней. Ничего не хочу сказать плохого про других экстрасенсов, но Инна и впрямь многое умеет. Клиника носит ее имя, называется «Центр ТИС», остальные там просто для вида. Хотя, может, я и несправедлива, но все почему-то рвутся к Инне.

— Значит, и я к ней пойду.

— Имей в виду, Инна принимает лишь по предварительной записи, желающих тучи, сейчас небось уже и осень забита!

— Да ну? Вот незадача! А нельзя с ней просто поболтать?

Неожиданно Альмира рассмеялась:

— Ну ты и сказала! Просто поболтать! Да я сомневаюсь, что она просто так с подругами разговаривает, если они у нее есть, подруги. А что, тебе так срочно?

— Очень!

Альмира покачала головой:

— Ну-ну, попробую помочь.

Она вытащила из глубины кресла телефон, потыкала в кнопки и спросила:

— Рита? Это я. Не узнала? Альмира. Не могла бы ты помочь? Тебе это ничего не будет стоить, чистая ерунда. Попроси Топильскую как можно быстрей принять одну женщину, Романову Евлампию. Да, да, конечно, она мне нужна для бизнеса. Ну спасибо, я всегда знала, что на тебя можно положиться.

Альмира вновь сунула телефон в кресло.

— Завтра, в десять утра тебя устроит?

— Нет слов! — радостно воскликнула я. — Очень вам благодарна.

Альмира отмахнулась:

— Сущая ерунда, мне это ничего не стоило! Если я тебе помогла, то хорошо. Впрочем... услуга за услугу.

— С удовольствием сделаю для вас что хотите!

Альмира неожиданно скривилась:

— Никогда так не говори.

— Почему?

— Мало ли что попросят, а? Не надо обещать сделать все, сначала выслушай человека, а потом подумай, следует ли кидаться ему на помощь.

Я улыбнулась:

— Ну вряд ли вы пожелаете что-то противозаконное.

— Я нет, — серьезно ответила Богачевская, — а вот за других поручиться не могу. Ладно, сходи к моему лечащему врачу и выспроси, что происходит. Отчего это Олег решил, что матери два часа до смерти осталось?

— По-моему, вы зря так, — начала я, но Альмира мигом сказала:

— Я очень хорошо знаю Олега. Если он не побоялся вышвырнуть из кабинета мои вещи, следовательно, дело плохо. Олег мне ничего не скажет, доктор, спроси я его в лоб, тоже наврет в три короба, а я хочу знать правду, вот и принеси мне ее.

— Но...

— Я тебе помогла? Устроила к Топильской? Долг платежом красен.

Я вздохнула. Похоже, Альмира живет по принципу «ты мне — я тебе». Боюсь, ей никогда не обзавестись друзьями.

— И не вздумай соврать, — предостерегла меня собеседница, — у тебе на лице все написано.

Вот это правда, когда я в детстве пыталась говорить неправду, мама всегда укоризненно качала головой: «Фросенька, тебе никогда не следует фантазировать, сразу понятно, что ты привираешь».

Врач нашелся в ординаторской, солидный,

лет сорока мужчина, облаченный в снежно-бе-
лый халат. На голове у него сидела шапочка, на
груди висел бейджик «Заведующий вторым отделением Романов Василий Петрович, кандидат
медицинских наук!»

— Вы ко мне? — поинтересовался он.

— Да, — кивнула я, — разрешите предста-
виться: Романова Евлампия.

Эскулап отложил ручку:

— Надеюсь, ваше отчество не Петровна? Иначе я начну сомневаться в верности своего отца
матери.

— Андреевна, — улыбнулась я, — впрочем —
Романовы не такая уж редкая фамилия.

— Мне до сих пор не попадались тезки.

— Однофамильцы.

— Ну да, правильно. Хотя было бы забавно
познакомиться с Василием Петровичем Романовым, — продолжал веселиться терапевт, — говорят ведь, что имя определяет судьбу. Интересно,
этот человек тоже стал врачом?

— Лично я музыкант, арфистка.

— А меня господь напрочь лишил слуха, —
усмехнулся доктор.

— Зато дал другой талант, — любезно подхватила я, — каждый хорош на своем месте.

Василий Петрович кивнул:

— Это точно. Вы по какому вопросу?

— Богачевская Альмира...

— Есть такая, — не дослушал меня доктор.

— Я ее ближайшая подруга.

— Да ну? — вскинул брови Романов.

— Что вас так удивило?

— Как же вы сюда попали?

— Прошла через ворота.

— Это невозможно.

— Почему же?

— У нас очень строгая пропускная система, все заявки подписываю лично я и не помню, чтобы госпожа Богачевская выражала желание с кем-нибудь встретиться. Я бы непременно запомнил вашу фамилию и редкое имя.

— Пусть это останется моей маленькой тайной.

Василий Петрович нахмурился:

— Понимаю, завтра же расскажу, что на КПП берут взятки, пусть мздоимцев увольняют!

— Секьюрити не виноваты! У меня имелся пропуск.

— Откуда он взялся?

Ну надо же, какие тут порядки! Разволновался так, словно я прошла незамеченной в хранилище реактивного топлива!

— В вашей клинике работает моя подруга.

— Кто?

— Нина Мастыркина.

— Вот теперь понятно, — повеселел Василий Петрович. — И зачем вы беспокоили Нину? Альмире Вениаминовне следовало лишь сказать: «Пропустите Евлампию Романову», и дело с концом. Мы никогда, кроме особых случаев, не ограничиваем посещения.

Вот пристал с этим пропуском!

— Понимаете, Альмира категорически настроена против всех гостей. Она не хочет, чтобы люди видели ее немощной.

— Верно, — кивнул терапевт, — меня об этом ее сын предупреждал, дескать, если кто станет рваться, то ни-ни. Кстати, у нас многие из клиентов придерживаются этой же позиции, отсюда и строгости с пропусками.

Я опустила глаза и постаралась нацепить на лицо самое честное выражение. Надеюсь, Василий Петрович плохой физиономист.

— Я очень заволновалась. Олег отвечает на мои вопросы подозрительно лаконично: все нормально, мать лежит в больнице. Сама Альмира буркает в трубку: «Ничего, жива пока». Вот я и решила применить военную хитрость, дабы узнать, что с ней. Понимаете, мы с детского сада вместе. Нас ее мама, Сульфия, за руку в одну группу водила.

Василий Петрович кивнул:

— Ясно. Но ничего утешительного я вам не скажу.

— Что? Так плохо?

Романов начал перебирать ручки, лежащие на столе:

— Ну, положение нехорошее.

— Чем она больна?

— Она в клинике не так давно. К нам попала с кипой анализов, относительно нормальных, и кучей заключений. Камни в желчном пузыре! Ну и что, они сейчас у каждого второго, пониженное давление, слабость, потеря веса. Неприятно, конечно, но не смертельно. Мы заподозрили гормональные нарушения, сделанный нами анализ это подтвердил, да и кое-какие наблюдения. Богачевская впадает в истерику, плачет, потом возбуждается, затем опять испытывает слабость. Похоже на нарушение деятельности щитовидной железы, но диагноза пока нет, ее еще не дообследовали. Впрочем, и до нас его не поставили. Олег Юрьевич приходит сюда редко, но звонит мне каждый день. Я уже из чистого суеверия не говорю ему, что с матерью. Отделываюсь фразой типа «Состояние стабильное».

— Почему же?

Василий Петрович махнул рукой:

— Я никогда не верил во всякую ерунду типа сглаза, но, получив в пациентки Богачевскую, начал сомневаться, вдруг в этих россказнях что-то есть. Стоит кому-либо воскликнуть: «Богачевской лучше!» — как ее состояние моментально ухудшается. Прямо беда!

— Значит, что с ней, вы не знаете?

Романов грустно ответил:

— Нет. СПИД исключили, гепатит тоже. Всякие вялотекущие инфекции отсутствуют. Какая-то свистопляска с гормонами. Очень странное состояние, практически не поддающееся коррекции.

— Значит, ей недолго жить осталось...

— Глупости! — рявкнул Василий Петрович. — Хотя...

Я напряглась:

— Продолжайте.

— Бывают иногда такие случаи. Вроде ничего страшного, ерунда, а человек не излечивается. Организм словно включает систему самоуничтожения, понимаете?

Я кивнула:

— Очень хорошо. Подобное иногда происходит с людьми, выходящими на пенсию. Привыкли всю жизнь работать и вдруг понимают, что никому не нужны, вот и умирают, а все вокруг удивляются: вроде Иван Иванович совсем здоровым казался, отчего преставился? А вы предупредили Олега, что его мать на краю могилы?

— Мне бы такое и в голову не пришло, — рассердился врач, — да, он интересуется, как мама, но я отвечаю: «Боремся. Надеемся выйти победителями из схватки с болезнью».

— Вы скрыли от парня отсутствие точного диагноза?

— Нет, конечно, но Олег Юрьевич человек рациональный, сухой, без ярко выраженной эмоциональной реакции. Внутри себя он, естественно, переживает, но внешне этого не показывает. Спокойно выслушивает мои заявления и говорит: «Привлекайте лучших специалистов, заказывайте новейшие лекарства, не останавливайтесь ни перед какими тратами, мама должна выздороветь, она единственный близкий и родной мне человек!

— Альмира умрет на днях?

— Типун вам на язык, — потерял профессиональную приветливость Василий Петрович, — скажете тоже! Просто безобразие! Все пока не так уж плохо. Надеюсь, в ближайший месяц мы установим причину ее недомогания и ударим современными средствами по заболеванию. В нашем распоряжении на сегодняшний день имеются уникальные...

— А если диагноз не поставят?

Романов осекся, секунду помолчал, потом скороговоркой выпалил:

— Я даже не собираюсь обсуждать эту тему.

— И все же, сколько тогда проживет Альмира?

— Не знаю! — заорал доктор. — И никто вам не ответит. Ну что за любопытство? Или вы на наследство рассчитываете? Год, два, три...

Я вернулась в палату к Альмире и честно пе-

редала весь разговор с однофамильцем. Богачевская выпуталась из пледа:

— Ну-ну! Значит, пока поживу. Ладно, поглядим, кто кого: я смерть или она меня. Вообще
говоря, я всегда выигрываю схватку с любой не-
приятностью.

Я невольно улыбнулась. Похоже, Альмира
сумеет победить, ведь смерть для нее всего лишь
неприятность.

— Ты оставь мне свой телефон, — попросила
Богачевская.

Я нацарапала цифры на бумажке и ушла.

Глава 20

На улице стояла жара, а в машине было как в духовке. Я села внутрь и чуть не скончалась. Пальцы ухватились за ручку, в моем авто нет электрических стеклоподъемников, к тому же механизм, открывающий доступ воздуха в салон, всегда заедает. С большим трудом мне удалось опустить стекло до половины, и тут раздался сильный взрыв.

На секунду я оглохла, потом ощутила толчок в затылок. По шее начало медленно ползти что-то вязкое, теплое, противное. Я машинально схватилась за голову. Пальцы ощутили горячую, влажную, мягкую субстанцию. Я чуть не потеряла сознание, но удержалась и замерла на сиденье, боясь опустить руки.

Вот оно что. Я иду по правильному пути. Пропажа Галки, смерть Ксюши и болезнь Альмиры связаны между собой. Пока я не могу понять как, но тот, кто устроил весь сыр-бор, выследил меня. Небось заметил у дома Ксюши... Мужик! Тот самый, который спрашивал дорогу! Это и есть преступник. Он пошел за мной, понял, что я иду к Альмире, и решил уничтожить слишком любопытную Лампу.

В моей машине было установлено взрывное устройство, сработавшее, когда я стала опускать стекло. Небось «адская машинка» лежала на заднем сиденье, и сейчас из моего развороченного затылка вытекает кровь. Впрочем, нет, она жидкая, а под пальцами нечто желеобразное. Мозг! О господи! Но мне же совсем не больно!

Несколько минут я просидела, боясь пошевелиться. Потом кое-как сгребла в кучу остатки разума и принялась уговаривать себя.

Спокойно, Лампуша, не теряй самообладания. Ничего жуткого пока не произошло. Подумаешь, дырка в голове, тебе ее заделают, поставят симпатичную железную пластинку, и станешь как новенькая! Глаза у тебя видят, ноги шевелятся... Интересно, почему все-таки мне совсем не больно? Так Катя же в свое время рассказывала, что наш мозг вроде не имеет болевых рецепторов, или я ошибаюсь?

Теплая масса стала медленно перемещаться на спину. Так, нужно немедленно принимать меры, иначе весь мозг вытечет, и что тогда со мной будет, а? Хоть Вовка и уверяет, что я совсем не пользуюсь серым веществом, но ведь это неправда.

— Вам плохо? — раздался участливый голос.

Я скосила глаза и увидела девочку в красной футболке с лотком кока-колы, висящем на ремне.

— Стою тут, — продолжала продавщица, — гляжу, вы так странно сидите, уже давно, может, вам помочь чем?

В душе поднялось ликование. Так, слышу я тоже хорошо, теперь, главное, не опустить руки, чтобы удержать в черепной коробке содержимое. Я уперла локти в спинку кресла, теперь смогу продержаться очень долго. Интересно, если сейчас все же мозг просочится на пол, медицина способна отмыть его и запихнуть на прежнее место? Надеюсь, что да. Современные хирурги запросто пришивают руки, ноги...

— Вы немая? — участливо наклонилась к окну девушка.

— Нет! — воскликнула я. — Ура! Я могу говорить! Господи, какое счастье! Жить без голоса ужасная катастрофа.

Девочка вздрогнула:

— Вы только сейчас это поняли?

— Кисонька, — попросила я, — глянь, что у меня с затылком?

Девочка прищурилась.

— Ну... не пойму... чем-то вы перемазались! Такая штука, серо-желтая течет... дайте-ка...

— Ой, не приближайся!

Торговка водой отшатнулась.

— Сделай одолжение, помоги, — взмолилась я.

— Да, конечно, — кивнула девушка.

— Видишь мою сумочку? Вынь оттуда мобильный, нажми на кнопку с цифрой 3 и держи пару секунд. Телефон сам соединит тебя с человеком по имени Владимир Костин. Скажешь ему: «Лампа сидит в машине возле новой клинической больницы. На нее было совершено покушение, разбита голова. Поторопись, иначе у меня весь мозг вытечет, он уже на шее».

Девушка вздрогнула, потом, сильно побледнев, обошла автомобиль, открыла правую переднюю дверь и выполнила мою просьбу. Сунув сотовый на место, она пробормотала:

— Может, лучше «Скорую» вызвать и милицию?

— Не волнуйся, — успокоила ее я, — сейчас тут все окажутся, минут через пять-шесть.

Хорошо, что я догадалась локтями в спинку упереться, теперь руки не устанут.

— Давайте я пока в аптеку сгоняю, за анальгином, — прошептала продавщица.

— Не надо.

— Вам не больно?

— Абсолютно. В мозгу болеть нечему.

— Я бы со страха умерла, — пролепетала девочка. — Ну чем же вам помочь, а? Ума не приложу.

— Не дергайся, включи музыку, веселей станет.

— Нет, — окончательно перепугалась она, — вдруг еще что-нибудь взорвется! Лучше так сидеть.

Вдали послышался вой сирен, и через мгновение около меня притормозила целая кавалькада. «Скорая помощь», бело-синие «Жигули» с надписью «ДПС», еще одна милицейская машина, украшенная буквами «ПМГ», два мотоциклиста и черная «Волга» без всяких опознавательных знаков. Так, понятно. Вовка из центра города сюда за считаные минуты никак не мог добраться, но он поднял в ружье всех, кто оказался поблизости.

Из «Волги», словно на реактивной тяге, вылетел парень и бросился ко мне:

— Вы Евлампия, сестра Вовки Костина?

— Ага.

— Врача, живо.

Две тетки подскочили к моей машине. Одна влезла в салон, вторая осталась снаружи. Я сидела очень ровно, боясь пошевелить затекшей шеей.

На улице тем временем начали разворачиваться события. Несколько парней быстро оградили место происшествия бело-красной лентой, откуда ни возьмись появился мужик с двортерьером. Собака принялась деловито обнюхивать мою машину. Из «Волги» вылезли еще трое человек. Один нес железный чемоданчик, второй натягивал на ходу резиновые хирургические перчатки. Словно из воздуха на доселе пустынной улице материализовались прохожие. Люди столпились у оградительной ленты и принялись бурно обсуждать увиденное:

— Сбили кого? Вон ГАИ стоит!

— Не, рулеткой не меряют.

— Пьяную поймали.

— Собака-то взрывчатку ищет.

— Вау, ментов сколько! Камикадзе арестовали с поясом шахида. Во, гляньте!

— Это же баба!

— Так они самые злые и есть. Бабы жуткие террористки.

— Вон она, глядите, сидит!

— Машина-то больно паршивая!

— Специально берут металлолом. С одной стороны, ее не жаль, с другой — внимания не привлечет! Ну кому такая дрянь интересна.

Я возмутилась до глубины души. Мои «Жигули» почти новые! И потом, почему наши люди такие злые! Нет бы предположить, что водителю стало плохо с сердцем. А то сразу: террористка, шахидка, смертница...

— Да не, — бурлили зрители, — пьяная просто, в драбадан.

Еще лучше! Теперь меня приняли за алкоголичку!

— Аня, — неожиданно крикнула врачиха, осматривая мою голову, — ну-ка глянь!

Вторая докторица, сопя, полезла в салон.

— Ничего себе, — просипела она, — ну и ну.

Я перепугалась окончательно.

— Кому рассказать, не поверят, — продолжала Аня. — Эй, ребята, смотрите!

Мужчины в резиновых перчатках влезли в машину:

— Дайте-ка! Это чего?

— Того, — отрезала Аня, — видишь, на заднем сиденье валяется.

Послышалось шуршание.

— Ну, блин, — протянул мужик, — ваще, конечно! И что только не случается!

Я пыталась понять, о чем идет речь.

— Так нам ее забирать? — поинтересовалась Аня.

— А смысл? — ответил мужчина. — Я его не вижу.

Я похолодела. Так, дело настолько плохо, что медицина решила меня не госпитализировать. Оно и понятно, никому неохота портить отчетность. Небось будут ждать, пока скончаюсь тут, хорошо, хоть не пристрелили. Нет, где же Вовка? В его присутствии все мигом уладится. Но какие негодяи! Врачи обязаны бороться за жизнь больного до конца.

Тут я с облегчением уловила вой сирены. В конце улицы появился несущийся с невероятной скоростью бело-синий автомобиль, на его крыше бешено вращалась мигалка. Подлетев к месту происшествия, он начал притормаживать. Передняя дверь распахнулась, наружу выскочил Вовка.

— Она жива? — заорал он.

Мужик в резиновых перчатках вылез из моих «Жигулей»:

— Успокойся.

— Что? — задергался Костин. — Отчего ее в больницу не увезли?

Мужчина начал размахивать руками, его слова не долетали до меня, и я стала сердиться. Вместо того чтобы помочь несчастной, присутствующие ведут себя странно. И тут тетки в одежде с надписью: «Скорая помощь» — словно по команде вылезли из моей машины.

Я просто задохнулась от возмущения. Вот оно как! Я видела передачу «911» по телику и очень хорошо помню, как американцы обращаются с пострадавшими. Тут же укладывают на носилки, прикрывают уютным, теплым одеялом, пристраивают капельницу, на лицо надевают кислородную маску и на страшной скорости увозят в клинику.

Ладно, я обойдусь без пледа, на улице стоит просто эфиопская жара, но почему не наладили капельницу, не сделали уколы? Где, в конце концов, простое внимание к человеку, у которого взрывом снесло полчерепа? Между прочим, я устала сидеть с задранными руками, а мозг, похоже, весь вытек. У меня уже спина липкая.

— Офигеть можно! — заорал Вовка. — Нет, это просто невероятно!

В два прыжка майор преодолел расстояние до моих «Жигулей» и скомандовал:

— Немедленно вылезай!

— Ты с ума сошел!

— Хватит болтать, — еще сильней разозлился Костин, — выкарабкивайся наружу, жертва!

— Даже не пошевелюсь, — сурово возразила я, наблюдая, как врачи, бурно размахивая руками, рассказывают что-то сотрудникам милиции.

Новость, очевидно, была сногсшибательной, потому что мужики сначала разинули рты, а затем раздался громовой хохот.

— В посмешище меня превратила, — зашипел майор, — ну теперь все, проходу мне не дадут, затравят!

Из моих глаз от обиды чуть не полились слезы.

— Вот ты какой! — закричала я. — Совершенно бездушный. Да уж, не зря говорят, что профессия накладывает на человека несмываемый отпечаток! Все вы здесь хороши. Видите перед собой человека с раскроенным черепом, и что? Сотрудникам «Скорой помощи» на меня наплевать, дескать, все равно помрет, милиция тоже не слишком озабочена, вон как смеются! И это в присутствии той, что вот-вот уйдет из жизни.

— Ты о ком? — перебил меня майор.

— Так о себе же! — пришла я в негодование. — Или ты видишь тут еще одну бедолагу с раскуроченной головой?

— Я не замечаю раненых, — неожиданно почти весело ответил Вовка.

— Ну ничего себе! Взгляни на меня!

— Гляжу уже давно! Все в порядке, за исключением затылка, он...

— Ну наконец, — перебила его я, — до тебя дошло, доехало. Немедленно зови этих безответственных докториц, иначе, если я выживу, подам на всех в суд за неоказание помощи!

— Затылок у тебя цел!

— С ума сошел, у меня мозг вытекает!

Внезапно Костин начал хохотать, у меня от злости и страха пропал голос. Наконец майор добыл из кармана упаковку совершенно мерзких бумажных платочков с запахом кокоса. Я всегда удивлялась, ну кто пользуется этой дрянью, и вот теперь узнала ответ на мучивший меня вопрос.

Костин промокнул заслезившиеся глаза:

— Лампудель, сердиться на тебя бесполезное занятие! Ты только имей в виду, человек с расколотым черепом чаще всего лежит без сознания, что для него является благом. И потом, сколько ты тут сидишь?

Я осторожно глянула на часы:

— Ну... долго. Шея совсем онемела, хорошо, локти упереть догадалась.

— А мозг все выползает?

— Да!!!

— Дорогая, у тебя мозгов чайная ложка! Откуда взялся целый килограмм серого вещества, а? Расколись твоя идиотская башка на две половины, из нее ничего бы не вытекло, потому что течь нечему! Сейчас ты выглядишь полной кретинкой с тестом на башке!

Не успела я переварить эту информацию, как Вовка сунул мне под нос знакомый лоток.

— А ну, отвечай живо, где это взяла и что в нем лежало?

— Замороженное дрожжевое тесто, — пролетала я, — я хотела испечь к ужину пирог с конфитюром.

— Зачем бросила коробку на заднее сиденье? Почему не положила в багажник.

— Там прохладнее, а на упаковке написано:

«Оттаивать в течение нескольких часов», вот я и подумала...

— Что ты сделала? — окрысился Вовка.

— Подумала...

— Каким местом, а? Похоже, в твоем организме одна извилина, да и то ты на ней сидишь! На коробке написано: размораживать, только вскрыв крышку! Да опусти ты грабли наконец, смех смотреть!

Я осторожно оторвала руки от головы и уставилась на них. Липкая беловато-желтая масса, пахнущая ванилином, покрывала мои ладони.

— Вот, — Вовка тыкал мне в лицо разорванной коробкой, — инструкция по применению случайно осталась. Неужели было трудно прочитать? А? Ну скажи?

Я стала выскребать из волос комки того, что должно было стать вкусным пирогом. Значит, сдобная масса в упаковке сначала разморозилась, потом, как и положено, начала резко увеличиваться в размерах, и в самый неудачный момент, когда я влезла в автомобиль и хотела открыть окно, упаковка под напором теста взорвалась. Звук разрываемого лоточка из фольги я приняла за взрыв. А тесто, вылетев наружу, «приземлилось» мне на затылок. Вообще говоря, более дурацкой ситуации и не придумать. Вернее, такое даже придумать нельзя, подобное может случиться в жизни с очень ограниченным числом людей, с теми, кого принято называть невезунчиками. Честно говоря, мне кажется, что я единственное существо на земле, попавшее в столь кретинскую ситуацию!

— Ну и отчего ты решила, что кто-то задумал покуситься на твою жизнь? — вопрошал Вовка.

— Ксюшу-то... — начала было я и прикусила язык.

— Ну-ка, выкладывай, — с быстротой электрочайника вскипел Костин, — живо! Кто такая Ксюша, говори, не задумывайся!

— Моя знакомая, — забормотала я, — она ехала в троллейбусе, а тут как бабахнет! Мина взорвалась!

— И давно сие случилось? — прищурился Вовка.

— Вчера, — бойко ответила я, — вот, я находилась под впечатлением, поэтому так неадекватно отреагировала. Знаешь, когда повсюду постоянно что-то взрывается, становишься нервной.

— Что-то я не помню сообщений о таком происшествии в столице, — сухо перебил меня Вовка.

Я запоздало прикусила язык. Да уж, сглупила! Но ничего, сейчас вывернусь:

— А кто сказал, что Ксюша в Москве? Она давно в Израиле, знаешь, какой там терроризм!

— Это та особа с компотами?

Я быстро закивала. Ну и память у Вовки. Где-то перед Новым годом нам позвонила Руфина Марголис, давняя подруга Катюши, живущая уже лет десять в Иерусалиме.

— У нас такой кошмар, — затараторила она, — я хожу с противогазом, а Яша весь автоматами обвесился. Война опять! Вот думаю, может, нам ящик-другой компотов из супермаркета приволочь, а?

Чтобы все услышали разговор с Руфиной, Катюша включила громкую связь. Домашние очень удивились последнему заявлению.

— И зачем тебе компот? — растерянно спросила Катя. — Ну там спички, соль, сахар, крупа...

— Да этого всего у нас полно, — зачастила Руфина, — вдруг война больше чем обычно продлится? Ну не неделю, а месяц? Из дома-то не всегда и выйдешь, только когда воюющие стороны обедают или спят. Мы без сладкого после обеда остаться можем!

— Что у них за война такая странная? — растерянно спросил Вовка, когда Руфина повесила трубку. — С перерывом на обед! И компот не самое главное в тылу!

Наверное, звонок Марголис произвел на Костина слишком сильное впечатление, если он до сих пор о нем помнит, но, на мое счастье, Костин забыл имя и фамилию «девушки с компотом».

— Ага, — кивнула я, — она, Ксюша.

Вовка секунду смотрел мне в глаза, потом, буркнув: «Езжай домой, да вымойся как следует», — со всего размаха хлопнул дверцей моих «Жигулей».

Я хотела было сказать фразу, которую в таких случаях произносит Сережка: «Дома у себя так дверью холодильника хлопай», но удержалась, не стоит сейчас злить майора, вон как над ним потешаются менты, просто согнулись от смеха.

Глава 21

К Топильской я приехала за пять минут до указанного времени. Двухэтажное здание, больше похожее на типовой детский садик, пряталось в глубине зеленого двора, дверь украшала табличка «Центр ТИС».

Я вошла внутрь и уперлась в рецепшен. Очевидно, создатели этого учреждения прибегли к помощи психологов, обустраивая интерьер. Все здесь было нацелено на то, чтобы у человека сложилось впечатление: тут ему обязательно помогут. И охранник у двери, и служащая за стойкой носили белые халаты и шапочки с красным крестом. В углу стояла пластиковая емкость, украшенная надписью: «В целях стерильности очень просим вас надеть бесплатные одноразовые бахилы». Стены украшали дипломы и свидетельства в рамочках. Одним словом, у впервые зашедшего сюда человека тут же появлялось ощущение: он явился не в шарашкину контору, не к прохиндеям, которые дурят наивных людей, делая вокруг них пасы руками, а к солидным докторам, более продвинутым, чем их коллеги, и использующим не совсем обычные методы борьбы с болезнью. Все тут казалось продуманным до мелочей. На рецепшен сидела не хорошенькая девушка, а женщина средних лет, чуть полноватая, с простым, добрым лицом. Такая сразу вызывает к себе расположение.

— Здравствуйте, — расплылась она в улыбке, — вы в первый раз?

— Да.

— И к кому хотите попасть? Проблема со здоровьем?

— С чем же сюда еще можно прийти, если не с болячками? — удивилась я.

— Ну, разное случается, — цвела улыбкой администратор, — в семье отношения не складываются, может, пьет кто, или дети от рук отбились...

— Вы беретесь и за психологические проблемы?

Дежурная улыбнулась еще шире:

— Скажем так: мы оказываем действенную помощь в любых случаях.

— Меня записали к Топильской.

— О, к самой Инне Семеновне?

— Да.

— Ваша фамилия Романова? — спросила тетка, глядя в компьютер. — Тогда вот в этот кабинет, налево.

Я покорно вошла в небольшое помещение и наткнулась на еще одну бабенку примерно пятидесяти лет, тоже облаченную в белый халат.

— Давайте сначала пару минут побеседуем, — приветливо предложила она.

Я кивнула:

— Хорошо. Только, Инна Семеновна, скажите...

— Нет, нет, я не Топильская.

— Простите, пожалуйста, очевидно, в регистратуре перепутали.

— Все правильно, прежде чем попасть к Инне Семеновне, вам нужно поговорить со мной. Давайте знакомиться — Алла Марковна. Я заполню вашу карточку.

Пришлось обстоятельно отвечать на вопросы, впрочем, они не были странными, любой человек, посещавший поликлинику, становился участником подобного допроса.

Возраст? Перенесенные болезни? Давление? Какие жалобы? Были ли в семье онкологические заболевания, туберкулез, сифилис, шизофрения? Ну и так далее, может, чуть подробней и намного доброжелательней, чем в районной поликлинике.

Я была удивлена. Всегда считала, что экстрасенс — это человек-рентген. Глянет на вас и сразу поставит диагноз.

Очевидно, эти мысли отразились на моей физиономии, потому что Алла Марковна улыбнулась и спокойно объяснила:

— Понимаю ваше удивление, только Инна Семеновна не шарлатанка. И вообще, в нашем центре нет специалистов, которые с ходу, только увидев потенциального клиента, восклицают: «Лечу все, у вас плохой анализ крови». Нет, мы настоящие профессионалы и никогда не возьмем, к примеру, онкологию. Здесь страшно упустить время, поэтому мы моментально отправим такого больного к хирургу. Инна Семеновна не умеет ставить диагноз, но она гениально исцеляет, если знает причину недуга. Высокое давление понизит за один сеанс. Всякие болезни желудка, мигрени, атеросклероз, артрит, колит... несть числа болезней, от которых избавились наши пациенты. Но! Аппендицит мы никогда не возьмем. Прободную язву тоже. Понимаете? Мы нацелены не на зарабатывание денег, а на помощь человеку, поэтому и не боимся признаться: лечим многое, но не все.

Я кивнула:

— Очень привлекательная позиция. Лично у меня человек, заявляющий: «Мгновенно вылечу рак четвертой стадии на фазе вскрытой язвы», вызывает, мягко говоря, недоверие.

Алла Марковна вздохнула:

— Знаете, мы иногда берем таких людей. Но только в тех случаях, когда, так сказать, официальная медицина отказалась от человека, признала его безнадежным. В центре работает Светлана Васильевна Чермякова, вот она и занимается такими, но мы сразу предупреждаем родственников: «Речь идет не об излечении. На данном этапе болезни это просто невозможно. Но мы попытаемся облегчить страдания и максимально продлить жизнь пациента». Светлана Васильевна великий человек. Люди соскакивают с наркотиков. Кое-кого она тянет по семь-восемь лет. Представляете? Рак мозга, а у клиента ни боли, ни ужаса, многие на работу выходят. Светлана Васильевна просто сжигает себя, больные существуют за ее счет, Чермякова их донор, костыль, назовите, как хотите, суть дела от этого не изменится. Но и она, увы, не всесильна! Хотя... случилось у нас тут пару раз невероятное. Вот Лена Госкина, бедный ребенок. Саркома. От нее отказалась медицина, просто посадили ее дома умирать. Светлана Васильевна девочку буквально в зубах носила. И что? Совершенно непонятным для всех образом Леночка выздоровела, совсем! Представляете?

Я кивнула. «Есть многое на свете, друг Гораций, что недоступно нашим мудрецам». Каким образом умирающий человек вдруг трансформировался в здорового, мне непонятно. Но Алла Марковна и принципы, которые исповедуют в центре, мне нравятся.

— Так в чем у вас проблема? — обратилась ко мне врач.

Я, собираясь на прием, подготовилась заранее, даже пролистала медицинский справочник у Кати в комнате. Несмотря на мое полное неверие в колдунов, шаманов и экстрасенсов, я все-таки слегка суеверный человек, поэтому мысль о том, чтобы прикинуться смертельно больной особой, отмела сразу, еще накличу беду.

Самым подходящим поводом для обращения к врачу мне показалась аллергия. Совершенно на первый взгляд невинная штука. К тому же я замечательно изучила болячку. В прежней, «до-лампиной», жизни я частенько страдала от этой напасти. Кашель, насморк и противные, отчаянно зудящие красные пятна на теле возникали у меня буквально от всего. Ну, допустим, от небольшого куска яблока сорта «семиренко», хотя эти плоды рекомендуют даже для питания младенцев. О кошках, собаках, хомячках, рыбках я и говорить не хочу. Приступ удушья начинался у меня при виде незажженной сигареты, а уж если нос улавливал даже намек на дым, тут мигом начинался отек Квинке. Но стоило мне поселиться у Кати, как я превратилась в абсолютно здоровую женщину. Как говорит Сережка:

— Лампу доской от забора не убить, развалится деревяшка.

Теперь я пребываю в глубочайшей уверенности, что аллергия — это болезнь не тела, а души[1]. Сейчас поясню: ну, допустим, вы терпеть не можете мужа, но живете с ним, предположим, из материальных соображений. Вы ленивы, глупы, не желаете работать, но хотите обитать в комфорте. А ваш супруг богат, щедр и заботлив. Но вы все равно его видеть не можете, однако вынуждены прогибаться, улыбаться, изображать из себя хорошую жену и страстную любовницу. При определенных артистических задатках вы сможете спокойно водить супруга за нос, обманете его мать, друзей, но только не свой организм. И если ваш муж курит, то вполне вероятно, что у вас начнется аллергия на дым или на одеколон, которым он пользуется, на постельное белье, на его любимую еду... «Пробить» может в любой точке. Поэтому, если вы стали «счастливой» обладательницей золотухи, прежде всего подумайте, против чего или кого бунтует ваше тело. Как правило, дело не в продуктах, пыли и шерсти, а в других, более глубоких причинах.

Но я сейчас не стала высказывать Алле Марковне свои соображения, просто спокойно перечислила хорошо известные симптомы, прерывая свой рассказ покашливанием.

— Ну это ерунда, — заверила меня врач, — с подобной проблемой Инна Семеновна справится за пять сеансов, идите.

— Куда? — не поняла я.

---

[1] См. книгу Д. Донцовой «Маникюр для покойника». Изд-во «Эксмо».

— А вон там, за шкафом, дверь.

Я вошла в другую комнату и увидела даму, очень похожую на английскую королеву. Такая же слегка полноватая фигура, волосы со старомодной укладкой и очень легкий макияж.

— Садитесь, — ласково сказала она, — придется подождать минут пять, мне требуется настроиться на вас, почувствовать контакт.

Договорив фразу, она резко встала и вышла. Я осталась одна и от скуки принялась разглядывать помещение. Одна стена завешана книжными полками. Специальные издания по медицине, разнообразные справочники и классика: Лев Толстой, Достоевский, Куприн, Чехов, Блок. Окно задернуто занавесками, под потолком неярко горит люстра. На письменном столе гора бумаг и плоский экран монитора. Инна Семеновна явно предпочитает классический стиль в убранстве кабинета, но при этом не чурается прогресса.

Прошло не пять минут, а все десять, прежде чем экстрасенс появилась вновь в комнате.

— Вас не затруднит пересесть на это место? — тихо спросила Инна Семеновна, указывая на стул, стоящий посреди комнаты.

Я охотно выполнила ее просьбу. Целительница встала за моей спиной:

— Пожалуйста, не скрещивайте руки и ноги. Что вы чувствуете?

— Если честно — ничего.

— Правильно, так и должно быть! — воскликнула Инна Семеновна.

Сеанс продолжался долго, сколько времени он шел, точно не скажу, смотреть на часы показалось мне неприличным. Инна Семеновна на протяжении работы не проронила ни слова, а я извелась от скуки. Иногда, забывшись, я клала ногу на ногу, и тогда экстрасенс оживала за спиной:

— Очень прошу, примите прежнюю позу. Вам неудобно?

— Замечательно, — я кривила душой, и Инна Семеновна вновь замолкала.

Наконец она отошла в сторону и спросила:

— Ваше самочувствие?

— Просто чудесное, — фальшиво-бодро воскликнула я, — готова горы свернуть!

— Я слегка подкачала вас энергией, не удивляйтесь, к вечеру вы почувствуете легкую апатию, такое случается со всеми на первых сеансах.

— Вы волшебница, — принялась тарахтеть я, изображая полнейший восторг.

Кашу маслом не испортишь, а мне нужно понравиться Инне Семеновне, чтобы добиться поставленной перед собой цели.

— Просто я хорошо выполняю свою работу, — слабо улыбнулась экстрасенс, — ничего сверхъестественного тут нет, все объяснимо.

— Ну не скажите, — разливалась я соловьем, — целителей пруд пруди, а реальную помощь способны оказать единицы.

— Дело не столько во мне, сколько в вас, — сказала Топильская, — если верите врачу, то шансы на выздоровление многократно возрастают.

— Вас хвалят абсолютно все! Например, Ксюша Каретникова.

— Каретникова? Не помню такую!

— Ну как же? Ксения!

— Простите, пациентов у меня очень много, наверное, она приходила очень давно.

— А Галя Сорокина? Совсем недавно лечилась!

— Сорокина, Сорокина, — забормотала Инна Семеновна, — нет, не припоминаю.

— У вас такая плохая память? — схамила я. — Да Галка только что тут была.

— Сегодня? — изумилась Топильская.

Она подошла к столу, глянула на органайзер и решительно заявила:

— Вы первая на приеме, потом, правда, еще десять человек записано, но Сорокиной среди них нет!

Я на секундочку отвлеклась от интересующей меня темы:

— Столько пациентов! Вы, наверное, жутко устаете!

— Господь дает силы на благое дело, — тихо ответила Инна Семеновна, — тем и держусь, людям помогать надо.

Но на меня ее высказывание не произвело особого впечатления. Безусловно, нужно поддерживать ближних, только Инна Семеновна своей деятельностью зарабатывает себе на хлеб с маслом, сыром и даже с икрой, причем не баклажанной, а черной, белужьей. Вот отсюда и ее желание пропустить через кабинет шеренги пациентов.

— Значит, вы не помните Галю Сорокину.

— Нет. Да и какое она может иметь отношение к вашему недугу? — высказала легкое недовольство Инна Семеновна.

— Понимаете, Галка верит в вас как в бога.

— Это слишком сильное высказывание. Так говорить не следует, — занудила Инна Семеновна, — помните, мысль материальна, а словом вполне можно убить!

И что я плохого сказала? Вроде бы ничего особенного.

— Галя сейчас в больнице, она, узнав, что я пойду к вам на прием, очень просила взять у вас небольшой автограф для себя. Пару строчек с пожеланием здоровья.

— Я не эстрадная певица, — твердо отрезала Инна Семеновна, — никогда не раздаю свои подписи.

— Но вот другая ваша пациентка, кстати, тоже моя добрая подруга, Альмира Богачевская, получает от вас сейчас поддержку.

— Я очень хорошо знаю Альмиру, — кивнула Инна Семеновна, — да, действительно, ее сын приезжал одно время за заряженной водой, я специально обрабатывала жидкость с учетом заболевания.

Вот это интересно! Врачи до сих пор не способны поставить бедной Альмире диагноз, а Топильской он ясен?

— Неужели Альмиру можно вылечить простой водой? — вырвалось у меня.

— Простой нет, — пояснила Топильская, — а заряженной да. Вода запоминает информацию и доносит ее до всех органов. Мой вам совет, собираясь пить минералку, только негазированную, шепните пару раз над стаканом: «Дай здоровье» — и увидите через полгода результат.

— Так просто?

— Ну мое воздействие сильнее, ваше будет слабым, но и оно поможет.

— А что с Альмирой?

Инна Семеновна села за стол.

— На этот вопрос я ответить могу, но не стану. Есть такое понятие, как врачебная тайна. Вам бы тоже не понравилось, начни я обсуждать ваши проблемы с посторонними.

— Но Альмире очень плохо! Медики не способны пока поставить диагноз! Вы просто обязаны, если, конечно, что-то знаете, рассказать об этом.

Топильская спокойно сложила бумаги ровной кипой, прижала их сверху прессом в виде собаки и пожала плечами:

— Не имею привычки навязываться. Я говорила о своих соображениях Альмире и ее сыну, но они не восприняли информацию всерьез и предпочли обратиться к официальной медицине. У каждого свой дао.

— Что? — не поняла я.

— Дао, жизненный путь, — расшифровала непонятное слово целительница. — Помните русские сказки? В них содержится много мудрости. Вот стоит витязь на перепутье и читает надписи на камне: «Налево пойдешь — погибнешь, направо — женишься, прямо — коня потеряешь». И дальнейшая его судьба зависит исключительно от личного выбора. Можно сколько угодно ругать злую участь, но если припомнить, то у каждого человека без исключения была ситуация выбора. Учиться — не учиться, жениться — не жениться, врать — не врать, убивать — не убивать... Вы выбрали свой дао, пошли по жизни и получили то, что заслужили. Если отправились на курсы парикмахеров, то смешно ожидать, что вас там обучат китайскому языку! Приняли решение и получили то, что из него вытекает. Каждый человек достоин своей судьбы. Впрочем, можно и изменить ситуацию.

Понимая, что Инну Семеновну сейчас унесет бог знает в какие степи, я заныла:

— Ну неужели вам жалко, а? Черкните для Галки пару строк, ведь ей очень плохо! Я заплачу. Она уверена, что ваш автограф ее спасет. Только напишите так: «Галине Сорокиной желаю излечиться от...» — и укажите ее болячку.

Инна Семеновна придвинула стопку бумаги на другую сторону стола и сдалась:

— Ну хорошо, обычно я не делаю этого, но раз вы так просите... Точно название болезни писать не стану, просто сделаю мысленный приказ, этого достаточно!

Она потянулась к ручке. Я буравила экстрасенса глазами, посылая ей телепатический сигнал: «Ну, давай же, открывай скорей нужный файл, посмотри, приходила ли к тебе Галка, ну, не тормози, живей».

Инна Семеновна сняла колпачок, встряхнула ручку, потом отложила ее в сторону и взяла мышку.

Я постаралась скрыть бурное ликование. Так, я верно рассчитала! Она же не помнит ничего про Сорокину, а «мысленный приказ» отправить надо!

Внезапно Топильская нервно отбросила ручку:

— Нет!

— Что «нет»? — удивилась я.

— Не стану ничего писать!

— Вы же согласились!

— Да, потому что не знала, в чем проблема, а теперь понимаю, вашей подруге ничего не поможет, кроме искреннего раскаяния, молитв и многодневного поста. Галина ходила к Сокирко, я вообще против присутствия сей дамы в нашем учреждении, это ужасно! Извините, я очень устала, мне надо отдохнуть перед следующим сеансом.

— Но...

— И не просите, — твердо перебила меня Инна Семеновна, — есть ситуации, в которых я бессильна помочь, потому что человек несет вполне заслуженное наказание. Он сам виноват, полностью. Вот обратись ко мне вновь Альмира, я сразу бросилась бы ей на помощь, там беда, болезнь, а в случае с Сорокиной гадость и грех! Пусть господь простит меня за резкие слова. Извините, если я сейчас не лягу, то потеряю сознание.

Я встала, пошла к двери, увидела на столике у входа бутылку минеральной воды, вспомнила, как Альмира, отхлебывая из такой, произнесла: «Когда сильно заболеешь, во все поверишь. Вот мне кажется, что заговоренная водица от Топильской помогает» — и спросила:

— Разве вы сейчас не работаете с Богачевской?

— Нет, — прошелестела Инна Семеновна.

— И воду ей не посылаете?

— Нет. А вы подождите немного в приемной, — слабым голосом сообщила экстрасенс, — через некоторое время принесут вашу бутылку.

Глава 22

Я вышла из кабинета и вновь увидела Аллу Марковну, та заботливо воскликнула:

— Устали? Идите сюда!

Взяв меня под руку, Алла Марковна толкнула дверь, расположенную позади ее стола, и мы оказались в уютной комнате, похожей на гостиную. На буфете стоял чайник, на столе чашки и вазочки, наполненные конфетами, печеньем и пряниками.

— Вы садитесь на диванчик, — захлопотала Алла Марковна, — сейчас вам чайку сделаю. Или больше кофейку хотите? Мы, правда, не рекомендуем кофе после сеанса, но если очень тянет, то можно!

— Спасибо, — улыбнулась я, — право, не стоит так хлопотать. Впрочем, я с удовольствием выпью чаю.

— Вот и отлично, — сказала Алла Марковна, — а я с вами поболтаю, пока Инна Семеновна соберется с силами и водичку для вас зарядит. Уж извините за задержку, но сразу у нее не получается, устает очень, ей восстановиться надо.

Я кивнула:

— Понятное дело.

— Инна Семеновна, — щебетала Алла Марковна, — гений, она очень честный, ответственный человек. Чего греха таить, встречаются иногда такие, с позволения сказать, целители. Возьмут больного, ширь, пырь — и готоьо, платите денежки. А Инна Семеновна всю себя отдает без остатка, отсюда и результат. Конечно, такая работа изматывает, отнимает силы полностью. Мне иногда страшно смотреть вечером на Топильскую, просто тень, а не человек. Я уж грешным делом тут сказала: «Инна Семеновна, душечка, нельзя же себя так загонять! Откажите кому-нибудь». А она так рассердилась! «Как тебе, Алла, не стыдно! Люди ждут моей помощи!» Очень уж Инна Семеновна добрая, во вред себе!

— Мне Топильская не показалась излишне доброй, — усмехнулась я, — наоборот, она такая категоричная. Не захотела даже за деньги моей подруге, вашей клиентке, письменно здоровья пожелать, а Галочка так мечтает о ее автографе.

— Странно, — удивилась Алла Марковна, — вообще говоря, Инна Семеновна свои подписи не раздает, она на воду наговаривает, но ведь черкнуть пару слов нетрудно.

— Я тоже так считала, ан нет, — изобразила я из себя обиженную.

— Вот уж совсем на Инну Семеновну не похоже, — недоумевала Алла Марковна, — мы с ней несколько лет вместе, и никому она на моей памяти никогда не отказывала. А чем она мотивировала нежелание писать?

— Ну, Галя ходила не к Топильской. Ее лечила другая доктор.

— Кто?

— Сокирко.

Алла Марковна прижалась к буфету:

— А-а-а... ну тогда ясно! Да уж! И какая беда приключилась с вашей подругой?

— Заболела, подцепила неизвестную науке гадость. Диагноз никак не определят!

Алла Марковна внезапно подскочила к двери, выглянула наружу, потом плотно прикрыла ее и пробормотала:

— Да уж! И чего ее понесло к Олесе! Теперь ей хана!

— Кому? — тоже понизив голос, поинтересовалась я.

— Вашей подруге.

— Почему?

— Да так, — попыталась уйти от ответа Алла Марковна.

Но я вцепилась в нее, словно терьер в тряпку:

— Нет уж, договаривайте! Галине очень плохо, она просто погибает, в таком случае вы не имеете права молчать!

Алла Марковна принялась вздыхать, поправлять волосы, чесать шею, наконец она решилась:

— Ну хорошо, только дайте честное слово, что никому, никогда, ни одной живой душе не расскажете. Инна Семеновна очень рассердится, если узнает о моей болтливости, она никогда ни о ком, даже об Олесе Сокирко, плохого слова не скажет. Но вашу приятельницу ни уколы, ни таблетки не спасут. Тут иной способ нужен.

— Чтоб мне провалиться сквозь землю! — с жаром воскликнула я.

Алла Марковна еще раз выглянула за дверь и, тихонько прикрыв ее, приступила к рассказу:

— Ладно, слушайте. Только начать придется издалека, иначе вы не поймете.

— Хорошо, — кивнула я.

Алла Марковна села около меня на диван и зашептала. Чем дольше она говорила, тем сильнее я удивлялась человеческой глупости.

Топильская была в свое время врачом, обычным терапевтом, работала в районной поликлинике и стаптывала башмаки, бегая по участку. Служба в муниципальном учреждении приносит доктору мало радости. Вызывают его, как правило, пенсионеры да те, кому срочно понадобился бюллетень. Лечиться же мало-мальски обеспеченные люди предпочитают у своего доктора. Бесконечные подъезды, квартиры, каменные от усталости ноги, рабочий день, имеющий тенденцию превращаться в безразмерный. В общем, очень и очень благородная, но крайне тяжелая служба. У районных врачей, большинство из которых женщины, вырабатывается некий пофигизм. Входит докторица в квартиру, видит существо, обвешанное соплями, и мигом ставит диагноз: острая респираторная инфекция или грипп.

Но очень часто именно с насморка начинаются самые разные недуги, допустим, корь. Это, конечно, детская инфекция, но иногда ею болеют и взрослые.

Так вот, Инну Семеновну всегда отличала добросовестность. Она тщательнейшим образом обследовала занедужившего, тратя на каждого очень много времени. В результате домой Инна Семеновна являлась за полночь. Ее нещадно ругал муж, но Топильская ничего не могла с собой поделать, она родилась такой, слишком правильной, жалостливой, ответственной.

Однажды она пришла по вызову к двадцатилетнему Коле Сафоненко. Парень медленно умирал от цирроза печени, помочь ему, наверное, могла пересадка, но их и сейчас-то делают мало, а в те времена и вообще не слыхивали об этом. Визит Инны Семеновны был зряшным, вылечить юношу она не могла. Но в тот день вызовом к Сафоненко завершалась ее работа, и Топильская просто села у кровати несчастного, взяла его за руку и стала рассказывать разные истории. Ей было до слез жаль этого юношу, еще не успевшего пожить.

Когда доктор стала собираться домой, Коля неожиданно попросил:

— А завтра вы не придете? Мне легче делается! Из вашей руки словно сила течет.

Инна Семеновна не смогла отказать умирающему. И целый месяц, закончив обход, звонила в дверь к Сафоненко. Неожиданно к Коле вернулся аппетит, он начал толстеть, потом встал... А через некоторое время выяснилась совсем уж невероятная вещь: цирроз исчез. Врачи, лечившие юношу, впали в ступор. Сам Коля утверждал, что выздоровел из-за того, что Инна Семеновна держала его за руку. Естественно, в это никто не поверил, на дворе стояли семидесятые годы, а в стране Советов даже к гомеопатам относились настороженно. Об экстрасенсах же предпочитали помалкивать. Хотя сведения о том, что Брежнева держат на плаву непонятные личности, «вкачивающие» в него энергию, упорно гуляли по московским кухням.

Инна Семеновна сочла чудесное исцеление Коли одной из загадок медицины. Но потом другой ее больной, суровый военный Иван Самойлович Анисимов, страдавший на почве высокого давления дикими головными болями, тоже стал ее просить:

— Доктор, миленькая, ну посидите около меня, совсем в черепушке хорошо, когда вы здесь.

Один раз Инна Семеновна положила свою ладонь на лоб Ивана Самойловича, и тот чуть не зарыдал.

— Только не убирайте руку, боль прошла.

Топильская удивилась до глубины души, получалось, что она способна лечить наложением рук, как Христос. Впрочем, такое сравнение Инна Семеновна, женщина верующая, отбросила сразу.

Слух о волшебных руках доктора разнесся по округе, и кабинет Топильской начали осаждать страждущие. Закончилось все гневными криками главврача и изгнанием Инны Семеновны из поликлиники. Но Топильская не унывала, она уже поняла, что обладает неким необъяснимым даром, и стала принимать людей на дому. Будучи человеком щепетильным, Инна Семеновна предупреждала всех:

— Диагноз поставить не могу. Отчего народ выздоравливает, не понимаю, помогаю отнюдь не всем.

Но людской поток делался только шире. Вскоре слух о необыкновенном докторе, способном поставить больных на ноги без операций и уколов, разлетелся по всей Москве. Страждущие теперь сидели на лестнице, толпились в подъезде. Соседи не жаловались, многие из них сами бегали за помощью к Топильской.

Но потом начались неприятности. Сначала от Инны Семеновны ушел муж. Когда жена превратилась в целительницу, супруг очень обрадовался:

— Вот здорово! — восклицал он. — Если с каждого по десять рублей брать, в день легко сотня получится, а в месяц три тысячи. Ну клево! Можно и машину купить, и дачу, и в Сочи съездить! А если по пятнадцать слупить...

Но Инна Семеновна сразу разочаровала мужа:

— Не стану я брать денег.

— Это почему? — обозлился сребролюбивый муженек.

— Не хочу наживаться на людском горе.

— Дура! На моей шее сидеть решила! — заявил супруг. — Значит, ты тут из себя мессию изображать станешь, руками размахивать, а я паши без роздыху? Хорошо устроилась! Ладно, слупи с них хоть по пятерке, нам хватит.

Но Инна Семеновна поступила по-своему. Она признала правоту мужа и установила цену — 30 копеек. В месяц у нее выходило девяносто рублей, примерно такой была и ставка в районной поликлинике.

Муж просто взбесился. Пару месяцев он грыз жену, призывая ее немедленно одуматься, а потом попросту ушел, бросив напоследок:

— Тебе место в психушке!

Затем случилась еще одна неприятность. К Инне Семеновне на прием принесли десятилетнюю девочку с жалобами на высокую температуру и боль в горле. Топильская ничем не смогла помочь ребенку и велела родителям:

— Не нравится мне ее состояние, срочно везите дочь в Филатовскую больницу, я не педиатр.

Но отец с матерью оказались тупоголовыми,

ленивыми особами, не пожелавшими поздним вечером катить через весь город в клинику. Ночью несчастный ребенок умер, уже потом выяснилось, что у девчушки был дифтерит.

Узнав о происшедшем, Инна Семеновна очень переживала, хотя ее вины не было никакой. Ведь она честно предупредила родителей, но они, можно сказать, собственными руками уложившие чадо в могилу, рассудили иначе. Они отнесли заявление в милицию. В нем дело было представлено совсем в ином свете. Семейная пара обвинила врача во всех смертных грехах, главным из которых было занятие медицинской деятельностью незаконно, на дому.

Напомню, все происходило в самом начале восьмидесятых, и с Инны Семеновны спросили по всей строгости. Ее осудили на большой срок и отправили к черту на рога, в лагерь, в Республику Коми.

«Не было бы счастья, да несчастье помогло», ох, не зря людьми придумана сия пословица. В бараке, на соседней койке с Инной, оказалась Анастасия Швырева, обладающая теми же, что и Инна Семеновна, способностями. Но в отличие от Топильской, узнавшей о своем даре совершенно случайно и не умеющей им как следует пользоваться, Швырева происходила из семьи потомственных целителей. И прадед, и дед, и отец Насти были теми, кого сейчас принято называть экстрасенсами. Умение лечить руками передавалось в семье Швыревых из поколения в поколение, и Настя стала обучать Топильскую. Сидеть им предстояло долго, и Анастасия не торопилась. Впрочем, Инна схватывала науку на лету и очень скоро догнала преподавательницу по эффективности воздействий, а потом и перегнала ее.

Срок они до конца не отмотали, перестройка распахнула дверь на свободу. Инна Семеновна вернулась в Москву. Первое время она бедствовала, но потом, словно червяки после дождя, стали появляться всякие центры нетрадиционной медицины, вот Топильская и нанялась на работу в один, потом перешла в другой, затем в третий и в конце концов оказалась в «ТИСе». Инна Семеновна сейчас очень известна, и люди ничтоже сумняшеся зовут «ТИС» центром Топильской.

Алла Марковна перевела дух, помолчала и добавила:

— Я с Инной Семеновной третий год вместе, она как-то разоткровенничалась и рассказала про свою жизнь. Как подумаю, сколько ей, несчастной, ради людей вынести пришлось, так плакать хочется!

— А Сокирко-то тут при чем? Она кто такая? — весьма невежливо влезла я в ее плавную речь.

С Топильской все понятно. Лично я не верю экстрасенсам и никогда не пойду к ним лечиться. Но если кому-то от их пассов делается легче, то и слава богу.

— Олеся страшный человек, она ведьма, — ляпнула Алла Марковна, — не белая, а черная!

— Негритянка? — изумилась я.

— Да нет же, — отмахнулась Алла Марковна, — ну с чего вы так подумали?

— Вы сами только что сказали, — осторожно напомнила я, — черная!

— Ведьма, — быстро добавила Алла Марковна и заморгала глуповатыми, прозрачными, словно лесной ручеек, глазами, — колдуньи бывают разные: белые и черные.

— Да? — совершенно искренне воскликнула я. — Я полагала, что все ведьмы одинаковые: варят зелье из жаб, летают на метле, проклинают прохожих.

Алла Марковна перекрестилась:

— Вовсе не так. Белая ведьма работает с божьего благословения, она верующая и никогда никому никакого вреда не причинит, а вот черная... это да! Тут можно ожидать чего хочешь: приворота, наговора на смерть... Такая ни перед чем не остановится, лишь бы денежки платили. Вот Олеся — черная ведьма. Она, ясно, прикидывается белой, но мы-то хорошо с Инной Семеновной знаем правду!

— Ну и почему Топильская отказалась дать автограф Галке? Извините, но я не понимаю.

— А наверное, она какой-нибудь ужасный заказ у Олеси сделала, приворот, например. За это теперь и расплачивается, — на полном серьезе объяснила Алла Марковна, — вашей подруге теперь поможет лишь глубокое раскаяние, молитва, пост. Ох, трудное это дело! Инна Семеновна никогда в подобном случае помогать не станет, потому что вполне может дара лишиться, да и грех большой ваша подруга совершила, пойдя к колдунье, нельзя карму ломать. Это же ей божье наказание за проступок.

— Алла, — послышался голос Топильской, — ты где? Возьми воду.

— Ага, ваше лекарство готово, — засуетилась моя собеседница, — сейчас принесу!

Глава 23

Сжимая в руке самую обычную пластиковую бутылку минеральной воды, я вышла из кабинета, дошла до рецепшен и, убедившись, что Аллы Марковны нет поблизости, спросила у администратора:

— Скажите, как попасть на прием к Сокирко?

Не выказав никакого удивления или порицания, дежурная сообщила:

— Могу вас записать на сегодня, только на вечер, свободное место есть в семнадцать ноль-ноль.

Я быстро произвела в уме расчеты. Так, меня вполне это устраивает. Сейчас смотаюсь домой, сделаю ужин, потом опять сюда, а затем у меня эфир на радио «Бум» — очень удачно получается.

— Да, да, отлично, я приду в пять часов.

Администратор кивнула:

— Только не сюда.

— А куда? — удивилась я. — Сокирко принимает в другом месте?

— Здание это же, но вход с обратной стороны, — объяснила регистратор. — Со двора, увидите там зеленую дверь.

Я закивала:

— Не беспокойтесь, найду.

На поиски я и впрямь не потратила много времени. Единственное, о чем я пожалела, стоя возле зеленой двери, это о решении съездить домой, чтобы приготовить ужин. Ну с какой стати я собралась делать бефстроганов? Почему не вспомнила про пробки на дорогах?

В результате я добиралась до квартиры два с половиной часа, потом, прикинув, что и назад ехать столько же, естественно, не стала делать мясо в подливке, а вытащила из морозильника упаковку своего любимого филе грудки в кляре. Только на этот раз, наученная горьким опытом, я поставили блюдо с вкусными куриными кусочками на холодильник. Вот туда-то Адюше, прожорливой любительнице кур, ни за что не добраться.

Сев опять в машину, я страшно рассердилась на себя за тупость. Ну зачем гонять по Москве туда-сюда? Не легче ли было провести это время с пользой? Пошляться по магазинам, посмотреть на шмотки, косметику и всякие другие мелочи. Еще следовало пробежаться по книжным магазинам и накупить новинок. Большое спасибо радио «Бум», теперь у меня появилась в кармане вполне приличная сумма и не придется, ощущая внутренний дискомфорт, тратить на детективы средства из семейной кассы.

Нет, все-таки хорошо быть обеспеченной женщиной. Месяц назад я мучилась в магазине «Молодая гвардия», решая жуткую проблему: что купить? Нового Акунина или Устинову? Акунина я очень люблю, но за его книгу просят восемьдесят рублей, Устинову просто обожаю, и к тому же ее роман тянет всего на шестьдесят целковых. С одной стороны, мне охота почитать про Пелагею, с другой — аннотация на детектив Устиновой обещает нечто совершенно потрясающее... Купить бы обе книги сразу, но финансы не позволяют! Чуть не сгрызя от вожделения прилавок, я все же сделала выбор в пользу Устиновой. Во-первых, ее роман дешевле, а во-вторых, женщин всегда пропускают вперед. И вот теперь, слегка подзаработав, я могу приобрести все интересующие меня книги.

На секунду мне представилась стопка новых томиков, лежащих на тумбочке у кровати. Вот я влезаю под одеяло, разворачиваю шоколадку, беру в руки книгу, вдыхаю упоительный запах, исходящий от нового издания, и погружаюсь с головой в невероятные приключения. Там так хорошо, нет проблем и забот, а главная героиня обязательно остается жива!.. Шоколадка исчезает, страницы перелистываются, за окном льет противный дождь, а я лежу под теплым одеялом, забыв про все свои неприятности...

Ну зачем я лишила себя удовольствия?

Продолжая размышлять на эту тему, я потянула каменно-тяжелую дверь и оказалась в приемной, которая походила на помещение, где принимали клиентов Топильской, как ночь на день.

Никаких белых халатов, шапочек с крестами, веселеньких занавесочек и уютных тетенек с материнскими улыбками на круглых ласковых лицах. За столом у входа сидела девушка в одеянии, больше всего напоминавшем чехол от фотоаппарата: черное, бесформенное, мрачное. Она подняла на меня большие глаза и тихо спросила:

— Вы к нам?

— Да, я записана к Сокирко.

— Романова?

— Совершенно верно.

— Ваш адрес и контактный телефон?

— Зачем? — удивилась я. — У Топильской никто не интересовался моими данными.

— У каждой пташки свои замашки, — мрачно заявила не слишком приветливая девица, — мы заполняем карточки, вот, видите, тут графа есть: «Место проживания».

Я пожала плечами, но назвала и улицу, и номер дома с квартирой.

— Проходите, — велела девица, — направо.

В следующей комнате сидела еще одна девушка, на этот раз наряженная индианкой. Длинные черные волосы украшали бисерные шнурочки и бусинки, одета она была в цветную кофту и юбку буйной расцветки.

— Вы к Сокирко? — безучастно поинтересовалась она.

Я кивнула и опустилась на стул. Понятно, у колдуньи тоже имеется помощница, которая сейчас начнет задавать вопросы.

— Олеся Львовна ждет вас.

— Можно заходить?

— Конечно.

— И вы не станете меня расспрашивать?

— О чем? — удивилась «индианка».

— Ну... о цели визита. У Топильской меня сначала дотошно допрашивали.

Секретарь криво улыбнулась:

— Инна Семеновна отличный целитель, настоящий специалист. Всем помогает, кто ни обратится. Вот только ей помощник требуется, чтобы диагноз уточнить. Иначе конфуз выйдет.

Станет человека от холецистита лечить, а у того мигрень. Она пару раз ошибалась, вот после этого и обзавелась Аллой Марковной. А Олесе Львовне не требуется подпорки, у нее настоящий божий дар, без обмана. Да вы ступайте, сами сейчас поймете, кто есть кто!

Я вошла в следующий кабинет. Да, похоже, тут просто змеиный клубок. Инна Семеновна «обожает» Олесю Львовну, а та, сразу ясно, души не чает в Топильской. Хотя в коллективах, где большинство составляют женщины, подобная ситуация отнюдь не редкость, а скорее наоборот — закономерность.

Олеся Львовна оказалась женщиной без возраста, одетой в темное платье, сильно смахивающее на халат. Голова ее была повязана серым платком, на лице никакой косметики, и пахло в кабинете не духами, а чем-то странным, хоть и знакомым, да непонятным.

— Садитесь, — тихим, глухим голосом сказала она.

Я послушно опустилась в мягкое кресло. Олеся Львовна глянула на меня и участливо поинтересовалась:

— Что за беда привела вас ко мне?

— Почему «беда»? — насторожилась я.

Олеся Львовна достала из стола спички, пододвинула к себе длинную свечу, воткнула ее в блестящую никелированную подставку, и до меня дошло, что пахнет в комнате, как в церкви.

— К сожалению, — ответила Сокирко, — с радостью ко мне не приходят.

Колеблющееся пламя осветило ее лицо, и я увидела, что Олеся Львовна совсем молодая, лет двадцать пять, не больше.

— Вы испуганы, напряжены, ощущаете усталость, — медленно заговорила Сокирко, — попробую вам помочь. Итак... Рассказывайте.

У меня было достаточно времени, чтобы придумать историю, поэтому мгновенно начала:

— Понимаете, у меня в семье проблемы.

— Ну, не бывает людей, у которых их нет.

— Согласна, только мы с мужем постоянно ругаемся.

— Это не страшно, всякое случается. Милые бранятся — только тешатся.

Мне некстати вспомнился анекдот о молодых супругах, неделю назад сыгравших свадьбу. Новобрачная звонит своей матери и плачет в трубку:

— Мы поругались! Это ужасно! Петя гадкий!

— Успокойся, доченька, — утешает мама, — все цапаются. Ты выпей чаю, поспи, и все забудется.

— Хорошо, — всхлипывает дочурка, — так я и сделаю. Только куда труп Пети деть?..

Ладно, схвачу сразу быка за рога:

— Понимаете, у меня особая ситуация. Муж мне изменяет!

В глазах Олеси мелькнул огонек, потом она спокойно заявила:

— Уважаемая Евлампия, своя болячка зудит сильнее всего, но, может, вас утешит, если вы узнаете: основная масса женщин приходит в мой кабинет с рассказом о неверности супруга. Сильный пол от природы полигамен, отвратить мужчину от женщин так же трудно, как и удержать в марте кота дома. Не обращайте внимания, нагуляется — вернется. Жену на любовницу не меняют.

— Мой-то дурак, — в негодовании воскликнула я, — насовсем уйти собрался! Дескать, и
старая я, и глупая, и некрасивая. Раньше хороша
была, а теперь, когда вся на хозяйстве истрепа-
лась, не нужна стала. Подавай ему молодую, без-
заботную, волосы до талии, грудь пятый номер, а
задница, чтобы как у Дженифер Лопес, не меньше. И ведь нашел себе пассию! Та, конечно, с
дорогой душой. Мой муженек-то богат, пока я
его от всех домашних забот прикрывала, такой
бизнес завернул... Теперь благодаря мне денег не
считает. Но!.. Видите, как я одета, и езжу на
«шестерке»!!! На меня у супружника денег нет.
Чего ни попрошу — один ответ: все в дело вкла-
дываю. Только себя он не ограничивает, а жене
законной медные копеечки перепадают. Я, правда, долго терпела. Думала, образумится, стыдно
станет. Ан нет. Вообще уходить собрался. Значит, ей все достанется, а я с носом?

Олеся Львовна передвинула свечу на край
стола, и я невольно вздрогнула. Нет, насчет возраста я ошиблась. Колдунье все сорок.

— И что вы хотите? — пробормотала Сокирко.

— Миленькая, дорогая, помогите! Сделайте
так, чтобы муж остался со мной, а эта стерва
умерла!

Олеся Львовна покачала головой:

— И не просите. Такими делами я не занимаюсь. Приворот и наговор на смерть — дело
опасное, могу сама пострадать. Житейский совет, абсолютно бесплатно, как женщина женщине, дам с удовольствием. Вы работаете?

— Ну... нет.

— Очень плохо. Немедленно выходите на
службу, сделайте красивую прическу, купите

эротическое белье. Вы превратились в нечто, напоминающее домашние тапки. Знаете, такие удобные, разношенные, настолько привычные, что на них и не смотрят. Станьте интересной, самодостаточной личностью, и близкий человек вернется!

— Ну спасибо, удружили, — ехидно прервала ее я, — кабы я хотела умные советы услышать, купила бы «Космополитен», вот там такие рекомендации печатают, еще предлагают самой любовника завести. Только мне надо своего мужа вернуть, и ни на какое суперсексуальное белье он не клюнет! Не поймать его на мормышку! Нет! Сделайте приворот! За любые деньги! А ей чтобы смерть! Навечно!!!

Олеся усмехнулась:

— Успокойтесь. Хотите воды?

— Нет! Хочу ее смерти!

— Я этим не занимаюсь!

— Ага, — понизила я голос, — врете! Гале Сорокиной-то помогли!

— Кому? — натянуто улыбнулась Олеся Львовна и снова стала похожа на юную девушку.

— К вам не так давно обращалась моя подруга, Галина Сорокина, и вы ей помогли, не помните?

Олеся Львовна поправила платок:

— Вполне вероятно.

— Галя сказала: вы способны на все.

— Это слишком сильное утверждение.

— Ну или почти на все. Она говорила, что вам вернуть мужа в семью и выгнать навсегда соперницу как в воду плюнуть.

Олеся Львовна тяжело вздохнула.

— Действительно, Сорокина приходила сюда

с проблемой, но я ей отказала. Понимаете, я являюсь белой колдуньей и никогда не занимаюсь ничем, что может нанести человеку вред. Про наговор на смерть, хоть его и легче легкого сделать, даже говорить не хочу. Что же касается приворота, кстати, эта процедура тоже проста, то ее осуществит любой. Она всегда срабатывает, муж сядет у ваших ног, словно прибитый, только, подписываясь на это, вы можете нанести неповторимый вред вашей душе. В загробном мире...

— Плевать мне на жизнь после смерти, — заорала я, — муж мне сейчас нужен! В единоличное пользование! Ясно? Заберите все, что я имею, но сделайте приворот.

Олеся покачала головой:

— Вижу, вы крепки в своем глупом желании. Значит, если я сейчас прерву разговор, вы прямиком отправитесь к другому специалисту?

— Точно, — заявила я, — именно так и поступлю.

Сокирко стала перебирать рассыпанные на столе скрепки:

— Ладно, попробую вам помочь, хотя это и неправильно. Берусь за дело лишь из одного соображения: вы все равно добьетесь своего, только попадете в лапы к человеку, который не сумеет правильно поставить защиту, и вы заболеете. Сейчас позову свою помощницу Риту, и она проводит вас в нужное место.

— Э, нет! Вы помогли Сорокиной, теперь мой черед.

Олеся подперла кулаком щеку. Я отметила, что у нее явственно намечается второй подбородок, и снова решила: ей за сорок.

— Ваша подруга тоже захотела услугу, которую я не оказываю, я ее отправила к Ванде. Вот там сделают все.

— А чего хотела Галка?

— Не помню, — мгновенно соврала Олеся Львовна, — и потом, вы же не рассчитываете на то, что я стану на всех углах трепаться о проблемах клиентов?

— Но я ее лучшая подруга, мне можно сказать.

— Зовем Риту? — словно не заметила моей последней фразы Олеся.

Я кивнула. Будем надеяться, что та окажется более разговорчивой.

Олеся Львовна нажала пальцами на кнопку, выступающую из стола. Тут же в комнате появилась «индианка».

— Рита, — коротко приказала Сокирко, — займись.

— Пойдемте, — неожиданно мило улыбнулась девушка.

Мы вышли в приемную, и Рита деловито осведомилась:

— К Ванде хотите?

Я кивнула:

— Да.

Наверное, Олеся Львовна часто поступается принципами. Иначе откуда Рита догадалась про Ванду? Сокирко ни слова не сказала ей о том, чего я добиваюсь.

Рита вытащила органайзер и стала перелистывать страницы.

— Ох, Ванда так занята, — бормотала она, — ни минуточки свободной, ни единой щелочки. Люди просто взбесились. Интересно, как Ванда такой наплыв выдерживает? Нет, у нас тоже отбоя нет! Но все же не такой сумасшедший дом. Хотя понятно. Ванда проблемы словно руками разводит.

— Так действенно?!

Рита воскликнула:

— Невероятно!

— Говорят, это грех, — промямлила я.

Девушка внезапно отложила органайзер.

— Знаете, — зашептала она, оглядываясь на дверь, — конечно, Олеся Львовна человек верующий, она подобные эскапады не одобряет и координаты Ванды дает лишь в исключительных случаях, но если хотите знать мое мнение... Счастливой следует быть здесь и сейчас. Вполне вероятно, что за крышкой гроба ничего нет. Вы чего хотите, приворот?

— И его тоже.

— Так не волнуйтесь. Примчится ваш неверный назад и в ноги упадет! Ванда ни разу не ошиблась, мне прямо жутко делается, когда я подумаю, какую она власть над людьми имеет. Кстати, завтра может местечко найтись. Погодите.

Рита схватила трубку, набрала номер и бойко затараторила:

— Елена Ивановна, вы еще болеете? Это Рита от Сокирко. Ну выздоравливайте скорей. Значит, завтра к Ванде прийти не сможете? Ладно.

Трубка легла на стол, Рита потерла друг о друга узкие ладошки.

— Вон как все классно устроилось. Елена Ивановна пока гриппует, я ее место вам отдаю. Завтра в полдень сможете?

— Без вопросов. Только куда ехать?

— Сюда, — пояснила Рита, — Ванда принимает только тех, кого я лично привожу.

Глава 24

Очень довольная собой, я отправилась на радио «Бум». Значит, Галка задумала какую-то аферу. Похоже, эта Ванда специалист по крупным неприятностям, мастер спорта по гадостям, а Сорокина, если ей показалось, что кто-то решил ее обидеть, ни секунды не колеблясь, растопчет несчастного в пыль. Похоже, Галка ходила к ведьме. Так, теперь нужно раскрутить Ванду на разговор и выяснить, что взбрело в голову Сорокиной, ведь именно эта информация и поможет прояснить судьбу моей вздорной подруги.

В холл перед студией я влетела, напевая от счастья: лед тронулся, скоро я узнаю все! Ай да Лампа, ай да молодец!

— Влюбилась, что ли? — пробормотала тетка, сидевшая в кресле.

— Ну... так весна на дворе.

— Скорее африканское лето, — вздохнула она, — ты новая ведущая музыкальной программы? Евлампия Романова? Это тебя Крюков уговорил в эфир выйти? Он тут носился, словно ему хвост подожгли!

— Почему? — удивилась я.

Женщина хихикнула:

— Сам раньше у микрофона сидел, потом ему предложили перейти в другое место, а редактор уперся: приведи замену, иначе трудовую книжку не отдам. Крюков неделю на моих глазах телефон обрывал, потом обрадовался, чуть ли не плясать начал. Прихожу на службу, а он носится тут счастливый и покрикивает:

— Нашел наконец дуру! Сядет вместо меня!

Из моей груди вырвался вздох. Теперь понятно, отчего Крюков предложил мне работу, небось шел по записной книжке и добрался до буквы Р.

— Давай знакомиться, — неслась дальше тетка, — я Антонина, мы с тобой сегодня в паре.

— Но у меня на прошлом эфире была Лика!

— Мы меняемся, сегодня я. Значит, так. В гости приглашен Мухромаддазин Шалмидандахович Кургманленбиков.

— Кто? — чуть не упала я.

— Мухромаддазин Шалмидандахович Кургманленбиков, — без запинки оттарабанила Антонина.

— Господи! Я же не сумею это выговорить!

— Запросто, — успокоила Тоня, — полно времени до эфира, садись и учи! Вот! Держи!

Я схватила бумажку, которую протянула мне Антонина. Мухромаддазин Шалмидандахович! С ума сбеситься! Да еще милая такая фамилия — Кургманленбиков.

И я опять попаду впросак со своей правильной литературной речью. Небось этот, назовем его для краткости МШК, этакий отвязный парень азиатской наружности, весь в наколках и с серьгой в ухе. Эх, надо спросить у Тони, чем он занимается? Ну там, композитор, певец, а может, плясун? Хотя последнее вряд ли. Передача рассчитана на современных подростков, им балет, как говорится, по барабану. Впрочем, есть же и эстрадные, высокопрофессиональные коллективы: «Тодес», «Рецитал»... Может, он оттуда? О чем с ним лучше поговорить, а?

Я потянула тяжелейшую, словно склепанную из свинцовых плит, дверь. Сейчас расспрошу Тоню. Но за пультом сидела крохотная девчонка в джинсовой бейсболке. На левом предплечье у нее виднелась яркая наколка.

— Исчезни, — рявкнула она.

— А где Тоня?

— Жрать пошла, ее эфир следующий.

Я выпала в холл и попробовала повторить имя гостя. Насреддин... нет, Махмудабин, снова не то... Маркисавалдин!

Я глянула на бумагу. Ничего подобного! Парня зовут Мухромаддазин. Просто аут. Может, наплевать на отчество, да и в эфире «Бум» оно просто ни к чему. Заметано, учу лишь имя. Представлю его один раз полностью, в самом начале, прочитаю это совершенно непроизносимое сочетание звуков по бумажке, и хорош. Дальше буду величать его просто Махмуддин. Нет, Магомеддин, впрочем, снова неверно, Нихмареддин! О, боже, он Мухромаддазин.

Твердя про себя безостановочно имя гостя, я постучалась в комнату с табличкой «Диджейская».

— Кто там такой сильно вежливый? — донеслось изнутри. — Вваливайся.

Я заглянула внутрь:

— Можно?

Два мальчика и девочка, одетые словно вос-

питанники детского дома советских времен в
одинаковую одежду, повернули взлохмаченные
головы. Собственно говоря, то, что они разнопо-
лые, я сообразила не сразу. Прически у диджеев
были идентичные: торчащие вверх перепутанные
волосы. Плечи обтягивали черные майки, бедра — сильно потертые, кое-где рваные джинсы.
И лишь при взгляде на обувь становилось понятно, в этой компании есть девушка, ее кроссовки были значительно меньше тех, что носили
парни.

— Ну и чего надо? — буркнула девица.

— Видите ли, я ваша новая коллега, веду тут
теперь музыкальную программу.

— С чем тебя и поздравляю, — заржал один
из парней, — добро пожаловать в отстой.

— Так вот, — обрадовалась я, — насчет от-
стоя. Понимаете, в прошлый раз я провалила передачу.

— Слышь, — пришла в негодование девица, — каркай быстрее, у нас чуток времени на
отдых выпало, неохота его на колокольчики с тобой тратить.

— Уж извините...

— Валяй дальше, да не тормозись!

— Я не умею по-вашему разговаривать.

— И фиг бы с этим.

— Да нет! Слушатели меня не понимают!

Парни снова загрохотали, а девочка обозлилась окончательно.

— Че надо? Фыркай живее.

— Напишите слова.

— Какие?

— Ну, ваши, сленговые, такие, чтобы слушатели меня за свою приняли!

Секунду девчонка молчала, потом хрипло рассмеялась.

— Во прикол!

— А че, Ленк, — сказал один из парней, — меня вставляет, пусть малюет.

— Ну, пенка, — веселилась Лена, — слышь, Мотя, притарань бубнилово, в глотке сушняк.

— Ща, — кивнул наиболее лохматый юноша и ушел.

— Ну, бери пригорок, — велела Лена, — так и быть, грей уши.

— Простите? — не поняла я.

Лена собрала лоб складками:

— Ну... Садись на этот, как его... Во, блин! Санек, пригорок — это че, по-ихнему?

— Стул, — отозвался парень, оставшийся в комнате, — по-ейному, пригорок — стулово, табуретово, креслово.

— Ладысь, — кивнула Лена, — царапай маралово.

— Э... простите?

— Ну ты прям откуда приперлась? — возмутилась Лена. — По-русски не понимаешь!

Между прочим, я отлично владею родным языком. Просто мой русский и русский Лены отличаются друг от друга, как нож от сапога.

— Бери бумагу и записывай, — перевел парень.

— Клевняк, — одобрила Лена, — похреначили на базар. Сядешь у визжалова...

— Это что?

— Микрофон, — элегически сообщил парень.

— И прокрякаешь, — продолжала Лена.

Но тут в комнату влетел первый парень с подносом:

— Гля, кексы, нам черняхи отсыпали.

— Молодца, Мотька, — одобрила Лена, хватая стаканчик с кофе.

— Еще сосалово достала и кусалово приволокла, — радостно возвестил Мотя.

Я разинула рот. Так это тоже женщина? Или нет? Вообще говоря, это существо в джинсах мало похоже на девушку. Хотя длинные волосы собраны в хвост. Но это ни о чем не говорит. Нога, похоже, сорок второго размера, и никакого намека на вторичные половые признаки. Ладно, мне все равно, кто это. Главное, освоить краткий курс лексики. Хотя я уже слегка начинаю понимать ребят. Сосалово — это леденцы, а кусалово — булочка с изюмом.

— Хорош трендеть, — буркнула Ленка, — мотай на гнездо.

Несмотря на ужасную одежду и внешнее хамство, Лена оказалась приятной девушкой. Парень с серьгой и Мотя иногда помогали нам, служили толмачами, например, мы запутались со словом «лососевый». Я не поняла сочетание «лососевая щипалка» и спросила:

— Это что?

— Гитара.

— Как струнный инструмент может быть связан с рыбой?

Лена вытаращила глаза:

— Чего?

Мотя мгновенно перевела:

— Ударялово и щипалово.

— А-а, — протянула Лена.

Я же через энное количество времени сообразила: «лососевый» — это не сделанный из лосося, а красивый, качественный, в общем, здоровский.

Наполненная до макушки новыми знаниями, я, боясь расплескать их, выпала в холл и снова принялась зубрить непроизносимое имя. Но к моменту начала передачи не преуспела.

За десять минут до эфира Тоня привела гостя, с которым мне предстояло беседовать. Когда он предстал перед моими глазами, я постаралась не выказать никакого удивления, но в глубине души была потрясена. Дядечка с невыговариваемым именем оказался старичком лет восьмидесяти с виду.

— Садитесь, пожалуйста, — суетилась Тоня, подталкивая живую мумию к дивану, — располагайтесь, попейте водички.

— Та, та, бормаку, — сказал дедуська и схватил пластиковый стаканчик, — карманду!

Я почувствовала, как по моей спине на мягких лапах пошел холод, и незаметно для живого ископаемого поманила Тоню пальцем.

Мы отошли в сторону.

— Чего тебе? — шепотом спросила она.

— Это кто?

— Твой гость.

— Сколько же ему лет?

— Фиг знает, похоже, все двести.

— И он играет в группе? На гитаре? Или бьет по барабанам?

— Да не. Это же страница «Славные имена прошлого»! Тебе разве не сказали?

— Нет, — заорала я, забыв о всяких приличиях.

— Тише, — шикнула Тоня, — сейчас объясню. Раз в полгода мы делаем передачу с теми, кто очень давно был популярен. Понимаешь? История советской музыки.

— Зачем?

— У начальства спроси, — пожала плечами Тоня, — задумка главного редактора, его ценнейшая идея. Только этих людей все трудней отыскать. Иных уж нет, а те далече, приходится брать что есть. Провальная затея, рейтинг сегодня будет нулевой, все уснут — и ты, и я, и слушатели. Старичку, правда, хорошо, снова звездой себя ощутит.

— Так скажите редактору...

— Начальник, он и есть начальник, — сморщилась Тоня, — в восторге от своей придумки колотится. Так что забирай своего М... М... М..., в общем, тащи дедуську в студию, и семь футов тебе под килем.

Делать нечего. Я пошла к гостю и сказала:

— Пойдемте, передача начинается через несколько минут.

— Бладим комас, — сказал старикашка и вытянул вперед руку, — сакын брамс!

Я сообразила, что он не может сам встать с низкого сиденья, и, ухватив «раритет» за шершавые ладони, рывком поставила его на ноги.

— Шмаргадам, — кивнул дедуся и пошлепал в студию.

Я в полном оцепенении почапала за ним, села у микрофона, нацепила «уши» и, услыхав последние ноты заставки, бодро возвестила:

— Хай, кексы! Кто там скрючился, не тужи! В эфире я и моя трепалка. А в гостях у нас сейчас совершенно лососевый шнурок. Мадрабадан Шамбурбедович, здравствуйте!

Дедуся сидел у микрофона, разинув рот. Я слегка толкнула его и повторила:

— Здрассти!

— Ты офигела? — ожил в «ушах» голос Тони. — Ну ваще прям! Все имя переврала, он же М... М..., да погляди в бумагу! Динозавра кличут Кургманленбиков! А ну, повтори!

— Динозавра кличут Кургманленбиков, — машинально сообщила я.

— Ой, дура, — взвыла Тоня, — не в эфир же!

Тут старичок встрепенулся и выдал в микрофон:

— Харберди махали хон метро, дзын колес бамба чай.

Я уставилась на дедуську. Где-то я уже слышала подобные речи.

— Колесман брамка штуп, — пробормотал дедуся и начал усиленно размахивать руками, — крас, крас, крас, ай люли!

И тут меня осенило! Ну конечно же! Совсем недавно, с огромным удовольствием в двухсотый раз я посмотрела по телику комедию «Бриллиантовая рука», вот в этой ленте так разговаривали иностранцы, запихивающие в гипс несчастному Семен Семеновичу Горбункову бриллианты:

— Цигель, цигель, ай люли!

— Бурменза лавренди, — вещал дедок.

Я решила взять инициативу в свои руки, хотя положение стало казаться трагическим. Старичок явно не понимает меня, я его, и что делать в подобной ситуации? Одна надежда на то, что слушатели, сообразив: сегодня в студии нет ничего интересного, убежали подальше, не забыв выключить приемники. Искренне надеюсь, что нас никто не слышит.

— Ну, хватайте трезвоново, — заявила я, — и сыпьте удивления. Мы с Мурзилкой ответим!

— Мурзилка! — заохала Тоня. — Мать моя женщина, откуда ты это взяла!

Я уцепила бутылку с водой и сделала огромный глоток.

Господи, сама не знаю! Как-то вылетело!

— У нас звонок, — неожиданно сообщила Тоня, — Мария.

— Приветусик, Машенька, — завопила я в полном восторге.

Господи, может, эта девочка сейчас задаст какой-нибудь вопрос и я худо-бедно доведу передачу до конца?

— Добрый вечер, уважаемая Евлампия, — послышался безукоризненно вежливый голос женщины лет сорока, — я слышала ваше предыдущее выступление, оно мне очень понравилось. Но, простите, пожалуйста, на каком языке вы сегодня общаетесь с достопочтенным гостем? Если можно, переведите беседу, я не поняла ни слова!

Я, пившая в этот момент воду, подавилась и растерянно спросила у дедуськи:

— Э... Мармалых Шампуртарбетович, вы русским языком владеете?

— Конечно, — вдруг очень четко ответил гость.

— Господи, миленький, что сразу-то не стали по-нашему разговаривать?

Дедуля развел руками:

— Так мне сказали, на телевидении следует на своем родном выступать, а переводчик растолкует, да и вы не по-русски болтаете!

— Мы на радио, — напомнила я, — на телике, оно, может, и по-другому можно, а здесь лишь на русском.

— Это радио? — удивился дедок. — Правда?

— Стопроцентно, — заверила я.

— То-то, я гляжу, все какое-то не такое! — воскликнул старичок. — Ни круга, ни зрителей, ни этого, усатого, как его...

— Кого?

— Ну того! Забыл. А! Якубович!

— Так вы собрались в «Поле чудес» играть?

— Точно.

— Мрак, — ожила Тоня, — ваще караул. Быстро спрашивай про музыку.

— Вы на чем играете? — бодро воскликнула я.

— Играю?

— Ну да! Какой инструмент ваш любимый...

Дедуся кашлянул:

— Сложно, прямо так сразу и не ответишь. Наверное, бензопила!

Тоня издала звук, больше всего похожий на хрюканье, я сгребла в кучу остатки самообладания. Бензопила? Однако он оригинал. Хотя есть же люди, исполняющие мелодии на расческах и бутылках.

— Еще штангенциркуль, — бубнил гость.

Я изумилась до крайности. До чего только не додумаются люди! Прикрепить циркуль к штанге!

— И как на нем играть? — с интересом осведомилась я.

— На ком?

— На штангенциркуле.

— Так им меряют.

— Что?

— Ну... всякое.

Я схватила дедушку за плечо и, уставившись в бумажку, произнесла:

— Уважаемый Мухромаддазин Шалмиданда-хович, расскажите о своей музыкальной карьере.

Чувство всепоглощающей гордости затопило меня. Я это сделала! Произнесла его имя без ошибок и запинки!

— Доченька, — вдруг спросил дедушка, — я никак не пойму, как ты меня обзываешь? Мухр... Мух... Му... Прямо не выговорить.

Я вцепилась в стол:

— Разве вы не Мухромаддазин?

— Господь с тобой! Ваней меня родители нарекли! Иваном Ивановичем давно кличут!

— Абзац, — резюмировала Тоня.

— Так отчего мне сказали, что вы музыкант Кургманленбиков? — подскочила я.

Дедушка растерянно заморгал:

— Понятия не имею, я всю жизнь рабочим был на заводе, а на старости лет кроссвордами увлекся, послал письмо в «Поле чудес». А меня и пригласили на передачу, проезд оплатили, гостиницу, приз дали!

— Так вы же выступали?

— Ага, вчера записали, очень интересно, выиграл много хорошего, не зря скатался, — дедуля резво начал делиться радостью.

— А к нам как попали? — потеряла я самообладание.

— Так я сидел в гостинице, у входа, ко мне парнишка подлетел и спросил: «Эй, дед, вы на передачу?» Я кивнул, он меня и повез.

Понятно, идиот шофер перепутал и доставил

сюда вместо музыканта с непроизносимым именем Ивана Ивановича.

— Зачем же вы сказали, что едете на передачу? — закричала я. — «Поле чудес» вчера записали.

— Я подумал, вдруг еще раз надо, — сообщил дедуся.

— Умереть не встать, — взвыла Тоня, — такого я и не припомню. Врубаю рекламу, а ты выкручивайся как хочешь!

Глава 25

Сами понимаете, в каком настроении я выпала из студии и рухнула на диван, стоящий в холле. Около меня плюхнулась Тоня. Ивана Ивановича, так и не понявшего, зачем его пригласили к микрофону, отвезли назад, в гостиницу. Чтобы сделать старичку приятное, ему подарили VIP-набор: майку, футболку с надписью «Бум», органайзер, записную книжку и календарь. Последний, правда, оказался за прошлый год, но это не имело никакого значения. Совершенно счастливый дедушка прижал к себе пакет и начал настойчиво выяснять, когда его станут показывать по телевизору. Мы с Тоней безуспешно пытались объяснить Ивану Ивановичу, что он выступал по радио, но потерпели полнейшее и безоговорочное поражение.

— Ну да, — кивал дедуля, — ясно. А все же, по какой программе покажут, а? Уж подскажите, девочки, мне надо сестре в Тамбов позвонить, пусть включит.

В конце концов, дабы успокоить его, Тоня брякнула:

— Это на заграницу, в Америку пойдет. У нас никто и не увидит.

Она полагала, что Иван Иванович после ее слов успокоится, но он, напротив, оживился еще больше.

— Ну, доченьки, у меня же за океаном сын живет. Так когда покажут? Надо и ему телеграмму отбить.

Тоня скрипнула зубами, у меня сил на эмоции не осталось.

Наконец Иван Иванович уехал.

— Ужасно, — пролепетала я, с облегчением наблюдая, как его увозят, — теперь нас уволят.

— Забей, — ответила Тоня и вытащила сигареты.

— Хорошо тебе говорить, а мне деньги нужны.

— Никто тебя не тронет, не дрожи!

— Ага, как же! Переврала его имя, отчество, фамилию, причем не один раз, и вообще он не тот, кого ждали.

Тоня хихикнула:

— С Мурзилкой сильно вышло.

— Лучше не напоминай. Такой заработок потеряю, — угрызалась я.

— Забудь. Со всеми случалось, — принялась успокаивать меня Тоня, — вот слушай, чего расскажу, еще в советские времена такой казус вышел, а тогда порядки на радио не такие, как сейчас, были. Лапин хозяйничал, слышала такую фамилию?

— Нет.

— Эх-ма, — ухмыльнулась Тоня, — Лапин — председатель Гостелерадио, бог и царь, властвовал почище Ивана Грозного. «Я не мамин, я не папин, у меня хозяин — Лапин» — это про него такую поговорку сложили. В общем, идет спортивная передача, вернее, транслируется футбольный матч. Прямых эфиров тогда и в помине не было, все шло в записи. Но хоккей или футбол, а в особенности международные встречи, давали «вживую». У микрофона один из наших мастодонтов, сам бывший спортсмен и, кстати, классный комментатор. Перед ним на столике список игроков, уж не помню, с кем наши играли, то ли с чехами, то ли с поляками, то ли еще с кем, но под номером семь у противников имелся нападающий... Ну-ка, давай напишу на бумажке, чтобы ты въехала. Фамилия седьмого номера была Jopbik. Ну и как это произнести? Сначала комментатор, не оценив ситуацию, начал величать его Йобик. Полстраны просто полегло у радиоприемников. Диктор сообразил, что говорит не то, и быстренько «переназвал» нападающего, стал звать его Джопик. Ну сама понимаешь, после этого вторая половина населения СССР забилась в конвульсиях, а бедолага ведущий просто растерялся. Как ни скажет, все мимо кассы. Йобик ужасно, но Джопик еще хуже. В конце концов он плюнул на фамилию и до конца матча отделывался фразами типа: «Игрок под номером семь».

Скандал после эфира разразился жуткий, как на грех сам Лапин слушал матч. Но даже в то время комментатора не уволили. Говорят, он сумел прорваться в кабинет к хозяину, положил ему на стол бумажку со словом «Jopbik» и попросил: «Попробуйте прочитать вслух».

Так что не дрейфь, усё пучком.

Еле жива от переживаний, я влезла в машину и услышала трель мобильного.

— Лампа, — заверещала одна из наших об-

щих с Катей подруг Ирочка Штамм, — выручай,
бога ради!

— Что случилось? — испугалась я.

— Да у папы вроде инфаркт.

— Скорей звони Кате, у нее все врачи знакомые.

— Так мой отец в Санкт-Петербурге.

Я прикусила язык. Действительно, я совсем
забыла.

— Чем же я могу посодействовать?

— Я улетаю через пару часов в Питер.

— Ну... желаю удачи, надеюсь, Сергей Ми-
хайлович скоро поправится.

— Лампа! Помоги.

— Да, конечно! Что надо сделать?

— Мартина постеречь! Попробую побыстрей
обернуться!

Мартин — это огромная, страхолюдская собака породы черный терьер. Муж Ирочки, обеспеченный бизнесмен Рудольф Штамм, построил
в свое время загородный дом. Поскольку Рудик
обладал на редкость пакостным характером, то
он, поругавшись со всеми соседями по коттедж-
ному поселку, завел Мартина, черного терьера,
специально обученного для охраны. Всё, чужие
больше не приближаются к забору, ограждающе-
му владения Штамма, ближе чем на пятьсот метров. Мартин ловит даже мух, которые смеют
пролетать над элитным газоном. Терьер ненавидит все человечество, кроме хозяев и... Евлампии
Романовой. Отчего Мартин проникся ко мне
любовью, осталось загадкой, но стоит явиться к
Ирке в гости, как огромная, лохматая туша несется ко мне со всех лап и начинает нежничать.

Пару лет назад Рудик с помпой праздновал

свой день рождения. Виски, коньяк, вино лились рекой. Иришки не было. Тещу Рудольфа положили в больницу, и жена отправилась к матери.

Первым до состояния остекленения дошел сам хозяин. Но перед тем как упасть лицом в салат, он, невесть по какой причине, возвестил пьяным голосом:

— Мартин! Все чужие! Стеречь!

Что уж там замкнуло у Рудика в мозгах, объяснить невозможно, только он мигом захрапел, а Мартин принялся истово исполнять команду. Что тут началось, не передать словами. Несчастные гости, за которыми, лязгая зубищами, носился ближайший родственник собаки Баскервилей, с визгом разлетелись по дому. Запираться в комнатах было бесполезно. Мартин весит больше восьмидесяти килограммов, любые двери он легко сносит с петель. Люди лезли на шкафы и висли на люстрах, а терьер изо всех сил пытался их достать. От страха протрезвели все, кроме Рудика.

Единственный человек, которого Мартин не тронул, была я. Более того, он разрешил мне надеть на него намордник. Правда, гости предпочли сидеть на шкафах до пробуждения Рудольфа.

В прошлом году Штамм умер, вернее, его застрелил наемный киллер. Перепуганная Ирочка мгновенно продала бизнес мужа и с тех пор ведет тихий, уединенный образ жизни, стараясь лишний раз не выезжать в Москву. Но сейчас приключился форсмажор.

— Мартина-то ни с кем, кроме тебя, и не оставить, — вздыхала Ирина.

Это правда. Терьер отличается буйным нравом, а в отсутствие хозяйки звереет окончательно. Его, естественно, тщательно выучили, но Мартин слушается лишь Ирину да меня. Остальные могут сколько угодно орать: «Лежать!» — собака даже и ухом не поведет.

— Когда у тебя самолет? — поинтересовалась я.

— Надо выезжать через полчаса.

— Хорошо, еду, только Кате позвоню!

— Ключ я на КПП оставлю, — сообщила Ирина.

Я добралась до ее поселка примерно за сорок минут, получила у охраны стальное колечко с набором шипастых палочек, слегка повозилась, отперла замок и вошла в шикарно обставленный холл.

В доме стояла пронзительная тишина, вдруг задрожал пол, в конце длинного коридора показались два бешено горящих глаза. Мартин никогда не лает, он нападает молча, очевидно, в роду у терьера имелись аллигаторы.

— Мартин, — заорала я, быстро садясь на пол, — это Лампа! Добрый вечер, котик!

Послышался противный скрип. Многокилограммовый «котик» пытался остановиться. Его когти скребли по элитному паркету. Тормозной путь составил метра три, не меньше. Упав на брюхо, виляя хвостом и пронзительно повизгивая, терьер пополз ко мне. На его морде поселилось самое счастливое выражение. Я продолжала сидеть на полу. Сейчас Мартин начнет активно лезть с поцелуями, и лучше не вставать.

Собака добралась до меня, высунула огромный лопатообразный язык и принялась со страстью «умывать» гостью. Я нащупала сумку, выудила связку сосисок и показала Мартину. Терьер издал хлюпающий звук, всю связку словно пылесосом затянуло внутрь собачки. На этом процедура встречи благополучно завершилась.

Остаток вечера прошел, как говорят на радио «Бум», шоколадно. Сначала я помылась в Иркиной ванной комнате. Возле гостевой спальни имеется санузел, но у Ирины в шкафчиках такое количество гелей, шампуней, ароматического масла, растворимой соли и пены, что не попробовать их просто грех.

Потом я нацепила халат, пошлепала на кухню, сделала себе кучу бутербродов, прихватила коробку шоколадных конфет, поставила еду на поднос и побежала на второй этаж. Там, в холле, оборудована библиотека. Ира страстная любительница детективов, и я застонала от восторга, увидав, что на диване валяются все мыслимые новинки.

Потом я залезла в огромную кровать, поставила на тумбочку поднос, открыла томик в яркой обложке... Мартин устроился рядом. Я совершенно непедагогично угостила его сначала докторской колбасой, а потом ирисками. И в конце концов мы заснули. Уже когда Морфей мягкими лапками закрыл мне веки, в мозгу появилась слабая мысль: а заперла ли я дверь? Но вставать не хотелось. И потом, со мной же Мартин! Слуху терьера позавидует чуткая горная коза, быстроте реакции муха, а кровожадности изголодавшийся медведь.

Утро тоже выдалось замечательным. Я выгуляла Мартина и, чтобы подсластить ему предстоящее одиночество, насыпала в миску двойную порцию гречки с мясом.

— Ты не тоскуй, дружок, — велела я, гладя его по лохматой голове, — я постараюсь вернуться побыстрей, мы с тобой вечером опять колбаской побалуемся и ирисок поедим.

Словно поняв эти слова, Мартин сначала лизнул мою руку, потом шумно вздохнул, сгорбился и пошел по коридору в гостиную. Когда в доме никого нет, терьер спит на диване, у него оттуда открывается изумительный обзор на холл и входную дверь.

Рита ждала меня на улице.

— Садитесь, — велела она, распахивая дверцу новенькой «Нексии».

— Я сама за рулем.

— Едем на моей, — отрезала Рита.

Решив зря не спорить, я полезла было на переднее сиденье.

— Лучше сзади, — категорично заявила девушка, — я очень нервничаю, если рядом человек сидит.

У меня чуть было не вырвалось справедливое замечание: «Если ты плохо водишь машину, зачем предлагать ехать с тобой?» Но я проглотила упрек. В конце концов, мне надо добраться до Ванды и постараться вытрясти из ведьмы все, что она знает про Галку!

Очутившись на заднем сиденье «Нексии», я почувствовала себя колечком, засунутым в шкатулку. Стекла иномарки были тонированы, и изнутри оказалось невозможно рассмотреть улицу, совсем. Даже заднее стекло выглядело чернее ночи.

— Как же вы водите? — вырвалось у меня.

— Легко, — ответила Рита и бойко закрутила рулем.

Она и впрямь ловко управлялась с «Нексией», и я заподозрила, что слова о нервозности просто повод для того, чтобы пассажирка села назад. Очевидно, Рита не хотела сообщать мне адрес Ванды и показывать дорогу. Спереди был великолепный обзор, лобовое стекло ведь не затонируешь, а сзади я словно в подводной лодке. Да еще передние кресла сделаны, очевидно, по спецзаказу, они слишком широкие и высокие.

Поняв умысел Риты, я решила назло ей понаблюдать за тем, где едет «Нексия», и попыталась рассмотреть дорогу сквозь пространство между передними креслами. Но передо мной открылась лишь узкая полоска переднего стекла, и было непонятно, по каким улицам катит машина.

Ехали мы достаточно долго, минут сорок, не меньше. Причем, именно ехали, а не стояли. Парадоксальным образом на дороге ни разу не попалась пробка. Впрочем, случается иногда в Москве подобное.

Наконец Рита притормозила.

— Прибыли, — сообщила она.

Я выскочила на улицу. Так, вокруг стоят совершенно одинаковые, блочные, серо-белые дома. Понять, где мы находимся, просто невозможно. «Нексия» припаркована прямо у подъезда, табличку с названием улицы не видно.

— Пошли, — поторопила Рита и втащила меня в подъезд.

Исписанный фанатскими лозунгами лифт довез нас до девятого этажа, и мы ткнулись носом в стеклянную дверь. Рита позвонила два раза коротко, один длинно. Послышались шаги, дверь распахнулась, на пороге появилась дама лет пятидесяти, одетая в бесформенное платье.

— Вы ко мне? — сурово поинтересовалась она.

Рита втолкнула меня в узкий коридорчик, куда выходили двери четырех квартир. Ванда молча открыла одну, и я очутилась в маленькой, очень тесной прихожей, темной, даже мрачной. Рита испарилась в неведомом направлении.

Глава 26

Я ощутила тычок в спину.

— Иди!

Однако эта Ванда не слишком-то любезна с клиентами. Свернув направо, я увидела неожиданно длинный коридор и, спотыкаясь о разбросанные коробки и какие-то узлы, дотопала до комнаты. Честно говоря, я ожидала увидеть мрачное помещение с тускло-горящей лампой, хрустальный шар на столе, аквариум с жабами, мешочки с высушенными корешками, но перед глазами открылась самая обычная гостиная: слегка потертый велюровый диван, два кресла, стол, телевизор и гибрид буфета с гардеробом.

Ванда села и сурово спросила:

— Ну и чего ты хочешь?

Я повторила историю про злую, жадную разлучницу, глупого, сластолюбивого мужа и воскликнула:

— Ему приворот, а ей чтобы на смерть!

Ванда принялась кусать нижнюю губу, её глаза, серые, какие-то застиранные, окинули мою фигуру.

— Похоже, денег у тебя не слишком много, — заявила колдунья, — расценки знаешь?

— Ну... в общем.

— Приворот стоит тысячу.

— Долларов?

— Уж не монгольских тугриков, — усмехнулась Ванда, — а на смерть пять тонн.

— Сколько?

— Пять тысяч.

— Это же машину купить можно, хорошую, — вырвалось из меня.

Ванда прищурилась:

— Кто мешает? Покупай.

— Но мне надо, чтобы эта...

— Тогда плати!

— Дорого очень! Нельзя ли скидку попросить?

Колдунья нехорошо усмехнулась:

— Вроде твой муж богат!

— Правильно, но он деньги на любовницу тратит, мне ничегошеньки не дает! Пятидесяти долларов жалеет.

— Потратишься один раз, зато потом все будет твое.

— Ну... вы с Гали всего-то пятнадцать тысяч рублей взяли.

— С кого?

— Недавно к вам моя ближайшая подруга приходила, Галя Сорокина, и вы ей совсем иную плату назначили!

— Сюда с разной бедой прибегают, — спокойно парировала Ванда, — скорей всего, твоя подруга больные зубы заговаривала.

— Нет, — уперлась я, — она серьезное дело заказывала! Мне не жаль вам вышеназванную сумму отдать, хоть она и непомерно велика. Очень уж хочу от разлучницы избавиться. Но просто обидно! С меня такие деньжищи слупить хотите, а с Галки сущую ерунду взяли!

Ванда спокойно возразила:

— Расценки одинаковые, на смерть — пять кусков в долларах.

— А Галка в рублях платила! И всего пятнадцать тысяч отдала!

— Не может быть!

— Нет, точно. Она мне рассказала. Нехорошо получается! Между прочим, Сорокина намного меня богаче!

— Она платила как все!

— Нет!!!

— Тьфу, — обозлилась Ванда, — ну народ! Да набрехала твоя подруженька! Здесь дисконтную карту не дают!

— А Галке цену скосили!

Ванда закатила глаза, потом встала, вытащила из ящика замусоленную тетрадку, полистала странички и возвестила:

— Ну, точно сбрехала, она отдала пять тысяч! В баксах!

В моей голове словно зажегся свет. Значит, Галка тоже заказывала для кого-то смерть!

Ванда сунула кондуит на место.

— Ну, решай скорей, время дорого.

— Хорошо, я согласна! Только мне не сказали, сколько сегодня денег везти! Не разгуливаю же я по городу с такой суммой! И потом, ее еще собрать надо!

— Можешь в течение недели отдать, — милостиво кивнула Ванда, — спеха никакого нет. За семь дней нароешь?

— Конечно.

Колдунья накинула на плечи шаль.

— Хорошо. Тогда начинаем.

На столе появилась свечка, маленькая горелка, плошка с водой и упаковка булавок. Я во все глаза следила за Вандой. Ведьма ловко расплавила воск и, не боясь обжечься, слепила небольшую куколку.

— Так, — довольно протянула она, — энвольт готов.

— Кто? — заинтересовалась я.

— Энвольт, — повторила Ванда, — сейчас мы его окрестим. Ну, говори.

— Что?

— Имя разлучницы.

Я растерялась.

— Это обязательно?

— Конечно, иначе нельзя. Не тяни, экая ты, право.

— Ирина Штамм, — неожиданно вылетело изо рта, и я тут же пожалела о сказанном.

Ну при чем тут хозяйка Мартина, улетевшая к больному отцу? Но слово не воробей!

Ванда ловко сунула куколку в воду и забормотала:

— Была без лица и имени, а теперь стань Ириной Штамм, живи... адрес говори!

— Чей? — пролепетала я.

— Ирины Штамм.

— Поселок Куледниково, дом двадцать.

— Живи в поселке Куледниково, в двадцатом доме. Это где же такое место, уточни, а то еще не там поселится. Вдруг Куледниково в области не одно?

Я объяснила.

— Фотку давай, — велела Ванда и вылила в

воду содержимое небольшой бутылочки из темного стекла.

В воздухе мгновенно повис сладковатый, приторно-въедливый запах.

— Какую? — забубнила я, чувствуя, как к горлу начинает подступать тошнота.

— Тебе не сказали?

— Нет.

— Нужно фото Ирины, причем такое, где либо ты с ней вместе, либо твой муж, ну да ладно, можно и потом! Через день притащи!

— Но где же я его возьму?

— Твоя печаль, но снимок нужен! Без него ничего не получится. Ладно, едем дальше.

Ванда положила мокрую куколку на белую тряпку и велела:

— Имя?

— Ирина.

— Нет, твоего мужа.

— Э... Э... Э...

— Быстрей говори, пока вода не высохла.

— Сергей!

— Фамилия.

— Э... Романов.

— Где живет?

Я машинально назвала свой адрес.

— Хорошо, — протянула Ванда, — теперь гляди внимательно!

Несколько секунд колдунья размахивала руками, потом схватила иголку и воткнула внутрь куколки, неожиданно по комнате пролетел тихий стон:

— А-а-а-х!

Я чуть не упала со стула. Страх парализовал тело, но спустя мгновение он трансформировался в настоящий ужас, потому что из места укола показалось несколько капель крови. Не обращая никакого внимания на остолбеневшую клиентку, Ванда повторила процедуру, только на этот раз булавка воткнулась в голову. И снова в гостиной прошелестело: «А-а-а-х!» — а на лице восковой фигурки появились алые бусинки.

— Теперь ты, — велела Ванда, — коли!

Она сунула мне в руку булавку.

Плохо владея руками, я ткнула в куколку.

— Теперь уходи, — бросила Ванда.

Я стряхнула с себя наваждение. Впечатляющая процедура. В первый момент, конечно, я испугалась, но сейчас, слегка придя в себя, поняла, что в комнате где-то спрятан магнитофон. Наверное, Ванда в нужный момент нажимает ногой на кнопку и включает запись. А кровь... Скорей всего, она спрятана в булавке. Небось железка внутри полая, колдунья крутит головку, и на краешке иглы появляется немного красной жидкости. Старый цыганский трюк.

К вам никогда на улице не подходили быстроглазые гадалки в цветных юбках? Вот они частенько используют подобные фокусы. Белые нитки в их ловких, смуглых руках делаются черными, золотое кольцо мгновенно тускнеет... Знаем, знаем. Но вначале даже меня, человека абсолютно не верящего ни в какую мистику, проняло до печенок.

— Ступай, — поторопила Ванда, — закончено с тобой. Принеси еще фото! Не забудь! Без него никак!

— Так быстро?

— А ты чего хотела?

— Ну...

— Вполне хватит! Жди. Скоро твоя Ирина преставится, двух недель не пройдет!

Я вышла в прихожую.

— Деньги привезешь в течение недели, — напомнила Ванда, — и фото не забудь!

— А вы не боитесь обмана? — не утерпела я. — Уже сделали работу, вдруг я не расплачусь?

Ванда спокойно поправила волосы:

— Что ж, не обеднею. Только лучше тебе даже не думать о таком.

Я усмехнулась, а колдунья без всяких эмоций закончила:

— Ненадолго свою разлучницу переживешь. Нет проблем и тебе на смерть наговорить.

— Она пошутила, — зачастила появившаяся словно из воздуха Рита, — глупо немного, но ты, Ванда, прости ее. Понимаешь, ситуация нервная. Да и кому приятно? Муж любовницу завел.

— Так разве я сварюсь? — вполне миролюбиво откликнулась колдунья. — Ясное дело, нервы сдали, просто я объяснила ей ситуацию: она меня обманет — я приму адекватные меры, только и всего. Поэтому лучше денежки отдать побыстрому.

— Конечно, конечно, — закивала Рита, — ты ведь нас знаешь! Только солидных клиентов привозим! Больше двух раз в год и не обращаемся.

— А и правильно, — отозвалась Ванда, — вы хорошо знаете, если человек от вас пришел и не заплатил, плохо всем будет!

— Она отдаст, — испуганно воскликнула Рита и сжала мой локоть, — ведь так?

— Да, — поспешила ответить я, — через неделю, день в день. Прямо сейчас стану доллары по приятелям собирать.

— Можешь отдавать частями, — милостиво разрешила Ванда, — Маргарите приноси, а та уже мне передаст.

— А вдруг колдовство не подействует?

— Такого не случается, — заверила Ванда, — через две недели твоя Ира Штамм покойница, а уж дальше сама раздумывай: стоит ли мужа привораживать. Может, он без меня вернется. Любовница исчезнет, он к жене метнется, так чаще всего и случается. Ну уж если не захочет, тогда снова придешь.

Мы спустились с Ритой во двор и сели в «Нексию».

Девушка повернула ко мне встревоженное лицо:

— С Вандой шутить нельзя!

— В каком смысле?

— Ни в каком! Деньги ей всенепременно отдать надо. Если ты решила обмануть ее, то лучше выбрось эту мысль из головы. Во-первых, нас подведешь, но на это тебе, предположим, наплевать. О себе подумай! Ванда страшный человек, ясно?

Я кивнула, и остаток пути мы проделали в напряженном молчании.

Возле центра «ТИС» я пересела в свои «Жигули» и призадумалась. Ну и что я узнала? Да уж, негусто! Галка обращалась к Ванде, заплатила она пять тысяч, следовательно, «заказала» кого-то. Но кого? Любовницу Леньки, своего мужа? Ну, такое вполне возможно. Вероятно, Леонид сходил налево, а женушка узнала об адюльтере. Каким же образом мне уточнить, что задумала Сорокина? Минуты текли, а в голове никак не появлялись конструктивные мысли. И тут ожил телефон. Я схватила трубку, глянула на экранчик, увидела, что определился незнакомый, но очень легко запоминающийся номер — семь троек, и услышала чуть глуховатый женский голос:

— Евлампия?

— Да, слушаю.

— Ты обещала мне помочь, это были просто слова?

— Простите, вы кто?

— Альмира.

— Ой, добрый день, — обрадовалась я, — как вы чувствуете себя?

— Хуже некуда, — рявкнула Альмира, — одной ногой в могиле, но второй, правда, пока на земле. Ладно, сие неинтересно. Так поможешь мне или нет?

— Если сумею, то с удовольствием.

— Сумеешь, — заверила Богачевская, — дело плевое. Можешь сейчас приехать и уделить мне часа три-четыре или немного больше, если в городе пробки?

— Да, уже мчусь.

— Пропуск заказан, — коротко ответила Альмира и отсоединилась.

На проходной стоял другой охранник, очень толстый, кабанообразный дядька, с почти лысой головой.

— Вы пешком хотите пройти? — одышливо просипел он.

— А что, нельзя? — обозлилась я. — Надо лошадь напрокат брать?

Секьюрити хмыкнул:

— Экие все нервные стали! У вас пропуск на машину выписан. Если желаете, можете прямо к корпусу подкатить. Наверное, больную забираете, да?

Я не стала тратить время на разговор с ним, а просто вернулась на стоянку и села в «Жигули».

Альмира встретила меня одетой не в спортивный костюм, а в элегантное, явно очень дорогое, платье изо льна.

— Надеюсь, твоя машина у входа? — резко поинтересовалась она.

Я кивнула.

— Хорошо, теперь пошли, — велела Богачевская.

— Куда? — удивилась я, глядя, как Альмира, слегка пошатываясь, двигается к двери.

— Ты обещала мне помочь? — категорично воскликнула Богачевская. — А как до дела дошло, на попятную?

— Хотелось бы все-таки узнать, что от меня потребуется, — тихо сказала я.

— В машине объясню, — коротко уронила Альмира, — если ты, конечно, не передумала!

Я подчинилась ей, мы преодолели коридор и добрались до лифта. В холле Альмира, сильно побледнев, прислонилась к стене. Я слегка испугалась.

— Может, вам лучше вернуться в постель?

— Нет, — неожиданно бодро рявкнула Альмира, — едем вниз. Дай руку.

Опираясь на меня, она преодолела расстояние до выхода, увидела «шестерку» и скривилась.

— Да уж, колымага!

Неожиданно я разозлилась. Понятно теперь, отчего у Альмиры нет подруг и почему ей в трудную минуту пришлось прибегнуть к помощи постороннего человека. Если бизнесвумен по поводу и без повода демонстрирует редкостный снобизм, то чего же она ждет в ответ.

— На жуткой раздолбайке ездишь, — продолжала сердиться Богачевская, усаживаясь на сиденье, — как вообще можно пользоваться этой консервной банкой? Ни кондиционера, ни удобного кресла... Хотя это ерунда, намного хуже полнейшее отсутствие подушек безопасности и многих штук, которые должны помочь в случае аварии. Да еще коробка передач не автоматическая! Просто убитый драндулет.

— Извини, на «Мерседес» не накопила, — буркнула я, поворачивая ключ в зажигании, — скажи спасибо, что такие колеса есть. Так куда едем?

— Тверская улица, салон «Жак Дессанж».

Я удивилась и решила, раз она не говорит мне «вы», то и мне следует общаться с ней на равных.

— Ты надумала сделать прическу?

Альмира хмыкнула:

— Это только первый этап. Закрой окно, жутко воняет с улицы, меня сейчас стошнит.

— Но мы задохнемся.

Неожиданно Богачевская рассмеялась:

— Да уж! И так, и этак плохо. Ладно, вперед.

Неожиданно нам повезло. Поток машин несся с приличной скоростью, мы ни разу не попали в пробку и до нужного места добрались невероятно быстро.

Когда «жигуленок» замер возле идеально чистых стеклянных дверей, Альмира мне велела:

— Жди.

В полном недоумении я осталась в «шестерке». Через минут сорок Альмира в сопровожде-

нии худенькой девочки, одетой в белую пижам-
ку, вернулась к машине. Я изумилась. Богачевская выглядела прекрасно. Волосы ее красивой
волной спускались ниже ушей и переливались
здоровым блеском. Оставалось лишь гадать, каким образом еще час тому назад тусклые локоны
больной женщины превратились в великолепную прическу.

Не меньшая метаморфоза произошла и с лицом Альмиры. Желтый цвет кожи сменил перси-
ковый румянец, губы из синевато-бледных стали
розовыми, глаза, окруженные мастерски накра-
шенными ресницами, задорно засверкали. Очевидно, в этом салоне работают кудесники, умею-
щие из больной мышки сделать хищную рысь.

— Ну как? — поинтересовалась Альмира.

— Нет слов.

— Теперь налево, прямо, направо...

Я послушно крутила рулем, выполняя ее указания.

— Стоп, — внезапно сказала Альмира и ука-
зала пальцем на трехэтажный дом с роскошной
отделкой, — нам сюда.

Внезапно с ее руки сорвалось и упало кольцо.

— Ну надо же! — удивилась Богачевская,
поднимая украшение. — Вот уж не думала, что
пальцы могут так похудеть. Ладно, двигай со
мной.

— Но куда мы приехали и что я должна делать?

— Ничего особенного, следуй за мной и вы-
полняй все мои указания, ясно?

— Не слишком.

— Времени нет, вылезай.

Коря себя за глупое послушание, я пошла за
Богачевской. Альмира бодро цокала каблучками,

от ее болезни не осталось и следа. Глядя на элегантную худощавую фигуру с безукоризненно прямой спиной, трудно было поверить в то, что полтора часа назад эта женщина с трудом сумела добраться до лифта.

Богачевская толкнула дверь. Охранник, читавший газету, лениво поинтересовался:

— Вы к кому?

Моя спутница мгновенно вырвала у него из рук «Московский комсомолец» и рявкнула:

— Совсем тут распустились! Уволен!

Секьюрити взлетел над стулом.

— Альмира Вениаминовна! Вы! Здрассти! Простите, я вас не признал!

— Все равно уволен, — не сменила гнев на милость Богачевская и побежала к лифту.

Я с трудом поспевала за ней. Кабина плавно вознеслась на последний этаж. Богачевская ринулась по коридору, устланному красивым бежевым ковром, я чуть не упала, стараясь догнать ее. Альмира пинком распахнула дверь, словно иномарка с джипом сопровождения, мы ворвались в шикарно обставленную приемную.

— Это что за безобразие? — начала было возмущаться девушка, сидевшая за длинным столом. — Кто вам...

— Уволена! — заорала моя спутница. — Пошла вон! Собрала манатки и п...й отсюда!

— Альмира Вениаминовна, — изумленно прошептала девица, — вы?!

— А ты кого ожидала увидеть? — подскочила к ней Богачевская. — Папу римского? Где Регина?

— Ее Олег уволил, — пролепетала секретарша.

— Ах вот оно что! — прошипела Альмира. —

Значит, мою секретаршу выгнали, а тебя взяли. И Олега ты называешь без отчества!

— Ну... да... нет... не совсем... — неуклюже отбивалась девица.

— Заткнись, — оборвала ее Альмира и толкнула дверь, расположенную между двумя большими книжными шкафами.

Перед моими глазами простерся огромный кабинет. Маленький мужчина, вернее, парень лет тридцати с виду, поправил очки в золотой оправе и вскрикнул:

— Мама! Ты?

— Я, — сухо сообщила Альмира, — ну-ка встань с моего места. Кто тебе позволил его занимать?

— Но...

— Живо!

Олег поднялся.

— Садись, пожалуйста.

Альмира встала возле кресла.

— Где мой письменный прибор, органайзер, календарь?

— Э...э, — замямлил Олег, — ну...

— Почему ты сидишь в моем кабинете?

— Ну... у меня полы покрыли лаком, очень сильно пахнет, вот я и занял твой, временно.

— Что делает Тамара в приемной?

— Э...э... работает.

— Куда подевалась Регина?

— Ушла.

— Почему?

— Вроде у нее внук родился.

— Так, — голосом, не предвещающим ничего хорошего, протянула Альмира, — ясненько. Ты решил, что я умру не сегодня-завтра.

— Ну что ты, мама!

— И поэтому воссел тут хозяином, — закончила свою мысль Альмира. — Просчитался, дружок, я снова здорова, а ты уволен!

— Кто?

— Ты.

— Я?!

— Именно.

— Но...

— Моя компания не нуждается более в таком вице-президенте.

— Мама! — заорал Олег. — Да что случилось?

— Ничего, ты лишился работы, Тамара тоже. Взялись за руки и ушли.

— Однако...

— Место моего заместителя займет госпожа Романова.

Я не успела охнуть, как Альмира мертвой хваткой вцепилась мне в плечо, толкнула в бок. Я машинально сделала пару шагов, налетела на кресло и села.

— Отлично, Евлампия, — одобрительно кивнула Альмира, — а ты, Олег, шагом марш на выход. Да, имей в виду, сейчас будет издан приказ, запрещающий тебе доступ в здание. Сдай все ключи и печать.

Парень покраснел, он явно был ошарашен и разгневан. Наконец, не говоря ни слова, он бросил на стол связку и печать и вылетел в коридор.

Альмира навалилась на стол, даже под слоем грима стало заметно, как она побледнела, я вскочила на ноги.

— Тебе плохо! Ну зачем ты устроила скандал!

— Мне очень хорошо, — прошептала Альмира. — Просто здорово! Сейчас только решу кое-какие проблемы!

Глава 27

Мой день пошел прахом. Альмира схватилась за телефоны и принялась распоряжаться. Хозяйка устроила колоссальное «землетрясение». Сначала она со мстительной улыбочкой на лице уволила секьюрити, сидевшего у двери, а заодно и начальника службы охраны. Затем собрала в кабинете всех заведующих отделами и лишила четверых из них службы. Мотивировала она свое решение просто:

— Вы изменили мне, вот протоколы последних заседаний. Зачем вы соглашались с Олегом? Разве я разрешила подписывать контракт с Луганском? Вы знаете, что я была против. А Новгород? Тут, наоборот, уходя в больницу, я велела немедленно оформить бумаги, и что?

— Но Олег Юрьевич приказал, — начал было оправдываться один из кандидатов на увольнение, — мы же не могли пойти против его воли!

— А Маша Мироненко не побоялась, — парировала Альмира.

— Так Олег ее за это уволил, — воскликнул мужчина, одетый в темно-серый костюм, — прямо с совещания выгнал! Он хозяин, как ему перечить?

Альмира сдвинула брови и стукнула кулаком по столу.

— Зря вы Олега хозяином признали!

В зале воцарилась звенящая тишина, потом полный дядька в светло-голубом пиджаке ляпнул:

— Так он сообщил, будто вы больше не сможете работать и передали ему бразды правления. Куда же нам деваться прикажете?

— На улицу, — совершенно спокойно ответила Богачевская, — ступайте за своим Олегом. Вице-президентом назначаю Машу Мироненко. Немедленно привезите ее сюда.

Все служащие, уволенные и те, кого пока не коснулся карающий меч, со всех ног кинулись исполнять приказ.

Часам к пяти контору перестало трясти. Я, все время просидевшая в уголке, только диву давалась, глядя на Альмиру. Вчера она еле-еле сидела в кресле, сегодня полна сил и энергии.

Наконец последний служащий покинул кабинет, и тут Богачевская уронила голову на стол.

— Тебе плохо? — испугалась я.

— Не очень хорошо, — прошептала Альмира, — голова кружится, руки трясутся, сердце колотится!

— Ложись на диван, сейчас вызову «Скорую».

— Ни в коем случае, — тихо, но очень твердо ответила Богачевская, — здесь как с тиграми в цирке, чуть дал слабинку, почуяли и разорвали на части. Ты сейчас должна меня отсюда вывести, будем громко смеяться и говорить, будто собрались в ресторан, ясно?

— В общем, да. Но как ты дойдешь до выхода?

— Спокойно, — прошептала Альмира, — а ну достань из моей сумочки такие розовые таблеточки и дай сразу три штуки.

— Что это за лекарство? — поинтересовалась я, глядя, как Богачевская глотает пилюли.

— Стимулятор, — ответила бизнесвумен, — сейчас полечу, как на реактивной метле.

— Это же, наверное, очень вредно! — испугалась я.

— Жить вообще вредно, — усмехнулась Альмира, — как правило, все заканчивается кладбищем, пошли. Да не забудь поддерживать веселый разговор. Насколько я понимаю, сейчас вся контора «случайно» в холл первого этажа выскочит. У нас там курить разрешено.

И точно. В просторном помещении, которое нам следовало миновать, чтобы попасть на улицу, толпилось большое количество народа. Люди тихонько гудели. Разговоры моментально стихли, едва мы с Альмирой вышли из лифта.

— Ну салат «Цезарь» я терпеть не могу! — воскликнула Богачевская, словно продолжая начатый в подъемнике разговор. — Его нигде по-настоящему приготовить не могут. То гренки каменные, то курица недоваренная! Лучше суши поесть. Давай завалимся в «Гинотаки».

— Какая гадость, — подыграла я ей, — клейкий рис с сырой рыбой, пошли в итальянский ресторан... э... «Венецианский купец».

— Отлично, обожаю спагетти с морепродуктами.

— Я предпочту пиццу с двойным сыром.

Продолжая болтать, мы оказались во дворе. Альмира села в «Жигули» и велела:

— Поезжай вперед. Кстати, что это за харчевня такая, «Венецианский купец?»

— Извини, я придумала, — улыбнулась я, — не хожу по кабакам и не знаю модных мест, куда тебя отвезти, назад?

— Ни за что, — взвилась Альмира, — домой!

— Но почему не в клинику?

— Нет! Не хочу! Вези меня домой!

— Ты же не сможешь без помощи доктора.

— Домой! Это в Кунцево.

— Альмира...

Внезапно Богачевская схватила меня за руку:

— Ладно, слушай. Вчера мне в голову пришла пара простых мыслей, удивляюсь, отчего я не задумалась над этими вопросами раньше. Только сейчас я поняла, что мне становилось хуже после приема воды, которую присылала с Олегом Топильская? Меня к Инне Семеновне сосватала Рита, любовница Олега. И пришла я к ней совершенно здоровой, ну ничегошеньки не болело. Мучила лишь одна проблема — избыточный вес. Инна Семеновна вроде мне помогла. Правда, размахивание руками никакого эффекта не дало, но, как только я принялась употреблять «заряженную» жидкость, дело пошло словно по маслу. Понимаешь?

— Пока не очень, — честно призналась я.

— Экая ты тупая! — сердито воскликнула Альмира. — Мне самой за «микстурой» было недосуг ездить. Рита предложила ее сама привозить, дескать, нетрудно ей туда-сюда мотаться.

Я вспомнила «индианку», доставившую меня на новенькой «Нексии» к Ванде, ту тоже звали Ритой, и спросила:

— А где она работает?

— Она журналистка, — пояснила Альмира. — Вроде пишет в разные издания, честно говоря, я ничего не читала. Таких девочек сейчас много. Но не в ней дело.

Я молча слушала Богачевскую. Маргарита достаточно распространенное имя, значит, служащая у Сокирко девица тезка будущей невестки Альмиры.

— Потом мне стало плохо, — рассказывала Альмира, — воду в больницу привозили регулярно... Нет бы мне сообразить, чем больше я «лечусь», тем хуже мне делается!

— Зачем ты вообще эту дрянь глотала, если вес обвалился почти в минус? — удивилась я.

— Я никогда не предполагала, что способна быть такой дурой, — покачала головой Альмира. — Олег сказал, что теперь вода «нашептана» на здоровье, а не на похудение. Вот я и поглощала ее исправно. Знаешь, если тебя скрутит, во все поверишь. И только вчера меня охватили сомнения. По какой причине Олег, перебравшись в мой кабинет, выбросил все мои вещи и начал увольнять преданных мне сотрудников? Ответ лишь один. Он уверен: я не вернусь. Но почему? Доктор-то, несмотря на мое состояние, не делал никаких особо мрачных выводов. Следовательно, Олег знал, что я не выздоровлю. Откуда? Вывод один: он травил мать! Я еще съезжу к Топильской, поинтересуюсь, что за водичку мадам наливает в бутылки...

— Она давно не «заряжает» для тебя воду, — тихо сообщила я.

— Откуда ты знаешь? — вскинулась Альмира.

— Я была у Инны Семеновны вчера, и она сказала, будто знает, что с тобой, и способна справиться с ситуацией, но от тебя к ней не обращались уже давно.

— Что-то такое я и подозревала, — кивнула Альмира.

— Но зачем Олегу изводить родную мать?

Богачевская принялась теребить ремень безопасности.

— Уж не знаю, хотел ли он моей смерти, но отстранить от ведения дел задумал.

— Да почему? Ты наладила бизнес, дающий стабильно высокий доход, семья купается в благосостоянии, какой смысл уничтожать курицу, несущую золотые яйца?

Альмира отпустила ремень.

— Я сама виновата. Слишком закрутила гайки. Парню тридцать лет с гаком, а он все за маминой спиной сидит. Да, сын занимал должность вице-президента компании, только всем ведь понятно, почему он получил высокий пост. Вот Олег и решил избавиться от опеки. Я даже знаю, в какой момент он задумал преступление. Сын на собрании директоров выступил с инициативой, предложил слить два филиала, а я его при всех высмеяла и приказала, наоборот, из них четыре сделать. Естественно, прибыли возросли, у меня стопроцентное чутье на деньги, а Олег затаил обиду.

— Может, стоило уступить сыну? — осторожно спросила я.

— С ума сошла! Тебе и представить трудно, какие денежные потери сулило его идиотское предложение. Родственные связи хорошо, но бизнес с ними смешивать нельзя.

— Это верно, — кивнула я. — Отчего бы тебе не купить сыну отдельное дело?

— Было уже, — отмахнулась Альмира. — Газету он выпускал, прогорел, потом кафе открыл и тоже не справился. Я в его проекты бабки вливала, вливала, а потом поняла: Олег не способен к самостоятельной работе, вот и посадила его под свое крыло, а он «отблагодарить» меня решил. Запомни, Евлампия, самый лучший способ навсегда избавиться от близких и друзей — это дать им деньги, либо в долг, либо иным каким-то образом, ну, допустим, взяв на работу в свою фирму. Долги никто возвращать не станет, а, устроившись на тепленькое местечко, родственник начнет обижаться. Вот, дескать, гадина, не могла меня главным начальником сделать. А то, что ума нет, никому в голову не приходит. Вези меня домой. Видишь?

Я глянула на пластиковую бутылочку, которую Богачевская вытащила из своей сумки.

— Что это?

— Вода. Якобы от Топильской. Вчера поздно вечером доставили, только на этот раз я пить ее не стала. Отдам на анализ, узнаю, что в ней растворено, и тогда поговорю с Олегом по-другому. Давай, катим в Кунцево.

Пришлось подчиниться. Альмира жила в новом доме, в многокомнатной квартире, заставленной дорогой мебелью.

— Спасибо, — пробормотала она, опускаясь на диван, — как я устала.

— У тебя нет домработницы? — удивилась я. — Или шофера? Сама водишь машину? Может, позвонить кому из обслуги, чтобы приехали?

— Тут полно народу было, — буркнула Альмира. — Я всех уволила. Небось с Олегом скорешились. Водитель-то точно. Парень «лекарство» привозил.

— Он подневольный человек, — попыталась я защитить незнакомого человека, — что велели, то и делал.

— Может, и так, — кивнула Альмира, — только разговаривать теперь не о чем. Все выставлены вон, завтра из агентства других пришлют.

— Нельзя одной до утра оставаться!

— Почему?

— Ну вдруг тебе плохо станет!

— Врача позову.

— А если не сумеешь до телефона добраться.

Альмира закатила глаза:

— Я не настолько плохо себя чувствую, что является еще одним аргументом в пользу моих соображений. Не попила водички и ожила. Потом в спальне прямо у кровати есть «тревожная» кнопка, нажму, и моментально примчится секьюрити снизу, понятно?

— Нет. Каким образом он откроет квартиру?

— У охраны имеются дубликаты ключей, — устало сообщила Альмира, — все, хватит, уезжай. Сколько я тебе должна?

— В каком смысле? — удивилась я.

— В простом, — ответила Альмира и потянулась к сумочке, — в долларовом. Сколько с меня? Пожалуйста, включи в стоимость своих услуг и деньги за бензин. Ну... посчитала?

Мне стало жаль Богачевскую. Вот бедная богатая баба! Она давным-давно забыла о том, что на свете существуют хорошие отношения, жалость, дружба, желание помочь друг другу. Альмира привыкла все покупать. Ей нет никакой разницы: отдать купюры за кусок сыра или заплатить мне, бросившейся ей на помощь. Не зная, что ответить Альмире, я заколебалась.

— Калькулятор дать? — съехидничала хозяйка.

Я открыла было рот, но тут резкий звонок телефона заставил меня вздрогнуть. Альмира схватила трубку:

— Да! Привет. Конечно. А почему я должна быть в больнице? Хорошо, приезжай, есть разговор.

Потом она посмотрела на меня:

— Ну, называй сумму?

— К вам сейчас кто-то заглянет? — осведомилась я.

— Да, женщина, пожалуй, единственная, кому я в этой ситуации доверяю.

— А я?

— Так ты же из другой стаи, — пожала плечами Альмира, — с Олегом незнакома, поэтому я и обратилась за помощью к тебе, остальные бы мигом сынуле стукнули, что маменька едет, и сюрприза бы не было! И потом, я же тебе заплачу!

Внезапно я обиделась. Однако Альмира очень неприятный человек.

— Что же ты меня наняла, а не обратилась к той женщине, которая сейчас явится?

— К Рите? Не нашла ее. Домашний телефон не отвечал, мобильный был отключен. Ну, ты определилась с суммой?

Я молча пошла к двери.

— Эй, куда ты, вернись! — воскликнула Богачевская.

— Извини, мне уже пора, собака ждет.

— Какая?

— Мартин. Он с утра сидит один, наверное, хочет гулять и есть.

— Сколько денег?

— Прости, я не торгую дружескими услугами.

— Глупости, любой труд должен быть оплачен.

— Спасибо, не надо.

— Хорошо, я куплю тебе новую машину вместо раздолбайки, оставь свои паспортные данные, авто прямо к дому пригонят.

Я быстро побежала к двери и, прежде чем Альмира успела подняться с дивана, рванула за ручку, вскочила в лифт и спустя считаные минуты оказалась в «шестерке».

На слишком большой скорости я вынеслась на проспект и поехала в сторону МКАД. Что прикажете делать с человеком, которому богатство ударило в голову? Альмира абсолютно уверена, что способна купить все. Только, боюсь, скоро ее постигнет горькое разочарование, когданибудь бизнесвумен поймет простую истину: счастье не приобрести ни за какие деньги. Хотя, может, я ошибаюсь? Вдруг для Богачевской истинное наслаждение — возможность сначала зарабатывать, а потом тратить бешеные деньги? Она, наверное, зря заподозрила во всех смертных грехах сына. Да, ему явно хотелось стать хозяином вместо мамочки, да, он некрасиво поступил, переехав в ее кабинет и вышвырнув вещи за порог. Но травить мать? Это навряд ли. Альмира сдаст содержимое бутылочки на анализ, узнает, что там всего лишь вода, и помирится с парнем. Отчего он не брал «зелье» у Топильской? Да он, как и я, ни на минуту не поверил в способности Инны Семеновны и попросту пожалел денег, ведь в магазине он приобретет водичку намного дешевле, чем у колдуньи. С другой стороны, что бы ни думала Альмира, Олег, скорей всего, любит ее, он понял, что мама верит Топильской, и старательно таскал ей «лекарство», да и как может быть иначе? Конечно, родители порой раздражают нас до безумия, доводят просто до белого каления, я сама частенько злилась на мать. За несколько лет до ее кончины у меня сложилось стойкое ощущение, что мама, истово желая дочери добра, просто задавила меня своей любовью. Очень многие страдают от чрезмерной родительской опеки, но желать смерти матери?! Альмира попросила о помощи, я протянула ей руку, но служить ей за мзду не собираюсь. К ней сейчас явится знакомая, Богачевская будет под присмотром, нечего мне волноваться. Нет, все-таки я дура! Бедная Галка Сорокина томится неизвестно где, а Лампа, вместо того чтобы выручать несчастную подругу, занимается невесть чем, прислуживая малоприятной богачке с бредовыми идеями в голове!

Глава 28

Попинав себя, я помчалась в Куледниково. Открыла дом, увидела горящие глаза пса, плюхнулась на пол, достала из сумки купленные по дороге сосиски... В общем, полностью соблюла ритуал встречи.

Истосковавшийся Мартин прыгал, как неразумный щенок. Я же, решив вознаградить себя за бесцельно проведенный день, отправилась в Иркину ванную, чтобы оттянуться по полной программе.

Дорогие мои, надеюсь, вы понимаете, что при виде шкафов, забитых парфюмерией и косметикой, разум иногда отказывает хозяйке, хочется попробовать все. Сначала я налила в джакузи светло-сиреневую жидкость с запахом горького миндаля, затем нырнула в пену, намазала на лицо маску, потом схватила оттеночный шампунь цвета коньяка. Может, попробовать? А, была не была, все равно после двух-трех «головомоек» родной оттенок вернется, это же не стойкая краска.

Взбив на волосах пену, я вытянулась в воде, под потолком тихо играло радио, из динамика доносился своеобразный голос «Муммий тролля»: «Доброе, доброе, доброе утро, планета, я возвращаюсь с того света...»

Мне, как бывшему музыканту, кажется, что певец на эстраде должен обладать «лица не общим выраженьем». Скачущие по сцене мальчики, одетые, словно близнецы, в одинаковые джинсы и футболки, распевающие одинаковыми голосами песни, где рифмуются строки типа «ты ушла, а я рыдал», не имеют особого шанса на успех у подростковой аудитории. Ну проживут они на сцене, допустим, год с одним хитом. Тинейджеров трудно обмануть, да, они любят вертеться под ритмичную музыку, но, пусть вам это не кажется странным, у большинства детей, на которых рассчитаны эстрадные концерты, отличный вкус. Вот поэтому нестандартный Илья Лагутенко держится на вершинах хит-парадов уже много лет, а какой-нибудь бой-бэндз сгорает за один сезон.

Мартин сидел около джакузи, положив на бортик мохнатую морду. Я же никак не могла успокоиться, сначала красила ногти, потом долго сидела под душем. Но наконец решила вылезти, обозрела в зеркале свои ставшие рыже-коричневыми волосы, потом увидела косметику, в изобилии стоявшую на полочках, и принялась накладывать макияж. Ну-ка, поэкспериментируем с собой. Обычно я пользуюсь только светлыми тонами. Блондинке не пойдет пудра цвета загара, яркий румянец и хищно-красная помада. Но сейчас-то я стала шатенкой с рыжим отливом! Через полчаса я обозрела результат и спросила у Мартина:

— Ну как?

Терьер тихонько гавкнул.

— Тебе нравится? Мне тоже, хотя непривычно. Никогда не была смуглой женщиной с темными бровями. Одна беда, моя маечка никак не подойдет к новому образу, ну-ка поглядим, что есть у Ирки!

Я пошла в гардеробную, осмотрела несметное количество вешалок со шмотками и вытащила вещь, на которую сегодня утром даже бы и не взглянула: ярко-красное короткое узкое платье. Во-первых, последнее время я постоянно ношу брюки, в них удобней. Во-вторых, цвет, фасон, длина наряда — все не мое. Но к образу роковой шатенки платьице подходило идеально, и я моментально натянула его. Конечно, я не собираюсь в таком виде выходить на улицу, но дома-то можно побаловаться?

Значит, так, сначала наденем колготки, в этом платьишке нельзя щеголять с голыми ногами, ага, теперь туфли на каблуке... В полном восторге я глянула на себя в зеркало. А что? Очень даже ничего. Может, купить себе такую вещицу и вырядиться на какой-нибудь семейный праздник? Представляю, какие лица скорчат Лиза и Юлечка. Впрочем, в моем облике нет завершенности, чего-то не хватает.

Я порылась у Ирки в комоде, повесила на шею бусы и нацепила крупные серьги, большие золотые кольца. Уже лучше, но... И тут до меня дошло: волосы! Их следует причесать по-иному!

Вернувшись в ванную, я поискала фен и тут увидела предмет, который Лизавета именует «вафельницей». В полном восторге я принялась засовывать пряди между ребристыми щипцами. И спустя некоторое время поняла, что совершила фатальную ошибку. Мои волосы слишком коротки для этой процедуры, и теперь, изломанные по всей длине, они стояли дыбом. Встречали ли вы на улице пуделей, постриженных в соответствии с собачьей модой? Вот у них на голове топорщится такая же мелкокудрявая шапочка.

Поняв, что промахнулась с прической, я особо не расстроилась и попыталась пригладить торчащие «пружины» щеткой, но стало только хуже. Не беда, сейчас разденусь, вымою голову, и волосы вернутся в прежнее состояние, да и косметику надо снять. Пошалила и хватит!

Внезапно Мартин, спокойно лежавший у моих ног, встрепенулся и рванул к двери. Я не успела удивиться поведению терьера, потому что из холла донеслось мелодичное «блям, блям». Кто-то нажал у ворот на кнопку домофона.

Быстрым шагом я дошла до тамбура и глянула на экран. Молодой парень в форменной одежде и кепке с надписью: «Экспресс-доставка» улыбался прямо в камеру. За ним виднелся автомобиль, небольшой, типа пикапа, надеюсь, что вы помните, что это за модель.

— Вы к кому? — бдительно спросила я.

— Бандероль для Ирины Штамм, — спокойно сообщил юноша.

Я открыла дверь. Может, мое поведение покажется кому-то опрометчивым, но рядом со мной Мартин, который никогда не даст меня в обиду, а еще охрана на КПП ни за что не пропустит в поселок чужих. Юноша приехал на машине, следовательно, он никак не мог миновать пост охраны. На всякий случай велев Мартину: «Лежать», я вышла во двор.

Терьер глухо заворчал, но подчинился.

— Что там у вас? — поинтересовалась я, когда юноша приблизился.

— Вы Ирина Штамм? — вопросом на вопрос ответил служащий.

Я протянула руку:

— Давайте пакет.

Ну не объяснять же ему истинное положение вещей. И потом, какая разница? Возьму послание и передам Ирине.

— Мне велено лично вручить.

— Считайте, что вы уже это сделали.

— Просили вскрыть конверт в моем присутствии и дать ответ.

— Зачем?

Юноша пожал плечами:

— Я всего лишь водитель, мне хозяева приказывают. Не выполню поручение — уволят, зарплаты лишусь. Что, вам трудно?

Мигом припомнив, как Альмира расправилась с проштрафившимися сотрудниками, я заколебалась. Вскрыть конверт? Очень невоспитанно. Одно дело — намазаться Иркиной косметикой, а другое — сунуть нос в ее частную переписку. На первое Ириша никогда не обидится, она сама, год назад делая в доме ремонт и поселившись у нас на это время, с упоением прикинула на себя все шмотки Юли, Лизы и Катюши. Милая дамская забава, частое явление среди подруг. «Дай на вечер твою кофточку». Кто из нас не произносил этой фразы? А вот письмо... Ну зачем я назвалась Ирой? Сказала бы правду, что хозяйки пару дней не будет.

Сейчас уже поздно менять «показания». Вот ведь идиотская ситуация! Если не вскрою конверт, юношу уволят, а если разорву его, Иринка посчитает меня излишне любопытной.

— Ну и чего? — поторопил меня парнишка.

Я решительно надорвала письмо. Ладно, попытаюсь объяснить ситуацию Иришке, надеюсь, внутри нет ничего особенного, вдруг там просто счет или незатейливая реклама.

Пальцы нащупали гладкую бумагу, я уставилась на снимки, разинув рот. Было от чего прийти в изумление. Фото запечатлели госпожу Евлампию Романову собственной персоной.

Сначала я не поняла, где они сделаны. На первом меня застигли в момент удивления. Надо сказать, что я всегда получаюсь на снимках не лучшим образом, и сейчас я тяжело вздохнула, разглядывая карточку. Просто волшебно красивое зрелище. Светлые волосы торчат дыбом, с одного глаза стекла тушь, и он выглядит словно подбитый, рот приоткрыт... Но уже следующие глянцево поблескивающие снимки прояснили ситуацию. Я сижу за столом, передо мной свеча, пачка булавок, затем фото восковой куколки крупным планом, явственно видны красные пятна; завершала «вернисаж» восхитительная «картина»: я с совершенно зверским, перекошенным лицом вонзаю в восковое личико булавку.

Пальцы не удержали фотографии. Они спланировали на крыльцо. Парень легко нагнулся и начал их собирать.

— Что это? — растерянно спросила я.

Юноша в ответ спросил:

— Вы знакомы с Сергеем Романовым?

Я кивнула:

— Да.

— Хорошо его знаете?

— Ну, конечно, мы давно живем вместе, он вообще-то не Романов был, но некоторое время назад взял фамилию своей матери, что и понятно, Сережа практически не знал отца...

— Он женат?

— Да.

— Так вот, — пробормотал служащий, — здесь запечатлена его супруга, некая Евлампия Романова, которая замыслила убить вас, сами понимаете за что.

Я хотела было воскликнуть: «Боже, какая глупость, ну-ка, посмотрите, кто стоит перед вами», — но внезапно все сообразила.

Выгляжу я совершенно иначе, чем в кабинете Ванды, в котором, очевидно, установлен хитро замаскированный аппарат «Canon». Сейчас я мелкозавитая шатенка со смуглой кожей, ярким румянцем и большими, ловко увеличенными помадой губами. К тому же обтягивающее красное платьице изменило мою фигуру. В джинсах женщина выглядит иначе, чем в юбке.

— Если хотите узнать подробности, то поехали, — предложил юноша.

События начинали разворачиваться не так, как я планировала, но все стронулось с мертвой точки, и мне оставалось лишь плыть по течению.

Я кивнула, схватила сумочку, заперла дверь и, покачиваясь на высоких неудобных каблуках, пошла за посланцем. Усадив меня на место пассажира, он лихо завертел рулем, мы покатили по шоссе, слушая вопли, несущиеся из радиоприемника.

В моей голове носились сумматошные мысли. На приеме у Ванды я брякнула, что якобы моего супруга-изменника зовут Сергей Романов. Просто выпалила первое попавшееся на ум имя. А сейчас сказала: «Да, я знаю Сережу, мы давно живем вместе».

Я-то не имела в виду ничего, кроме того, что мы действительно проживаем в одной квартире, а водитель, если он, конечно, простой шофер, в чем я сейчас сильно сомневаюсь, понял фразу по-своему. Интересная штука получается, однако. Значит, я «заказала» Иришу, а теперь к той, что должна, по словам колдуньи, скоро отправиться на тот свет, является посланец и преспокойно выдает клиентку. В чем тут дело? Может, меня просто хотят убить?

На секунду мне стало страшно. Но потом я взяла себя в руки. Не стоит волноваться, так убийства не планируют. Мы спокойно проехали мимо будки охраны, секьюрити видели машину и помахали мне рукой, юноша совершенно не скрывался, да и стекла автомобиля не тонированные и ведет шофер себя спокойно, без нервозности.

— Как же вас пустили на территорию строго охраняемого поселка? — не сдержала я любопытства.

Водитель пожал плечами:

— Обычное дело. Я показал пакет и сказал, что фирма просит передать его под расписку. Мне ворота и открыли. Так всегда делают, ничего удивительного в этом нет.

Я только вздохнула. Вот вам и полнейшая безопасность. А ведь верно подмечено: постороннего человека, как бы дорого и представительно ни выглядели его машина и одежда, секьюрити тормозят на входе. А вот «Скорую помощь», машину с надписью «Доставка пиццы» или «Химчистка» пропустят совершенно спокойно. Отчего-то сотрудников службы быта считают вполне благонадежными. Мужик в синем комбинезоне, парнишка в футболке с надписью «Чистая вода в дом и офис», девушка в зеленом халатике с ведром и тряпкой в руках — эти персонажи проникнут повсюду. Хитрые преступники охотно этим пользуются.

Не так давно Вовка рассказал об одной мошеннице, собравшей при помощи немудреного трюка большое количество денег. Преступница, одетая в короткий, слегка помятый домашний халатик и уютные мягкие тапочки, звонила в квартиру. Что видели люди, распахнувшие дверь? Причем учтите, хитрюга ходила по новостройкам, огромным, только заселяющимся зданиям. Девица рассчитывала на то, что соседи еще не успели познакомиться друг с другом. Впрочем, в подобном месте трудно знать всех. Итак, распахнув дверь, человек натыкался взглядом на милое существо, протягивающее ему сто долларов.

— Помогите, пожалуйста, — восклицало ангельское создание, трогательно краснея, — разменяйте по курсу. Я должна отдать двести рублей за доставку мебели, а в кошельке только валюта, отойти в обменник не могу, грузчики ждут.

В большинстве случаев ей просто протягивали купюры. Запрошенная сумма была невелика. Девица клятвенно заверяла:

— Сейчас мне мебель занесут, и я побегу «разобью» баксы.

Естественно, никто никогда больше не видел своих денег. И трюк удавался девчонке всего лишь по двум причинам: она просила копеечную для только что купивших квартиру людей сумму, а еще, и это главное, при взгляде на халатик и тапочки у всех мгновенно появлялась одна и та же мысль: «Какая милая соседка!»

Шофер притормозил у ничем не примечательной пятиэтажки.

— Вам сюда, квартира тридцать семь, код один пять два, нажимайте одновременно.

Я встала у разрисованной металлической двери и принялась скрючивать пальцы. Интересно, какая умная голова придумала сию систему с одномоментным давлением? Ладно я, бывший музыкант, неудачливая, правда, арфистка, но руки у меня нормально развиты, способна бойко надавить на кнопки. А сколько раз я сталкивалась около родного подъезда с пожилыми людьми и детьми, чуть не плачущими от досады. Кретинский замок устроен таким образом, что открывается только в случае равной силы, примененной к кнопочкам. Стоит одному пальцу недожать, а другому пережать, как система начинает сопротивляться. Но отнюдь не у всех это получается. Вот и мучаются бедняги.

Нужная квартира оказалась у самого входа, я позвонила, дверь открылась, на пороге стояла Ванда. Я чуть было не развернулась и не побежала к выходу. Но потом, вспомнив про красное платьице, осталась стоять. Впрочем, колдунья тоже выглядела иначе, чем когда принимала у меня заказ. На этот раз на ней красовался нежно-голубой брючный костюм, платка не было в помине, красивые, очевидно, крашеные, волосы были собраны в хвост, легкая челочка прикрывала лоб.

— Вы, Ирочка? — ласково спросила она.

Я кивнула:

— Да.

— Входите, дорогая моя, сюда, в комнату. Места у меня мало, но аура тут светлая, солнечная.

— Извините, я не понимаю...

— Сейчас, сейчас, — пела Ванда, — объясню в момент. Да вы садитесь.

На мое счастье, в гостиной не горел верхний свет, лишь в углу тускло светил торшер. Окна были закрыты довольно плотными шторами.

— Первый этаж такая неудобная штука, — зачастила Ванда, не гася приторно любезной улыбки, — приходится жизнь в полумраке проводить, иначе не получается. Окна прямо у входа в подъезд расположены, каждый норовит в них заглянуть.

Я предусмотрительно села спиной к торшеру и, придав своему голосу более низкую, чуть хрипловатую тональность, обеспокоенно воскликнула:

— Да в чем дело?!

— Видите ли, я колдунья, — сообщила Ванда.

— Ну, предположим, я поверю вам, и что?

— Меня хорошо знают в Москве, — завела Ванда, — я имею обширную клиентуру, занимаюсь белой магией. Заряжаю талисманы на удачу, делаю неразменные купюры...

— Это как?

— Ну просто. Тратите сто рублей, а они снова оказываются в кошельке через некоторое время.

— Разве такое возможно? — усомнилась я.

— Элементарно, но не об этом речь, — перебила меня Ванда, — ко мне обратилась Евлампия Романова, жена Сергея Романова, вашего... э... близкого человека. Евлампия узнала о связи своего мужа с Ириной Штамм и пришла ко мне делать наговор на смерть любовницы супруга. Вот, смотрите!

Ванда легко встала, выдвинула ящик письменного стола, выудила целую пачку снимков и вручила мне. Кое-какие фото я уже видела, другие оказались незнакомыми. Впечатление они производили сильное. Уж не знаю, почему, но на всех карточках мое лицо было просто перекошенным от злости. Вот уж не предполагала, что способна корчить такие гримасы.

— А это энвольт, — сообщила Ванда, выкладывая на стол восковую фигурку.

Я невольно вздрогнула. Куколка, перемазанная засохшими зловещими бурыми пятнами, выглядела устрашающе.

Собрав остатки самообладания, я прохрипела:

— И зачем вы демонстрируете мне эту гадость?

Ванда заулыбалась еще приветливей:

— Понимаете, голубушка, можно совсем не верить в магию, но она работает, и еще как! Большинство людей, которым «наговорили» смерть, угасают в течение двух-трех недель; редкий человек, обладатель огромного энергетического потенциала, выдерживает пару месяцев.

— Вы к чему клоните? — прикидываясь безумно испуганной, пролепетала я. — Не приближайтесь ко мне!

— Не бойтесь, — стала увещевать меня Ванда, — я хочу вам помочь.

— Каким же образом?

— Мне очень неприятна мысль, что вас скоро не будет на этом свете.

— Думаю, мне такой поворот событий тоже придется не по вкусу, — кивнула я.

— Так послушайте, какой вариант я предлагаю для вашего спасения.

— Я вся внимание, — заверила я Ванду.

— Энвольт может пролежать в спящем состоянии около трех дней, — пустилась в детальные объяснения ведьма. — Ровно столько мне под силу сдерживать зло, но потом я не сумею контролировать ситуацию, у меня не столько мощи, чтобы полностью отвести беду. Честно признаюсь, на такое я не способна, не хватит энергии и мастерства. Не скрою, я слышала о магах, которые способны одной лишь силой взгляда изменить страшную ситуацию, но сама не обладаю таким талантом. Следовательно, программа, заложенная в куклу, начнет осуществляться, и чем все завершится?

— Чем? — эхом отозвалась я.

— Вашими похоронами, — бесцеремонно ляпнула Ванда.

— Хорошая перспектива, — подскочила я. — Я не собираюсь на тот свет, может, там и здорово, но у меня много дел на этом.

— Ситуацию можно изменить.

— Только что вы говорили, что вам подобное не под силу, — напомнила я.

— Правильно, — согласилась ведьма, — парализовать энвольт невыполнимая задача, но вот перепрограммировать его получится легко.

— Не понимаю...

— Что же тут неясного, голубушка? Я произведу определенный обряд, и стрела смерти ударит не в вас, а в Евлампию Романову. По-моему, это идеальное решение проблемы. Сергей превратится во вдовца, а негодяйка, задумавшая лишить вас жизни, получит по заслугам. Только процедура дорогая, хотя, если посмотреть на ситуацию отстраненно, за собственную жизнь ничего не жалко. Многие бы согласились отдать двадцать тысяч долларов за продление земного существования, но, увы, у них такой возможности нет, а у вас есть!

Мне мгновенно стал понятен механизм мошенничества. Значит, Ванда находит среди клиентов тех, кто, по ее мнению, способен расстаться с нехилой суммой, и начинает охоту. В ее кабинете, там, где лепятся куклы, спрятан фотоаппарат, снимки предъявляются «жертве» в качестве доказательства преступных намерений ее врага. Ну и ну!

Глава 29

— У меня нет таких денег, — воскликнула я, — максимум, что могу наскрести, — пять тысяч!

Ванда усмехнулась:

— Этого мало.

— Но если по непонятной причине вы прониклись ко мне любовью, — не удержалась я, — и решили избавить от смерти, то почему бы вам не оказать услугу бесплатно?

Ванда глубоко вздохнула:

— Только не подумайте, что я возьму хоть копейку, действую совершенно бескорыстно, знаете, просто я слишком наивна.

— В самом деле?

— Ну да, — с самым расстроенным видом кивнула колдунья, — я всегда страдаю из-за своего человеколюбия. Понимаете, я не беру с людей ни копейки, никогда, ни за какие услуги.

— Правда?

Ванда истово перекрестилась на икону, висевшую в углу.

— Конечно, да и как может быть иначе? Те, кто зарабатывает магией, отдают душу дьяволу и в конце концов лишаются своего дара. Понимаете, когда эта Евлампия заявилась ко мне, она очень плакала, на коленях стояла, умоляла сделать для вас наговор на смерть. Я, естественно, отказывалась, не могу брать на себя такой грех. Но Евлампия рассказала, что имеет четверых детей, мал мала меньше, якобы вы хотите вместе с мужем отнять у нее их, чтобы сдать в детский дом... Я обычно верю людям безоговорочно, сама не умею обманывать и считаю, глупо, конечно, что и другие не способны на вранье. Ну и пожалела бедняжку, а потом моя помощница все же проверила ее слова.

— У Сергея Романова нет детей, — подыграла я ей.

— Вот именно! — радостно воскликнула Ванда. — Меня обвели вокруг пальца, вас приговорили к смерти, неужели теперь мы не отомстим негодяйке?

Я спокойно слушала ведьму. Однако у нее плохо выписана роль. Сценарист, создавший пьесу, крайне нелогичен. Сначала сделала наговор, а потом решила проверить ситуацию? И как вяжется со словами о христианском милосердии злобная фраза о мести?

— Но, если вы не получаете ни копейки, то зачем просите двадцать тысяч долларов? — поинтересовалась я.

— Голубушка, — запела Ванда, — это же не мне!

— А кому?

— Энвольту.

— Восковой кукле?

— Именно.

Я постаралась не измениться в лице, она что,

окружающих совсем за дураков считает? Неужели я выгляжу полнейшей идиоткой?

— Зачем же куску воска деньги?

— Ах да! Ведь я не объяснила! Купюры — часть обряда, я сожгу их на ваших глазах, принесу жертву энвольту, иначе ничего не получится. Чем больше просьба, тем крупнее сумма...

— А с Евлампии сколько вы взяли?

— Говорила ведь, ничего!

Я испытывала сильнейшее желание напомнить Ванде про затребованные пять тысяч, но огромным усилием воли сумела удержаться от соблазна. Ох, сдается мне, глупая Галка Сорокина каким-то образом, не без помощи Ванды, попала в неприятную историю. Ладно, попробуем разведать ситуацию.

— А что же делать, если нет денег? — прикинулась я испуганной.

Ванда мгновенно ответила:

— Продайте что-нибудь!

— Так нечего!!!

— А квартира?

— Но вы же говорите только о трех днях отсрочки!

Ванда хитро прищурилась:

— Да, конечно, но у меня есть знакомый риелтор, отличный человек. Он, учитывая форсмажорность ситуации, даст вам в долг под крохотный процент, а потом продаст апартаменты, и все. Впрочем, у вас ведь, кажется, есть загородный дом?

— Он не мой, оформлен на дочь покойного мужа, — вывернулась я.

— Тогда квартира, машина, дача, драгоценности... Да мало ли что можно отыскать, если подумать! И потом, ваш любовник, Сергей Романов, разве он не захочет вас выручить? Но имейте в виду, о том, что деньги нужны для жертвенного обряда энвольту, нельзя никому рассказывать! Ни единой душе! Иначе процедура не поможет. Лишь сохранение полнейшей тайны гарантирует успех, ясно?

Я кивнула, яснее некуда. Ванда полагает, что Ира Штамм полнейшая дура, поэтому и канифолит сейчас мне мозги, а успешный бизнесмен Сергей Романов ни за что не клюнет на рассказ о «магических обрядах».

— Не вздумайте никому слова проронить, — пугала меня Ванда, — вот тогда точно я ничем не помогу.

— А что случится, если я не заплачу?

Колдунья всплеснула руками:

— Снова здорово! Ведь я уже объясняла! Скончаетесь через две, максимум три недели!

— И вы не боитесь?

— Чего?

— Ну... что я пойду в милицию и сообщу о покушении на мое убийство?

Ванда весело рассмеялась:

— Голубушка, вас просто отправят в психушку! Менты люди простые, прагматичные, в колдовство не верят, вас и слушать не станут.

— Но потом, когда я умру, вспомнят о моем визите и разберутся что к чему!

— Да никогда! — воскликнула Ванда. — Энвольт хитер и коварен, ваша кончина будет выглядеть более чем естественно: попадете под машину, свалитесь пьяная с большой высоты...

— Я не пью!

— А в день кончины примете водку. Поймите, это магия, необъяснимая для простого человека вещь! Ладно, поскольку я хочу вас спасти любой ценой, сделаю не слишком корректный поступок, раскрою чужую тайну. Недавно сюда обратилась женщина, милая такая, и тоже заказала наговор на смерть. Схожая с вашей ситуация, да?

Я кивнула. Ванда, улыбаясь, продолжала:

— Не буду вдаваться в подробности, они неинтересны, но там тоже возникли проблемы, связанные с оплатой. И что?

— Что? — эхом отозвалась я.

Ванда тяжело вздохнула:

— Она пропала.

— Кто?

— Женщина, заказавшая наговор. Я, понимая, что произойдет плохое, позвонила ей домой, хотела все же узнать, как дела у несчастной. Понимаете, я очень жалостлива. И что?

— Что?

— Ответил ее муж, да так злобно со мной поговорил, просто отвратительно! «Не смейте сюда более обращаться, жена убежала с любовником. Знать о ней ничего не знаю, слышать не хочу». Понимаете, как хитро поступил энвольт? Супруг не ищет бросившую его изменницу! Никому до нее дела нет. Кстати, эта дама не работала, поэтому о ней вообще никто не побеспокоился!

Галка! Вот о ком ведет сейчас речь Ванда!

— Но, может, ваша клиентка и впрямь удрала с кавалером? — протянула я. — Вполне вероятно, что с ней ничего плохого и не случилось?

Ванда покачала головой:

— Да нет. У нее как раз не было мыслей об измене супругу. Она задумала уничтожить человека из своей семьи, но дело шло не об адюльтере. Нет, тут энвольт постарался. Ну так как поступим?

Я принялась лихорадочно соображать, как вести себя дальше. Значит, Галка отказалась платить и пропала. Следовательно, если я тоже не отдам денег, со мной должна произойти неприятность. Интересно, какая? Думаю, мошенники действуют по стандартной схеме, скорей всего, у них разработан план, который они «включают» в случае отказа платить. И что из этого следует? Да очень простой вывод! Мне надо открыть сезон охоты на себя, так сказать, сафари на тигра, и самой поймать негодяев. К сожалению, Ванда ощущает себя в полнейшей безопасности. Она права. Ну заявлюсь я сейчас в милицию, и что? Даже Володя Костин высмеет Лампу. Никто не поверит во всякую чушь, связанную с восковыми куколками и наговорами. Впрочем, очень многие женщины как раз-то и испугаются, услыхав о колдовских обрядах!

Одна из подруг Кати работает в газете «Тайная власть». Вы не поверите, какое количество людей, тысячи, пишут им совершенно идиотские письма, рассказывая о встречах с домовыми, русалками, инопланетянами. Несть числа и тех, кто просит опубликовать в издании тексты заговоров и рецепты снадобий. Так что полно народа, верящего в оккультные науки, и именно в этом человеческом озере и удит Ванда своих золотых рыбок. Но в милиции-то работают совершенно нормальные ребята. Нет, нужно поймать Ванду с приятелями на месте преступления, сыграв роль наживки. Кстати, мне совсем не страшно. В потусторонние силы я не верю, очень хорошо понимаю, что сделать мне вред хотят люди. Следовательно, я просто утрою бдительность. Я же очень хитрая, неужели не сумею поймать мерзавцев?

А уж когда негодяям можно будет инкриминировать покушение на меня, вот тогда-то сотрудники правоохранительных органов возьмут их за жабры и вытрясут всю информацию про глупую Галку. Кстати, Сорокина постоянно покупает журнал «Оракул», прочитывает его от корки до корки, а потом с горящими глазами пересказывает содержание статей. Галя из тех, кто верит во всяческую лабуду типа вампиров, вурдалаков и леших, она пару раз бегала к какому-то дядечке «чистить ауру». Сами понимаете, такая женщина идеальная клиентка для Ванды. И еще, она всегда и везде, даже утром на рынок, ходит в бриллиантах! Небось ведьма глянула на серьги с колечками и сразу сообразила: эта дура просто напрашивается на обман! Ладно, решено!

Я встала, гордо выпрямила спину и сообщила:

— Не могу принять ваше предложение. Тому имеется несколько объяснений. Я абсолютно не верю в чушь типа куколок, слепленных из огарков свечи, и не найду двадцати тысяч «ненужных» долларов. Но если представить на секунду, что я обладаю такой свободной суммой, то, несомненно, истратила бы ее совершенно в иных целях. Поищите другую дурочку для осуществления своих планов. И потом, я сильно сомневаюсь, что Евлампия обращалась сюда, она слишком глупа для решительных действий!

— Вы делаете страшную ошибку, — прошептала Ванда, — ужасную, трагическую.

— Хватит, прощайте.

— Одумайтесь.

— Мне некогда более тут задерживаться.

— Еще раз подумайте!

— Откройте дверь!

— Голубушка! Боюсь отпустить вас, — заныла Ванда, — обязательно случится несчастье, а я потом себя сгрызу, что не сумела удержать вас, не смогла объяснить...

— Немедленно отоприте!

— Голубушка...

Я вытащила мобильный.

— Если сейчас дверь не откроется, я сообщу в милицию о том, что меня удерживают в заложниках!

— Господь с вами! — воскликнула Ванда. — Придет же такое в голову! Уходите спокойно! Ах, как мне вас жаль, до слез! Молодая, красивая, жить бы и жить, ан нет!

Она взяла ключ, лежавший на столике, и тут раздался треск, свет в прихожей моргнул и погас. Я, ожидавшая теперь чего угодно, воскликнула:

— Что случилось?

— Энвольт начинает работать, — прошептала Ванда, изображая полнейший ужас.

— Вы же сообщили о трехдневной отсрочке, — ехидно напомнила я, — с чего бы ему мигом включиться?

— Так он услыхал, что жертвы не будет, и активизировался, — замогильным голосом возвестила Ванда, — теперь я не сумею его удержать. Но день у вас все-таки есть, вернее, сутки.

Колдунья глянула на большие часы, висевшие в приемной.

— Сейчас одиннадцать вечера, значит, через

двадцать четыре часа... Подумайте, используйте последние сутки!

Я решительно шагнула было на лестницу, но, забыв, что я не в кроссовках, а в лодочках со слишком высоким и тонким каблуком, не рассчитала движения, зацепилась за порог, секунду пыталась сохранить равновесие, но в конце концов шлепнулась на четвереньки.

— Господи! — искренне испугалась Ванда. — Видите? Началось! Энвольт предупреждает! Делайте выводы! Сначала просто так упали, а потом и шею элементарно сломаете.

Я молча встала и обозрела испорченные вконец колготки. На коленках зияли дыры, длинные дорожки побежали вниз, к щиколоткам. Никакой мистики в происшедшем не прослеживается. Я просто выполнила свой коронный номер — падение на четыре точки. А Ванда воспользовалась стихийно возникшей ситуацией, чтобы еще раз пугнуть заартачившуюся клиентку.

Я спокойно отряхнула юбку:

— Кстати, меня привезли сюда на машине. Где она?

Ванда развела руками:

— Автомобильчик не мой, иногда прошу соседа помочь. Он давно уехал на работу.

Я двинулась к лестнице. Понятно, война так война! Что ж, поглядим, кто кого!

Оставшись поздним вечером одна, без личного автотранспорта, я испытала не слишком приятные эмоции. К тому же осознание того, что я являюсь золотой рыбкой, за которой с гарпуном охотятся ловцы, не прибавляло мне радости. Да еще ступни, засунутые в непривычно узкие лодочки на высокой шпильке, отекли и начали болеть.

Я поковыляла на проспект. Может, снять обувь и, наплевав на все, пойти босиком? Ну уж нет, колготки моментально превратятся в лохмотья, а на улице очень грязно.

Я выбралась на шумную трассу, встала у обочины. Потоки машин с зажженными фарами на бешеной скорости неслись на выезд из Москвы. В городе сейчас можно задохнуться, и люди используют малейшую возможность, чтобы вырваться на природу, хоть поспать с открытым окном, в которое вливается не бензиновый смог, а чистый, упоительный воздух. Неожиданно из сердца ушла тревога. Я сумею спокойно добраться до коттеджа. Ванда небось не способна мгновенно поднять своих «шестерок» в ружье. А в Куледникове есть Мартин. Интересно будет посмотреть на того, кто решится причинить мне вред в присутствии черного терьера, считающего Лампу своей любимой второй хозяйкой!

Глава 30

Время текло медленно. Наконец около меня затормозила сверкающая иномарка. Я обрадованно кинулась к «Мерседесу». Передняя дверца приоткрылась, выглянул парень лет двадцати пяти.

— Терка одна? — поинтересовался он, ощупывая меня взглядом.

— Что? — не поняла я.

— Другая терка есть?

— Терка? Железная? У меня с собой ничего такого нет!

— Дура, — обложил меня юноша и газанул.

Я осталась на дороге в глубоком изумлении. Ну и чудаки же попадаются порой на пути. Стрелки часов подбираются к полуночи, а водитель «Мерседеса» собрался купить терку? Ладно, предположим, его жена, полная дурочка, отправила муженька за этой крайне необходимой кухонной принадлежностью. Ну приспичило ей на ночь глядя салатик из сырой морковочки схарчить! Так можно заехать в круглосуточный супермаркет и там в отделе хозяйственных товаров нарыть что угодно. Надо же быть полным идиотом, чтобы поинтересоваться у девушки, голосующей на дороге, нет ли у нее терки? Он что, всерьез полагает, что женщины постоянно таскают с собой кухонную утварь?

Около меня снова притормозила машина, на сей раз раздолбанная «девятка». За рулем вновь оказался мужчина. Он прищурился и весьма недовольно спросил:

— Ну и че? Нас двое!

Я старательно заулыбалась.

— Много места я не займу.

— Справишься? Или еще терку притянешь!

Господи, опять психи!

— Терки у меня нет!!! Я стою здесь без всяких приспособлений! И вообще! При чем тут она?

Водитель нахмурился:

— Ну ладно! Коли одна хочешь... Но имей в виду, плата не удваивается.

— Очень хорошо, — обрадовалась я, — я не хочу дороже — чем дешевле, тем лучше!

— Приколистка, — заржал мужчина, — а че! Когда веселая, то лучше! Некоторые, блин, влезут, морда кислая, губы надуют! За фигом нам такие? Перекошенная физиономия дома ждет.

— И сколько? — Я решила сначала узнать цену.

— Учитывая твою старость и нетоварный вид пятьдесят баксов.

Я онемела. Ну и наглец!

— Какая старость? Нетоварный вид! Просто я случайно упала и порвала колготки! Полсотни долларов!

— Мало тебе? Хорошо, семьдесят пять!

— С дуба упал? — закричала я. — Тут работы на триста рублей максимум! Хорошо, на дворе ночь, пусть будет четыреста, но просить полторы тысячи! Вообще у людей совесть пропала!

Водитель вытаращил глаза и открыл было рот, но я не дала ему и слова вымолвить:

— Только не нужно петь песни про запредельную цену на бензин. Я сама сижу за рулем и хорошо знаю, что почем. Просто я случайно осталась сегодня без колес!

Мужчина залился противным, кудахтающим смехом:

— Так ты попутку ловишь!

— Нет, — окончательно вышла я из себя, — терками торгую!

— Не поймешь тебя, — покачал головой дядька, — больная, что ли, на голову? Сразу ведь спросил. Ну и где они?

— Кто?

— Терки!!!

— Это ты, псих! Сам подумай, кто же станет сейчас на трассе с кухонными принадлежностями стоять!

— Серега, — донеслось из машины, — она из дурки удрапала.

— Ну, киса, — покачал головой шофер, — может, тебе домой пойти, а? Странным образом клиентов ловишь! Думаешь, попадется любитель трахаться с кретинками?

— Эй, — попятилась я, — вы чего, приняли меня за проститутку?

— Кто ж, кроме терки, в такое время и в такой одежде у обочины маячит?

— Хорош с ней трепаться, — заворчал пассажир, — давай, газуй, отстань от убогой!

«Девятка» улетела на крейсерской скорости. Я осталась переживать случившееся. Значит,

терками теперь называют девушек легкого пове-
дения. Да уж слышала я про проституток, шлюх,
ночных бабочек, черную моль, падших женщин,
гетер, девочек по вызову, «массажисток»... Много как величают тех, кто продает свое тело за
деньги, но терка! Согласитесь, это ни в какие ворота не лезет!

К бордюру лихо подкатила «шестерка».

— Ну? — спросил дедушка лет семидесяти.

Я хмыкнула. И этот туда же! Седина в боро-
ду, а бес в ребро!

— Я не терка!

Дедулька фыркнул:

— Так и я не тостер.

— В каком смысле?

— В прямом, ты у меня на спине хлеб не
поджаришь.

— Что вы имеете в виду?

— Ну народ, — восхитился старичок, — нормальных не осталось. Мутанты! Все демократы!
Такую страну порушили! Теперь у молодежи с
головой беда! Пошутил я, люблю повеселиться,
поняла?

— Ну...

— Коли хочешь тостики пожарить, я не помогу, а ежели подбросить куда надо, то с дорогой
душой, возьму недорого!

— Так вы не хотели купить терку! — обрадовалась я своей удаче.

— Господь с тобой, — изумился дедуля, — с
какой стати тут ее искать? В магазин ехать надо!

Я почувствовала невероятное облегчение.
Сейчас наивный дедуся доставит меня в Куled-
никово. Значит, не одна я такая, не знающая до-
сконально современную речь.

Договорившись о цене, я влезла на переднее сиденье. «Шестерка» тихо поплюхала вперед. Мое тело растеклось по бугристому сиденью. Да уж, попала я в идиотскую ситуацию, ну почему со мной вечно случаются разные глупости?

Оказавшись в коттедже, я быстренько пробежалась по первому этажу и проверила, хорошо ли закрыты окна. Решеток на доме нет, да они и не нужны, потому что покойный муж Ириши, больше всего боявшийся воров, установил в здании бронированные окна, разбить которые невозможно. Даже если кому-нибудь вздумается стрелять в них, пуля не влетит в комнату, кажущаяся ненадежной преграда даже не вздрогнет, стекло лишь слегка прогнется.

Убедившись, что все шпингалеты опущены, я быстренько заперла парадную дверь и двери черного хода, задвинула на них огромные, толщиной с меня, щеколды и на всякий случай, подняв трубку телефона, спросила:

— Пульт охраны? Вы меня слышите?

— Просто великолепно, спите спокойно, — мирно отозвался дежурный.

— Спасибо, а то дом большой, одной как-то не очень комфортно.

— Так с вами Мартин, — засмеялся секьюрити, — и мы в двух шагах.

— Все равно...

— Не бойтесь, — сказал охранник, — выездные ворота заперты, мы не спим, оружие имеем, забор вокруг поселка глухой, из бетонных блоков, наверху камеры стоят, изображение транслируется круглосуточно, постоянно производится обход территории патрулем с собаками. Люди в поселке солидные, глупостей себе не позволяют, волноваться не о чем.

Я повесила трубку. Оружие! У Ириши есть пистолет, она приобрела его, когда осталась одна. Я, кстати, очень не одобряла эту покупку. Незачем вносить в дом оружие. Мало ли какая случайность может произойти, еще пострадает невинный человек. Но Ириша упрямо ответила, выслушав мои доводы:

— Я живу в лесу. Никого убивать не собираюсь, но хочу иметь возможность спугнуть грабителя.

Тяжело вздохнув, я отправилась в Иришину спальню, подошла к тумбочке и попыталась включить ночник, но он почему-то не зажегся. Я потыкала пальцем в кнопку, никакого результата, наверное, перегорела лампочка. Потерпев неудачу с ночником, я включила верхний свет, выдвинула ящики и тут же увидела пистолет. Он оказался несказанно легким, и я вдруг поняла, что держу в руках не боевой «макаров», а искусную имитацию из пластмассы, стреляющую водой.

Я невольно улыбнулась, ну Иришка! Смертельное оружие она, вероятнее всего, хранит в сейфе, а под рукой держит невинную забаву, которую легко принять за настоящий револьвер. Впрочем, и этой игрушкой можно вывести человека из строя, если заправить его мыльным раствором и попасть грабителю в глаз.

А что, это идея! Я схватила пистолетик, сгоняла в ванную и залила в резервуар жидкий гель для мытья тела. Сегодня, самозабвенно плескаясь в ванне, я случайно попала пеной в лицо и

потом минут пять пищала, смывая жгучую субстанцию.

Заправив пистолет, я почувствовала себя намного спокойней и тут услышала звонок в дверь.
Сердце ушло в пятки. Однако Ванда расторопная
девушка. Всего несколько часов понадобилось
ей, чтобы начать травлю незадачливой клиентки.
Вот тебе и охрана с оружием, собаками и каме-
рами! Несмотря ни на что, чужие сумели про-
лезть на территорию Куледникова.

Я глянула на экран видеодомофона и чуть не
заорала. На крыльце дома стояли два мужика,
больше похожие по размерам на трансформатор-
ные будки, чем на людей. На их лицах было самое хмурое выражение, макушки прикрывали
форменные фуражки.

Меня осенило: так вот как они пролезли сюда! Прикинулись сотрудниками милиции.

— Откройте! — прозвучало снаружи.

— Уходите.

— Немедленно отоприте!

— Ни за что!

— Мы будем вынуждены применить силу.

— Только попробуйте! — пригрозила я.

Дяденьки принялись о чем-то шептаться.
Экранчик погас. Крепко сжав пистолет, я посмотрела на спокойно сидящего Мартина. Так,
надо позвонить на пульт охраны, пусть схватят
этих «ментов», мне бояться нечего, Иришкин
дом настоящая крепость. И тут вдруг Мартин
привстал, его шерсть взъерошилась, распуши-
лась.

— Р-р-р, — зарычал он, и прежде чем я успела моргнуть, терьер стремглав кинулся в сторону
кухни. Спустя несколько секунд раздался чело-

веческий крик, потом пара глухих ударов и затем звук бьющейся посуды...

У меня подломились ноги. Как только я могла забыть! Да, я тщательно проверила окна и заперла двери. Но из кухни ведет маленький коридорчик. Если пойти по нему, то попадете в небольшую комнатку, именуемую «топочная-постирочная», затем окажетесь в проходном тамбуре, оттуда перейдете в двадцатиметровую кладовую. Ириша оборудовала помещение полками, которые идут до потолка. Здесь она держит припасы. Ириша ленится лишний раз ехать в город, поэтому тратит на закупки один день в три месяца. Просто приволакивает в дом целые партии продуктов, имеющих длительный срок хранения. У нее тут стоит ведро риса, мешки с мукой и сахаром, банки, бутылки, коробки стирального порошка и прочая, прочая, прочая.

Так вот, в чулане имеется дверь во двор. Сделали ее для того, чтобы шофер, доставивший харчи, не волок их по всему дому, не топтал ботинками по элитному паркету. И на самом деле это было очень удобно! Подкатил машину и вмиг перешвырял покупки на место, но я-то забыла про этот вход! Он, скорее всего, вообще не заперт!

Из кладовой продолжали нестись вопли, потом они стихли. Холодными пальцами я схватила телефонную трубку.

— Пульт? Скорее! Ко мне проникли грабители.

— К вам побежали, — меланхолично сообщил дежурный, — минут десять прошло. Неужели еще не подошли?

— Нет, — дрожащим голосом ответила я, —

сейчас Мартин воров треплет, а ваших сотрудников нет.

— Секунду, — коротко бросил охранник и отсоединился.

Я бросилась к парадной двери и включила домофон. Буквально через пару минут на экране появилось изображение двух мужчин в форме.

— Ужас! — закричала я, щелкая замками. — Слава богу! Ну разве можно так долго! Вы на животе ползли?

— Где? — спросил один из парней.

Я ткнула рукой в сторону коридора.

— В кладовке.

Без лишних слов патрульные понеслись туда. Тут только я вспомнила про Мартина и заорала:

— Стойте, там собака!

Но поздно, по дому полетели вопли, потом воцарилось напряженное молчание. Я поколебалась секунду, потом воскликнула:

— Эй, есть кто живой? Мартин, ко мне!

До меня донеслось легкое цоканье когтей, я попятилась, из коридора выплыло инопланетное существо: абсолютно белая собака с кроваво-красной пастью. Я чуть не лишилась сознания. Еще в юности я увлеклась мифами, могла читать их, не отрываясь, сутками. Так вот в одной из легенд подробно описывалась «белоснежная собака смерти», этакий посланец небес, забиравший человеческую душу.

Я попятилась и погрозила пальцем чудовищу:

— Лучше не подходи, ты мне совершенно не нравишься!

Монстр присел, встряхнулся, вверх взлетело облако белой пыли, и я поняла, что передо мной Мартин, отчего-то весь покрытый мукой. Терьер ласково смотрел на меня, я на него. Ужас вновь охватил меня. Мартин не из тех собачек, которые, звонко лая, пугают незнакомцев. Подобных зверюшек не следует бояться. Топните как следует ногой, и она испугается. Другое дело Мартин, он без звука расправится с любым неугодным.

Я оглядела его кроваво-красную морду. Господи! Из кладовой не доносится даже шороха, терьер убил всех: грабителей, охранников, а потом... съел! Что же мне делать?

Мартин вздохнул, подошел ко мне и преданно заглянул в глаза. Весь его вид говорил: ну как, я молодец?

— Хороший песик, — оказала я и погладила жаждущего одобрения терьера по голове, — умница. Но, право, съедать поверженных врагов — это слишком. У меня теперь будет куча проблем и неприятностей. Да уж, влипли мы с тобой. Сейчас придется звонить Костину, представляю его реакцию.

Внезапно до носа долетел очень знакомый запах. Я втянула в себя воздух, сомнений нет, я учуяла аромат малинового варенья. В детстве я съела реки этого лакомства, моя мама считала его лучшим средством от простуды, а поскольку у меня постоянно текли сопли, то и малина, сваренная с сахаром, в доме не переводилась.

Я потрогала липкую морду Мартина, но не успела сделать никаких выводов, потому что из кладовой донесся слабый зов:

— Эй, хозяйка.

Я бросилась туда и замерла на пороге. Передо мной открылось зрелище доселе невиданного разгрома. «О поле, поле, кто тебя усеял мертвыми костями», — пришла на ум строка из бессмертного произведения Пушкина.

Весь пол покрывала смесь из муки, сахара, соли и риса. На «ковре» валялись разбитые банки с вареньем и огурцами, в углу виднелась горка раздавленных яиц. Но людей в помещении не оказалось.

— Есть тут кто? — удивленно воскликнула я.

Может, Мартин и впрямь всех слопал, с потрохами, а потом, так сказать, на сладкое, от души нализался варенья? Хотя это вряд ли! Все-таки два грабителя и два охранника, каждый весом минимум по восемьдесят килограммов. Это ж сколько мяса получается? Триста двадцать кило?! Ну сожрать столько за раз даже и у Мартина не получится!

— Девушка, — раздалось из-под потолка.

Я задрала голову. На самых верхних полках, словно птички на жердочке, сидели четверо парней, два разбойника и два милиционера. Живописная группа была одета в одинаковую форму, все ее члены выглядели вполне живыми и здоровыми.

— Как вам удалось туда забраться? — удивилась я.

— Сами не понимаем, — донесся нестройный хор голосов.

Потом самый толстый добавил:

— Как собаку увидели, так и взлетели. Вы уж ее заприте, а то нам не спуститься.

— Кто из вас настоящая охрана? — поинтересовалась я.

— Так мы все с пульта.

— Как?

— Точно, позвоните, проверьте: Нистратов, Жуков, Белов и Самойлов. Вы же нас вызывали.

— Правильно, когда ко мне двое вломились!

— Мы явились по сигналу, — тихо сказал худощавый дядька, — у вас тревожная кнопка сработала. Прибежали, а вы не пускаете. Ну, подумали, мало ли чего... Стали другие двери осматривать, видим, одна приоткрыта, ну и вошли, а тут собачища! Разве так можно? Вызвать людей, не впустить их и собакой травить? Мы ж могли ее пристрелить!

Я сразу вспомнила не желавший зажигаться ночник, стоящий у Иришки на тумбочке! В памяти всплыла фраза, как-то вскользь сказанная подругой: «А тревожная кнопка у меня хитро замаскирована».

— Простите, бога ради! Умоляю! Сейчас я уведу собаку!

— Ничего, — мирно отозвался толстяк, — только потом лесенку к полкам приставьте, а то вниз никак самим не слезть!

Глава 31

Без конца извиняясь, я довела охранников до двери. Запертый в подвале в бильярдной Мартин выл как безумный. Потом послышался стук и треск. Очевидно, полный справедливого негодования терьер, ожидавший за свои подвиги не «тюремного» заключения, а награды, начал ломать бильярдный кий и грызть шары.

— Уж простите, бога ради, — бубнила я, — я не знала, что лампочка — это на самом деле тревожная кнопка.

— Ничего, — довольно приветливо ответила охрана, — это наша работа, еще не то случается.

Я выпустила Мартина, выбросила остатки кия, еще раз оглядела разгром в кладовой, решила убрать ее с утра и наградила Мартина сыром. Огромный кусок «Эдама» свалился в желудок терьера со скоростью звука. Мартин, виляя хвостом, преданно глядел мне в глаза.

— Пошли спать, — вздохнула я, — кабы ты умел отличать бандитов от милиции. Впрочем, не следует требовать от собаки невозможного.

Я легла в постель, свернулась клубочком и тут услышала трель мобильного. Согнав с себя сон, я пробормотала:

— Ну? Это кто?

Из трубки доносилось легкое потрескивание. Я разозлилась:

— Если набираете номер в такой час, то...

Внезапно послышались два голоса:

— Вырывается, зараза.

— Привязывай ее к стулу!

— Во падла!

— Помогите, — донесся издалека женский крик, — убивают!

— Молчи, сука!

— Ах, ты кусаться...

Голоса стихли, по ту сторону телефонного провода явно разыгрывалась драка. Испугавшись до крайности, я глянула на определитель: семь троек! Этот номер забыть невозможно и спутать нельзя. Он принадлежит Альмире!

— Куда ее класть? — внезапно произнес мужчина.

— Ну, ща, — ответил второй, — разденем и в койку. Погодь, у Ритки спросим! Эй, Рита, подь сюда! Да не боись, все уже, крантяк! Дрыхнет! Теперича помрет скоро.

— Кретины, — запищало тонкое сопрано, — я велела сначала про ключи узнать! Где их теперь искать, идиоты!

— Так она говорить не хотела...

Некоторое время я, замерев, слушала разговор, потом, стряхнув с себя оцепенение, кинулась к телефону, стоящему в гостиной. Значит, на Альмиру напали! Понимая, что дело плохо, она незаметно включила мобильник, который сам соединился со мной. Альмира, очевидно, понадеялась, что я живо пойму сложность ее положения и поспешу ей на помощь.

— Мартин! — заорала я, на ходу влезая в джинсы. — Сюда, скорей!

Терьер ринулся за мной. Одним прыжком он влетел в «Жигули», я плюхнулась за руль. Ну, «шестерочка», не подведи! Но именно в этот момент машина решила заартачиться. Чуть не рыдая от безнадежности, я принялась колотить ногой по колесам, но, сами понимаете, никакого успеха этот маневр не принес!

Я полетела снова в дом, схватила телефон, набрала номер Костина и заорала:

— Вовка, скорей! Пиши адрес, Кунцево, ..., Альмиру убивают, вернее, уже все, но они еще там!

Потом, ощущая полнейшее бессилие, глянула на вешалку и увидела ключи от гаража. Ноги понесли меня в подземный паркинг. У Иришки огромный черный тонированный джип «БМВ», но ничего сложного в управлении этой машиной нет. У нее всего две педали и «коробка-автомат», как-нибудь справлюсь. Еще у дорогущей тачки «блатной» номер с буквами «ЕКХ», что в народе расшифровывается «еду как хочу».

Мартин легко впрыгнул в джип, я отпустила тормоз. Однако рулевое управление тут легче, чем у «шестерки», гидроусилитель великое дело. Почти вдавив в пол педаль газа, я, радуясь тому, что на дворе стоит ночь и большинство автолюбителей мирно почивает в своих кроватях, летела по трассе словно на реактивной тяге. Мощные галогеновые фары били ярким пучком света, «БМВ», словно застоявшийся конь, рвался вперед. Редкие попадавшиеся на дороге автомобили тут же спешили уйти вправо. Мартин, высунув голову в окно, мрачно провожал их взглядом.

Наверное, со стороны мы производили сильное впечатление. Огромный, черный, тонированный по полной программе, невероятно дорогой джип, за рулем едва виднеется то ли подросток, то ли лилипут, а из окна высовывается здоровущая собачища раза в два больше щуплого водителя.

До дома Альмиры я домчалась быстро, увидела, что перед подъездом нет машин милиции и, соединившись с Вовкой, заорала:

— Ну, ты где?

— Едем, — коротко буркнул Костин, — не блажи!

— Я уже тут!

— Какого черта! Не смей ходить в квартиру, — заверещал Вовка.

Я сунула мобильный в карман. Как же! Альмира умирает, а со мной Мартин. Он с любыми бандитами справится.

Я влетела в подъезд. За столом охраны не было никого. Секьюрити по непонятной причине отсутствовал. Я тихонько приоткрыла дверь маленькой комнатушки, где, очевидно, отдыхают стражники. На диване лежал дядька в черной форме, из его груди доносился молодецкий храп. Доблестный охранник просто-напросто спал, манкируя служебными обязанностями.

На стене висел шкафчик. Вспомнив слова Альмиры о том, что у охраны имеются запасные ключи от квартир, я осторожно открыла дверцы и увидела ряды крючков, на которых висели связки. Мысленно поблагодарив провидение за то, что оно надоумило секьюрити заснуть, я схватила железное колечко, снабженное бирочкой с номером апартаментов, и вскочила в лифт, Мартин бесшумно следовал за мной. Дверь в квартиру Богачевской открылась легко. Я заглянула внутрь и, сжимая в руке пистолет, заправленный жидким мылом, воскликнула:

— Альмира!

В ответ тишина. Вцепившись в Мартина, я заглянула в гостиную, потом добралась до спальни. Терьер тихо зарычал, я пнула его ногой:

— Свои!

Страх начал подкатывать к горлу. Альмира совершенно спокойно лежала на кровати, прикрытая одеялом. На тумбочке виднелась раскрытая книга...

— Альмира! — погромче повторила я, и тут услышала за спиной шорох. Дальнейшее мне описать трудно. Сначала я обернулась, увидела маленькую фигурку, невольно попятилась. Мартин присел, потом прыгнул вперед... Фигура быстро вытянула руку, послышался сухой, тихий звук, словно сломали сухую палку. Терьер на секунду повис над полом, затем с оглушительным «ба-бах» свалился на ковер. Он по своей привычке не издал ни звука, из-под его мощного тела стала медленно вытекать лужа крови. С меня спало оцепенение.

— Ах ты, гадина! — теряя всяческое самообладание, взвизгнула я. — Мартин! Миленький!

Женщина опять подняла руку, в ту же секунду что-то больно толкнуло меня в бок. Понимая, что сейчас потеряю сознание, я нажала на курок. Мыльная струя угодила убийце прямо в лицо. Баба схватилась руками за глаза. Из последних сил я попыталась взять мобильный, но не смогла, ноги подкосились, и я, потеряв опору, рухнула около Мартина. Мое лицо оказалось возле его морды. Внезапно терьер открыл глаза и глянул на меня.

— Мартин, — прошептала я, — ты жив, помоги, она, кажется, меня убила!

Последнее, что запечатлелось в памяти: терьер, вскочивший на ноги, кидается на трущую глаза киллершу, а в квартиру врываются люди в форме, их много, очень много, даже Володя Костин оказался по непонятной причине в двух экземплярах.

В больнице меня продержали три недели. Собственно говоря, никакого повода для столь длительного лечения не было. Мне страшно повезло, пуля, скользнув по ребрам, просто содрала кожу. Возьми убийца на сантиметр левее, мне, скорее всего, пришлось бы покупать красивый гроб.

— Ты хоть понимаешь, дурья башка, — шипел Сережка, выставляя на тумбочку пакеты с соками, — отдаешь себе отчет, в какой расход могла вогнать семью? А? Все, естественно, захотели бы зарыть ваше дурацкое величество в самой роскошной домовине! На мой взгляд, это полнейшая глупость, но тем не менее. Пришлось бы мне растрясать «подкожные», тратить пиастры, отложенные на новую машину.

Мои соседки по палате вытаращили глаза и начали перешептываться. А я только вздохнула. Ну не объяснять же глупым бабам, что на самом деле Сережка меня любит, просто у него манера такая: постоянно ерничать и придуриваться!

Потом явился Вовка, мрачный, насупленный, и сердито велел:

— Пошли.

Боясь спросить: «Куда?» — я потопала за ним по коридору и оказалась в кабинете заведующего отделением.

— Теперь немедленно рассказывай все, — приказал приятель, вытаскивая сигареты.

Я не сумела довести до конца историю с Сорокиной и решила прикинуться идиоткой. Захлопав глазами, я осведомилась:

— Ты о чем?

Вовка схватил пепельницу и через секунду со всего размаха поставил ее на место. Горка окурков и пепла взлетела вверх, потом обвалилась вниз, частично просыпавшись на клеенку.

— Не надо считать меня кретином, — прошипел Костин. — Наплела вранья с три короба: Ксюша взорвалась в троллейбусе, живет в Израиле! Думаешь, я не помню, что идиотку, решившую сделать НЗ из компота на случай военного конфликта, зовут Руфина Марголис?

Я сначала не поняла, о чем он толкует, но потом, вспомнив историю с тестом, вылетевшим из коробки, запричитала:

— Все ты перепутал, я имела в виду...

— Не лги, — рявкнул Вовка, — начинай!

Я набрала побольше воздуха в грудь и рассказала все в мельчайших деталях, старательно припоминая даже незначительные подробности.

Когда выливавшийся из меня фонтан иссяк, Вовка мрачно покачал головой:

— Вот что, Лампудель, не стану сейчас уточнять детали, задавая тебе вопросы. Наши люди давно занимаются этим делом...

— Поиском Сорокиной? — подскочила я. — Ленька все-таки прозрел и решил искать Галку?

— Нет, — неожиданно миролюбиво сказал Вовка, — исчезновение Галины всего лишь маленькая веточка на большом, раскидистом дереве, и этот дуб давно пытаются спилить наши ребята. Позволю себе лишь прояснить пару моментов.

— Каких? — захлопала я глазами.

— Ты и впрямь такая дура или прикидываешься?

На секунду я растерялась, но потом обозлилась:

— В смысле? Как понимать твой вопрос?

Костин хмыкнул:

— За каким чертом ты понеслась в квартиру к Альмире?

— Но ее же убивали!

— Лампа! Ты сочла, что два трупа лучше, чем один? В помещении находились преступные элементы, явно с нехорошими намерениями! Знать об этом и сунуть любопытный нос в пекло!

— Дело не в любопытстве!

— Да? А в чем?

— Я не могу оставить человека в беде, меня попросили о помощи!

— Нужно было, известив меня, спокойно сидеть дома.

— Но...

— Дома!!! — взвизгнул Вовка. — В запертой квартире, с закрытыми окнами! Дура! Тебя могли убить!

— Со мной же был Мартин.

— Ну и что терьер сумел сделать, когда в него пульнули? Собака способна обратить в бегство мелких хулиганов, подростков, решивших поживиться в саду, бомжей, в конце концов, но с

вооруженным человеком ей тягаться не под силу.
Пуля, метко пущенная в голову, — и любое животное падает замертво.

— Но Мартин остался жив!

— Чудом. Ему невероятно повезло. Впрочем,
бабы плохо водят машину, но еще хуже стреляют, лучше всего у них получается варить борщ, —
схамил Костин.

Я решила не обращать внимания на колкости майора и предприняла попытку вытрясти из
него интересующую меня информацию.

— В меня стреляла женщина? — как можно
более правдоподобно удивилась я.

— А ты не разобрала, кто? — вопросом на
вопрос ответил Костин.

— Нет, — соврала я, — видела только, что существо мелкое.

— Пуляла баба, — кивнул Вовка, — что и
спасло вас с терьером. Робин Гуд из тетки фиговый, поэтому Мартину вместо головы она прострелила плечо.

— Кажется, у собаки нет плеч, — пробормотала я.

— Не занудничай! — взвился Вовка. — Не
идиотничай! У Мартина что, лапы прямо к шее
приделаны?

— Ну почти!

— Хватит, — рявкнул Вовка, — дура ты, а
не я.

Я промолчала. Опять неверное замечание.
Дурой Костин никак не может быть, вот дураком
сколько угодно! Но я не стану сейчас его поправлять, лучше скажу вот что:

— У меня тоже имелся пистолет.

— Заряженный мылом!

— И что? Киллерша-то потеряла работоспособность!

— Дуры, — теряя остатки самообладания, взвыл майор, — все бабы дуры!

Я укоризненно покачала головой. Да уж! Когда у мужчины заканчиваются аргументы, он, как правило, говорит эту фразу. Между прочим, процент идиотов среди представителей сильного и слабого пола одинаков, а статистика, точная наука, уверяет: дамы лучше водят машины, они реже попадают в ДТП, еще мы раньше становимся докторами наук. В среднем ученые-женщины получают почетное звание около пятидесяти лет, а очень умные мужчины становятся профессорами на десять лет позднее. Кроме того, ни одна баба, попавшая на необитаемый остров, не погибнет. Когда через год к ней зарулит корабль, то моряки увидят уютную хижину с занавесочками, подушками, ковриками и посудой. Где женщина возьмет все эти вещи? Не знаю! Достанет! А вот мужчина, оказавшись в подобной ситуации, станет лишь ныть, стенать... Впрочем, есть замечательная книга Дефо «Приключения Робинзона Крузо». Помните? Вначале Робинзону было плохо, тоскливо, скучно, у него ничего не получалось по хозяйству, но затем он нашел Пятницу, и жизнь его наладилась. То есть, среднестатистическому парню, русскому, немцу, англичанину, национальность тут не имеет значения, необходимо существо, обслуживающее его. Женщины же все делают сами. Вы, милые девушки, способны умереть от голода перед полным холодильником? А теперь припомните, что говорит ваш муженек, услышав вопрос:

— Почему ты не поел супа?

Голову на отсечение даю, что он произносит одну из двух фраз: «А что, у нас есть суп?» Или: «...Его же греть надо».

Так что простим им высказывание: «Бабы-дуры». Мы-то знаем себе цену. В конце концов, ну кто обращает внимание на ребенка, колотящего всех лопаткой? Неразумный младенец! А мужчины вечные дети. Впрочем, нет, ребенком ваш муж будет лет до пятидесяти, а потом у него тихо начнется старческий маразм, не ждите, пожалуйста, светлого промежутка между детством и старостью. Это мы, повзрослев в восемнадцать лет, взваливаем себе на плечи кучу проблем и боремся с ними до могилы. Сильный пол годами уютно сидит за спиной у мамы, потом перебирается под крылышко к женушке. Изредка он высовывается из гнездышка наружу и каркает:

— Все бабы — дуры!

Ей-богу, не стоит обижаться и отвечать:

— На себя посмотри, ты же без меня погибнешь, словно кочан капусты в пустыне.

Спорить с парнем безнадежное занятие, пусть он пребывает в счастливой уверенности: он умней жены. Хотя, обвиняя нас в нелогичности, мужчины выглядят просто комично. Ну-ка, задумайтесь над их главным аргументом: «Все бабы — дуры, я умнее». Лично я постеснялась бы произносить его вслух. «Я умнее дуры!» По-моему, это их не красит. Вот если сказать: «Женщины невероятно умны, но я все равно более интеллектуален». Это да, это красиво. Быть умнее умной приятно, а опередить по развитию дуру? Право, смешно, чем здесь гордиться?

Глава 32

Если кто-то из вас когда-нибудь был основным свидетелем по уголовному делу, примите мои искренние соболезнования. Лично я только сейчас поняла, какая это неблагодарная роль. Вас таскают на бесконечные допросы, вменяют в обязанность присутствовать на очных ставках, приводят в комнаты, где сидят сразу человек пять, одетых в пугающе одинаковую одежду, и велят вам грозным голосом:

— Теперь посмотрите внимательно и скажите, кто из этих людей отнимал у вас сумочку год тому назад в темном подъезде дома, куда вы случайно забрели, спутав адрес подруги. То, что там не горело электричество, мы уже слышали.

А еще случается такая процедура, как выезд на место происшествия. Отчего-то ее производят рано утром, ни свет ни заря, когда неимоверно хочется спать.

Лично я очень устала, общаясь со следователем. Но одновременно с этим я узнала и массу интересного. И чем больше информации доходило до меня, тем сильней я пугалась. Вот уж не предполагала размеры осиного гнезда, куда по чистой случайности сунула нос.

В конце июля мы с Костиным сидели в маленьком кафе на берегу Москвы-реки. Лето выдалось таким же жарким, как и весна, поэтому близость воды радовала. Лиза, Кирюшка и все собаки были отправлены в Алябьево на дачу. Я жила вместе с детьми, остальные члены семьи приезжали лишь в пятницу вечером. Но вчера Вовка самым таинственным голосом попросил:

— Слышь, Лампудель, давай кофе вместе попьем?

Слегка удивившись, я согласилась и сейчас слушала бормотание Костина:

— Лампа, сколько у вас в заначке?

— Много, — гордо ответила я, — четыре тысячи долларов. А что?

Майор закашлялся, я ухмыльнулась и стала ждать, пока он перестанет изображать приступ коклюша.

— Можешь дать мне в долг, — наконец выдавил из себя приятель, — месяца на четыре?

— Охотно, — кивнула я, — а зачем?

— Да машину куплю, — сообщил Вовка, — задолбался свою чинить.

— Без проблем, — заявила я, — но с одним условием.

— Каким? — удивился Костин.

— Рассказываешь мне все про Сорокину.

— Это шантаж! — разозлился Вовка.

— Точно, — согласилась я, — он самый и есть.

Мы препирались минут десять, и в результате я одержала полную и безоговорочную победу.

— Ладно, — сдался майор, — слушай. Но прежде чем добраться до ситуации с Сорокиной, мне придется объяснить тебе кое-что. Ну-ка, Лампудель, скажи, тебе хочется иметь много денег?

Я улыбнулась:

— Ты знаешь человека, который на этот вопрос ответит «нет»?

— Ладно, — согласился Вовка, — спрошу по-другому. Сколько тебе надо для счастья?

— Ну... сложно сразу сказать.

— А ты попробуй.

Я стала загибать пальцы:

— Хорошая квартира и дача у меня есть, следовательно, не хватает машины.

— И что ты купишь, если знаешь, что счет бездонный? «Гелентваген»? Самый навороченный «Мерседес»?

— Зачем они мне? Очень большие. Лучше что-нибудь маленькое, «Фольксваген Гольф» или «Ауди-3».

— Так, с машиной мы разобрались, давай дальше.

— Еще хорошо иметь средства на обучение Кирюшки и Лизаветы, вдруг они не поступят на бесплатное отделение.

— Ладно, ты за них заплатила, следующее.

— Дурацкий разговор!

— И все же?

Я заколебалась. Сказать правду? Еще засмеет.

— Давай, — поторопил Вовка.

— Купила бы себе детективное агентство и стала самостоятельно вести дела.

Костин захихикал:

— Мало тебе загнившего на корню «Шерлока»!

— Он принадлежит Федоре, она очень хороший человек, но совершенно не умеет вести бизнес. Принадлежи «Шерлок» лично мне...

— Ясно, — кивнул Вовка, — а теперь представь, что все желаемое ты можешь получить спокойно. Мешает лишь один человек. Ну, допустим, вы с Федорой равноправные партнеры, агентство куплено на паях, и с той и с другой стороны вложены одинаковые деньги. Ты недовольна Федорой и хорошо понимаешь, если она отойдет от дел, агентство расцветет. Каковы твои действия?

— Ну... попытаюсь объяснить компаньону его ошибки.

— Он неубеждаем.

— У меня мужчина в партнерах?

Костин поморщился:

— Давай без бабьих заморочек. Совладелец, кто бы он ни был, совершенно не способен принять чужую точку зрения. Что ты предпримешь?

— Заберу деньги и открою свое дело.

— Средств не хватает. Компаньон, как личность, очень тебе мешает, а деньги его нужны.

— Может, перестанем играть в вопросы-ответы? — обозлилась я.

Костин с аппетитом поглощал пиццу.

— Ты, Лампудель, — с набитым ртом пробубнил он, — патологически незлобивый человек. Да полно народу на мой вопрос нашло бы другой ответ: компаньона следует убрать, но так, чтобы капитал остался в деле.

— Убить? Но это же подло и очень опасно! Могут поймать!

— О! — поднял палец майор. — Вот мы и подобрались к сути проблемы. — Многих потенциальных преступников сдерживает лишь один момент: неотвратимость наказания. Страшно подумать, какое количество людей преспокойно переступит через ближнего, если они будут знать: им ничего не грозит.

— А муки совести? — перебила его я. — Мысли об ответе за свои поступки перед богом? Нет уж, лучше прожить в небольшом достатке, зато спокойно.

— Совсем по-другому размышлял человек, создавший бюро гадких услуг, — спокойно продолжил Костин.

— Каких? — удивилась я.

— Ну, помнишь, — спросил Вовка, — в советские времена были такие, которые под названием «Бюро добрых услуг» всякой ерундой занимались: картины людям вешали, книжные полки, электроосветительные приборы, няню через них можно было заказать, уборку квартиры.

— Вроде припоминаю, фирма «Заря».

— Ага. А вот главное лицо нашей истории основало «Бюро гадких услуг».

— Это как?

— Поясняю на реальных примерах. Жил-был на свете дядя Коля Потапов. Все у него было хорошо, карьера шла вверх, а потом, бац, уперлась в потолок. Очень Коле хотелось занять место генерального директора, но в вожделенном кресле дивно устроилась Верочка Киселева, из молодых да ранних. Сороковника тетке не было, а влезла на вершину. Никаких шансов подсидеть Верочку у Коли не имелось. Киселева была просто роботом, выполнявшим задания. Никаких ошибок она не допускала, на службе сидела с утра до ночи, семьи не имела, лично моталась по филиалам, и владелец фирмы просто обожал Веру. А Коле оставалось лишь скрежетать зубами, понимая, пока Киселева стоит у руля фирмы, никаких шансов воссесть в кресло генерального у него нет.

И тут наш Коля узнает про бюро. Через пару месяцев он уже главный директор в своей фирме. А где же исполнительная Верочка? О, она совершенно неожиданно встретила принца на белом «Мерседесе» и влюбилась по уши. Дело семимильными шагами идет к свадьбе. Будущий муж, однако, поставил невесте условие: Вера немедленно уходит со службы. Жених отлично зарабатывает и хочет иметь традиционную семью с женой у плиты и ребенком в коляске. Киселева мгновенно согласилась, как всякой бабе, ей внезапно захотелось простого семейного счастья.

Перенесемся на некоторое время вперед. Что случилось с основными героями истории? Коля по-прежнему начальник. А вот судьба Верочки сложилась не так здорово. Жених, так и не ставший мужем, бросил ее. Впрочем, Киселева сама виновата, отправилась с ним в гости, напилась там и, пока будущий супруг бегал за забытыми в машине сигаретами, бросилась на шею неизвестному мужчине. Правда, Верочка уверяет, что глотнула лишь чуток шампанского и совершенно не понимает, с чего ее так развезло, не знает она, и каким образом успела раздеться. Но факт остается фактом, вернувшийся принц обнаружил свою любимую голой, на диване, в объятиях постороннего человека. Сами понимаете, что ни о какой свадьбе речи больше не было.

Вовка медленно раздавил в пепельнице окурок:

— Въехала в ситуацию?

— Нет, — честно призналась я.

— Все, однако, крайне просто. Коля обратился в бюро, заплатил немалую сумму и решил свои проблемы. «Принца» Верочке подбросили, ситуацию на диване тоже разыграли, в шампанское налили снотворное. В результате Коля получил желаемое, а у Верочки нет никаких претензий, она сама виновата во всем, идеально организованная подстава, участники которой по разным причинам никогда не пойдут в милицию. Одному это совершенно не надо, другая не усмотрела в произошедшем никакого криминала, простая, как веник, житейская ситуация.

Еще история. Некая богатая женщина по имени Люся имеет на содержании мужа Костика, полнейшего альфонса, не желающего работать, но, к сожалению, чем гаже личность, тем сильней она действует на прекрасных дам. Мадам, не испытывающая никаких денежных сложностей, любила своего жиголо и была крайне шокирована, узнав о его измене. Да еще с кем? С собственной горничной. Ушлая девица не постеснялась сообщить хозяйке о своей победе, показала фотографии, на которых была запечатлена сладкая парочка, и ошеломила богачку знанием интимных деталей. В частности, перечислила родинки, украшавшие сокровенные места кавалера. Глупая прислуга потребовала от дамы большую сумму за молчание, в противном случае она обещала пойти в газету «Желтый фонарь».

Но шантажистка просчиталась. Взбешенная жена выставила за порог слабо сопротивляющегося мужа со словами: «Живи счастливо при поломойке».

Альфонс, пожелавший во что бы то ни стало вернуться в комфортное стойло, обратился в бюро. Через неделю к богачке явилась разъяренная женщина и накинулась на обманутую супругу с кулаками.

— Сволочь, — кричала нежданная гостья, — мужей отбиваешь!

На стол полетели фото.

Люся разинула рот. На снимках была изображена она сама, обнаженная, рядом с совершенно незнакомым дядькой. Ну не стану вдаваться в томительные подробности, скажу о конечном результате. Костик вернулся в семью королем. Люся, пребывающая теперь в полной уверенности, что вся афера с фотомонтажом была задумана горничной, решившей слупить с хозяйки денег, осыпала Костика подарками. Естественно, тетка с фото, на которых якобы была запечатлена сама Люся, и дядечка-детектив, «распутавший дело», являлись сотрудниками бюро.

— Ничего себе, — покачала я головой.

— Гениальный бизнес, — кивнул Вовка, — людям обещали решение проблем волшебным образом, без видимого криминала. Впрочем, работники бюро делали и мелкие пакости. Существовал и прейскурант на услуги. Допустим, смерть любимого домашнего животного — пятьдесят долларов, испорченная морда лица перед свиданием — та же сумма, небольшое ДТП обходилось в двести баксов, и так далее. Фирма, оказывающая гадкие услуги населению, работала бы себе и дальше, но тут владельцу бюро самому понадобилась помощь. Дело было в чистой психологии.

Мужчина, создавший предприятие, естественно, не мог в открытую заявить, чем он занимается, поэтому ему приходилось изображать из себя вице-президента весьма успешной компании «Рондо».

— Олег! — закричала я. — Бюро пакостных услуг придумал сын Альмиры.

— Точно, — кивнул Вовка, — он самый.

— Но Альмира считает его совершенно неспособным к ведению дел!

— Правильно, — согласился со мной Костин, — Олега абсолютно не волнует фирма матери. Она детище Альмиры. Сынок норовил постоянно удрать со службы, у него своих дел по горло.

— Но почему он не хотел открыть матери правду?

Вовка скривился:

— Альмиру характеризуют как жесткого, очень принципиального, безжалостного начальника. Но, с другой стороны, Богачевская очень честный человек, она никогда не имела дела с криминалом. У нее «белая» бухгалтерия, бизнесвумен платит налог и спит спокойно. Она бы никогда не позволила Олегу заниматься чем-то противозаконным, и Олег это знал. Представляешь, какие чувства гуляли у него внутри, когда на очередном совещании Альмира начинала в пух и прах разносить нерадивого сынулю? Богачевская никогда не стеснялась в выражениях и осыпала вице-президента крепкими «комплиментами»: «Идиот, кретин, неспособный к бизнесу чурбан!»

Бог знает сколько раз ему хотелось встать и заорать: «Заткнись! Мое дело приносит подчас больший доход, чем твое», — но, сцепив зубы, он сдерживался.

— Очень странно, — покачала я головой.

— Что именно? — насторожился Костин.

— Ну сейчас в нашем обществе появилась прослойка, по непонятной для меня причине именуемая «золотой молодежью», юноши и девушки из богатых семей, основное занятие которых пить, гулять да веселиться. О них пишут без конца газеты, им присваивают титулы светских львов и львиц. Честно говоря, я недоумеваю, читая подобные статьи. Ну зачем прославлять бездельников, живущих за счет родителей?

— И к чему сей пассаж?

— Так Олег мог уйти с работы и преспокойно заниматься своим бюро, изображая из себя «золотого» мальчика.

Костин покачал головой:

— А вот и нет. Во-первых, Альмира не из тех матерей, которые позволят тридцатилетнему сыну балбесничать. Во-вторых, Олег очень хотел, чтобы все окружающие убедились: он крут, круче только яйца от голубого дрозда, варившиеся в кастрюле час.

— Ну, ушел бы он от мамы и жил себе спокойно.

— На какие шиши?

— Ты сам же сказал, он зарабатывал достаточно.

— Ага, и как обнародовать доходы? Сын богатой Альмиры, вице-президент крутой компании, разъезжающий на элитной иномарке и посещающий бутики, не вызывает ни малейшего удивления. Ясное дело, откуда у него золотые россыпи — единственный сынуля Богачевской. Разругайся он в дым с маменькой, уйди от нее, потеряй начальственный пост в компании, как сразу возникнут сомнения. А откуда у Олега материальный достаток? Нет, ему оставался только один путь: сидеть в вице-президентском кресле и не рыпаться. Но роль дурака с каждым месяцем становилась все тяжелее.

А потом произошла судьбоносная встреча. Олег познакомился с черноволосой красавицей Ритой. Некоторое время молодые люди просто проводили совместно досуг, потом их чувства переросли в нечто большее, и наконец Рита открыла Олегу тайну. Да, она работает в центре «ТИС» простым администратором у колдуньи Олеси Сокирко. Но на самом деле является хозяйкой необычного бизнеса...

— Знаю! — закричала я. — Я очень хорошо понимаю, чем они там занимаются! Ласковые мерзавки! Инна Семеновна Топильская умело разжигает у клиентов интерес к Сокирко...

— Нет, Топильская тут ни при чем.

— Да ну?

— Инна Семеновна ни сном ни духом не знала о том, что творится у нее за спиной. Она, в силу своего разумения, пытается лечить людей. Давай оставим за кадром вопрос, отчего некоторым помогают пассы вокруг тела. Думаю, тут все дело в психике. Человек истово верит в то, что пришел к кудеснику, и выздоравливает, к тому же бывшие советские люди в массе своей имели печальный опыт общения с медициной, и до сегодняшнего дня во многих муниципальных лечебницах процветают хамство, взяточничество и полнейшее равнодушие к недужному. Нельзя сбрасывать со счетов и тот факт, что экстрасенсы еще не так давно считались гонимыми. Инна Семеновна сидела в тюрьме, а народ, воспитанный при Советах, твердо уверен: раз пугают и сажают, следовательно, этот человек и впрямь способен лечить наложением рук. Бездаря не упрячут за решетку, он никому не мешает. Такова история нашей страны. Вспомни хотя бы Лысенко, ухитрившегося в сталинские времена отправить в лагерь чуть ли не всех, тогда, правда, малочисленных генетиков. Ученые в коммунистические времена лихо расправлялись с оппонентами: не исповедуешь коммунистические принципы, не соглашаешься с официальной медициной? Посиди-ка, дружочек, в камере, подумай, поразмышляй о своем будущем. Потом, правда, времена изменились. Но до сих пор официальные медицинские структуры недолюбливают «альтернативников». Стоит вспомнить хотя бы доктора Илизарова, придуманный им аппарат имеется сейчас в любой мало-мальски уважающей себя больнице. А как все начиналось? Врача, демонстрировавшего профессуре набор спиц и гаек, объявили чуть ли не сумасшедшим, и он экспериментировал в сарае.

Инна Семеновна имеет подходящую биографию, вот к ней и текут люди, но помогают они себе сами, верой в экстрасенса. Впрочем, к Топильской претензий нет. В отличие от многих своих коллег она не берет тяжелые случаи, ну разве что когда от больного уже все отказались. А вот Сокирко...

— Знаю! Она притворяется колдуньей, дурит наивным людям головы!

— Это бы полбеды, — влез Вовка.

— Дай сама скажу! Дай!

— Ну, — усмехнулся Костин, — ты же мне уже один раз выкладывала свои размышления.

— Не вредно и повторить, не всякий сумеет размотать такой клубок, — гордо заявила я.

Вовка спокойно начал ковырять ложечкой пирожное.

Глава 33

— Олеся вычисляет из массы клиентов тех, кто готов на черные дела, — затараторила я, — если человек, верящий в магию, явился заказать наговор на смерть, это серьезно, значит, он на самом деле готов на убийство, правда, при помощи потусторонних сил, но это, в конце концов, не имеет значения.

Думается, если клиент беден, Олеся просто шепчет какие-то слова и, взяв, ну, долларов сто, предупреждает:

— Средство действует не всегда.

Но если Олеся чувствует большие деньги, да еще если клиентка демонстрирует глупость и тупое упорство, ее в затонированной машине везут к Ванде. Там, напугав дуру по полной программе, совершают магический обряд. Довольная клиентка, кстати отдавшая внушительную сумму, уходит счастливая. И тут наступает следующая фаза. Ванда обращается к намеченной жертве и предлагает ей выкупить свою жизнь за громадные деньги. Думаю, большинство клюнуло на ее предложение. Передо мной разыграли целое представление: гас свет, появлялась кровь, меня запугивали.

— В общем, верно, — кивнул Вовка, — когда Рита и Олег, обменявшись сведениями, узнали, что они занимаются родственным бизнесом, их ликованию не было границ. И она, и он испытывали большие затруднения в личной жизни. Стоило Рите сообщить своим кавалерам: «Сижу в приемной, работаю секретарем», — как ее социальный статус сразу падал.

Кое-кто из любовников просто уходил, считая ниже своего достоинства связываться с бедной девушкой.

— Извини, дорогая, — открыто заявил Рите один бизнесмен средней руки, — но моя жена должна быть либо из очень богатой, либо из очень родовитой семьи. Девушка твоего достатка и социального происхождения годится лишь на роль кратковременной любовницы.

Представляете, каково было Рите, имевшей в загашнике сумму, о которой и не смел мечтать заносчивый бизнесменишка, слышать подобные речи, но рассказать о себе правду она боялась. Сделала она это, сама не понимая почему, лишь однажды. Рита открылась Олегу. Все-таки есть такое понятие, как судьба.

Олег пришел в бурный восторг. Он тоже был вынужден говорить своим любовницам про службу вице-президентом в компании, где верховодит его мама. Девушки понимающе хмыкали, Олег Юрьевич скрипел зубами, но молчал.

Одним словом, горшочек нашел крышечку, Рита и Олег стали задумываться о будущем. Им в голову пришла замечательная мысль: следует отставить от всех дел Альмиру, отобрать у нее бразды правления. Но как? Добровольно госпожа Богачевская власть никогда не отдаст. А как бы

здорово все могло получиться! Альмира исчезает
из фирмы, Олег автоматически становится хозяином, они с Ритой женятся. Бюро и бизнес Риты
приносят стабильный доход, но никаких вопросов люди не задают. Олег легальный бизнесмен.
А там, подкопив деньжат, можно, исхитрившись,
переправить их за границу; приобрести уютную
виллу и спокойно провести оставшиеся годы на
теплом море в качестве почетного рантье. Счас-
тье-то вот оно, в двух шагах, а мешает ему Альмира.

И тогда Рита придумала выход. Зная, что Богачевская страдает от избыточного веса, она советует той обратиться к Топильской. Альмира
трезвая женщина, но Рита очень убедительна.
Она демонстрирует Богачевской свои фотографии и говорит:

— Вот, видите?

Зрелище и впрямь впечатляющее. На одних
снимках запечатлен жирный хомяк, на других
стройная девушка, на самом деле Рита, не желав-
шая мучиться, чтобы приобрести красивую фигуру, прибегла к липоксации, но об этом она «за-
бывает» рассказать Альмире.

Богачевская сходила пару раз к Топильской,
с легким недоверием начала пить заряженную
воду и вдруг понимает: она худеет.

На самом деле чудо объясняется просто. Зелье
ей привозит Рита. Она растворяет в нем лекарство под названием «L-тироксин», оно хорошо известно всем, испытывающим сложности со щитовидной железой. Таблетки совершенно свобод-
но продаются в аптеках, это отличное, испытанное
средство, гормон, который принимают по указа-
нию врача. Если же здоровый человек начнет

пить «L-тироксин», то он сначала начнет резко худеть, потом испытает проблемы с сердцем, заработает аритмию, станет падать в обмороки, у него начнутся истерики, немотивированная слезливость. В конце концов вероятна внезапная кончина. Впрочем, как Рита сейчас утверждает, смерти Альмире она не желала, просто хотела сделать из нее инвалида, человека, неспособного систематически работать, довести Богачевскую до такого состояния, когда та поймет: бизнес следует перевести на сына. И дело плавно текло к завершению. Когда ты познакомилась с Альмирой, она была почти в нужной кондиции.

— Но как же врачи не сумели установить причину недуга? — возмутилась я. — Неужели не делали анализа крови?

— Делали, конечно, — кивнул Вовка, — как же без биохимии, Альмире сразу назначили соответствующую терапию, а Рита мгновенно скорректировала дозу «L-тироксина». У врачей факт ухудшения здоровья Альмиры вызвал озабоченность, но не удивление. Встречаются такие больные, у которых по непонятной причине состояние не улучшается. Вообще говоря, в подобных случаях показана операция, но Альмира каждый раз, когда речь заходила о наркозе и скальпеле, требовала перевести ее в другую клинику. Да и Рита с Олегом ее поддерживали, дескать, попали не к тем специалистам, лечить не умеют, поищем других.

— Вот глупость!

— Да, — согласился Вовка, — люди, даже самые сильные, частенько боятся хирургов.

— Отчего же доктор говорил, что диагноз не установлен?

— Так правильно, — пожал плечами Костин. — Хитрая Рита сделала все, для того чтобы диагноз не поставили быстро. Каждый раз при переезде Альмиры в очередную больницу Рита, сопровождавшая Богачевскую, отдавала новым докторам историю болезни, где были подтасованы все данные. Бумажки из лаборатории, заключения врачей оказывались фальшивыми, и каждый раз в новой клинике все начиналось заново.

— Каков мерзавец!

— Кто?

— Да Олег же!

— Прямо скажем, не слишком приятная личность, — согласился Костин, — сейчас он, правда, утверждает, будто был не в курсе планов Риты. Дескать, это ее затея целиком и полностью. Она привозила воду, а он ее просто передавал матери, ни сном ни духом не подозревая о том, что растворено в минералке.

— Он врет! — твердо заявила я. — Он был уверен: Альмире не выкарабкаться, именно поэтому и совершил роковую для себя ошибку — пересел в кабинет матери, выкинул ее вещи, уволил секретаршу. Идиотский поступок, но, видно, парню очень хотелось почувствовать себя начальником, прямо сил не было терпеть. Но он просчитался. Тело Альмиры болело, зато дух был не сломлен. Как она его разнесла! Жуть!

Костин принялся вертеть в пальцах сигареты:

— Да уж. Характер Богачевской чуть ее не погубил. Альмира, привыкшая к тому, что практически все, услыхав ее начальственный тон, приседают и начинают мигом терять сознание от страха, вызвала к себе Риту и попыталась прижать ее к стене, но Риточка оказалась не из пугливых, кроме того, она очень хитра. Когда Альмира, размахивая бутылочкой минеральной воды, стала орать: «Завтра же отдам «лекарство» на анализ и узнаю, что там намешано», — Риточка прикинулась испуганной, заплакала и залепетала:

— Я ничего, вообще ничего не знаю! Но могу позвать сюда Инну Семеновну, прямо сейчас, у нее и спросите.

Альмира, увидев стандартную реакцию на свой гнев, слегка помягчела и уже не так сурово заявила:

— Давай.

Рита кивнула:

— Можно я только в туалет сбегаю?

— Ступай, — милостиво разрешила мать Олега.

Рита понеслась в санузел, вытащила мобильный и подняла тревогу.

Через некоторое время в квартире Богачевской прозвенел звонок, только это была не Топильская, а два головореза.

Поняв, что ее сейчас станут убивать, Альмира потихоньку включила мобильник. Она очень надеялась, что ты, сообразив, в чем дело, явишься на помощь. Собственно говоря, так и вышло. Бандиты влили в Альмиру огромное количество гормона. Для любого человека ситуация, на их взгляд, должна была выглядеть так: Богачевская долгое время болела, потом удрала из клиники, примчалась на работу, понервничала и... умерла дома. Естественно, специалиста-эксперта было бы не обмануть. Но Рита внаглую заявила следователю:

— А все покупается! Никто бы и дела возбуждать не стал. Скончалась хроническая больная, эка невидаль. Да мне за пару сотен баксов все нужные справки в зубах домой принесут.

— Почему же Рита не ушла сразу? Что искала в квартире Альмиры?

Володя допил кофе и поманил официантку:

— Еще эспрессо, двойной, в большую чашку! Не в наперсток.

— Налейте ему кофе в пивную кружку, — съехидничала я.

Подавальщица с каменным лицом ушла.

— Рита пыталась найти ключи от сейфа, — объяснил Володя, — Альмира хранила там деньги, драгоценности, документы. Но даже Олег не знал, где спрятана связка. Вот его будущая женушка и шуровала по шкафам, пытаясь обнаружить ключи. Она же не знала про звонок тебе. Представь, какое самообладание было у девицы. Входная дверь заперта, она ощущает себя в полнейшей безопасности, Альмира почти покойница. Рита методично обыскивает квартиру, и вдруг из спальни умирающей женщины доносятся непонятные звуки: фырканье, шаги... Любой другой преступник испугался бы, подумав, что жертва таинственным образом ожила, и удрал! А Рита хватает пистолет.

— Откуда он у нее?

— Револьвер принадлежит Альмире. Оружие лежало в кабинете, в ящике письменного стола. Это абсолютно в дамском духе. Рита хорошо об этом знает, Альмира никогда не скрывала факт наличия в доме пистолета. Кстати, Рита умеет стрелять, ее отец был военный, детство она провела в гарнизоне и теперь не испытывала никакого страха при виде оружия. Ее папа любил ходить в тир, часто брал с собой дочь, отсюда и умение стрелять. Дальнейшее тебе известно. Альмира осталась жива, вы с Мартином тоже. Удача навсегда отвернулась от Риты.

Послышалось тихое шлепанье, к нашему столику приблизилась официантка и со стуком водрузила перед Костиным высокую, прозрачную стеклянную кружку, доверху наполненную темно-коричневым напитком.

— Это что? — изумленно спросил майор.

— Кофе эспрессо, — меланхолично ответила девушка.

— Эспрессо? — обалдело повторил Костин. — В такой таре? Да здесь пол-литра!

— Сами же просили, кофе в пивной кружке, — сердито протянула подавальщица.

— Вы с ума сошли! — заорал Костин. — Такое бы мне и в голову не взбрело.

Глупая девица уперла в меня не слишком чистый палец.

— Она заказывала! Сказала: дайте ему кофе в пивной кружке, а для нас желание клиента закон. Попросите капуччино в тазике — принесу, пожелаете в самоваре, без проблем.

— Это же была просто шутка, — пробормотала я.

Официантка нахмурилась:

— Какие могут быть шутки, если человек на работе!

Повернувшись на каблуках, она ушла. Вовка осмотрел емкость и покачал головой:

— Вот, Лампудель, только свяжись с тобой, и мигом окажешься в идиотской ситуации!

— Кто же знал, что у нее чувства юмора нет, — отбивалась я, — уж могла бы сообразить, что никто эспрессо литрами не употребляет. Ладно, проехали мимо. Что с Сорокиной? Сколько можно молчать, а? У следователя спрашиваю, уходит от ответа, тебя пытаю — молчишь. Сделай милость, расскажи.

Вовка отхлебнул кофе и сморщился:

— Фу, крепости никакой.

— Попроси молока.

— Девушка, — крикнул Вовка, — добудьте сливок!

— Сколько? — поинтересовалась подбежавшая официантка.

— Чтобы вкусно было, — ответил Костин.

— Откуда мне знать ваш вкус? — резко заявила та. — Ну, пять порций? Шесть?

— Сто, — рявкнул Вовка, — ну нельзя же совсем ничего не соображать!

Подавальщица, поджав губы, ушла.

— Она и впрямь идиотка, — кипел майор, пытаясь оттянуть начало разговора про Сорокину.

— Галка погибла? — спросила я.

Костин тихо ответил:

— Да.

— Значит, я не ошиблась, это ее выволакивали из подъезда Павел и Виктор Каретниковы?

— Да.

— Они одели труп в халат и потянули к машине, — медленно продолжала я, — со стороны это выглядело так, будто двое пьянчуг везут бабу-алкоголичку, допившуюся до невменяемого состояния. Никто в родном дворе на них и внимания не обратил. Там это естественное зрелище.

— Точно.

— Но кому Галя желала смерти?

Вовка тяжело вздохнул:

— О мертвых плохо не говорят, но Сорокина

была полнейшей идиоткой — верила во всякие магические образы: наговоры, привороты... Вот и отправилась к Сокирко, когда решила избавиться от проблемы.

— Господи! — всплеснула я руками. — Вот уж не предполагала, что Галка задумает избавиться от Лени. Он же содержал ее! Сорокина катастрофически не желала работать, все придумывала разные причины, лишь бы не ходить на службу: то Алиса маленькая, то вегетососудистая дистония разгулялась. Неужели она решилась извести супруга? Да, Галка не любила Леню, но уходить от него не собиралась.

— А кто говорит о Лене? — перебил меня Костин.

— Но ты же секунду назад сообщил: Галка, верившая в наговоры, отправилась к Сокирко.

— Правильно. Только ты забываешь про других членов семьи!

— Никогда не поверю в то, что Сорокина хотела причинить вред Алисе.

— Нет, конечно, она любила девочку. Ну-ка, кто там еще остается?

— Ирина Глебовна! Мать Лени.

— Точно в цель, — кивнул Вовка. — Свекровь терпеть не могла невестку. Между нами говоря, было за что. Галка ленива, и почти всю работу по дому выполняла мать мужа. Ирина Глебовна просто превратилась в домработницу. Живет она в одном подъезде с «молодыми», поэтому с утра прибегала к ним, и начиналось: уборка, стирка, готовка. Это Ирина Глебовна, а не Галка воспитывала Алису.

— Я всегда удивлялась, отчего вполне обеспеченный Леня не наймет помощницу по хозяйству, — вздохнула я.

Костин опять отхлебнул кофе.

— Так он приглашал, но бедные бабы убегали через неделю. И Галя, и Ирина Глебовна вздорные особы, прислуга просто не выдерживала, никакой зарплаты не захочешь, если придется ублажать двух голодных гиен.

У Ирины Глебовны накопилось много претензий к невестке. А та тоже была недовольна: бабушка балует внучку, настраивает ее против матери, нашептывает мужу про жену гадости. Мира в семье Сорокиных не было. Там разыгрывались почти каждый день скандалы. Вначале Леня пытался гасить ссоры, разводил баб в разные стороны, но потом устал и решил: пусть живут как хотят.

Впрочем, лет через десять после свадьбы свекровь с невесткой поутихли и установили зыбкий нейтралитет. Достаточно спокойно прожили они до весны этого года. И тут Леня завел себе любовницу. Вернее, он и раньше бегал налево, а любящая мамочка покрывала сыночка, но на этот раз Леонид закрутил шашни с незамужней женщиной, которую Ирина Глебовна хорошо знала и которая очень нравилась ей. Естественно, у свекрови в голове стали крутиться мысли, как бы ей устроить «смену караула». К сожалению, Леня, как многие бизнесмены, скрывавший истинный размах своих прибылей, слишком доверял Гале и оформил на нее квартиру, машину, часть бизнеса. Ирина Глебовна очень хорошо понимала: состоись сейчас развод, Галя не постесняется не только забрать все «свое», но еще и затеет судебный процесс, чтобы откусить хороший ломоть от имущества мужа. Не зная, как поступить, Ирина Глебовна принялась с утроенной страстью изводить Галю, а у той лопнуло терпение.

Вот каково было положение у Сорокиных, когда Галя явилась к Сокирко и потребовала от той наговора на смерть для Ирины Глебовны.

Олеся сразу поняла: в данной ситуации можно поживиться. Далее события развивались по обкатанной схеме. Визит к Ванде, лепка куколки, потом оповещение Ирины Глебовны. Свекровь, узнав о том, что задумала невестка, ни минуты не колебалась. Она моментально созвонилась с любовницей Лени, и на «военном совете» дамы вынесли вердикт: кто к нам с мечом придет, от меча и погибнет.

У Ирины Глебовны имелось много украшений, в том числе с бриллиантами, сапфирами и изумрудами. Продав кое-что, она вручила деньги Ванде, и сафари на Сорокину было открыто. Действие разворачивается следующим образом. Наивная Галка, совершив колдовской обряд, ждет результата. Ей звонит Ванда и сообщает:

— Приезжай сейчас, возьми бумажку и запиши адрес.

— Зачем? — пугается Сорокина.

— Увидишь полный и безоговорочный конец свекрови.

— Но она живехонька-здоровехонька отправилась с Алиской на дачу! — воскликнула Галя.

— Правильно, — отвечает Ванда, — сегодня последний решающий сеанс, езжай куда велено, жди меня! Только имей в виду, никто не должен знать, куда и зачем ты отправилась, иначе ничего не получится.

— Ладно! — радостно восклицает Сорокина.

Глава 34

Ванда бросила трубку. Колдунья абсолютно спокойна, клиенты, боящиеся потусторонних сил, всегда слушались ее. Но она плохо знает Галю. Та ленива до самозабвения, поездка через весь город в метро ее не привлекает, такси тоже брать неохота. Наемные машины, как правило, дребезжащие, воняющие бензином таратайки, да и отдать придется немалую сумму, а Галина не любит тратить денежки зря, и вообще она большая любительница решать свои проблемы за чужой счет, поэтому и звонит Лампе. Естественно, она не говорит, зачем спешит на другой конец города, просто сообщает:

— Еду лечиться к экстрасенсу.

Доля правды все же в этом заявлении есть. Сорокина в свое время ходила к Топильской — лечила вегетососудистую дистонию. Посещая центр «ТИС», она узнала про Сокирко, ну и пошло-поехало.

Галя приезжает в квартиру Виктора Каретникова.

— Почему туда? — перебила я Вовку. — У Ванды, между прочим, две квартиры. Меня сначала привезли в одну, а потом, приняв за Иру Штамм, доставили в другое место.

— Правильно, — кивнул Володя, — Ванда не хочет, чтобы клиенты могли случайно пересечься, поэтому блюдет полнейшую конспирацию. В одном месте оборудован салон магии, в другом охмуряют жертв наговоров, но вот убивали людей каждый раз в другом помещении, соблюдали полнейшую секретность. Знаешь, как распределялись роли в банде?

— Ну... Рита — руководитель, хозяйка бизнеса, Сокирко и Ванда — мошенницы на окладе. Есть еще, наверное, парочка «шестерок», не слишком посвященных в дело ребят, вроде того парня, что приехал в Куледниково с письмом, — стала я загибать пальцы.

— В общем, верно, — кивнул Вовка, — только ты не учла один момент, людей-то убивали, причем, уничтожив по заказу жертвы колдовства того, кто сделал на нее наговор, бандиты начинали шантажировать эту жертву, тянули из нее деньги, разоряли человека. Понимаешь механику? Ты просто не добралась до конца цепочки. Слава богу, остановилась на стадии посещения Ванды в качестве жертвы. Сложись все по-другому, ты бы познакомилась с другими сотрудниками, киллером и теми, кто уничтожал трупы. Получается, что Альмира своим звонком спасла жизнь не только себе, но и тебе. Знаешь, кто руководил убийствами и непосредственно разрабатывал их «сценарии»?

— Нет.

— Ксюша, жена Павла Каретникова, маленькая, хрупкая женщина.

Я подскочила на стуле:

— Врешь.

— Ты, однако, грубиянка, — покачал головой Вовка.

— Но она же поэтесса!

— И что?

— Ну, — забубнила я, — в общем, конечно, ничего.

— Ванда тоже закончила гуманитарный институт, — сказал Костин, — училась в одной группе с Ксюшей, там они познакомились.

— Не может быть!

— Почему?

— Колдунье на вид все пятьдесят, а Ксюша значительно моложе. Я еще очень удивилась, когда увидела ее, полагала, что Ксения одного возраста с Раисой, братья, их мужья, практически не имели разницы в возрасте.

— Не так уж она и молода, — спокойно ответил Вовка, — просто очень худощава и тщательно следила за собой. Знаешь поговорку, маленькая собачка до старости щенок? Это про Ксюшу. Она чуть моложе Раисы, жены Виктора. Просто одна постоянно сидит на диете, бегает по салонам красоты, а вторая опустилась, ест три раза в день макароны с мясом и сыром, в промежутках лакомится чайком с булочками, поэтому Ксюша выглядит едва ли на тридцать, а Раиса похожа на пятидесятилетнюю тетку. Одна кажется на десять лет моложе, другая на столько же старше.

Ксюша страшный человек. Маленькая, хрупкая, романтичная, готовая заплакать из-за потери блокнотика, куда она записывает вирши, и абсолютно циничная, прагматичная особа, у которой вместо сердца камень. Ксению интересуют только деньги, ради них она готова на все.

Думается, Павла она не слишком любила, вышла за него замуж, привлеченная материальным достатком семьи Каретниковых, и пока были живы свекор и свекровь, существование Ксюши было комфортным. Родители содержали молодых, Ксения могла себе позволить не работать, а заниматься рифмоплетством, но потом добрые папа с мамой скончались, Павел начал пить, очень быстро спустил нажитое годами имущество. Ксюше и правда пришлось переселяться по месту своей постоянной прописки в избу, где она жила до замужества. Собственно говоря, именно для того, чтобы вырваться из этого ужасного места, Ксюша и выскочила замуж за Павла. Но судьба большая шутница, взяла ее за руку, поводила, показала красивую жизнь и... привела в исходную точку. Представляете ощущение Ксюши, оказавшейся вновь у разбитого корыта? Она была готова на все, чтобы обрести благополучие. И тут она случайно сталкивается с бывшей однокурсницей. Встреча с Вандой изменила ее судьбу. Обладавшая патологической фантазией, Ксюша стала писать пьесы. Только ставили их не на театральной сцене. Действие их разыгрывалось в жизни. В Ксюшины обязанности входило найти место для убийства, что было весьма непросто. «Клиенты» могли не согласиться приехать ночью в лес или в заброшенный дом, расположенный в глухой деревне. К тому же их смерть должна была выглядеть естественной, не насторожить никого, в том числе и правоохранительные органы. Поэтому в каждом случае разрабатывался свой план.

В варианте с Сорокиной придумали побег к

любовнику. Настрочили письмо от ее лица, положили на стол...

— Эй, постой, — подскочила я, — как же Леонид не понял, что записка написана не рукой
жены? Он разве не знал ее почерк?

— Он не видел послания!

— Это как?

— Ирина Глебовна, захлебываясь словами от
возмущения, показала сыну обрывки бумаги, ис-
писанные шариковой ручкой. Она сообщила,
что, явившись домой, обнаружила письмо, про-
читала его, потом, не сумев справиться с охва-
тившим ее гневом, разорвала записку. Леонид
поверил матери, да и как могло быть иначе?
Ирина Глебовна серьезная женщина, так шутить
не станет, Галя домой не вернулась... Мать хорошо знала сына, Леня никогда не пойдет в милицию позориться, сообщать о пропаже неверной
женушки. Нет, он просто вышвырнет ее шмотки
на помойку и станет через какое-то время открыто жить со своей любовницей, женщиной,
которая нравится Ирине Глебовне. Алисе тоже
глубоко наплевать на маму, девочка убивается по
поводу розовой футболочки и золотой цепочки,
судьба матери ее мало волнует. К тому же бабушка сильно подогрела ситуацию, рассказала внуч-
ке о том, что Галя бросила семью. Алиса, избалованный, грубый, плохо управляемый подросток, моментально возненавидела мать.

Ксюша тем временем, получив задание, по-
дыскивает место убийства. Она прикидывается
женщиной, которой негде встретиться с любовником, и снимает на день квартиру недалеко от
дома, где проживают Раиса и Виктор.

Надо сказать, что спившийся Павел и почти

такой же Виктор были у Ксюши на подхвате. Она взяла на «службу» опустившихся мужиков из экономии.

Павел и Виктор не слишком-то разбираются в том, что происходит. Ксюша привлекает их не всегда, иметь постоянно дело с пьющими помощниками опасно. Впрочем, за деньги двоюродные братья готовы на все, их совершенно не смущает приказ Ксюши вывезти тело Гали. Найдя квартиру для убийства, Ксюша сообщает мужикам:

— Сидите у Витьки дома, я позвоню, вам идти две минуты.

Каретниковы послушно ждут на кухне. Раиса на работе, поэтому они, не удержавшись, прикладываются к бутылке. В дым, зная, что предстоит хорошо оплачиваемая работа, не напиваются, принимают по чуть-чуть.

Галя едет к месту своей смерти, Ксюша приходит на снятую квартиру и видит хозяйку, которая ей сообщает:

— Извини, вот забери свои деньги, сегодня ничего не выйдет. Родственники на голову без спроса обвалились. Давай через неделю!

Ксюша в шоке. Такого еще не случалось! Дело-то закручено! Галя уже спешит по указанному адресу, Павел и Виктор ждут, чтобы транспортировать тело к месту захоронения, «могильщик» наточил лопату, деньги Ванда получила, и вдруг такой облом.

В первый момент у Ксюши просто начинается паника, но потом она берет себя в руки и мгновенно находит выход, звонит Гале на мобильный и самым сладким голосом говорит:

— Хочу проверить еще раз, правильно ли вы записали адрес.

Галя, не подозревающая ничего плохого, называет координаты.

— Вот! — восклицает Ксюша. — Так я и думала! Вы все перепутали — и номер дома, и квартиры. Надо быть повнимательнее.

— Она в машине написала новый адрес, — тихо сказала я, — а мне это подозрительным не показалось! Эх, знать бы.

— Радуясь, что по счастливой случайности дело происходит рядом с домом, где живет Виктор, — продолжил Володя, — Ксюша меняет дислокацию, и дальше все идет без сучка без задоринки. Галю угощают чаем, в котором растворен яд, потом Каретниковы переодевают ее в халат, забывают снять у нее с ноги цепочку и волокут ее вниз. Ни у кого эта троица не вызывает удивления. Соседи гуляют! Если кто и посмотрел на группу, то тут же забыл об увиденном, эка невидаль!

Ксюша забирает одежду Гали и уходит. То, что та потеряла платок и пряжку, она не замечает. Дело выполнено, теперь должен начаться следующий этап: шантаж Ирины Глебовны, его тоже осуществлять Ксюше. Свекровь Гали встречалась лишь с Вандой и Сокирко, о Ксении она не имеет понятия, и сценарий таков: на улице Ирину Глебовну остановит плохо одетая женщина, почти нищенка, покажет ей фото, из которого вырезано лицо Гали, потом продемонстрирует и недостающую его часть с дыркой от булавки. Пожилая женщина, естественно, испугается, а Ксюша тихо занудит:

— Я работаю уборщицей, вот, мыла кабинет

и нашла... А женщина-то пропала! И где она? Небось вам Топильская помогла! Вон на обороте написано: «Топильская, восемь». Номер кабинета Инны Семеновны! Знаю, знаю, чего она там делает! Кстати, и запись в журнале есть, и в компьютере хранится информация о посещении. Можно ведь и в милицию пойти, думаю, им интересно будет!..

— Глупости, — разозлилась я, — подойди ко мне кто-нибудь с таким разговором, я мигом бы отбрила: откуда узнали мои имя и фамилию, почему догадались, что именно я связана с этим фото...

— За тобой нет никакой вины, — вздохнул Костин, — а замешанные в убийстве люди сразу пугались. В особенности их убеждало фото. Ванда ведь требовала групповой снимок, желательно, чтобы вы были сняты вместе с жертвой, не у всех получалось, правда, отыскать такой, но у Ирины Глебовны-то он был. Собственно говоря, колдунья приказывала принести снимок в расчете на шантаж. Причем фотографии приносили все: сначала та, что делала наговор. То есть Галка притащила фото Ирины Глебовны. А свекровь явилась со снимком невестки. Ванда объясняла, что это надо для обряда.

— Зачем ей столько фотографий?

— Так неизвестно же, кого придется шантажировать! Вдруг Ирина Глебовна откажется мстить Гале? Тогда убили бы ее и шантажировали невестку, а если свекровь готова уничтожить Галю, то получается обратная ситуация. Понимаешь, шантаж приносил не меньше прибыли, чем убийство, даже больше. Сначала попавшие в лапы к преступникам за немалые деньги выкупали фото, потом требовалось вычеркнуть их фамилию из книги регистрации клиентов, затем уничтожить файл в компьютере, потом откуда ни возьмись возникали новые снимки, на этот раз клиент видел себя на приеме у Ванды... Одним словом, людей просто потрошили, пугая разоблачением.

— Но почему на фото писали фамилию Топильской и номер ее кабинета? Инна Семеновна совсем ведь ни при чем.

— Очередная Ксюшина выдумка, — хмуро сказал Костин, — она хотела представить дело так, будто шантаж исходит от Инны Семеновны. Во-первых, бандиты терпеть не могли Топильскую, она, впрочем, не подозревая, чем занимаются у Сокирко, никогда не скрывала своего резко отрицательного отношения к Олесе. Вот Ксюша и решила скомпрометировать экстрасенса.

— Глупо!

— Очень! Но сволочную сущность не задушишь. И еще, конечно, нужно было отвести подозрения от Ванды и Олеси. У человека мог возникнуть вопрос: как же фото попали к уборщице? А так все ясно, они из кабинета Топильской, Инна Семеновна их украла и теперь занимается шантажом. Но повторюсь, вопросов никто не задавал, все дрожали от страха и отстегивали денежки. На что преступники и рассчитывали!

— Но каким образом снимок оказался в кошельке у Виктора?

— Бумажник принадлежал Павлу. Парни отвезли тело к могильщику, получили от него деньги, по двести пятьдесят долларов на брата, и очень довольные покатили домой. Павел, который был в этой паре главным, сунул мзду в свой кошелек, пообещав брату отдать его часть дома. Потом полупьяный Виктор не справился с управлением, и произошла авария. Человек, который собирал вещи погибших, поступил непрофессионально, поместил портмоне не как положено, в отдельный полиэтиленовый пакет, а сунул в сумку Виктора. Жадная Раиса «опознала» портмоне мужа, ей очень захотелось заграбастать деньги.

— Это понятно, а фото откуда?

Володя недовольно посмотрел на остывающий кофе.

— И где же мои сливки? Они что, пошли корову доить? Теперь о фото. Павел был выпивоха, но кое-какие амбиции он сохранил. Деньги, полученные от жены за участие в преступлениях, а последний год супруги просто существовали в одной квартире, он прятал, хотел переиздать свою книгу, почувствовать себя уважаемым человеком. Но скопить нужную сумму он не мог, частенько лазил в НЗ, брал деньги на водку, потом ругал себя, снова начинал копить. Павел далеко не глуп, частенько подслушивал разговоры Ксюши. Еще он не гнушался воровства, мог залезть к жене в сумочку и спереть оттуда пару ассигнаций. За день до своей кончины он проделал этот маневр в очередной раз и увидел снимок с вырезанной частью и прикрепленную к нему скрепкой «голову». И тут в мозгах Павла рождается гениальная идея. Он прячет снимок в тайник. Им движет простой расчет. Если жена начнет суетиться, искать фото, следовательно, оно имеет для нее ценность. Павел подождет пару деньков и предложит Ксюше выкупить снимок.

Не найдя карточки, Ксения поднимает тревогу. Она звонит Ванде, интересуется, не оставила ли у нее фото, обыскивает все вокруг. Павел тихо радуется, расчет оправдывается. И тогда он разделяет снимки, нельзя быть дураком. Пусть Ксения сначала выкупит «голову», а потом и остальную часть. Решив сегодня же потребовать мзду, Павел прячет кусочек снимка в портмоне и уходит к Виктору. Он не хочет злить жену перед делом. Сначала работа, а уж потом разговоры про выкуп. Причем, зная Ксюшу, переговоры Павел намерен вести в людном месте, поэтому и прихватывает фото с собой, но не успевает выполнить задуманное, погибает в катастрофе.

Ксюша не встревожена отсутствием дома мужа. Павел и раньше, запив, мог пропадать неделю, ее больше заботит пропажа фото. В конце концов приходится признаться Ванде, что снимок потерян.

Разгорается невероятный скандал. Колдунья припоминает «сценаристке» все промахи. Вначале ситуацию с Раисой. Жена Виктора ни коим образом не замешана в этой истории. Но Ксюша, на ходу поменявшая место убийства Гали, оказалась невнимательной. Во-первых, у Сорокиной выпал из кармана платок, во-вторых, оторвалась пряжка. Раиса сразу решила, что Виктор приводил к себе какую-то бабу, и просто озверела. Но еще больше она разозлилась, когда, решив поменять белье в понедельник вечером, нашла прицепившуюся за наволочку серьгу. Рая сразу узнала украшение, оно принадлежало Ксюше. Очевидно, переодевая Галину, Ксения обронила серьгу. Раиса взбесилась. Она позвонила ненавистной родственнице и стала выкрикивать бессвязные фразы.

— Ты здесь была! Я знаю! Вы с Витькой! Павел мерзавец! Ну погоди! Я всем расскажу!

Ксюша, и без того изрядно перенервничавшая, решает, что Виктор, несмотря на строжайший запрет, все-таки рассказал жене про доходную «работу». Ксения несется к родственнице и предпринимает попытку успокоить разгневанную Раису.

— Ты спутала, — щебечет она, — у меня никогда не было таких серег! И зачем бы мне сюда приходить в твое отсутствие? Я и Виктор! Придет же такая дурь в голову. Давай лучше чаю попьем!

Раиса вроде бы успокаивается. Но, сев за стол, снова налетает на Ксюшу:

— Это ты тут была, точно! Я все знаю!

— Что же? — натужно улыбается Ксюша.

Раису «несет»:

— Все про всех! Имей в виду...

Дальше Рая начинает выкрикивать совсем уж бессвязные фразы, вернее, вопли. На самом деле она просто не может справиться с ненавистью, которую всю жизнь испытывала к Ксюше. Но поэтесса понимает ее по-своему. Виктор все же, несмотря на строжайший запрет, растрепал жене о том, что уже давно не работает на заводе, а служит на подхвате у Ксении.

— Успокойся, — увещевает Раю Ксюша, потом, воспользовавшись тем, что та плачет, закрыв руками лицо, быстро бросает яд в ее стакан и заботливо продолжает: — Выпей, тебе легче станет.

Потом она отводит Раю в спальню, дожидается ее смерти, кладет на тумбочку упаковку от лекарства и пишет печатными буквами корявую записку. Почерка Раисы никто не знает, она ни с кем не общалась письменно, можно, конечно, исхитриться и найти в личном деле заявление о приеме на работу, только местному отделению милиции совсем неохота заниматься лишним делом. Самоубийство же статистику не портит. Тем более что ситуация кажется прозрачной, словно рюмка хорошей водки: у бабы погиб муж, вот она, повредившись слегка умом, и решила уйти из жизни.

— Почему же Ксюша не отравила меня? Ведь я заявилась к ней с расспросами?

Вовка хмыкнул:

— Ты не показалась ей опасной, пришла сообщить о смерти Павла, увидела «нищую» Ксюшу, которая разыграла спектакль. Твои вопросы Ксюша объяснила обычным бабьим любопытством. Ты, Лампа, очень похожа на идиотку, и в некоторых ситуациях это тебя спасает.

Глава 35

Ванда, узнав о произошедшем, злится. Лишний риск никому не нужен. Убивать следует лишь за деньги.

Недовольны по разным причинам все, и Ксюша, и Ванда, и Сокирко, и Рита. Ксюша понимает, что ей не верят, Ванде кажется, что она получает мало денег, Сокирко тоже считает, что должна иметь больше, а Рите не нравится самой привозить клиентов к Ванде, но колдунья настаивает на этом. В банде начинает назревать раскол. И тут Ксения находит снимок, совершенно случайно, в разбитом ящике. Для нее это настолько большая неожиданность, что она совершенно искренне восклицает:

— Ну надо же! Совсем забыла про тайник!

Ей сразу же стало понятно, кто и зачем украл фото. И здесь Ксения от неожиданности делает самую большую ошибку!

— Называет имя Альмиры! Якобы это ее приятельница! — воскликнула я. — Но откуда Ксения знает про Богачевскую?

— Как это? — удивился Вовка. — Они же все одной веревочкой повязаны! Рита велела Ксении приступить к завершающему этапу истории с

Альмирой. Дала подельнице визитку Богачевской и велела: «Готовь сценарий кончины этой
бабы, но так, чтобы комар носа не подточил. Это
касается лично меня. Смерть должна произойти
не в больнице». У Ксюши в голове все время
крутятся идеи, связанные с Альмирой, вот она в
момент крайнего удивления и сболтнула лишнее.
Ксюша просто поражена: Павел, опустившийся,
спившийся идиот, был, оказывается, вовсе не так
прост! Он задумал обвести жену вокруг пальца.

Впрочем, часть потерянных снимков найде-
на, и Ксения звонит Ванде с радостной вестью.
Но колдунья недовольна. Ксюша спешит в центр.

— А почему она прикидывалась нищенкой?

— Ксения собирала деньги для того, чтобы
начать новую жизнь, — пояснил Вовка, — хотела
бросить избу, в которой, кстати, оборудовала
себе комфортное гнездышко. Она предполагала
жить под чужим именем, купить квартиру, вы-
пускать свои книги со стихами и полностью забыть про центр «ТИС». Сама себе она поставила
условие: накопить необходимую сумму — и все,
уйти из банды. До поры до времени, будучи Ксенией Каретниковой, она не могла обнародовать
деньги, поэтому и прикидывалась нищей. Испи-
тая, грязная бабенка не интересовала соседей,
которые сами были такими же. Кстати, Ксения
иногда «наряжалась» бомжихой и для работы.
Если к ней вдруг кто забегал без спроса, то видел
лишь убогую кухню, в свои тщательно отделан-
ные комнаты она, естественно, никого не пуска-
ла. Павел жил в ужасных условиях, на мужа-пья-
ницу Ксения денег жалела. Наверное, он затаил
обиду и поэтому решил поживиться за счет жены.

Поговорив с Вандой, Ксюша возвращается к

себе. Она понимает, что колдунья ей не поверила. Да и сама Ксения бы засомневалась, услыхав
от своей подельницы такую историю: потеряла
ненароком фото, случайно нашла... Ксюша поняла, с ней разберутся по-свойски. Рита не простит «сценаристку». Поэтому она решает бежать.

— Но ее убили! Кто? То есть теперь ясно, конечно, что ее убрали по приказу Риты.

— Нет.

— А кто тогда?

— Никто.

— Как это?

— Ксения жива. Не забудь, она «сценарист-
ка». Поэтому умело замела следы. Ксения наняла таджиков и велела разломать и вынести из
дома все, что хоть легким намеком напоминало
об уютном гнездышке, не пожалела ничего. Ломать не строить. Рабочие справились с заданием
быстро. Мусор они просто отволокли на свалку,
которая почти подступила к избушке Ксюши,
далеко ходить с мешками им не пришлось. Дело
происходило поздно вечером, почти ночью, соседи либо пьяны, либо видят третий сон. Гастар-
байтеры плохо говорят по-русски, Ксюша совершенно не боится, что они станут болтать. Все
свои вещи быстренько побросала в большие плас-
тиковые мешки и перевезла в квартиру, которую
сняла заранее. Правда, случилась одна досадная
мелочь: из очередного мешка, набитого вещами,
выпала сумочка.

Когда уютная комната и хорошо оборудован-
ная ванная превратились в руины, Ксюша отправилась к котельной, где кучкуются бомжи. Одета
она была соответствующим образом, в сумке несла пару бутылок водки и батон колбасы. Мест-

ные маргиналы встретили гостью на ура, когда спиртное было распито, Ксюша предложила одной из бомжих, женщине, отдаленно на нее похожей, сходить с ней за следующей порцией горячительного. Естественно, пьянчужка с радостью пошла с новой «подругой».

Ксения привела бомжиху к себе и преспокойно отравила ее, потом положила труп на матрац, поставила рядом бутылки, а сама, переодевшись в нормальную одежду, ушла. Она была совершенно спокойна, в ее сумочке лежал паспорт на имя Анны Сергеевны Петровой. Ксения полагала, что милиция не станет особо утруждаться, расследуя смерть никому не нужной бабы, найденной в обшарпанной комнате в окружении пустой тары из-под дешевой водки. Вот Рита, Ванда и Олеся, скорее всего, заволнуются и попробуют осторожно разузнать, куда подевалась подельница. Но они будут искать Ксению Каретникову, а не Анну Петрову, и потом преступницы побоятся предпринимать слишком активные действия.

Может, все бы и вышло так, как было задумано, но эксперт, осматривавший тело несчастной бомжихи, оказался человеком внимательным и очень ответственным. У погибшей на спине обнаружилось большое родимое пятно в виде бабочки. И медик вспомнил, что не так давно читал ориентировку, в которой в качестве основной приметы пропавшей бесследно женщины указывалась родинка такой причудливой формы.

К сожалению, многие обыватели сейчас уверены: все сотрудники милиции взяточники и негодяи, готовые на активные действия лишь при виде зеленых купюр. Но это не так! Просто газеты, к сожалению, очень охотно пишут о коррупции в органах МВД и совершенно не рассказывают о сотрудниках, которые за маленькую зарплату честно и самоотверженно выполняют свою работу.

Эксперт пошел в соответствующий отдел, милиционеры подняли документы и установили — перед ними лежит труп Ольги Ивановны Котовой, дамы, бросившей мужа и двоих детей. Супруг безуспешно разыскивает жену, а та, опустившаяся пьяница, предпочла жить в среде бомжей, напиваясь каждый день до свинского состояния. Семья мало интересовала бесшабашную бабу. Был вызван муж, который сразу опознал беглянку. Тогда следователь задался следующим вопросом: если умершую звали Ольгой Котовой, то где Ксения Каретникова, чей паспорт валялся в кухне на столе. Потом подоспели результаты вскрытия, выяснилось, что погибшая и впрямь отравилась, но не водкой, а ядом, следовательно, налицо кончина не от несчастного случая, а убийство. Дознаватели осмотрели избу, заметили кое-где остатки хорошего кафеля и дорогих обоев, да и потолки в комнате Ксении и ее ванной сильно отличались от тех, что были во всей квартире. Оперативники не поленились обыскать двор, заглянули на помойку, обнаружили мешки с кусками обоев и битым кафелем, сравнили найденную плитку с той, что осталась в ванной. В общем, машина завертелась.

— Я подумала, что ее убили, — пробормотала я.

Вовка потер рукой затылок:

— Ты не поняла, что на матраце не Ксюша?

— Нет, — растерянно ответила я, — я сначала удивилась, увидев, как преобразилось помещение, а потом испугалась. Труп лежал спиной к двери, я подумала, что это Ксюша!

— Ты вообще слишком много размышляешь, и все не по делу, — довольно сердито заявил Вовка, — вспомним хотя бы ситуацию с Вандой. Ну-ка!

— Что ты имеешь в виду?

— Сама мне рассказывала, как заявилась к колдунье, а та стала тебя пугать: дескать, не заплатишь, худо будет, вспоминаешь?

— Конечно.

— А потом Ванда рассказала историю про женщину, которая заказала наговор на смерть, не рассчиталась с ней и пропала!

— Да.

— А ты решила, будто речь идет о Гале. Почему?

— Ну... не знаю, я так подумала!

— Думай меньше, — рявкнул Костин, — Ванда просто болтала, желая припугнуть тебя. Нельзя все услышанное прибивать к своей версии. Ты ошибалась!

— Не всегда, — уперлась я, — Топильская, кстати, сразу сказала, что Галя посещала Сокирко.

— Так Инне Семеновне скрывать было нечего, — пожал плечами Вовка, — ты попросила автограф для больной подруги, свято верящей в то, что пара строк от Топильской поможет ей встать на ноги, так?

— Так!

— Инна Семеновна, человек участливый, сначала согласилась помочь, но ей, для того чтобы совершить «мысленный посыл», нужно знать точный диагноз Гали.

Вовка на секунду остановился, перевел дыхание и продолжал:

— Извини, конечно, но, на мой взгляд, вся эта чертовщина с мысленными приказами полнейшая чушь. Но Топильская искренне верит в их силу. Она находит карточку Сорокиной и тут же отказывается ей помогать.

— Но почему Олеся Львовна записывала своих пациентов? Разве она не боялась?

— Чего? Она работает совершенно легально, у нее имеется патент на оказание «магических услуг». Отнюдь не все ее клиенты озабочены смертью близких, да и записи слегка подтасованы. Против фамилии Сорокиной стоит: отворот любовницы и приворот мужа навечно. Вообще ты молодец!

— Кто? — растерялась я.

— Ты.

— Я?

— Ну да, проявила смекалку, расторопность, изворотливость, сумела самостоятельно разобраться в некоторых ситуациях.

— Сейчас начнется ураган и пойдет снег, — прошептала я.

Вовка опешил:

— В жарком мае? С какой стати?

— Ты меня решил похвалить!

Костин сердито прищурился:

— Вовсе нет, тебе это просто показалось! Просто уму непостижимо, сколь глупа может быть баба! Лезешь везде длинным носом!

— Уж определись, пожалуйста, кто я: молодец или идиотка!

Вовка обозлился окончательно и заорал:

— Что за ерунда! Где мои сливки! Сколько можно ждать!

Из глубины кафе не спеша выползла официантка. В руках она несла поднос, на котором громоздились маленькие, порционные упаковки сливок. Девица приблизилась к нам и ссыпала на стол несметное количество лоточков.

— Незачем так нервничать? — известила она.

— Это что? — в полном изумлении спросил Костин.

— Сливки.

— Но их тут море!

— Сто штук, как вы просили, поэтому я и задержалась с выполнением заказа, — меланхолично пояснила девица, — пришлось в магазин гонять.

Вовка уставился на девицу, я на Костина.

— Но это же была шутка, — взвыл майор, — неужто непонятно!

Подавальщица дернула плечом:

— Фиг вас знает! Тот, кто поглощает эспрессо пивными кружками, вполне способен попросить к нему озеро сливок. Вот счет!

Расплатившись, майор подождал, пока официантка утопает на кухню, и, когда она исчезла из виду, гневно воскликнул:

— Все ты!

— Что?

— Идиотство! Эспрессо в пивной кружке.

— Ладно, согласна, я глупо пошутила, но сливки же заказал ты сам.

— И что теперь с ними делать?

— Не переживай, — успокоила я майора, — давай ссыпем их в пакет и отнесем домой.

— Кретинство, — бубнил Вовка; сметая в

подставленную мной тару крохотные пластико-
вые формочки. — Глупей ситуации и не приду-
маешь. Хуже было лишь с Петькой, когда его жена застукала в кино с любовницей. Представляешь? Петька...

— Любовница! — закричала я. — Вовка! А с
кем жил Леонид? Кто эта женщина, которая
вместе с Ириной Глебовной задумала наказать
Галину?

Костин сунул в пакет последнюю упаковку
сливок и сердито ответил:

— Не скажу!

— Почему?

— Не хочу!

— Вовка!!!

— На суде узнаешь, — рявкнул Костин, —
мучайся теперь! Пивная кружка!

Размахивая пакетом, он пошел к двери. Я по-
семенила за ним, вот уж не ожидала от приятеля
такой детской вредности.

Как многие мужчины, Костин вспыльчив, но
отходчив. Иногда он после очередного припадка
гнева начинает оправдываться и говорит:

— Лучше не попадайтесь мне под горячую
руку, раздавлю и не замечу.

Это правда, но потом Володя начнет укорять
себя и оплачивать «похороны». Честно говоря, я
не обращаю никакого внимания на его вопли,
потому что люблю Костина за минуты раскаяния. А еще он, поняв, что несправедливо наорал
на вас, начинает делать подарки. Лично я являюсь счастливой обладательницей тучи керами-
ческих фигурок, которые дарил мне раскаяв-
шийся майор.

Зная об этой особенности приятеля, я подо-

ждала, пока он выкурит на свежем воздухе сигарету, и повторила вопрос:

— Так кто она?

— Не догадалась?

— Нет.

— А она была совсем рядом, тебя привело к
ней абсолютно правильное размышление.

— Какое?

— Ты сделала логическое заключение: у кого
в альбоме нет фото со дня рождения Леонида
Сорокина, тот каким-то боком замешан в деле.
Так?

— Точно.

— У Амбарцумовых снимок оказался на месте.

— Ага.

— А у Тины?

— Нет.

— И что, до сих пор ты не понимаешь?

Я попятилась.

— Ты хочешь сказать...

— Правильно, — кивнул Костин, — это Тина.

— Но как же...

— Все просто. Годы бегут, штампа в паспор-
те нет, — вздохнул Вовка. — На дне рождения
Лени Тина познакомилась с Ириной Глебовной.
Женщины очень понравились друг другу, затем у
Тины, при полнейшем попустительстве Ирины
Глебовны, вспыхнула любовь с Леней. Женя не
заговаривал о свадьбе, а Сорокин, подзужива-
мый мамочкой, сразу заявил:

— Готов хоть сейчас отвести тебя в загс,
только Галя мешает!

— Тина сказала мне, что фото взял Женя.

— Ты веришь всему услышанному!

— Но... я подумала...

— Говорили же тебе, меньше думай!

Я, не обратив внимания на очередное Вовкино хамство, пыталась осмыслить ситуацию.

— Зачем Ирина Глебовна взяла фото у Тины?

— Они решили на всякий случай подстраховаться.

Леонида они не собирались вводить в курс дела, Алису тоже. Мало ли кто из домашних Сорокиных полезет в семейный альбом, не найдет снимок, начнет приставать с расспросами, а Тина живет одна.

— Мне она ничего не сказала про разрыв с Женей! — пробормотала я. — До недавнего времени я считала, что они вместе.

— Так ты и не спрашивала о ее отношениях с ним.

— По-моему, Ирина Глебовна и Тина перемудрили с этой фотографией.

— Мне тоже так кажется, — кивнул Вовка, — но у страха глаза велики. Везде светилась Ирина Глебовна, Тина оставалась в тени, Ванда и Рита о ней не знали. Вот будущие родственницы и решили поступить столь странным образом. На этом настояла Тина, ей казалось, что, поступая так, она выводит, в случае форсмажорных обстоятельств, из-под удара старуху, не она брала фото!

— Скажите, пожалуйста, какие нежности! А Тина не насторожилась, когда я завела речь о фото?

— Нет.

— Почему?

— Она же тебя хорошо знает, потом ты наплела историю про подарок к дню рождения Леонида, сюрприз и прочее. Твой визит Тину не обеспокоил ничуть. И еще...

— Что?

Вовка ухмыльнулся:

— Она считает тебя дурой, глупой, недалекой особой, способной лишь убирать квартиру и печь пироги. Знаешь, как у мадам вытянулась морда, когда она узнала о твоей роли в этой истории.

Эпилог

На суд я пошла, о чем глубоко пожалела прямо в зале заседаний. На скамье подсудимых оказалось много человек: Ванда, Рита, Олег, Ксюша, Олеся Сокирко, Ирина Глебовна и Тина. Последняя, не без помощи Ирины Глебовны, отделалась легким испугом, ее отпустили прямо после процесса. Очевидно, старуха и в самом деле любила Тину, потому что она полностью выгородила ее, взяв всю вину на себя. Впрочем, когда после оглашения приговора к клети с ключами в руках подошли конвойные, и суду, и прокурору, и залу сразу стало ясно, в чем дело. Ирина Глебовна, вцепившись в Тину, громко спросила:

— Ты ведь не бросишь моих, Леню и Алиску? Ты вспомнишь, что я для тебя сделала?

Но это был не самый неприятный момент. Хуже всего мне пришлось, когда Алиса, услыхав, что бабушке дали десять лет, рванулась к скамье подсудимых с воплем. Двое крупных, накачанных мужчин в форме никак не могли справиться с хрупким подростком, цеплявшимся за решетку, ограждавшую подсудимых от внешнего мира. В руках Алисы появилась просто нечеловеческая сила. Конвоиры отдирали девочку от прутьев, а та, вопя, сопротивлялась.

— Бабулечка! За что! Так Гальке и надо! Она первая хотела тебя убить! Буся! Я с тобой! Папа! Сделай что-нибудь! Папочка!!!

Леонид, великолепно понимавший, что Ирина Глебовна, скорей всего, не доживет до своего освобождения, подошел к дочери и что-то ей тихо сказал. Внезапно Алиса отпустила решетки и, повесив голову, покорно пошла за отцом.

Все члены банды и их пособники получили свой срок и были отправлены к месту отбытия заключения. Больше я никогда не встречалась с ними и искренне надеюсь, что не увижу и в дальнейшем. Наше общение с Леонидом практически сошло на нет. Я поздравила его с днем рождения, а когда позвонила на Новый год, то нарвалась на Алиску. Услыхав мой голос, девочка прошипела:

— Не смей сюда больше звонить! Все из-за тебя, дрянь!

В ухо полетели частые гудки. Я бросила трубку на диван. Бесполезно в данной ситуации взывать к разуму. В глазах Алисы я тот человек, из-за которого обожаемая бабушка сейчас сидит на зоне. Мартин выздоровел, Иришка Штамм поахала, узнав про мои приключения. А я купила терьеру в подарок огромную кость. Хватило ее, правда, всего на полчаса.

Примерно через полтора года после описываемых событий я поехала в магазин. Набила тележку до упора упаковками соков, бутылками с минералкой, пакетами с крупой и, еле-еле толкая корзину, порулила к кассе. К аппаратам змеились очереди, была пятница, вечер, время массовых закупок.

— Вы последний? — поинтересовалась я у мужика, стоявшего спиной ко мне.

— Да, — ответил он и обернулся.

Я охнула. Передо мной высился Леонид. Выглядел он прекрасно, казалось, Сорокин помолодел, лицо его покрывал загар, Леня похудел, был в модных джинсах. Встреча не обрадовала меня, впрочем, Леньку тоже, но хорошее воспитание взяло верх, и мы начали обмениваться вежливыми фразами.

— О! Привет!

— Здравствуй!

— Как дела?

— Прекрасно.

— Алиса здорова?

— Спасибо, учится в институте.

— Чудесно, а сам?

— Нормально. Вот, женился!

— На Тине? — не утерпела я.

Леня кивнул:

— Естественно, мы любим друг друга. Да она сейчас подойдет, за кофе побежала.

Мне стало совсем нехорошо, встречаться с Тиной мне хотелось еще меньше, чем с Сорокиным. Но, не зная, каким образом уйти, я продолжала топтаться у тележки.

— Мама умерла, — неожиданно тихо сказал Леня, — недолго на нарах мучилась, сердечный приступ, в минуту ушла.

— Не захоти она извести Галку, сейчас бы жила, — внезапно вырвалось у меня.

Леня покраснел:

— Галина первая задумала гадость, мы только решили ей отомстить!

— Мы? — повторила я за ним. — Ты что имеешь в виду?

Глаза Сорокина заметались по сторонам:

— Ну, в смысле мама, я машинально так сказал, «мы»! Имея в виду маму, я всегда говорю «мы»... такая привычка.

Я перестала слышать его бормотание. Вот оно что! Конечно же, Леня был в курсе аферы, задуманной матерью и Тиной, и не случайно он в роковой день убийства Гали, в выходной день, отправился на работу. Как же я не догадалась об этом раньше! Ай да Ирина Глебовна! Ни одним вздохом, ни одним взглядом не дала понять об участии сына в подготавливаемом убийстве ненавистной Гали.

— Чего стоишь словно пень? — раздался за спиной злой, грубый голос.

Я обернулась. К тележке Лени приближалась Тина.

— Давай двигайся к кассе, — раздраженно вымолвила она, — времени нет тут прохлаждаться.

Сорокин посмотрел на жену ненавидящим взглядом, и я вдруг поняла: его жизнь тяжела и практически беспросветна. Тина, великолепно знающая об участии в афере Леонида, наверное, заставила его жениться на себе. Скорей всего, Сорокин и рад бы избавиться от супруги, но она цепко держит его в лапах, может, шантажирует или просто грозится рассказать, в случае развода, всю правду милиции.

— Лампа! — удивленно воскликнула Тина. — Сколько лет! Давненько не встречались. Ты тут тоже отовариваешься? Хорошее место, все есть и недорого. Во, никогда не пробовала? Классная штука! Готовится в секунду и вкусно. Мы с Сорокиным любим. Правда, Ленечка?

Самым волшебным образом из голоса Тины исчезла злоба, и она, изображая из себя любящую жену, чирикала сейчас словно райская пташка. Я уставилась на упаковку «Золотого Петушка», которой вертела перед моим носом Тина.

— Возьми на пробу, — бился в ушах ее пронзительный дискант.

Следовало бы оторвать язык от нёба и сказать что-нибудь типа: знаю, сама давным-давно жарю грудки в кляре на ужин, но слова словно заморозились.

Я просто онемела.

— Я ничего не знал! — внезапно воскликнул Ленька. — Ей-богу! Я тут ни при чем! И вообще, она первая начала!

Я оттолкнула тележку и понеслась к выходу.

— Эй, Лампа, — заорала Тина, — а продукты?

Звук ее голоса прокатился под потолком торгового зала и словно кнут упал на мою спину. Втянув голову в плечи и пригнувшись, я вылетела на улицу, донеслась до парковки, влезла в «Жигули» и уронила голову на руль. Господи, ну и ситуация! Кто же тут не виноват? Галя? Она первая пожелала смерти Ирине Глебовне. Леонид? Он хотел избавиться от докучливой жены и не остановил мать с любовницей, когда те принялись осуществлять задуманное. Ирина Глебовна и Тина? Так они преспокойно заплатили убийцам. Сильно сомневаюсь, чтобы старуха и моя бывшая подруга были настолько глупы, что полагали, будто тут сработают некие потусторонние силы. Скорей всего, они хорошо понимали: Галю попросту убьют. Алиса? Но она ни на секунду не пожалела маму. Получается, что виноваты все: злые, жадные, трусливые...

Я сидела в «шестерке», пытаясь прийти в себя. Нет, не стану сейчас размышлять об этом, потом, завтра, через неделю, спустя месяц, год, десять лет, только не сегодня.

Внезапно руки перестали дрожать, и я повернула ключ в зажигании, надо ехать домой, там Лиза, Кирюшка, Сережа, Катюша, Юлечка... Там нагло ворует со стола печенье Ада и тихонько прудит на коврик в ванной очередную лужу Муля. Там громко лает Рамик и недовольно ворчит Рейчел, а в аквариуме, надувшись, восседает жаба. Там тепло и уютно, там никто не хочет никого убивать, там скоро поставят елку, потому что в город вот-вот придет Новый год.

Неожиданно я улыбнулась. Елка! Вам ведь, наверное, интересно узнать, куда подевался Юра?

Волков прожил у нас целый месяц, безрезультатно пытаясь добраться до Тимирязевской академии. В конце концов Сережка пожалел мужика и, отпросившись с работы, отвез его по нужному адресу. Назад Юра вернулся чернее тучи, волоча за собой несчастную елку.

— Что случилось? — испугалась я.

— Ни одного жука нет, — чуть не заплакал Волков, — куда они подевались? Так берег их, от сквозняков прятал.

Я, как могла, стала утешать лесника, но Юра только больше мрачнел, слушая мои речи.

— Меня народ отправил, — расстраивался он, — денег мне собрал! А я! Не оправдал доверия. Хотя... вот что странно!

— Что?

— Смотри, видишь внизу зеленые побеги?

Я присмотрелась.

— Да.

— С чего бы сухому дереву ожить? — задумчиво протянул Юра и, повернувшись к вешалке, начал стаскивать ботинки. — Никто его не поливал.

Я тоже удивленно рассматривала елочку. Дей-

ствительно, почему она ожила? И тут Рамик, об-
наглевший до крайности, задрал заднюю ногу.
Я стала тихонько шлепать его полотенцем, но
двортерьер не собирался прерывать процесс, и
тут Юра обернулся.

— Извини, — замямлила я, — он всего лишь
собака! Увидел дерево, ну и... уж прости!

Юра схватил меня за плечо:

— Он часто этим занимается?

— Рамик нет, — честно ответила я, — а вот
Муля с Адой постоянно.

— Ура! — завопил Юра и запрыгал по прихожей. — Вот оно, волшебное средство! Ясно теперь, по какой причине жуки удрали, а ствол за-
колосился. Все, еду домой, скорей!

— Как же ты собираешься бороться с короедами? — осторожно спросила я.

— Очень просто, — ответил Юра, — у нас в
каждой избе по три-четыре собаки живут, купить
им всем пива и в лес!

Честно говоря, я не знаю, стали ли собаки
деревни Гнилые горы хлебать пиво, а потом оро-
шать лес, и я не в курсе, помогло ли волшебное
средство. Юра уехал и как в воду канул, он не
пишет и не звонит. Елку он оставил нам. Юля
посадила деревце в ведро, и в июне мы вывезли
его в Алябьево. Теперь на нашем участке стало
больше на одну пушистую красавицу. Понимаю,
вам трудно поверить в то, что сухой ствол ожил,
но в этой жизни все-таки бывают чудеса. Впрочем, если вы верите в то, что в вашей судьбе произойдет что-то необыкновенное, если твердите
себе: «Счастье рядом, оно придет», так и случится. Совершенно точно, я вам это обещаю.

Донцова Д. А.

Д 67 Но-шпа на троих: Роман. — М.: Изд-во Эксмо, 2003. — 432 с. (Иронический детектив).

ISBN 5-699-04735-2

Я, Евлампия Романова, заделалась крутым диджеем. Ну а если перевести эту фразу на русский язык, то с недавних пор я веду музыкальную передачу на радио «Бум». Но фишка в том, что мне в срочном порядке нужно научиться говорить на языке тинейджеров. А параллельно с этим я, как всегда, веду расследование. Исчезла моя приятельница Галка Сорокина. Но домочадцы и не собираются ее искать. Муж уверен, что супруга убежала с любовником. Но я в это не верю! Во-первых, болтливая Галка ни словом никому из подруг не обмолвилась о новом любовнике. Во-вторых, она такая жадная, что никогда бы не оставила свои драгоценности бывшему муженьку. И зачем она в день своего исчезновения отправилась к экстрасенсу? Короче, Галка явно попала в беду, и, кроме меня, помочь ей некому. Так что, Лампа, бери ноги в руки и вперед!!!

УДК 882
ББК 84(2Рос-Рус)6-4

Оформление серии художника *В. Щербакова*

Литературно-художественное издание

Донцова Дарья Аркадьевна

НО-ШПА НА ТРОИХ

Ответственный редактор *О. Рубис*
Редактор *Т. Семенова*
Художественный редактор *В. Щербаков*
Художник *А. Сальников*
Технический редактор *Н. Носова*
Компьютерная верстка *И. Ковалева*
Корректор *Н. Овсяникова*

ООО «Издательство «Эксмо».
127299, Москва, ул. Клары Цеткин, д. 18, корп. 5. Тел.: 411-68-86, 956-39-21.
Интернет/Home page — www.eksmo.ru
Электронная почта (E-mail) — **info@ eksmo.ru**

Подписано в печать с оригинал-макета 17.10.2003.
Формат 84x108 ¹/₃₂. Гарнитура «Таймс». Печать офсетная.
Бум. газетная. Усл. печ. л. 22,68. Уч.-изд. л. 15,5.
Тираж 400 000 экз. Заказ № 0313070.

Отпечатано на MBS в полном соответствии
с качеством предоставленного оригинал-макета
в ОАО «Ярославский полиграфкомбинат».
150049, Ярославль, ул. Свободы, 97.